बिल्लू शेक्सपियर
पोस्ट-बस्तर

बिल्लू शेक्सपियर पोस्ट-बस्तर

अनामिका

वाणी प्रकाशन

प्रकाशन के उत्कृष्टतम 63 वर्ष

पेपरबैक पहला संस्करण : 2014
पेपरबैक दूसरा संस्करण : 2026

vaniprakashan.com

वाणी प्रकाशन

4695, 21-ए, दरियागंज, नयी दिल्ली-110 002

फ़ोन : + 91 11 23273167, 23275710

शाखाएँ

अशोक राजपथ, पटना-800 004, बिहार

कॉफ़ी हाउस कैम्पस, महात्मा गांधी मार्ग, प्रयागराज-211 001, उत्तर प्रदेश

महात्मा गांधी अन्तरराष्ट्रीय हिन्दी विश्वविद्यालय, वर्धा-442 001, महाराष्ट्र

sales@vaniprakashan.in
vaniprakashan@gmail.com

Billu Shakespear : Post-Bastar
by Anamika

ISBN : 978-93-5072-702-7
Novel

मूल्य : ₹ 295

जी.एस. ऑफ़सेट, दिल्ली-110 095 में मुद्रित

वाणी प्रकाशन का लोगो मक़बूल फ़िदा हुसैन की कूची से

समर्पण

महान कथावाचक नारायणभाई देसाई

और

नयी पीढ़ी के प्रेरणास्तम्भ

प्रो. गणेशनारायण देवी को सादर, सस्नेह

खण्ड-1

बिल्लू की डायरी : आत्मा के जासूस

ये वो ही दण्डकारण्य था जहाँ दाण्डूयायन से बाबा आम्टे तक की ऋषि-परम्परा माधवीलता–जैसी लाल-सफेद विभुताओं में फूल रही थी! शान्त सरोवर के किनारे कॉमरेड शशिशेखर सूर्योदय देखते हुए बैठे थे। न्यगोध्र वृक्ष से फल उस सरोवर में 'डब्ब-डब्ब' गिरते! हंसों का एक जोड़ा उधर दौड़ा! हंस ने बाजी मार ली! लम्बी चोंच डुबाकर एक फल निकाला और हंसिनी के मुख में डालते हुए झुककर उसका मुँह देखने लगा! 'प्रफुल्ल' होना क्या होता है–पक्षियों के विलसित पंख जानते हैं, हवा और पानी के मदिरतम आभासी स्पर्श से भी सिहर उठते वे पुलकित पंख 'प्रफुल्ल' शब्द की व्याख्या हैं! मुदितमन, प्रफुल्लगात हंसिनी हंस की लम्बी ग्रीवा पर अपनी ग्रीवा रखती हुई इधर देखने लगी तो शशिशेखर लजा-से गये। क्या वे इस योग्य रह गये हैं कि कोई हंसिनी उन्हें देखे। कितने महीनों की अनवरत सेवा उन्हें इस योग्य तो बना गयी है कि सीधा बैठ या सीधा सोच सकें, पर अभी भी साँसें धौंकनी की तरह चलती हैं। स्त्रियाँ उनके जीवन में लगातार आती रहीं। योगियों और बागियों के प्रति स्त्रियों की ममता अगाध होती है और लाख अपवाद सहकर भी वे उसे दुलारने, खिलाने-पिलाने, सुलाने के अवसर ढूँढ़ ही लेती हैं जो किसी बृहत्तर संधान में निकला है।

बिल्लू की आइयो से मीनाक्षी दी और सिस्टर लिसेरिया तक सब स्त्रियों ने उन्हें ही सींचा है, वे तो किसी को कुछ दे ही नहीं पाए सिवा इस आश्वासन के कि उत्तर-औद्योगिक एशिया में मार्क्स नहीं तो बुद्ध के रास्ते ही सही, दुनिया धीरे-धीरे बदलेगी–'जो है, उससे बेहतर चाहिए। परिवेश की बेहतरी की कोशिश अपने बुद्धत्व के विकास के बिना कोई अर्थ नहीं रखती। और बुद्धत्व के विकास का कोई अर्थ नहीं यदि सिर्फ अपनी मुक्ति की चिन्ता की जाए। पुण्डरीक सूत्र कहता है, रूपकों और कथावल्लरियों के माध्यम से कहता है कि बुद्ध को तो मुक्ति मिल ही गयी थी, पर मोक्ष के दरवाजे से वापस धरा पर ही लौटे और कहा कि सागरतट की बालू-कणिकाओं जितने जन्म ही क्यों न लेने पड़ें, मैं और मेरे बोधिसत्वों की टोली धरती पर तब तक लौटती रहेगी जब तक एक प्राणी भी बन्धन में बचा हुआ है यानी मुक्त नहीं है। सिस्टर लिसेरिया थी तो उस गिरजाघर की नन जहाँ पुलिस की

निगाहों से बचाकर वे उनका तदेपिक का इलाज चलाती रहीं—डॉक्टर टंडन जैसे बड़े चिकित्सक का इलाज, पर उनके पुस्तकालय में दुनिया के सब धर्मग्रन्थों की उत्कृष्ट पुस्तकें थीं। तपेदिक के कठिन दिनों में कई बौद्धग्रन्थों के अँगरेजी अनुवादों के पारायण का उन्हें अवसर मिला और धीरे-धीरे उनके मार्क्सवाद में बुद्धत्व की छाँह भी रंग भरने लगी, ठीक ऐसे जैसे शाम के अग्निगर्भ आकाश में रात्रिसूत्र घुलने लगता है। युद्धकातर और आतंकविह्वल इस दुनिया में मेल और मुहब्बत की कोशिशें नये सिरे से सिर उठायें—इसका समय आ गया है, लोग कामनाओं की, क्रोध की, लोभ की अन्धी मार से थकने लगे हैं, वे अक्सर कहते!

दूर एक पेड़ के नीचे एक आदिवासी जोड़ा विलम्बित भूख और गहरे श्रम के उपरान्त मिल-जुलकर आम खा रहा था। श्रमसिद्ध भूख के बाद का सहभोजन अपनी उच्छल रसमयता में अमृत से कम थोड़े होता है। हपस-हपसकर आम खाता हुआ वह मगन जोड़ा शशिशेखर को इतना मनहर लगा कि वे मीठी मुस्कान के साथ निर्निमेष उधर देखते रहे जब तक पीछे से आकर मीनाक्षीजी ने उनकी आँखें न मूँद लीं। वह प्रेम ही क्या जो शैशव न जगा दे।... बहुतेरे अच्छे संवाद इस आँचल में बँधे थे।

× × ×

भारत में ये आम आदमी पार्टी के उभार के दिन थे—पुराने गाँधीवादी महाराष्ट्र के मलंग किसान नेता, अन्ना साहब की पहाड़-पीठ की ओट से उग रहे आदर्शवादी युवा नेताओं के दिन! 1977 में जयप्रकाश नारायण की पहाड़-पीठ से कई आदर्शवादी युवा पत्रकार उगे थे, इस बार प्रायः उन्हीं मुद्दों, भ्रष्टाचार और वाक्-स्वातन्त्र्य पर अरविन्द कजेरीवाल जैसे युवा सिविल सर्वेण्ट, टेक्नोक्रैट, डॉक्टर, कलाकार और अध्यापक लगी लगायी नौकरियाँ छोड़कर जो राजनीति में आने की सोच रहे थे, उससे लोकतन्त्र की जमीन पर तुरत-तुरत उगी दूब में सिहरन फैल रही थी! योग-गुरू और अन्य युवा संन्यासी भी 'अब लौं नसानी, अब न नसैंहों' की भावभूमि में जब आ जायें यानी संन्यासी विद्रोह की पृष्ठभूमि बन जाये तो क्रान्ति के आसार दीखते ही हैं। आसाराम बापू आदि ढोंगी, चाकचिक्यप्रिय, कॉरपोरेट आश्रमों के उन्नायक, दुर्मुख सन्तों की उपस्थिति राजनीतिक और आर्थिक भ्रष्टता के समानान्तर धार्मिक और साम्प्रदायिक भ्रष्टता की एक और ही कथा कह रही थी, पर जो सचमुच त्यागी थे, जिन्होंने अध्यात्म की प्यास में घर-गृहस्थी भी न की थी, और जिनका अध्यात्म न अन्धी धार्मिकता था, न बहरी साम्प्रदायिकता, हिमालय की कन्दराओं, उपेक्षित सूफी दरगाहों और अन्य दीप्त एकांतों में कुछ ऐसे वीतराग युवा भी रह-रहकर यह सोचने को विवश थे कि देश-काल उन्हें पुकार तो नहीं रहा, शाश्वत का सन्धान उन्हें

आसन्न नागरिक कर्तव्यों से विमुख तो नहीं कर रहा। अपना संचित तेज लेकर वे बृहत्तर परिवेश-शुद्धि के लिए काम करें तो लोग उन्हें गलत तो नहीं समझेंगे। ऐसे ही एक युवा योगी-संन्यासी थे अखिलमोहन, साधुओं पर शोध के दौरान शेफालिका की जिनसे दोस्ती हुई थी।

अखिल संन्यासी न थे, योगी ही थे, मुंगेर के योग संस्थान में योगशिक्षक, संचार माध्यमों से वे कटे नहीं थे, कविताएँ लिखते थे और प्रेरक पत्र भी। एक तरफ रामकृष्ण मिशन, अरविन्दाश्रम आदि के संन्यासी-गुरुओं से शास्त्र-विमर्श किया करते तो दूसरी तरफ शेफालिका, विलियम, कादिर आदि प्रखर छात्र-नेताओं के मानसिक उद्वेलन भी वे इन पत्रों में सम्बोधित करते थे।

पेशे से वे इंजीनियर थे, आई.आई.टी. खड़गपुर में अरविन्द केजरीवाल उनके सहपाठी रहे थे! दो-चार साल कॉरपोरेट सेक्टर में नौकरी की, पर वहाँ की चूहा-दौड़ संस्कृति उन्हें रास न आयी। इसी बीच माता कैंसरग्रस्त हुईं, उनकी सेवा के लिए छुट्टी ली, और उनके चल बसने के बाद मन में कुछ ऐसा शून्य घिर आया कि सीधे मुंगेर चले आये और वहीं योगाश्रम के होकर रह गये। यह एक अजब दौर था जब प्राकृतिक रहस्य समझने को उत्सुक सभी आध्यात्मिक लोग 'ढोंगी' और 'संकीर्ण' ही समझे जाने लगे थे, आध्यात्मिक का अर्थ हो गया था प्रतिगामी! सड़क की असुरक्षाएँ इतनी बढ़ गयी थीं कि घर से जब सन्तानें बाहर निकलतीं तो माताएँ देव मनाने लगती थीं मगर छुपकर कि कोई उन्हें ढोंगी न समझे। जगह-जगह मारक ग्रहों के नाम पर नीले मन्दिर बन गये थे और पत्नियों के उकसाए प्रगतिशील पति भी मंगल शनीचर 'विघ्नविनाशकों' को हाजिरी लगाने लगे थे, मगर सहकर्मियों की नजरें बचाकर।

काल से, महाकाल से काटाकूटी खेलते इस विषाक्त समय में अखिल जैसे कई युवक अपने अनन्त प्रश्नों के समाधान में जुटे रहते। सुबह तो ध्यानादि उपक्रमों से वक्त नहीं बचता! शाम को आश्रम के पिछवाड़े नदी किनारे की चट्टान पर बैठे अखबार पढ़ते तो खून खौल जाता। ऐसा संयोग हुआ कि किसी राजनीतिक सभा में अरविन्द मुंगेर आये तो इनसे मिलना हुआ। साफ-सुथरे लोगों की तलाश उन्हें थी ही, पुरानी दोस्ती रंग लाई और खींच-खाँचकर ये उन्हें दिल्ली ले ही आये कि और कुछ-न-करो तो मसविदे ही लिखो।

संस्था की फंडिंग के काम से शेफालिका का भी दिल्ली जाना-आना लगा रहता था। परिस्थितियाँ कुछ ऐसी हुईं कि पार्टी दफ्तर में भी शेफालिका का जाना-आना बढ़ गया और यह भी हवा उड़ने लगी कि आम आदमी पार्टी की एक उम्मीदवार शेफालिका भी होगी। शेफालिका के पिता, डॉ. टण्डन के कानों में यह बात पड़ी तो उन्होंने एक निर्णायक बैठक उसके साथ की जिसमें उन्होंने उसे आश्वस्त किया कि

आम आदमी पार्टी के बेस छत्तीसगढ़ में बनें, इसमें बहुत वक्त बाकी है। छत्तीसगढ़ से उसकी दिवंगत माँ के सपने जुड़े थे, छत्तीसगढ़ में उनका 'कथासत्रम्' चलता है, उनका जनाधार वहीं बनेगा "खड़ा होना है तो निर्दलीय उम्मीदवार के रूप में तुम यहीं से खड़ी हो लो। मेरे पैसे, मेरे लोग, इतने सारे मरीज और तुम्हारी माँ से आदिवासी छात्र—सब एक तेजस्वी विधायक के रूप में तुम्हें स्थापित करेंगे, बेटी, और मेरा भी प्रायश्चित्त पूरा होगा।"

शेफालिका अवाक् खड़ी सोचती रही, अखिल से राय की तो वे बोले कि बुद्धत्व के बीज में सबमें छुपे होते हैं, अगर पिता पछता रहे है और उनमें कुछ अँकुर रहा है अँकुरने दो, बाधा न बनो। नतीजा यह कि आज के दिन शेफालिका यहाँ की एक एम.एल.ए. थी। और पिता भी अन्तिम बीमारी के दौर में उसी के पास आकर रहने लगे थे। प्रैक्टिस उन्होंने छोड़ी नहीं थी, पर प्रैक्टिस से पैसे उगाहना छोड़ दिया था और सबसे बड़ी बात यह कि प्रो. आशिष मुखर्जी पर लगाए सारे अभियोग उन्होंने वापस ले लिये थे! सायसा का नाम पहाड़ के चकल्लस कॉन्वेंट से कटवाकर यहीं 'कथासत्रम्' के प्रयोगात्मक विद्यालय में लिखवा दिया गया था और सारा छत्तीसगढ़ दंग था यह देखकर कि दोनों रकीब मिलकर कितनी खूबसूरती से 'साझा बच्चा' पाल रहे थे। बूढ़े रकीबों से अधिक आत्मीय शायद ही कोई होता है और वक्त तो है ही सारे धुँधलके छाँटने वाला बड़ा स्पॉट लाइट।

× × ×

विश्वास ही नहीं होता, इतना कुछ बीत गया : बिल्लू शेक्सपियर यानी दूर नीम की छाँह में बैठे विलियम किंडो की निगाह कॉमरेड शशिशेखर की ओर गयी तो अचानक दीवाली की रात का वह विकट सफर आँखों के आगे यों तैर गया जैसे भोर की धुँधली आँखों में रात का सपना तैरा हो। दीवाली की रात थी, इसलिए ट्रेन में वही लोग थे जिन्हें दीन-दुनिया से कोई खास लेना-देना नहीं रह गया था। दीन से तो नहीं, पर दुनिया से हमें खूब ले दनादन-दे दनादन करनी थी अभी। दीवाली की रात का हमारा चुनाव रेल आरक्षण की सुविधा का लाभ लेने के लिए ही हुआ था। हम दोनों में से कोई कभी आरक्षित सीट पर आराम से बैठकर कहीं नहीं गया था। दोनों घर से भागे हुए लोग थे; किसी-किसी तरह टिकट के पैसे बचाकर किसी गाड़ी पर सवार हुए, किसी भी दिशा में निकल जाने वाले भगोड़े! हमारे सिवा डिब्बे में लगातार खाँसता हुआ बूढ़ा एक फकीर बैठा था। पीछे वाले चौखाने में तीन मूक बौद्ध भिक्खु थे और एक नवयुवक जो लगातार पढ़ रहा था, कल शायद उसे कोई अंतर्वीक्षा देनी हो। आगे वाले चौखाने में कुछ सीआरपीएफ के जवान थे जिन्हें घर की इतनी याद आ रही थी कि मिलकर रूमानी गानों की अन्ताक्षरी खेलने लगे थे।

हमारे ही डब्बे में सबसे अलग-थलग, किनारे वाली सीट पर एक गम्भीर व्यक्ति

लेटा था! उसकी आँखें बन्द थीं और भँवें सिकुड़ी हुई! होंठों पर कई दिनों से भूखा-प्यासा होने के चिह्न थे! होंठों की पपड़ियाँ उठल्लू-सी पड़ी दिखती थीं जैसे उनका जी उचट गया हो यहाँ पड़े-पड़े! बालों पर धूल के धब्बे थे ऐसे जैसे रेगिस्तान में मीलों पैदल चलकर आया हो! एड़ियाँ फटी हुई थीं और नाखूनों पर अपनी हद तक बढ़ चुकने के बाद अचानक टूट-मुड़ जाने वाली बेखबरी पसरी थी। पॉलियस्टर दशकों तक चलकर जब थक जाती है, उसका चेहरा उसे पहनने वाले से भी ज्यादा विवर्ण हो जाता है—एक ऐसी धूसर विवर्णता जिसे याद भी न हो, वह सफेद थी या पीली! 'वन्स अपॉन द टाइम' शृंखला में यदि इसकी कहानी कही जाये तो लोककथा के धूमिल आसमान से उसने अपना रंग लिया होगा, धूसर आसमान जब सृष्टि की पहली आँधी आयी थी। पुरातन पॉलियस्टर के रंग की शर्ट-पैंट पहने हुए वह पचास बरस का अनुभवदग्ध आदमी ऐसे लेटा था जैसे उसे अब किसी का इन्तजार न रह गया हो।

सृष्टि का विधान देखिए कि ऐन इस बैरागी के सामने वाली सीट के ऊपर वाले बर्थ पर एक नवविवाहित मुसलमान जोड़ा बैठा था, आपस में ऐसे सन्नद्ध, ऐसा लवलीन कि रह-रहकर आँखें उधर जाती थीं—मेरी तो मेरी, ललिता की भी! गुलाब का अतर और चमेली का तेल प्रेमीयुगल की तरह बाँह में बाँह डाले पूरे डिब्बे के मुआयने में निकले थे। पूरे डिब्बे में उनकी एकात्म गन्ध का साम्राज्य फैला था। नयी-नयी एकात्मता एक ऐसा जादू है जो आपको राजा-रानी ही बना देता है। दोनों बहुत खुश थे और बहुत ही मासूम! ऐसी बेफिक्री उनकी आँखों में थी कि लगता था, दुनिया की सारी जहालतों का हल उनके कुर्ते की जेबी में अनखाई मूँगफलियों के ठोंगे जैसा मस्त पड़ा है।

शादी हो गयी थी जरूर मगर दोनों किशोर ही थे और किशोरों को अम्मा-बाबा ने टिफिन कैरियर भी बड़ा-सा दिया था और दिल भी। तीन-चार स्टेशन निकलते ही हमारी दावत शुरू हो गयी! सबने अपना टिफिन खोला, और जिनके पाथेय नहीं थे—उन बैरागियों ने भी ना-नुकर करके कुछ खा ही लिया, पर दाढ़ी वाले बगलगीर ने खाना पूछते ही पीठ फेर ली! शायद किसी शोक में होगा, यह सोचकर हमने ज्यादा नहीं छेड़ा और अपने पठन-पाठन में ही लीन हो गये।

ललिता से मेरा यही तो करार था कि ट्रेन खुलते ही मैं अपनी डायरी उसको पढ़ने को दूँगा जिसमें मान्यता मैडम, आशिष सर और बस्तर के 'कथासत्रम्' का पूरा किस्सा दर्ज है! कभी-कभी आदमी के शब्द उसके बैरी बन जाते हैं, डायरी लेकर मेरे ऊपर वाले बर्थ पर वह यों अंतर्धान हुई कि मुझको ही बिसर गयी।

मेरा आदिवासी मन कहता है कि लिली एक्का यानी ललिता में मान्यता मैडम के प्राण हैं। वह उन्हीं का आदिवासी संस्करण है—वही जीवट, वही लगन, वही परिपक्वता, वही धीरज! जो जैसा है, उसे वैसा स्वीकार लेना, पर उसको वैसा, उसके

हाल पर छोड़ना नहीं, महीन धार वाली एक अदृश्य छेनी से लगातार उसे तराशे चलना! किस्से, कहानियाँ, गीत, कविताएँ, नाटक और प्रहसन, सब उनके हाथ की छेनियाँ तो थीं।

बीस बरस की यह उराँव लड़की भी शब्दों की छेनी चलाने में माहिर है। जैसे कि हर खेत में अनाज के साथ मोथे उग आते हैं, असल नक्सलियों के साथ स्थानीय रंगदार घुसे पड़े हैं पूरे जंगल में। ऐसा ही एक रंगदार था रामदेव उराँव जो जिसकी इस पर नजर थी। उसे गच्चा देकर अपने नवविवाहित दूल्हे के साथ यह रातोंरात राँची और फिर रायपुर भाग आयी। अगले ही दिन भाई ने मोबाइल पर सूचना दी कि आइयों को पेड़ से उल्टा लटकाकर काट डाला रामदेव के लोगों ने।

आगे बस वह है और उसका संकल्प कि ओपेन स्कूल से बारहवीं की परीक्षा देकर वह पुलिस फोर्स में जाएगी और झारखंड अपनी पोस्टिंग करवा के देख लगी रामदेव को! हरदम मोबाइल से एम.एफ. सुनता हुआ उसका दूल्हा पहले कॉलोनी की गाड़ियाँ साफ करता था, ओर उसके बाद 'कोरियर' बाँटने जाता था। इधर उसने उसको भी डाकघर के सरकारी डाकिए का फार्म भरवाया है! रोज मान्यता मैडम के घर का काम निबटाकर फुटपाथ की रोशनी में अपने दूल्हे को इस मनोयोग से सामने बिठाकर पढ़ाती है कि अगल-बगल की टीका-टिप्पणियाँ उसे मक्खी-मच्छरों की झिनझिनाहट से अधिक सुनाई नहीं देतीं।

उसी से मुझे मान्यता मैडम के घर का हालचाल मिलता रहता है। दिन-रात उनसे टेनामेनी करने वाले उनके पति, डॉक्टर टंडन, उनके वियोग में बैरागी बन गये हैं—ताजातरीन खबर तो यही है। दिन-रात क्लिनिक में संतों का आना-जाना लगा रहता है। ऐसी चुटीली भाषा में ललिता उनके वर्णन करती है कि मुझ-जैसा घोंघा भी हँस पड़ता है।

बात करती-करती जब वह अचानक हँसती है, मेरे खून में रीठा की एक फली ऐसे डूबती है कि चौंक जाता हूँ। मन ही-मन सौ बार कान ऐंठता हूँ, बार-बार खुद को याद दिलाता हूँ कि यह विवाहित है, अपने सीधे-सादे सींकिया दूल्हे की पितु-मातु-सहायक-स्वामी-सखा, उसके बारे में किसी तरह का रूमानी ख़याल लाऊँगा तो उसी फेर में पड़ूँगा जिस फेर में मेरे दोनों गुरु, कॉमरेड शशिशेखर और प्रो. मुखर्जी पड़े और तबाह हो गये।

ललिता ने दोनों में से किसी को नहीं देखा, पर दोनों के किस्से बस्तर की हवा में बुइयों की तरह तैरते थे और इतने अधिक संस्करणों में कि वह मेरे मुँह से सुनना चाहती थी—सच क्या था!

कॉमरेड शशिशेखर की दर्दनाक मौत? का किस्सा बयान करने की तटस्थता मुझमें अब तक नहीं था। बीच-बीच के कुछ दृश्य बयान कर दिये थे। यह भी बता

दिया था कि मेरी आइयो उनकी थकान, अनिद्रा, अस्वास्थ्य और घनघोर असुरक्षा के समय में उनकी सेवा करती उनके साथ सो भी जाती थी! बाबा यही सोचकर मन को समझा देते थे कि ग्रामदेवता को ही भोग लगा तो इसमें बुरा क्या है। वह आदमी अकेला है, बीमार है, आदिवासियों के हित में सरकार से लड़ने के लिए अपना घर-बार—सब छोड़ आया है तो जंगल का सबसे सुन्दर फल उस पर चढ़ना ही चाहिए। वैसे तो बाबा गुस्सैल और खतरनाक थे, पर कॉमरेड शशिशेखर की खातिर उनके मन में कुछ ऐसा था कि उनके लिए सिर भी कटा सकते थे।

आइयो उनकी दूसरी पत्नी थीं—सिस्टर लिसेरिया के स्कूल से पाँचवीं पास करके आयी थीं। मेरी अपनी आई अपनी तीसरी जचगी में गुजरी तो नाना उसकी सबसे छोटी बहन को बाबा के मत्थे लगा गये कि बाहर से दूसरी औरत लाओगे, इससे तो अच्छा, यही पाल देगी दीदी के बच्चे! इस तरह दूसरी आइयो दरअसल हमारी मौसी थी, माँ नहीं, फिर भी गाँव वाले और कॉमरेड शशिशेखर की तलाश में आये पुलसिया गुण्डे शशिशेखर से उनके सम्बन्धों की छीछालेदर करते थे तो हमारा मन अदबदा जाता था।

अनिद्रा और स्वप्न के बीच का झुटपुटा। उसमें ही कौंधती हुई पुलिसिया बन्दूकें, भागते हुए बूट, और तेंदुआ गति से छप्प-छप्प करके अँधेरे में बिलाते कॉमरेड शशिशेखर मेरे जीवन का ऐसा रहस्य हैं कि उन्हें कविता में उकेर सकता हूँ, कहानी में नहीं, वे मेरे जीवन का जादू थे।

पर ललिता पीछे पड़ी थी है तो मान्यता मैडम, प्रोफेसर मुखर्जी और डॉक्टर टंडन की कहानी धीरे-धीरे उकेरनी ही थी। अब नहीं तो कब! ट्रेन की यह लम्बी यात्रा कहानी सुनने-सुनाने की सबसे सहज घड़ी है। जिन्दगी में पहली दफा शायद हम दोनों आरक्षित बॉगी में बैठे थे। राँची जाना था। इसे गाँव से अपनी दसवीं का सर्टिफिकेट लेना था। उसके बिना बारहवीं की परीक्षा में बैठेगी कैसे। रामदेव उराँव का खौफ अभी बरकरार था। वह दबेगा तो उन सच्चे वाले नक्सलियों से ही जो जंगल में इक्का-दुक्का ही बचे हैं, पर अपने पूरे प्रभुत्व के साथ! कॉमरेड शशिशेखर के नाम से मैंने उनसे मदद माँगी थी, वे निकलवाएँगे ललिता का सर्टिफिकेट—रामदेव उराँव दाँत पीसकर रह जाएगा। यह ललिता के जीवन की पहली विजय होती, उसकी आइयो की बरखी का पहला फूल! इस सुन्दर क्षण का साक्षी होना मुझको भी अच्छा लगेगा।

पूरा का पूरा संसार न्याय और करुणा का आगार बन जाये, यह महास्वप्न कभी सच्चा होगा या नहीं, हम नहीं जानते, पर इतना तो जानते हैं कि आस-पास के भोले-भाले, मेहनतकश लोगों के हित में जो भी कर सकते हैं, हम करें और निश्शंक करें! ये ही कहती थीं मान्यता मैडम, आशिष सर ये ही कहते थे कि मानसिक युद्ध

तो सनातन है और इस युद्ध का आयुध है भाषा! भाषा ही औजार है, भाषा की बरछी, खुरपी, छेनी, हँसिया! भाषा ही वह जादू है जिससे दुनिया बदल सकती है—कम-से-कम आपस की, अंतरंग दुनिया।

दीवाली के आस-पास ऐसा होता नहीं, पर पिछले तीन दिनों से बारिश छूटने का नाम ही नहीं ले रही थी, इसी कादो किचकिच में ललिता का पति जॉनी प्रतुल हमें स्टेशन तक आकर छोड़ गया, भाड़े के उसी आटो रिक्शे से जो वह चलाने लगा है। उसका यह विश्वास ही मुझको मेरे रूमानी झटकों से उबारेगा। बाबा ठीक ही कहते थे—"जिसपे भरोसा किया, उसे छलने में गुर कैसा? जो गोदी में आकर सो गया, उसे मार देने में कौन-सी बहादुरी?"

ललिता सामने के बर्थ पर कमली बिछाने के लिए झुकी तो मैंने मन-ही-मन तय कर लिया कि इसका विकट आकर्षण काटना जरूरी है! इस शहर, इस मुहल्ले ने उसका नाम ही बदल डाला है : लिली से वह ललिता हो गयी है। उसका पूरा नाम है लिली एक्का, द्वितीय श्रेणी में जेहनगुटवा, बिसुनपुरा थाना, गुमला की कोई खूबसूरत लड़की पास हो और रामदेव उराँव की उस पर नजर न पड़े, यह तो हो नहीं सकता। दिन में छत्तीस बार वह अपनी मोटरसाइकिल धड़धड़ाता उसकी गली से गुजरता था। देवकागानी वाली महबूबा अब उसे बासी कढ़ी जान पड़ती थी! किसी और को घर बिठा लेने की उद्दाम इच्छा से शासित, वह नये शिकार की टोह में निकला है, यह खबर लगते ही लिली के माता-पिता ने अफरा-तफरी में उसका बड़ा मेहमान कर दिया! बड़ा मेहमान यानी रोका के लिए 'दिल्ली' से आया जॉनी पुतुल।

ऊपर से नीचे तक उसे टटोलकर जाँचा लिली के मामा ने! मामा आन्हर थे, पर उनकी उँगलियों के पोर-पोर में बिरसा की आँखें थीं। लिली की आइयो अपने नेत्रहीन, मातृहीन भाई को दहेज में लिये आयी थी—जीजा के ऊसर खेतों में जीतोड़ मजूरी करता; और भाँजी वहीं उसकी पीठ पर बँधी-बँधी उससे किस्से सुनती रहती सुगवा ठोर पहाड़ के उद्गम के किस्से, हरगड़ी गुफा के उद्गम के, दक्खिन राय की कहानी और बन बीवी की हजार कहानियाँ।

इतनी कहानियाँ उसने सुनीं और गुनीं कि उसका जीवन खुद किस्सा हो गया! मेरी उससे मुलाकात मान्या मैडम ने कराई थी मृत्यु के तीन-चार महीने पहले! उन्हीं के आउटहाउस में वह रहती थी! उनकी मृत्यु ने उसे ऐसा विषण्ण किया कि उसने तो गठरी-मुटकी ही बाँध ली, फिर मैंने ही समझाया कि कुछ दिन और धीरज से रहे और यह पता लगाने में हमारी मदद करे कि यह हत्या थी या आत्महत्या!

ट्रेन पाँच टीसन पार गयी तो मैंने सोचा कि मोह का पारावार फटने की खातिर भी कुछ-कुछ बोले चले जाना अच्छा रहेगा। चुप्पी मोह को प्रगाढ़तर करती है। शब्द कभी बारिश का झीना पर्दा भी हो जाते हैं।

खाना खाते समय मैंने शर्त रखी कि ठीक है, मैं मान्यता मैडम का किस्सा सुनाऊँगा! पूरी तैयारी से आया हूँ अपनी डायरी और उनकी चिट्ठियों के पुलिन्दे के साथ, पर बीच-बीच में वह भी अपने किस्से सुनाती चलेगी जो उसके मामा ने उसको सुनाये थे, तब होगी यह यात्रा पूरी।

उसने शुरुआत अपने किस्से से की और फिर मेरा पुलिन्दा लिये गिलहरी की चाल से ऊपरी बर्थ पर जा विराजी।

लिली एक्का उर्फ ललिता

बाप रे बाप! हिन्दी इतनी मुश्किल होती है क्या? कटोरा पे कटोरा! ये बिल्लू ने कैसी कहानी लिखी है। कोई सिलसिला नहीं बनता, आगे खिसकती नहीं। घचर-पचर! पर लेके आयी हूँ पुलिन्दा तो टो-टो के पढ़ भी जाऊँगी, वरना ये सोचेगा कि मैं मुझसे शहर की पढ़ाई नहीं सँभलेगी, और आगे पढ़ने में मदद भी नहीं देगा।

ओखल में सर धर ही दिया तो मूसल से क्या डरना! करती हूँ, कोशिश करती हूँ पढ़ लेने की! ट्रेन की रोशनी भी कितनी कम है कि जैसे अँधेरे में बीड़ी जलाई हो किसी ने, ऐसा बल्ब। ऐसा वोल्टेज। कोई बात कहीं, पढ़ना है तो पढ़ना है।

पढ़ूँगी कहीं तो जानूँगी कैसे कि नयी दुनिया में क्या-क्या होता है। बिल्लू कहता है कि मैं बड़ी होकर मान्या मैडम की डगर चुनूँगी! वह मेरे जैसी ही थीं तो कैसी हूँ मैं! बिल्लू क्या सोचता है, मैं कैसी हूँ! बिल्लू विद्वान आदिवासी है। वह जैसा सोचता है, मुझे वैसा ही बनना चाहिए। जड़ों से कटे बिना दीन-दुनिया देखनी है, समझनी है और बदलनी भी है—जितनी बदल पाये। रामदेव उराँवों के छक्के छुड़ाने हैं, पहले ऐसा सोचती थी पर बिल्लू कहता है तो ठीक ही कहता होगा—छक्के छुड़ाने से सिलसिला नहीं टूटता। एक जाता है दूसरा उठ खड़ा होता है, वह फिजां की बदल देनी चाहिए जो आदमी-आदमी के बीच या आदमी-औरत के बीच भेड़-भेड़िया वाला रिश्ता कायम करे।

प्रोफेसर मुखर्जी और मान्या मैडम इसी कोशिश में लगे थे : अच्छा तो देखती हूँ पढ़कर अपनी मुश्किल हिन्दी में बिल्लू क्या लिखता है उनके बारे में!

एक मौत धारावाहिक-सी

यह एक मजेदार घर हुआ करता था—सब लगातार बोलते ही रहते थे पर कोई सुनता किसी की नहीं था।

हफ्ते में एक बार ही यहाँ आना होता था—मान्यता मैडम इधर कुछ अस्वस्थ रह रही थीं तो आकर उनकी चिट्ठियाँ और आलेख टाइप कर देता था—जब वे बुलाएँ! सेकेंडहैंड कम्प्यूटर बाहरी बरामदे के कोने में सिमटा पड़ा था, वहीं एक स्टूल पर मैं विराजमान हो जाता और बगल के एक मोढ़े पर मान्यता मैडम। पृष्ठभूमि से जो आवाजें सुनाई देती रहतीं, जो आप्तवाक्य फुदकते-चहकते रहते—सुनकर मैं तो मुस्कान छुपा लेता, पर मान्यता मैडम हँसने लगतीं।

पहले ही दिन जब मैं गया तो लाइट चली गयी। खेलते-दौड़ते हुए दो बच्चे अदबदाकर कैरमबोर्ड पर गिर गये तो पीछे से डॉक्टर टंडन की खिन्न-सी आवाज आयी—"टूट गया न कैरमबोर्ड? कहता था अभाग-डंगरों को...रास्ते में मत रखो पर पैसे का मोल ही नहीं जानते।" बच्चों के गिर पड़ने की चिन्ता कहीं उस आवाज में नहीं थी, पर कैरमबोर्ड टूट जाने की चिन्ता से चिनक रही थी वह आवाज।

कभी-कभी जब डॉक्टर टंडन गरजते—खिड़की तक पसर आयी कटहली चम्पा की डाल से हड़बड़ाकर सारी चिड़ियाँ उड़ जातीं और कभी-कभी तो कौआ भी!...फिर उनके क्लिनिक जाते ही आपात्काल टूटता और किसी कमरे से गिटार बजने की आवाज गिनगिनाती, किसी से सास-बहू वाले धारावाहिक की, चौके के रेडियो पर तरह-तरह के पुराने गीत बज जाते—'दुख भरे दिन बीते रे भैया, अब सुख आयो रे।' पर कुल मिलाकर घर किसी आम घर जैसा ही था, मेहमानों को मसाला चाय मिल जाती थी, लोग रैनबसेरा पा जाते थे...इस घर पर ऐसा कहर टूटेगा, कौन कह सकता था।

× × ×

उम्मीद गजब चीज है, किसी का भी भय नहीं मानती! कहीं भी, कभी भी उग सकती है—दूब और मोथे की तरह! उखाड़ो तो मजे में उखड़ भी जाए लेकिन

उखाड़कर जहाँ फेंको, वहीं जड़ पकड़ ले! तभी यह स्त्रीलिंग है और आदिवासी! उखाड़कर दिखाए कोई!

मुझको यह उम्मीद है कि चिट्ठियों का यह पुलिन्दा जो पंजीयत डाक से शेफालिका ने मुझे भेजा है, आशिष सर को जेल से छुड़वाने में हमारी मदद करेगा! यह अपने ढंग से सिद्ध करेगा कि मान्यता मैडम और आशिष सर की प्रेम कहानी कितनी रूहानी और सूफियाना थी, कितनी महीन, उदात्त और सर्वसमावेशी! दूर-दूर से ही ये एक-दूसरे को और हम सबको स्पान्दित किए रहे! कम बोलते आशिष सर, पर जब बोलते, मनोबल बढ़ानेवाली तर्कसिद्ध बातें ही बोलते, मुर्दे में जान फूँकने वाली बातें! और विडम्बना यह कि उनके सिर मान्यता मैडम के घरवालों, खासकर उनके पति, डॉ. टंडन और उनके भाई आशय मेहरा, आई.जी. ने यह आरोप मढ़ा कि व्याधिग्रस्त मान्यता मैडम को राजनीतिक चकरचाल में उन्होंने फँसाया, पारिवारिक दायित्वों से उन्हें विमुख करते हुए नक्सली षड्यंत्रों में उनको धकेला। इससे उनकी बीमारी तो बढ़ी ही, उनका अपराध-बोध भी बढ़ा और वे आत्महत्या के कगार पर आ खड़ी हुईं!

आशय मेहरा 'ऑपरेशन ग्रीन-हंट' के मुख्य नियोजकों में हैं और उनकी बहन, मान्यता मैडम का नाम नक्सलवादियों के साथ जोड़ा जाता है! उनकी ही प्रेरणा पर प्रो. आशिष मुखर्जी सोआस की अपनी लगी-लगाई नौकरी छोड़कर आदिवासी किशोरों-किशोरियों के लिए 'कहानियों का ओपेन स्कूल' (कथासत्रम्) चलाने बस्तर चले आये! शुरू में उनकी पत्नी, मेरी हचकिंसन भी साथ आयी थीं पर अधिक दिन इन अनिश्चितताओं में वे टिक न सकीं और वापस लौट गयीं! फिर भी बीच-बीच में कुछ दिनों के लिए आतीं। विश्व की कालजयी कृतियों की प्रेरक कहानियों और काव्यपंक्तियों का नये राजनीतिक सन्दर्भों में पुनर्रोपण और मंचन 'कथासत्रम्' का मुख्य अभियान था! उसके 'थिंक-टैंक', उनके विचार मंडल का हिस्सा मेरी भी थीं! कौन-सी कहानियाँ और काव्य-पंक्तियाँ चुनी जाएँ—इसमें वे मान्यता मैडम और आशिष सर की मदद करतीं, पर भारत के आदिवासी, दलित, वंचित किशोर-किशोरियों के लिए हिन्दी में उनका पुन र्लेखन करते मान्यता मैडम और आशिष सर ही!

दो साल पहले के बम-विस्फोट में मेरी मैडम का निधन हो गया! तबसे उनकी छोटी बेटी, सायसा हम सबके बीच ही पली-बढ़ी! बड़ी अनूठी-सी अंग्रेजी-मिश्रित गोंडवी हिन्दी वह बोलती थी! ऐसा देवोपम उसका रूप था और ऐसा टुप-टुप बोलती थी वह नये विश्व की नयी भाषा कि थका-हारा व्यक्ति भी उसकी संगति में एकदम हल्का होकर लौटता था! मेरी मैडम के निधन के बाद आशिष सर और भी खामोश हो गये थे, और सायसा के प्रति और भी सजग! जहाँ भी जाते—कंगारू-माता की तरह अपने बाल-कंगारू को पेट पर बाँध लेते!

मान्यता मैडम की मौत के बाद तरह-तरह के झूठे-सच्चे आरोपों पर जब उन्हें जेल में ठूँस दिया गया, उदारता का महानाट्य रचते हुए डॉ. टंडन अनाथ सायसा

को हमसे छीनकर अपने घर ले गये और एक बड़े अँगरेजी स्कूल के हॉस्टल में उसका दाखिला करा दिया! चूँकि अब वह उनकी दत्तक पुत्री थी, उसकी फीस जो वे भरते, उस पर उन्हें आयकर की छूट भी मिलती! मान्यता मैडम के जीते-जी तो उनके भाई और पति में छत्तीस का आँकड़ा था, पर उनकी मौत पर दोनों एक हो गये! पूरा पुलिस तंत्र डॉ. टंडन के साथ हो गया! सो उनको उनकी मनमानी से कौन रोकता! कहने वाले यह भी कहते थे कि बच्ची के मन में बाप के विरुद्ध जहर घोलने में कोई कमी नहीं छोड़ी जा रही।

मान्यता मैडम की बेटी, शेफालिका, चिट्ठियों का यह पुलिन्दा लिए, किसी तरह बचती-बचाती कोटद्वार चली गयी, अपनी विवाहिता बहन के पास! वहीं से उसने यह सब कुछ मुझे डाक से भेजा, इस विश्वास के साथ कि माँ के सर से कलंक का टीका पोंछने और आशिष सर को जेल से छुड़ाने का प्रमाण मुझे इस भोली-भाली साहित्यिक पत्रावली में मिलेगा!

इन चिट्ठियों तक मैं बाद में आऊँगा! पहले तो ऐलविस पुतुल, ऐडवोकेट से अपनी मुलाकात की कहानी सुनाऊँ!

× × ×

डेढ़ बरस से आशिष सर जेल में हैं। मेरी मैडम और मान्यता मैडम की अप्रत्याशित मौत ने उन्हें और खामोश, और चौकस कर दिया, पर मान्यता मैडम द्वारा स्थापित 'कथासत्रम्' और 'आदि भाषा अध्ययन केन्द्र' वे सोआस से बचाकर लाये अपने पैसों से किसी तरह चलाते रहे! उनके जेल जाने के बाद भी मैं और हमारे जैसे उनके दस-बारह आदिवासी छात्र उसका 'शेक्सपियर बिरसा नाट्य मंडल' चलाये जा रहे हैं। जगह-जगह घूमकर इनके द्वारा सम्पादित विश्व-कथाकोश, विश्व-काव्यकोश की नाट्य प्रस्तुतियाँ हम खेला करते हैं– उन्हें एक खास तरह का राजनीतिक रंग देते हुए। उसी से कुछ पैसे भी इकट्ठा हो जाते हैं जिनसे हम आशिष सर का केस लड़ सकें।

बहुत ढूँढ़ा तो इतने कम पैसों पर इतना विवादास्पद केस लड़नेवाला एक वकील मिला! नाम है ऐलविस पुतुल! बड़ी तोंद वाले पृथुलगात ऐलविस पुतुल के दायें गाल के मस्से में तीन बाल तीन तिलंगों की तरह मचलते हुए जान पड़ते!

स्वयं शायद ही कभी हँसने वाले इस हँसोड़ व्यक्ति ने कम फीस पर भी हमारा केस लड़ना स्वीकार किया, इसके पीछे सिर्फ आदिवासी भाईचारा नहीं था, एक और भी बात थी। इस बंदे को रंगमंच में गहरी रुचि थी और शेक्सपियर का इन्होंने नाम सुना था, हमारे 'शेक्सपियर मंडल' की भी थोड़ी तो चर्चा सुनी ही थी। इस तरह से कहा जाए तो मुझे इनसे जोड़ने वाले स्वयं शेक्सपियर थे! 'आभासी सत्य' और 'वास्तविकता' के बीच का दाँव-पेंच समझने-समझाने में बेचारे शेक्सपियर ने अपना

जीवन दिया था! उन्हें दया आ गयी होगी यह सोचकर कि मेरे अँगरेजी शिक्षक बेकार ही फँसे हैं कानून के इस पचड़े में।

बिल्लू किंडो के नाम से इस इलाके में मैं जाना जाता था। सबसे पहले तो उन्होंने मेरा परिचय लिया, परिचय क्या, पूरा कच्चा चिट्ठा टेप किया...आज वह टेप मेरे पास है...सुनिएगा? एक सुर में क्या-क्या मैं बोल गया था उस दिन :

"मेरा असल नाम विलियम है। फादर फरनैंडिस ने जब मुझे यह नाम दिया तो मेरे बपतिस्मा में उपस्थित, मेरी जनजाति का कोई भी व्यक्ति नहीं जानता था कि इस नाम का सम्बन्ध अंग्रेजी साहित्य के इतने बड़े महानुभावों से होगा, शायद फादर भी नहीं।

घर से शहर भाग आने के बरसों बाद तक गलियों में इधर-उधर भटकता हुआ मैं अक्सर ही महसूस करता कि विलियम शेक्सपियर, विलियम वर्ड्स्वर्थ, विलियम बटरर येट्स और भी कितने विलियम स्वर्ग की खिड़कियों से झाँक कर मुझको देख रहे हैं! दुमका, राँची, छत्तीसगढ़ की सड़कों, वन-वीथिकाओं, माओवादी शिविरों में झाँकते हुए वे सब मेरे बारे में न जाने क्या सोचते होंगे! पढ़ने की लगन मुझमें थी, गाँव के मिशनरी स्कूल में कुछ चिढ़ते पर ज्यादातर शिक्षक मुझे प्यार करते थे। मुखर्जी सर और मान्यता मैडम ने कुछ तो मुझमें देखा होगा कि ओपेन स्कूल और ओपेन विश्वविद्यालय में मेरा दाखिला कराया और किसी-किसी तरह मेरी पढ़ाई जारी रह गयी। पर पढ़ाई में मेरी लगन का मुख्य श्रेय नेतरहाट आवासीय स्कूल को जाता है जहाँ मैंने कक्षा छह से आधी दसवीं तक की पढ़ाई की। दसवीं की छमाही के बाद मुझे स्कूल से निकाल दिया गया। एक भयानक झगड़े में मेरा नाम था। दसवीं का फॉर्म गाँव के स्कूल से भरा पर परीक्षा नहीं दी। भला हो ओपेन स्कूल का और मुखर्जी सर का कि चार बरस बाद ही सही, मेरी पढ़ाई का जाम चक्का फिर चल पड़ा।

जैसे गाँव के लड़के रेस लगाते हुए मेरे आगे-पीछे हो जाते थे, मैं जब घर से भागा, कुछ सपने तो मेरे साथ भगे, कुछ खूँटे पर बँधे रह गये—उन मवेशियों की तरह जो मैं चराया करता था। सपने में भी मैंने सोचा नहीं था कि अब मैं कभी पढ़-लिख पाऊँगा। पढ़-लिखकर शिक्षक बन पाऊँगा। भागा तो मेरा माथा सुन्न था—मेरे सर एक ऐसे आदमी की हत्या की साजिश का अभियोग था जिसे मैंने कभी देखा भी न था। बहुत मुश्किल से मैट्रिक का फॉर्म भराया गया, पहले ही पर्चे के दिन आधी राह चलने पर याद आया कि ऊपर से ऐडमिट कार्ड भी घर पर छूट गया था, घर जाता तो बाबा कितना पीटते, सो एकदम ही भाग आया!"

"सबसे पहले तो यह बताना जरूरी होगा कि नेतरहाट आवासीय विद्यालय से तू निकाला क्यों गया। कौन-सा वह झगड़ा था जिसमें तू फँस गया था? कौन-सा वह व्यक्ति था जिसकी हत्या की साजिश का अभियोग तुझ पर था।..."

''नेतरहाट स्कूल के बारे में तो यह प्रसिद्ध है कि वहाँ प्रवेश पा गया हर बच्चा एक आदर्श नागरिक बनकर बृहत्तर दुनिया में पाँव रखता है। हिंदी माध्यम से विज्ञान, समाजविज्ञान, गणित आदि विषयों की गहन पढ़ाई यहाँ होती है। राज्य-भर से चुने गये हर वर्ग, हर श्रेणी के तेजस्वी बच्चों को आश्रम जैसे माहौल में योग्यतम शिक्षक पढ़ाते हैं—इतने धीरज और श्रम से कि बिहार और अब झारखंड बोर्ड के सब टॉपर एक सिरे से वहीं के होते हैं। कहते हैं कि परीक्षा की कॉपियाँ जहाँ केन्द्रीकृत रूप से जँचती हैं, नेतरहाट-केन्द्र की कॉपियाँ आने पर वहाँ हल्ला मच जाता है और कई परीक्षक जिनके अपने बाल-बच्चे अगले वर्षों में बोर्ड की परीक्षा देने वाले होते हैं, उन 'मॉडेल' कॉपियों की नकल भी कर लेते हैं ताकि घर आकर बच्चों को दिखा सकें : ऐसे लिखे जाते हैं उत्तर।

मेरे बाबा उस मिशनरी स्कूल के पिअन थे जहाँ आरम्भिक वर्षों में मैं पढ़ता था! नये-नये क्रिस्तान बने सब घरों के बच्चे कुछ वर्ष तो वहाँ पढ़ते ही थे, फिर जाने कैसे तो तितर-बितर हो जाते थे! ब्रदर बेंजामिन मेरे गणित के शिक्षक थे। मेरी आइयो उनके घर चौका-बरतन भी करती थी। कभी-कभी छुट्टियों में उसका हाथ बँटाने मैं भी ब्रदर के घर जाता तो वे मुझे अलग से बैठाकर पढ़ाते भी। उन्होंने ही नेतरहाट की प्रवेश-परीक्षा की तैयारी करवाई और जब मेरा चुनाव हो गया तो कन्धे पर मुझको बिठाकर गाँव में इधर-उधर घूमे भी!

अपने इलाके का मैं अकेला आदिवासी बच्चा था जो प्रवेश की खातिर चुना गया था। स्कूल सरकारी था, पिता की आय के अनुसार वहाँ मेरी फीस भी माफ थी। बाबा भी आखिर स्कूल कर्मचारी थे, इतना सामान्य ज्ञान उनको था कि नेतरहाट में प्रवेश का मतलब है—बेटा बड़ा आदमी तो बनेगा ही—बड़ा इंजीनियर, बड़ा डॉक्टर, बड़ा वैज्ञानिक या बड़ा अफसर—सो वे भी बहुत खुश थे!

लेकिन कुंडो मास्टरजी बिल्कुल खुश नहीं थे। वे मुझे अलग तरह का सिपाही बनाना चाहते थे, 'झारखंड मुक्ति संग्राम' का सिपाही। रात को वे कुछ जहीन बच्चों की एक अलग ही 'क्लास' घर पर लगाते। हमें तरह-तरह की कहानियाँ सुनाते। उन्होंने ही हमें बताया कि बिरसा-मुंडा की क्रान्तिकारिता हमें कैसे आगे बढ़ानी है, सरकार के जुल्मोसितम से आदिजन समाज को कैसे मुक्त कराना है! भेद-भाव की संरचनाएँ कैसे ढाहनी हैं। 'धर्मयुद्ध' में हथियार उठाना भी जायज है। सशस्त्र क्रान्ति ही असल क्रान्ति है।

उनके साथ कुछ कॉमरेड मिलकर 'रात्रि-पाठशाला' चलाते। नेतरहाट से छुट्टियों में मैं घर आता तो वे मुझ पर टूट पड़ते। हर तरफ से अलट-पलटकर मुझे देखते, मुझसे बातें करते, ये जाँचते कि मुझ पर व्यवस्था का रंग चढ़ तो नहीं रहा, मैं क्रान्ति-पथ से भटककर सीधी-सपाट बुर्जूआ जिन्दगी का हिमायती तो नहीं बन गया। पद-प्रतिष्ठा, औरत-पैसा और नाम-धाम, दूसरे लटपटिया जगर-मगर मेरे

सपनों में सेंध तो नहीं लगा गये कहीं!

क्लासिकल अर्थों में वे सब चरित्रवान थे। खूब कसरत करते और हमें कसरत करवाते। रात-रात भर जगकर हमें महान किस्से सुनाते : आगे आने वाले क्रान्तिकारी जीवन का उत्साह हमारी भीगती नसों में धनक उठता। एक छुट्टी में हमें पी. पी. एच. से प्रकाशित 'हाउ द स्टील वॉज टेम्पर्ड' का हिंदी अनुवाद भी पढ़ने को मिला : 'अग्निदीक्षा' नाम से। छुट्टियों के बाद मैं यह किताब नेतरहाट भी ले गया। वहीं हमारे हिंदी आचार्य ने बताया कि यह अनुवाद जिन अमृत राय का किया हुआ है, वे उन्हीं प्रेमचन्द के बेटे हैं जिनकी कहानी 'कफ़न' हमारे पाठ्यक्रम में लगी है। फिर उन्होंने प्रेमचन्द की कहानियों का पूरा संकलन हमें दिखाया—'मानसरोवर' के आठों भाग मेरे हाथ लग गये। और प्रेमचन्द के किरदार 'अग्निदीक्षा' के किरदारों से गुत्थमगुत्थ हो गये। बाद के वर्षों में शेक्सपियर के किरदारों ने गोर्की, यशपाल, जैवेन्द्र वगैरह के किरदारों से ऐसी जंग मचा दी और मेरा मन रणभूमि हो गया।

जंगल के कॉमरेडों ने मेरे भीतर की यह जद्दोजहद निश्चय ही लक्ष्य कर ली होगी। इसके पहले कि मैं हाथ से निकल जाऊँ, उन्होंने मेरी क्रान्तिकारी गतिविधियाँ बढ़ा दीं। नौवीं की छमाही परीक्षा के बाद जब मैं गाँव आया, उन्होंने मुझे एक विशेष काम सौंपा। मेरे बाबा इन कॉमरेडों से चिढ़ते थे। उनके मन में यह भय बैठ गया था कि वे मुझे 'अफसरी' के परमपावन लक्ष्य से भटकाकर गुंडागर्दी सिखा रहे हैं : 'तू बड़ा अफसर बनकर ही आदिवासी समाज के लिए कुछ कर सकता है। गोली-बारूद फजीहत के रास्ते हैं।' लेकिन कॉमरेड मुझे समझाते कि मैं 'साधारण' नहीं हूँ, इसलिए मेरे रास्ते भी साधारण नहीं होने चाहिए। प्रकृति कुछ विशिष्टों को चुनती है और संसार से अन्याय मिटाने की जिम्मेदारी उन पर ही डालती है। संरचना बदले बिना कोई मानीखेज परिवर्तन संभव नहीं।

उस समय जो मेरी उम्र थी, उसमें मुझे उनकी बातें सहज स्पंदन से भर देतीं। यह वही साल था जब मुझे विद्यालय पत्रिका का छात्र-सम्पादक चुना गया था! कविताओं की अन्त्याक्षरी और वाद-विवाद प्रतियोगिताओं में भी स्कूल की तरफ से मैं अक्सर ही चुन लिया जाता। टप-टप, टुप-टुप बोलने की मेरी आदत लोगों का मनोरंजन करती तो होगी, क्योंकि हर जगह मुझे बोलने को खड़ा कर दिया जाता! कॉमरेडों के क्रान्तिकारी तेवर का मेरी भाषा पर निश्चय ही असर रहा होगा। अक्सर शिक्षक मुझसे पूछते—'यह प्रसंग तुमने कहाँ पढ़ा?'

कॉमरेड शशिशेखर की भाषा का असर तो मेरी भाषा पर था ही! स्कूल की छुट्टियाँ मैं ज्यादातर उनके ही साथ जंगल के खुफिया अड्डों पर गुजारता। मन से मैं उनका ही 'चेला' था। उनके ही साथ रैलियों में शामिल होता, उनके ही साथ दुनिया बदलने के सपने देखा करता। कभी-कभी जंगल के पोखरे में पाँव डाले हम देर तक बैठे रहते। कभी-कभी वे कुछ समझाते, कभी-कभी निःशब्द बैठे हम

साथ-साथ सूर्यास्त देखते। वे मेरे जीवन के सबसे मोहक, सबसे जादूभरे क्षण थे।

जब तक वे जीवित रहे, मेरे जीवन में पढ़ाई-लिखाई और क्रान्तिदर्शिता का सन्तुलन बना। पुलिस एनकाउंटर में उनकी हत्या के बाद मैं इस व्यवस्था से सचमुच ही क्षुब्ध हो गया। कुंडो साहब ने समझाया कि साथी शशिशेखर की मौत का बदला सरकार से लेना है तो छुट्टियों में थोड़ी यात्रा करनी होगी। बाबा से कहना होगा कि स्कूल के काम से बाहर जाना है और जहानाबाद के अवैध कारखानों से हथियार लाने होंगे। नेतरहाट में पढ़ने वाले बच्चे पर पुलिस भला क्या शक करेगी—एन. सी. सी. के ड्रेस में स्कूल-बैज के साथ जाना है, लोहे की पेटियों के ऊपरी हिस्से में कोर्स की किताबें सजानी हैं। नीचे छुपे हथियारों से बक्सा जो भारी हुआ तो क्या, कुली नहीं करना है, कसरती बदन आखिर किस दिन की खातिर है!

साथी शशिशेखर ये मुझे बता चुके थे कि मुंगेर, नालंदा, जहानाबाद, गया, सीवान और पटना में बन्दूक और अन्य आग्नेयास्त्रों के कई कारखाने हैं। पुलिस जब सक्रिय होती है तो ये कारखाने बन्द हो जाते हैं, पर फिर कुछ ही महीनों में उनके मालिक उन कारखानों में अपना काम शुरू कर देते हैं। कहते हैं, गाँव के लोहारों और मुंगेर के सरकार-नियंत्रित बन्दूक कारखाने से अवकाशप्राप्त कर्मचारियों और उनके सम्बन्धियों ने इन कारखानों की शुरुआत की थी! आज तो पुलिस की मिलीभगत के कारण इसने कुटीर-उद्योग का रूप धारण कर लिया है : कभी-कभी कोई सनकी-सा अफसर आ जाता है तो दिक्कत होती है वरना तो यहाँ के हथियार बेरोक-टोक इधर-उधर आते-जाते हैं। मुंगेर, जहानाबाद वगैरह के ऐसे अस्त्रों की बिक्री विदेशी अस्त्र के नाम पर देश के अन्य प्रदेशों में भी होती है : खासकर चुनावों के दौरान! कुंडो साहब ने इधर सी. पी. आई. ज्वाएन कर लिया था, इसलिए चुनावों में उनकी दिलचस्पी हो गयी थी। साथी शशिशेखर की तरह चुनावी पद्धति से पूर्ण अविश्वास उन्हें अब नहीं था।

तीन-चार बार तो मैं हथियार इधर-उधर करने का काम ठीक से कर पाया लेकिन चौथी बार धरा गया। चुनाव सर पर थे! एक और लड़का मेरे साथ था। इस क्षेत्र में लोगों के लिए तो अस्त्रों का निर्माण ही रोजगार का एकमात्र साधन था, पर मुख्य व्यापार शहर से जरा हटकर उस दियरा में होता था जहाँ नाव से हम पहुँचते थे। अभी हम नाव पर बक्सा रखकर बैठे ही थे कि दियरा पर पुलिस की भयंकर छापामारी हुई! ऐसी स्थिति में हमें बक्स नाव पर छोड़कर नदी में कूद लेना था और उस घाट की ओर तैर रहे मछुआरे बाल-वृंद में घुल-मिल जाना था। नाव में बैठने के पहले ही हम सामान्य कपड़े उतारकर मल्लाह-बच्चा बन जाते थे।

पानी में कूदने के साथ मेरे साथी, शिवचरण को अचानक याद आया कि कुरते की जेब में उसकी अम्मा की तस्वीर रह गयी जो उसने मरने के तीन महीने पहले बड़े शौक से सोनपुर मेला में खिंचवाई थी। उस तस्वीर में अम्मा का हाथ शिवचरण

के माथे पर था। शिवचरण के मन में यह बैठा था कि उसकी अम्मा देवी थी। जब तक वह तस्वीर उसके पास है, कोई उसका बाल-बाँका नहीं कर सकता।

एक बार पानी में कूदने के बाद फिर से वह नाव की ओर जो लपका तो एक सिपहिया का ध्यान गया। उसने गोली चला दी। घबराहट में नाव से एक हथगोला उठाकर शिवचरण ने उसकी ओर दे मारा!...कुछ देर अफरा-तफरी-सी रही। बकरे की माँ कब तक खैर मनाती!...कुछ साल हम बाल कारागृह में रहे, नेतरहाट अब सपना हो गया। बहुत मुश्किलों से जब छूटे, बेंजामिन सर ने ओपेन स्कूल से मैट्रिक का फॉर्म भराया।"

"और उसके बाद ऐडमिट कार्ड छूट जाने की घटना पर तू शहर भाग आया! ...चल इतना समझा! अब ये बता कि इन दिकुओं से तेरी मुलाकात कैसे हुई! कैसे तू इनके इतना निकट हो गया कि उन पर लगा कलंक मिटाने को अपने काम-धाम छोड़कर यों दर-दर भटक रहा है?" ऐलविस पुतुल ने सिगरेट की एक विपुल कश भरी और सामने वाली लकड़ी की मेज पर पैर पसारे तो उनके अतुल बोझ से मेज बकरी-सी मिमिया गयी।

"वह एक शर्मनाक वर्ष था और बाकी सब शर्मनाक चीजों की तरह काफी उत्तेजक भी! मैंने काफी धंधों में अपना भाग्य आजमाया! एक पहलवान की शागिर्दी की! बढ़ई का काम सीखा! एक दरवेश के मजार पर कव्वालों के बस्ते ढोए!...हुआ यह था कि बाबा साइकिल चलाकर सात किलोमीटर दूर के सेंटर तक लिये गये थे। सेंटर पहुँचने के पाँचेक मिनट पहले धक्क से मुझे याद आया कि ऐडमिट कार्ड तो वहीं ईसू के आलने पर छूट गया। एक बार जी में आया कि हिम्मत जुटाकर बाबा से कह दूँ...पर उसके बाद की लानत-मलामत के प्रलयंकर दृश्यों की कल्पना से मेरी फूँ सरक गयी। इतना हिसाब तो मुझे आता ही था कि अंदाज लगा लूँ—साइकिल वापस जाएगी-आएगी—तब तक इम्तिहान के डेढ़ घंटे निकल चुके होंगे, बाकी डेढ़ घंटों के लिए इतने प्रलयंकर दृश्य झेलना मेरे मन को गवारा न था, सो मैंने वहीं खड़े-खड़े ईसा मसीह से ताकत माँगी और बाबा की प्रवचनपरक ताकीदों का रेला खतम होते-न-होते तय किया कि इनके पीठ फेरते ही मैं राहुल सांकृत्यायन-भाव से किसी दिशा में निकल पड़ूगा।

'घुमक्कड़-शास्त्र' नामक उनका मजेदार निबन्ध हमारे पाठ्यक्रम का हिस्सा था। नेतरहाट के हमारे बदरी श्रीमानजी भावविभोर होकर बताया करते थे कि इलाहाबाद विश्वविद्यालय में उनकी बेंच पर बैठने वाला उनका लँगोटिया यार राहुलजी के बेटे के खास साथी का फुफेरा भतीजा था। उससे ही उन्होंने कई संस्मरण सुने थे जिनमें एक तो मैं मन में बार-बार दोहराया करता था। बार-बार दोहराने पर भी उसकी गुदगुदी दूर नहीं होती थी! दोहराते-दोहराते भीतर ज्ञानचक्षु खुलते हुए जान पड़ते। प्रसंग ही ऐसा था। बताते थे श्रीमानजी कि तिब्बत की पर्वत-कंदराओं

में भटकते हुए वे एक ऐसे गाँव पहुँचे जो वर्ष भर बर्फ से ढँका रहता था। रातें तो ऐसी शीतावरुद्ध कि न आग काम करे, न ऊन! ऐसे में साथ चिपककर सोने की खातिर मेजबान झबरा कुत्ता देते। एक कुतिया ऐसी हिल गयी राहुलजी से कि जब गाँव छोड़कर जाने लगे तो बदहवास पीछे दौड़ी! बार-बार वे आधी राह से मुड़कर उसे घर छोड़ आते, पर वह कहाँ मानने वाली थी। तू डाल-डाल, मैं पात-पात वाली स्थिति। राहुलजी के मन में घनघोर चिन्ता और गहरा असमंजस! साथ ले जाना भी मुश्किल था, छोड़कर जाना भी मुश्किल! उसकी आँखों में करुणा और आसन्न वियोग की ऐसी लौ दिपदिपा रही थी कि राहुलजी का कलेजा ऐंठ गया...अन्त तक पलटकर देखते रहे, देखते रहे कि कैसे बर्फ का एक बड़ा झब्बा गिरा—ऐन उसके माथे पर और बुझ गयीं उसकी दिपदिपाती आँखें!

बुझीं? बुझीं कैसे! बुझीं कहाँ? राहुलजी के पन्नों में तो वे अब भी दिपदिपा रही हैं, दिपदिपा रही हैं उन सब लोगों के भीतर जिन्होंने उनकी कहानी सुनी है! मेरे लिए तो वियोग का मतलब वहीं से खुला! दसवीं में जब हमने गोपियों की विरह-वेदना वाले प्रसंग से सप्रसंग व्याख्या वाले हिस्से छाँटे...या कुछ दिन और बाद जब प्रेममग्न स्त्रियों की एक कतार-सी आँखों में सजती चली गयी, चित्त में वे ही आँखें दिपदिपाती रहीं!

गाँव में सब कहते : 'यह लड़का फस्टो में फस्ट रहेगा' : शहर के ढाबों पर इधर-उधर बरतन मलता हुआ मैं उनकी इस भविष्यवाणी पर खूब मनमोदक लूटता। रह-रहकर मुस्करा भी देता! सेठ मुझे देखकर कहता : 'लड़का कुछ हाफ-माइंड है, मगर है मेहनती!'

मेहनती तो मैं हूँ! पढ़ता तो रात भर पढ़ता ही जाता। सातवीं के बोर्ड में जिले भर में मैं अव्वल रहा। लगातार छात्र-वृत्ति भी मिली, पर रंजना दी के विवाह के वक्त पढ़ाई से जी ऐसा उचटा कि बस...हाँ, कवित्त पूरे कंठस्थ हैं। जो कुछ बचा है, स्टील का चचा है। अभी भी अंग्रेजी में अखबार धड़ाधड़ पढ़ सकता हूँ—रंजना दीदी का अवदान है मेरी अंग्रेजी! वे शहर के कॉन्वेंट में पढ़ती थीं। वे और उनके पिता, हेमचंद्र बाबू मुझको कितना मानते थे।...अंग्रेजी और संस्कृत की कृपा थी कि कोई मुझे जल्दी घुड़कता नहीं था! कोई ज्यादा रोब लेता था तो अंग्रेजी में बरज देता था और बीच-बीच वे सभी श्लोक टाँक देता था जो संस्कृत मास्सा'ब ने 'सुभाषितानी' में पढ़ाये थे। लोग चकित होकर मुँह देखने लगते थे। हेमचंद्र बाबू ब्लॉक में एकमात्र डॉक्टर थे जो गाँव की डिस्पेंसरी में बैठे मिलते। छुट्टियों में जब रंजना दीदी घर आतीं, मैं उनसे मिलने जाता! मेरी विमाता उनके घर खाना बनाती थी! इस नाते उनका घर मेरा भी घर था! गर्मी की छुट्टियों में हर शाम रंजना दीदी के साथ बीबीसी के भी समाचार सुनता था—इसलिए मेरा उच्चारण भी मेरी फटी कमीज से मेल नहीं खाता और मुँह खोलते ही मैं सबको गच्चा दे जाता!...जहाँ-जहाँ भी मैंने छोटी-मोटी

नौकरी करके अपना गुजारा किया, वहाँ सेठ इसलिए भी मुझसे प्रसन्न रहे कि हिसाब-किताब में मैं पक्का था, ज़बानी ही लगा देता था सारे हिसाब...!

पर सब विषयों में मुझे हिन्दी प्रिय थी! बदरी श्रीमानजी कहते थे, हिन्दी में माँ के दूध का लस है। मैंने माँ का दूध नहीं चखा था। मेरी माँ मुझे जन्म देकर स्वर्ग सिधार गयी थी। जिसे माई या आइयो कह रहा हूँ, दरअसल मेरी विमाता थी। विमाता दयालु ही थी, पर दया ममता का पर्याय नहीं होती, उसमें अधिकार का ठस्सा नहीं होता। बाबा चिड़चिड़े स्वभाव के थे, पर उनकी बातों पर कान धरे बिना आइयो अपने काम किये जातीं और संक्षिप्त-सी आमदनी में भी घर ठीक-ठाक चला लेतीं। इसलिए घर से भागते हुए मुझे बहुत ज्यादा अन्तर्द्वन्द्व नहीं हुआ। मन को मैंने यह कहकर समझाया कि मेरे भाग निकलने से इनका खर्चा कुछ घटेगा ही; अगर शहर जाकर कुछ पैसे इकट्ठा कर पाया तो इनके लिए भी कुछ भेजा करूँगा!

डोरंडा पहुँचकर रंजना दीदी की ससुराल तक तो गया, पर वहाँ संतरी की मूँछें भाईं नहीं मुझको, और मेरे स्वाभिमान को भी यह खटका लगा...अभ्यागत की तरह कहीं नहीं जाना चाहिए, वह भी खाली हाथ, यह समझने की बुद्धि मुझमें तब भी थी!... पलटकर मैं सी.पी.आई.एम.एल के दफ्तर गया—वहाँ पता चला कि कॉमरेड भास्कर राव तो छत्तीसगढ़ गये! उनकी तलाश में मैं किसी तरह छत्तीसगढ़ भाग आया पर वहाँ जो नक्सलियों की हालत थी, वह देखकर मैं सहम-सा गया।

दो-चार जगह कुछ दिहाड़ी कर लेने के बाद मेरी नौकरी जिस ढाबे में लगी, उसके बायीं ओर एक लॉज था, दायीं ओर एक एस.टी.डी. बूथ, पीछे एक इंटरनेट कैफे, खाली समय में वहीं जा बैठता! उसी जगह फोटोस्टेट की भी एक मशीन लगी थी जहाँ बड़े-बड़े ग्रन्थ लिये आते थे, मेरे भाग्यविधाता, आशिष मुखर्जी! इनकी संगति में मेरी पढ़ाई का रुका हुआ इक्का टकुदुम-टक आगे बढ़ा था। एक तरह से उन्होंने मुझको गोद ले लिया था! ये ही थे पत्राचार विद्यालय की मान्यता मैडम के बचपन के साथी जो उनके आह्वान पर सोआस छोड़कर विलासपुर आ बसे थे और उनके साथ मिलकर बस्तर के जंगलों में 'कहानियों का स्कूल' चलाते थे!

वे इतने दुबले थे कि उन्हें इतनी किताबों का बोझ लिये रिक्शे से उतरते देखना आसान नहीं था। कितना भी अंठियाओ, मन कसमसा ही जाता और चाहते-न-चाहते हाथ मदद की खातिर उठ जाते!... इसी बात पर धीरे-धीरे मेरे उनसे सम्बन्ध इतने घनिष्ठ हो गये कि मैं उनके घर ही रहने लगा। मैं उनके घर के काम-काज कर देता, वे मुझे बहुत मनोयोग से पढ़ाते। उनकी बेटी सायसा हमारा साझा खिलौना थी!

हिन्दीभाषी कस्बे में अंग्रेजी का शिक्षक होने की जो भी व्यंजनाएँ हो सकती हैं, उन पर लागू थीं। वे थे और नहीं थे! शेक्सपियर ही उनके दुख-सुख का साथी था। टेनिसन के घर उनकी बग्गी रुक जाती थी। वैसे थियरी-वियरी की भी चर्चा उनके घर छिड़ती थी लेकिन तब ही जब उनकी पट्टशिष्या, अरुन्धती सेन जो विवाह

के बाद कलकत्ता के किसी मिशनरी कॉलेज में पढ़ाने लगी थी, गर्मी की छुट्टियों में उनसे मिलने उनके घर आती! ओपेन स्कूल से मेरे बारहवीं करने से लेकर बी. ए. पास कर जाने तक यह सिलसिला अभंग चला।

सर के सत्संग का नतीजा : लिग्वी कजामिया की कसम, धीरे-धीरे मुझे सपने भी ब्राउनिंग और डिकेंस के आने लगे। अंग्रेजी लिख भी मैं लेता, पर अंग्रेजी लिखते हुए मेरी हालत कब्ज के मरीज की हो जाती। पहले मेरी समझ में नहीं आता कि जो बात मैं धड़ाधड़ अपनी भाषा में कह सकता हूँ, किसी और भाषा में कूथ-कूथकर क्यों कहूँ, पर अंग्रेजी का मायालोक मुझे बहा ले गया और यह मायालोक रचने का पूरा श्रेय जाता है शेफालिका टंडन को। वैसे तो अंग्रेजी (ऑनर्स) की सब लड़कियाँ बड़ी चरपरास थीं। कोई खुद को रानी विक्टोरिया से कम समझने को राजी नहीं, पर इनकी सरताज थी शेफालिका, शेफालिका टंडन, शहर के सबसे बड़े एलोपैथ डॉक्टर की बेटी जिसने जीवन के आरम्भिक वर्ष किसी कॉन्वेंट में बिताये थे; कॉलेज में वापस विलासपुर बुला ली गयी क्योंकि, बकौल बनवारी लाल, वहाँ उसे अपने पियानो शिक्षक से इश्क हो गया था। एक उसी से मैं जरा दबता, जैसे शेक्सपियर के नाटकों के नायक अपनी नायिकाओं से दबते हैं।

सर ने जो 'शेक्सपियर सोसायटी' बनायी थी, पत्राचार विद्यालय के वार्षिक जलसे पर शेक्सपियर का एक नाटक जरूर खेलती। अब विलासपुर के रंगमंच पर शेक्सपियर का देशी अवतरण सिद्ध करने में सर की मदद मुझसे अधिक कौन कर सकता था। यही एक अवसर होता जब शेफालिका-जैसी अंग्रेज लड़कियों पर अपना रोब जमाने का मुझको भरपूर मौका मिलता और सर के अनन्त उपकारों से उऋण होने का एक छुटकुनुआ अवसर भी!

वह एक ऐसा ही अवसर था! अन्य वर्षों की अपेक्षा कुछ अधिक ही विशिष्ट! 'छत्तीसगढ़ योग संस्थान' में देशी-विदेशी प्रशिक्षुओं के सम्मुख हमें तीन घंटे की एक प्रस्तुति देनी थी। हमने कई स्किट पहले भी किये थे, जैसे 'मर्चेंट ऑफ वेनिस' का कोर्ट सीन, या 'किंग लियर' का अन्तिम दृश्य, 'ऐज यू लाइक इट' और 'अ मिड समर्स नाइट्स ड्रीम' के जंगल वाले दृश्य! एक बार 'हैमलेट' के एकालापों की एक शृंखला भी मंचित की थी! 'मैकबेथ' में राजा डंकन वाला दृश्य किया था!

पर इस बार ऐसी छोटी प्रस्तुतियों से काम नहीं चलने वाला था। रोटरी क्लब ने बड़े पुरस्कार की घोषणा की थी और 'संस्कृत संस्थानम्' के लड़के भास या कालिदास का कोई पूरा नाटक मंचित करने की तैयारी में थे!

शेक्सपियर को पूरा अंग्रेजी में खेला जाना असम्भव था—आयम्बिक पेंटामीटर का लच्छेदार वैभव लच्छा-दर-लच्छा सँभाले चले जाना आसान न था! शेफालिका तो किसी तरह सँभाल भी जाती, बाकी हम उछल-कूद मचाकर रह जाते! फिर उतनी धाँसू अंग्रेजी पर विलासपुर की जनता बख्शती किसी को? रांगेय राघव, बच्चनजी,

रघुवीर सहाय के अनुवाद मँगवाने की सोची मगर 'राष्ट्रीय पुस्तक भंडार' ने लम्बी प्रतीक्षा के बाद टका-सा जवाब दे दिया कि भोपाल में भी वे उपलब्ध नहीं।

अब क्या हो? आशिष बाबू बांग्लाभाषी थे, उनकी हिन्दी मुँह में रसगुल्ला दाबे हुई-सी कुछ गोल-गोल कहती जो मीठा जरूर जान पड़ता, पर उतना ही लसलसा भी! ...कुल मिलाकर तय यह हुआ कि मैं, मेरा लँगोटिया यार सनत, शेफालिका और दूसरी कॉन्वेंटबाला हेम रामकृष्णन् डॉ. टंडन यानी शेफालिका के पिता की बैठक में मिलेंगे और अगर कोई एक समूचा नाटक अनूदित न कर पाये तो कुछ प्रमुख नाटकों के बीज-दृश्यों और बीज-संवादों का ही एक कोलाज-सा प्रस्तुत कर देंगे।

महीने भर की कार्यावली बनी! मेरा काम सबसे कठिन था! पिछले सारे स्किटों की पटकथा झाड़-पोंछकर हाजिर करना! उनको ही जोड़-तोड़कर एक कोलाज विकसित कर लेने की योजना बनी थी! उसमें तारतम्य कैसे कायम होगा, एकसूत्रता कैसे आएगी, इस बारे में दिमाग लड़ाना अभी बाकी था कि यह घटना घटी : यानी कि मैडम का नीला शरीर एक दिन अचानक ही 'कथासत्रम्' से तीन किलोमीटर दूर फेंका हुआ पाया गया!

कुछ दिन तो मेरे हाथ-पाँव सुन्न रहे! फिर मैंने शेफालिका के कहने पर और स्वयं अपने भी मन की शान्ति के लिए पुलिस के समानान्तर निजी तहकीकात जारी की!

पुलिस की तहकीकात बन्द हो चुकी है, पर मेरी फाइल आजीवन बन्द नहीं होगी! आजीवन मैं उन प्रश्नों से टकराता हुआ उस बृहत्तर न्याय की कोशिश करता रहूँगा जिसकी अपेक्षा श्रीमती टंडन को इस कुटिल और कठिन समाज से थी।

पहला वक्तव्य स्वयं शेफालिका का, फिर उसकी माँ की इस साल की डायरी एंट्री, उसके बाद के वक्तव्य घर-मुहल्ले, 'स्कूल फॉर ओपेन लर्निंग' के उनके सहयोगियों-छात्रों, सी.पी.आई.एम.एल. के उनके साथियों के जिनसे उनकी सहानुभूति लगातार उनको विवादों के घेरे में रखे रही!

जैसा कि होता है, स्त्री-सम्बन्धी कोई भी 'अपवाद' उसके यौन-जीवन और 'चरित्र' की विषम अटकलों से पटा पड़ा होता है!...एक बड़ी अफवाह यह थी कि श्रीमती टंडन के तीनों बच्चे बालपन के उनके 'प्रेमी', उन्हीं आशिष मुखर्जी के हैं जिन्होंने मुझे इतना पढ़ाया-लिखाया! लोग तो कुछ भी कह सकते हैं, शेक्सपियर में इस भेड़-चाल का चित्रण गजब है। तथ्य सिर्फ इतना था कि श्रीमती टंडन के आह्वान पर ही वे विदेश की नौकरी छोड़कर छत्तीसगढ़ आ बसे!,

''अच्छा तो अब मुझे उस दिन तक ले चल जिस दिन वह घटना घटी : शेफालिका की माँ, श्रीमती मान्यता टंडन एक रात पहले तो पुलिस-एनकाउंटर में मारे गये शिबू कॉमरेड के बीवी-बच्चों से मिलने 'सेंटर' गयी थीं—'सेंटर' यानी जंगल का वह तम्बूनुमा स्कूल जहाँ वे और मुखर्जी सर मिलकर पत्राचार विद्यालय चलाते थे!'' ऐलविस पुतुल ने कहा और भीमकाय डकार ली! एकदम से मैं कुछ बोल नहीं पाया। बात कल पर टाल दी।

मृत्यु तो कॉमा है, पूर्णविराम नहीं

"अप्रैल की वे हवाएँ! धूप की जीभ किरकिरा जाती है। और भी अकेला हो जाता है आदमी! उस पुरानी कोठी का यह इतना बड़ा अहाता और भी गनगना उठता है इस धुकधुकाते सन्नाटे से!...कुछ लोग इतने जीवन्त, इतने सजीव होते हैं, इतने जिन्दादिल कि 'आत्महत्या' या 'हत्या'-जैसे हाहाकार से उन्हें जोड़ना आसान नहीं होता। ऐसी ही थीं मैडम। रोज सुबह एक हाथ से अखबार लेतीं और दूसरे से मुझे चाय देतीं। बाद में मैं उनके कम्प्यूटर का काम देखने लगा। हर इतवार चार से छह उनके साथ गुजारे वे दो घंटे मेरे जीवन के सबसे ऊर्जास्वित घंटे हैं। पर उनके घर में लोगों का व्यवहार उनके प्रति सहज नहीं था, यह भी मैंने लक्ष्य किया। इतने बड़े घर में कोई एक कोना भी उनका नहीं था। फिर भी वे भरसक खुश रहतीं।

वे आत्महत्या कर सकती हैं, यह तो वे लोग भी नहीं मानते जिन्होंने कॉम्पोज की दो खाली पत्तियाँ दराज से लाकर पुलिस को थमायी हैं। उधर शव पोस्टमार्टम के लिए गया, इधर उनमें खुसुर-फुसुर-सी जो शुरू हो गयी, उसका सिरा पकड़कर मैं उनके बहुतेरे जानकारों से मिला! जो भी देखा-सुना और बटोरा, उससे स्त्री-जीवन के कुछ रहस्य मुझ पर खुले, वो ही मैं आपसे साझा करना चाहता हूँ।

ऐसे हर केस में पुलिसिया छानबीन के समानान्तर मेरे जैसे आत्मस्थों की भी एक खुफिया छानबीन तो चलती ही है जिनसे मृतक का रूहानी रिश्ता हो, आत्मा का सम्बन्ध! रक्त सम्बन्ध या यौन-सम्बन्धों की अपनी सीमाएँ और घेरेबंदियाँ हो सकती हैं! रूहानी रिश्ते रिश्तों के घचपचिया, लाभ-हानि वाले गणित से तो दूर होते हैं, इसलिए उनका विस्तार उतना ही होता है जितना शास्त्रों में 'आत्मा' का प्रकल्पित है।

मैडम शेफालिका की माँ थीं! शेफालिका मेरी क्लासमेट है, 'अंग्रेजी ऑनर्स' की टॉपर और 'सर' की प्रिय छात्रा होने के कारण मेरी स्पर्द्धी भी! लेकिन मैडम से मेरा रिश्ता सिर्फ यह नहीं था कि वे एम. ए. अंग्रेजी की सबसे ठाठदार लड़की की

माँ थीं। शुरू-शुरू में मैं इस बँगले के अहाते में अखबार फेंककर चला जाता था। रबर-बैंड जिन्दाबाद! गुलियाकर अखबार का एक टेलिस्कोप-सा बनाता और निशाना साधता सीधा खिड़की के छज्जे पर, लेकिन टकराकर पुलिन्दा अक्सर अहाते में आ गिरता।

दिसम्बर की एक कुहरीली सुबह थी वह! हाथ को हाथ नहीं सूझता था। ठंड इतनी कड़ाकेदार थी कि मेरी उँगलियाँ अकड़-सी गयी थीं। ये उँगलियाँ भी न-काफी अजीब हैं। पता नहीं-किस बात पर इतनी अकड़ दिखाती हैं ये! घर में नहीं दाने, अम्मा चली भुनाने! लेकिन हाँ, यह बात भी अपनी जगह सच है, बाबा कहते थे, मेहनतकशों को गाहे-बगाहे अपनी थोड़ी-सी अकड़ दिखा देनी चाहिए। उनके श्रम पर ही तो टिकी हुई है सारी दुनिया। गरीब आदमी का सबसे बड़ा धन उसका श्रमसिद्ध स्वाभिमान है। बाद में पार्टी दफ्तर वालों ने सिखाया—गरीब आदमी की सबसे बड़ी ताकत है संघशक्ति और स्वाभिमान।

जो हो, पर इतना है कि मेरी उँगलियाँ गलत जगह पर लगी थीं अपनी अकड़ दिखाने! बाबा जैसे अपनी सारी धौंस, सारी अकड़ हम पर और आइयो पर निकालते—यानी कि गलत जगह—मेरी उँगलियों ने अपनी अकड़ साइकिल के हैंडिल पर निकाली जो खुद ही ठंड खा गयी थी। उँगलियाँ लचें तब तो मुट्ठी बँधे, ग्रिप बने...साइकिल तेज चले...ठंड भगे!...फिलहाल कोई उपाय नहीं था और साइकिल खींचता हुआ मैं पैदल ही बढ़ा जा रहा था कि दूर पर एक आकृति टॉर्च जलाये हुए खड़ी दीखी...कुहरे के पार से आवाज आयी—'अन्दर आओ तो!'

श्रीमती टंडन यानी मैडम जैसे मेरी ही प्रतीक्षा में खड़ी थीं—बाहर जो अखबार फेंक जाते हो—कुत्ते उसे फाड़ देते हैं! तुम्हें तकलीफ तो होगी, मगर भीतर बरामदे तक आ जाया करो!...मेरे घर में सब देर से सोते-जगते हैं। सुबह की चाय मुझे अकेली पीनी होती है! तुम्हारा साथ मिल जाएगा तो अच्छा ही लगेगा। मैं चाय अच्छी बनाती हूँ।

अन्धा क्या चाहे, दो आँखें!...तब से अब तक हम सुबह की चाय साथ ही पीते रहे। सुबह की चाय सिर्फ चाय नहीं होती। कोई भी चाय सिर्फ चाय नहीं होती, वह एक साझा रोमांस होती है—उन्हीं दो जनों के बीच पलने वाला एक विशिष्ट एहसास जो चुपचाप सिर जोड़कर बैठ जाने का नायाब मौका कुछ देर को तो चुरा लेते हैं, महाव्यस्त, अस्त-व्यस्त जीवन से!

हाँ, सुबह की चाय में थोड़ी सुबह भी घुल जाती है : सुबह जिसमें मौसम का हर रंग चाय-पत्ती के अलग-अलग फ्लेवरों-सा घुला होता है।

कितनी भी ठंडी सुबह हो, मैडम नहाई-धोई ही मुझे मिलतीं—कुछ देर लम्बे बालों पर तौलिया लिपटा होता—फिर कुर्सी के पीछे रखे आलने पर यत्नपूर्वक बाल

फैलाये जाते! चाय पीते या बतियाते हुए गर्दन इधर-उधर होती तो भी वे आलने से गिरते नहीं—इतने लम्बे बाल थे। बाल सुखाने के लिए आलने का उपयोग मैंने पहली दफा देखा था। घर पर तो आइयो आलने पर हमारे 'बाहर के कपड़े' हाथ से सींटकर टाँगा करतीं। घर में इस्त्री तो थी नहीं। हाथों से सींटने पर सिलवटें सीधी नहीं होतीं तो बिस्तर के गद्दे के नीचे कपड़े डाले जाते। कहीं भोज-भात में जाने के पहले एक ही थान से काटकर बनायी गयी चार कमीजें पहने हम चारों भाई परमप्रसन्न भाव से एक-दूसरे को जैसे देखते वैसे तो पुष्पवाटिका में सीताजी ने भी रामजी को न देखा हो शायद। 'डेविड किंडो के बच्चे कितने अनुशासित हैं, गाँव का आदर्श'—सब कहते और आइयो फूली न समातीं।

हाँ तो मैं यह कह रहा था कि मैडम रहस्यमयी थीं। मृत शरीर पर इनके यही बाल (डँस कर थकी) किसी कमजोर नागिन की त्रस्त फुफकारों-से इधर-उधर बिखरे थे! पर इनका चेहरा प्रशान्त था!

चाय की अन्तिम प्याली मैंने उनके ही साथ पी थी! अब मैं चाय नहीं पीता—उस अनगिन संकल्पों की याद में जो उन्होंने मुझमें जगाये थे या उन सबमें जगाया करती थीं जो अलस्सुबह उनसे फोन पर बतियाया करते थे।

उस सुबह के बाद से कुछ देर 'और' साथ बैठ लेने का मोह मुझमें जगा और मैंने एक दिन हौले से पूछा—'तसल्ली से बैठकर चाय तो तभी पी सकूँगा जब सब घरों में डालने के बाद आपके घर अखबार डालूँ! समाचार बासी हो जाने का भय तो नहीं है?'

उन्होंने आहिस्ते से सिर हिलाया—'बासी तो कुछ भी कभी भी नहीं होता! इतिहास की पुनर्नवा शक्ति अपरम्पार है, बिल्लू!'

सुनने में किताबी लगने वाली ये किताबें उनके ओठों से सहज झड़तीं—हरसिंगार की तरह टप-टप-टप! हरसिंगार इनको प्रिय होंगे। अहाते में हरसिंगार के बहुतेरे पेड़ थे। सुबह उनकी खुशबू एक आश्चर्यलोक में प्रवेश का आलम रचती थी। (बेटी का नाम भी शेफालिका रखा था लेकिन उसके वजूद में हरसिंगार की भीनी खुशबू से ज्यादा, महँगे डियो की महक थी। वह आप्यायित करती थी, चकित नहीं!)

मैडम चकित करती थीं। बात-बात में चकित कर देने वाले ऐसे लोगों को अक्सर, 'फ्रॉड' और 'फोनी', नौटंकीबाज और उथला समझा जाता है! सहसा लोगों को विश्वास ही नहीं आता कि कोई इतना भी अच्छा हो सकता है! आसपास के लोग, खासकर करीबी रिश्तेदार और सहकर्मी इनसे विशेष खार खाते हैं!

इन सब बातों की समझ मुझमें तब जगी जब इनकी मृत्यु ने बाद के हहाते दिनों में मैंने इनके 'रहस्यमय' व्यक्तित्व से जुड़ी सारी अफवाहों की छानबीन

की—अपूर्व धीरज और नेह से, क्योंकि चाहे-अनचाहे, जाने-अनजाने उन्होंने मेरे इस अस्त-व्यस्त जीवन को नया मोड़ दे दिया था। जिन अर्थों में मुखर्जी सर मेरे गुरु थे, ये भी थीं—औरत का मन क्या होता है, यह मैंने उनके और शेफालिका के आसरे ही जाना था।

× × ×

अफवाहों की छानबीन अक्सर एक काटा-कूटी-सी मचाती है, सहसा समझ में नहीं आता—किसकी तरफ से सोचें! इस तहकीकात में मान्यता मैडम की घरेलू औकात के और भी अधिक चितकबरे पक्ष उभरे। हमारे समाज में पढ़ी-लिखी स्त्रियाँ किस कदर अकेली हैं—यह भी समझ में आया। उनकी हँसी के भी कई रंग उभरे! किसी विडम्बना का सामना होने पर उनकी हँसी फूट पड़ती! काम करने वाली माई ने बताया कि घरेलू तनाव का एक बड़ा कारण वह था मान्यता मैडम की तनख्वाह रह-रहकर बन्द हो जाती, जो मिलती उसी में उन्हें घर चलाना होता था। डॉक्टर साहब अपनी प्रैक्टिस के सब पैसे घर और जमीन खरीदने में लगाते थे। धीरे-धीरे मैं समझने लगा था कि पुरुष क्यों ऐसा करते हैं—इससे उन्हें स्त्रियों को उनकी औकात बताने में सुविधा होती है। दैनान्दिन खर्चे की तो कोई गिनती नहीं होती, एकमुश्त पैसे से रुआब बढ़ता है, बच्चे भी दबकर रहते हैं। मान्यता मैडम की टकदुम कमाई तो सारी गृहस्थी में झुंक जाती, ऊपर से ताने ये सुनने पड़ते कि समाज कल्याण की सीढ़ी से नेता बनना चाहती हैं... गालियाँ तो अखंड कीर्तन की तरह चलती रहतीं, कभी-कभी हाथ भी छोड़ देते डॉक्टर साहब! माई यह भी बोली कि एक बार दीवार से टकराटकर उनका सर भी फोड़ दिया था, रात-भर खून बहता रहा, तीन तौलिए धोने पड़े सुबह-सुबह, फिर यह कहकर सासु माँ ने अस्पताल में भरती किया गया कि चलने का कोई शऊर ही नहीं, सो गिर पड़ी हैं। टाँका लगाती हुई लेडी सर्जन लगातार डॉक्टर टंडन की बड़ाई करते नहीं थकी कि वे कितने कर्मठ हैं, कितने दयालु, कितने अनुशासित, कितने गरीबनवाज़। मान्यता मैडम टाँका लगवाती हुई धीमे-धीमे मुस्कुराती रहीं।... फिर घर आकर 'सॉरी-सॉरी' की प्रशस्त लीपापोती हुई और गृहस्थी की भैंसागाड़ी अपनी मग्न रफ्तार में चल दी।

ऐसे ही चलते हैं दुनिया में ज्यादातर घर—पंछी उड़ जाता है, पिंजरा टँगा का टँगा रह जाता है। मार-पीट, गाली-गलौज करता हर मानुष खलनायक ही हो—यह जरूरी नहीं। वह एक साधारण, कमजोर मनुष्य भी हो सकता है—पितृसत्ता, सामन्तशाही और आवारा पूँजी का बिगाड़ा हुआ ऐंठलोहर मनुष्य! ऐसे ही थे डॉक्टर साहब! बहुतेरे लोगों ने उनके गुण-अवगुण गाये पर एक भी बन्दा ऐसा नहीं मिला जिसे उनकी नीयत पर शक हो।... इसलिए धीरे-धीरे उन्हें शक के घेरे के बाहर ही करना पड़ा।

और कौन? भाई? सरकार? प्रदर्शन से परेशान कोई ठीकेदार? विदेशी कम्पनियों का कोई दलाल?

डॉक्टर साहब की स्थिति यह कुछ दिन लगातार सोए रहे, फिर अपने काम में मन लगा लिया। उनके मरीज़ ही उनका अहंकार पुष्ट रखने के लिए पर्याप्त थे मरता क्या न करता। बाकी सब उन्हें दूर से प्रणाम किए रखते। किसी के पास बैठते तो उस पर घड़ों पानी पड़ जाता। किसी-न-किसी बहाने उठ ही जाता वह वहाँ से। शामें गिद्ध की तरह चारदीवारी पर बैठतीं, फिर उठकर समाचार देखने चले जाते—पहले कुछ दिन तो चुपचाप, फिर उसी तरह नेताओं को गालियाँ बकते, लोगों पर दाँत पीसते।

श्राद्ध के तीन-चार दिन बाद से ही सब-कुछ सामान्य हो गया। मातम भी मीयादी बुखार होता है शायद। हाँ, रक्तचाप की शिकायत जरूर रहने लगी।

खण्ड-2

सत्य अपना प्रमाण खुद है : चिट्ठियों की गवाही

कथासत्रम्

"सच्चाई सबसे बड़ी ताकत कैसे है, सर?" डरते-डरते उस दिन मैंने पूछा था! मुखर्जी सर अपनी दृढ़ मुस्कान की ओट में बोले थे :

"सत्य की ताकत का इससे बड़ा प्रमाण क्या हो सकता है कि झूठा-से-झूठा, बेईमान-से-बेईमान व्यक्ति भी कोशिश यही करता है कि स्वयं को किसी तरह सच्चा और ईमानदार सिद्ध कर दे!"

मेरी जान में जान आयी थी। दरअसल मैं बहुत दुखी था! मेरी दोस्त, निर्मला, के चेहरे पर पिछले महीने जिसने तेजाब फेंक दी थी, वह तो मूँछ ऐंठता पूरी बस्ती में स्वतन्त्र घूम रहा था, और लोग थे कि निर्मला को ही कोस रहे थे कि क्या जरूरत थी सहेली के गैंगरेप की रपट दर्ज कराने की! इलाज डॉ. टंडन के अस्पताल में चल रहा था, बचने के आसार कम ही थे, फिर भी आये दिन सुनाई देता—'मिल गया हीरो बनने का मजा!' अखबार रोज सच्चाई की हार की खबरों से रँगे होते। हर तरफ आग ही आग थी। बरबस ही कबीर याद आ जाते :

ऐसा कोई ना मिला जिन सौं रहिए लागी
सब जग जलता देख्या अपनी-अपनी आगी।

नहीं, मुझे ऐसा कहने का हक नहीं है! मेरे पास तो दो-चार लोग ऐसे थे जिनसे लगकर, सटकर बैठना सम्भव था और उनकी शीतल आग की छाँह-तले जीवन का मर्म समझना भी। मुखर्जी सर, श्रीमती टंडन यानी मान्यता मैडम, उसके पहले—पलामू में—कॉमरेड शशिप्रकाश...

अभी भी तो हम 'लगकर' ही बैठे थे। बात 2005 की है, 4 जून, 2005 की। अबूझमाड़, बस्तर के एक तालाब में दोनों पाँव डुबाए मैं, मान्यता मैडम और मुखर्जी सर बैठे थे। छह-साढ़े छह का वक्त होगा। इस वक्त पाठशाला के किशोरों का धीरज टूट चुका होता था। उनके भीतर के खरहे, हिरण और गिलहरियाँ जाग चुके होते थे। कहानियाँ भी उन्हें बाँध नहीं पाती थीं। जंगल के स्कूल जैविक घड़ी से ही शासित

हो सकते हैं—इतने वर्षों के अनुभव से मुखर्जी सर यह अच्छी तरह जान चुके थे। छह-साढ़े छह तक वे बच्चों की छुट्टी जरूर कर देते, और फिर मैं, मान्यता मैडम और मुखर्जी सर यों ही कुछ देर साथ बैठकर सूर्यास्त देखते, चिड़ियों की मग्न चहचहाहट में जीवन का मर्म ढूँढ़ते और अगले दिन की कहानियाँ चुनते। यह कहानियों का स्कूल था जो हम इन जंगलों में चला रहे थे। इतिहास-भूगोल-गणित-विज्ञान सबकी कहानी होती है। और लोगों की, उनके सपनों-स्मृतियों और दग्ध विश्वासों की तो कहानियाँ होती ही हैं। आदमी के दिल तक और दिमाग की सुरंगों तक पहुँच जाने का सबसे सीधा रिश्ता जानती हैं कहानियाँ। इसलिए जो भी पढ़ाना होता, हम कहानियों में बताते।

आये दिन की घटनाओं से भी चुनिन्दा क्षण चुनकर कहानियों में इस तरह उनका एक प्रतिसंसार-सा गढ़ना कि आदिवासी किशोरों का मन आगे आने वाले संघर्षों की खातिर तैयार हो सके—यही हमारी नन्ही पाठशाला का उद्देश्य था!

कहानियाँ तो मुख्यतः मान्यता मैडम और मुखर्जी सर ही बुनते, क्लासिकों से और अखबारों से स्पन्दित क्षण और किरदार भी वही चुनते, मैं बीच में डाब-डीब किया करता। रामेश्वरम् का पुल बन रहा था तो गिलहरी भी मूँछों पर तिनका उठाये हुए आयी थी कि इतना योगदान मेरा भी। उनके महास्वप्न के पुल की एक छोटी-सी गिलहरी मैं—अक्सर उनके बीच बैठता, और जहाँ वे जाते, मैं भी पीछे-पीछे जाता। उनकी बातों में प्रकाश था—ऐसा प्रकाश जो निस्पृह-से, त्यागमय जीवन का निष्कर्ष है।

जब वे आपस में बातें करते तो भी मैं गौर से उनकी बातें सुनता रहता। आज जो मैं यह कहानी सुनाने चला हूँ—बस्तर के जंगलों में लगी कॉर्पोरेट आग की कहानी तो है ही, कहीं-न-कहीं यह उस आग की कहानी भी है जिसे ग़ालिब 'आतिश' कहते थे—वही जो लगाये न लगे, बुझाये न बने, यानी एक प्रेम-कहानी अँग्रेजी साहित्य के दो शिक्षकों की जिनका आदर्शवाद उन्हें नेतरहाट से जे.एन.यू. लाया, और फिर इंग्लैंड से बस्तर के जंगलों तक। कहते हैं, महान नक्सल नेता चारु मजूमदार के पट्टशिष्य के लड़के थे मुखर्जी सर! पर उन्हें इंग्लैंड से बस्तर खींच लाया मान्यता मैडम का आह्वान! आदिवासी किशोरों को शेक्सपियर पढ़ाते हुए वे अक्सर इधर-उधर की उड़ानें भी ले लेते। महान पाठों में अद्‌भुत लचीलापन होता है और उतनी ही अगाधता कि जहाँ भी मिट्टी खोदो, वहाँ मीठा पानी मिले।

मान्यता मैडम के उलझे-पुलझे बालों का जूड़ा उनकी लम्बी गर्दन पर चुकू-मुकू बैठा होता कि कब वे आदेश दें और वह खुलकर बिखर जाए! पद्‌मिनी नायिकाओं का सा उनका व्यक्तित्व उनको वनदेवी की गरिमा दे जाता। मेहनत

से उन्होंने और मुखर्जी सर ने गोंडवी सीखी थी : वरवर राव, सीतारमैया और उनके साथियों से अंतरंग बातचीत के क्रम में तेलुगु भी आ ही गयी थी। गोंडवी भाषा में तेलुगु शब्द बहुतेरे हैं। शेक्सपियर ने भी क्या कभी कल्पना की होगी कि गोंडवी में उनके पाठों का राजनीतिक पुनर्रोपण सम्भव होगा! शेक्सपियर की थीम ही है 'आभासी सत्य' और 'वास्तविकता' के बीच का फर्क रेखांकित करना—यह थीम इतनी विराट और व्यापक है कि इसे कहीं भी लागू किया जा सकता है—निजी सम्बन्धों से लेकर सार्वजनिक विडम्बनाओं, राजनीतिक संकटों से लेकर आध्यात्मिक ऊहापोह के प्रश्न तक!

मुझ-जैसे साधारण आदिवासी युवक के मन के दरवाजे-खिड़कियाँ देशी-विदेशी क्लासिकों तक खोलने का श्रेय मान्यता मैडम, मुखर्जी सर-जैसे कई ज्ञात-अज्ञात गुरुओं का है। शहराती जीवन की सारी सुविधाएँ छोड़कर वे हम तक आये, हमारी समस्याएँ समझीं, हमसे हृदय-संवाद स्थापित किया।

हँसते हुए एक दिन मुखर्जी सर से मान्यता मैडम ने कहा थाः

"एक लम्बे समय तक हमारे आदिवासी ऐसे कस्तूरी मृग बने रहे जिन्हें पता ही न था कि उनके पास कस्तूरी है...अब जब उनके संसाधनों, उनकी कस्तूरी पर कॉर्पोरेट की निगाह है और सरकार की भी तो वे उन्हें मारे बिना उनकी कस्तूरी पाएँगे कैसे?...एक किलो नमक के बदले एक किलो काजू-चिरौंजी वगैरह का बार्टर करने वाली बाहर की दुनिया किस तरह इन्हें छल रही है—सबको पता है। 'विकास' की रामनामी पहनकर जो लूटतंत्र जंगल-पहाड़ और नदियाँ भी बन्धक रखने को तैयार है, उसका सामना करने का तेज दुनिया के क्लासिक ही देंगे, वे ही उनमें जगाएँगे धीरोदात्त, धीरललित, धीरप्रशान्त नायकों का वैभव और पद्मिनी नायिकाओं की गरिमा।...बिल्लू-जैसे लड़कों में ही यह अलख जगेगा तो दुनिया बदलेगी।"

बस्स! अब इससे ज्यादा मुझसे कहा नहीं जाता। अब सीधा मैं आपको शेफालिका का पत्र पढ़ाता हूँ जो मेरे एम. ए. के इम्तिहान के बाद यानी मान्यता मैडम की हत्या/आत्महत्या के आठ महीने बाद मिला, मुखर्जी सर की गिरफ्तारी के तीन महीने बाद। डॉक्टर टंडन ने गवाहों की जोड़-तोड़ से प्रमाणित करवा दिया था कि उनकी पत्नी को आत्महत्या की मनःस्थिति तक लाने वाले आशिष मुखर्जी ही थे! पुलिस तो आदिवासियों के इस हमदर्द से पहले ही खार खाये बैठी थी। लपक लिया उनको...और उनकी आठ साल की बेटी, सायसा को दरियादिली का नमूना बनते हुए डॉक्टर टंडन मेरे संरक्षण से छीनकर अपने घर लिये गये।...आदमी कितना जटिल जीव है न।...सभ्य समाज में कितनी वाहवाही मिली—पत्नी के प्रेमी की अनाथ बेटी को पाल दिया।

II

शेफालिका टंडन

कोटद्वार,
15.6.2005

प्रिय विलियम, नहीं—बिल्लू, हमारे बिल्लू,

माफ करना, तुम्हें बताये बिना ही मैं दीदी के पास कोटद्वार चली आयी।

ममा के बाद उस घर में जीना मुश्किल था। ममा ही घर की हवा थी—जब तक रहीं—उनके रहने का एहसास नहीं हुआ। उनके होने का एहसास हुआ उनके न होने पर जब दम घुटने लगा!

कुछ महीने तो, जैसा तुम भी जानते हो, तहकीकात चलती रही। अनजान दिशाओं से जत्था बाँधे लोग आते रहे—खासकर उनके वे आदिवासी छात्र—मुखर्जी अंकल के साथ जिनकी क्लासें लेने वे जाते थीं—पता नहीं कब और कहाँ!

जैसे गुड़ का धेला जमीन पर गिर जाए तो अनजान दिशाओं से चींटियाँ जत्था बाँधे घुमड़ी चली आती हैं, पता नहीं कहाँ-कहाँ से ये आदिवासी अपनी दीदीजी के अन्तिम दर्शनों के लिए आये और तब हमने जाना कि ममा के अघोषित छात्रों की संख्या तो पापा के मरीजों से भी ज्यादा है।

ममा रहस्यमय तो थीं ही। रहस्यमय था उनका जीवन और मृत्यु भी उतनी ही रहस्यमय!

उनकी मृत्यु के दो-तीन महीने बाद पुलिस की तहकीकात तो बन्द हो गयी, पर तुम्हारी तहकीकात जारी है!...और मेरा यह कर्त्तव्य बनता है कि मैं हर तरह से तुम्हारी मदद करूँ!

वहाँ रहकर मैं तुम्हारी मदद कर भी नहीं सकती थी। इस तरह की अप्रत्याशित मृत्यु घर में—मुहल्ले में हरदम दो-तीन पक्ष रच देती है—एक पक्ष परिस्थितियों को या बेमेल विवाह को दोषी ठहराता है, दूसरा घरवालों—खासकर मृतक के जीवनसाथी को और तीसरा इस बैरी ज़माने को। मेरे शक के दायरे में तीनों हैं।

मेरे पापा के मन में ममा के लिए हमेशा एक गहरी चिढ़ जगी रही। इस चिढ़ का प्रताप था कि हमारा हर 'संडे' 'फंडे' न होकर 'गनडे' हो जाता। प्याले में तूफान उठते ही रहते। हर दूसरे दिन पापा की औपचारिक सेवा-टहल के बाद, डाँट-डपट के तीन-चार दौर झेलती हुई ममा चुपचाप अपने काम-काज में लग लेतीं; पापा इधर-उधर जाते तो वे खूब बातें करतीं—कभी हमसे, कभी नानी से, कभी दादी-बुआ से और कई अनजान लोगों से, किसिम-किसिम की परी-कथानुमा बातें। फोन पर भी उनके तीन-चार घंटे जरूर जाते होंगे। कोई भी फोन आता, पापा चिढ़ जाते। लगते आनी-बानी

बकने, पर पापा ने ममा की हत्या कर दी होगी, इसकी आशंका सबसे कम है!

अपने तमाम व्यंग्य-कटाक्ष, गाली-गलौज, मार-पीट, अश्लील उछल-कूद के बावजूद पापा ममा पर निर्भर बहुत थे! और उनके प्रति वफादार भी! हर बात पर वे उन्हें कोंचते पर कभी उन्होंने ममा की सार्वजनिक निन्दा नहीं की। कहीं से आने पर उनकी ढूँढ़ मच जाती! कोई निर्णय अकेले ले पाना उनकी खातिर सम्भव ही नहीं था, कोई बात मन में रख लेना भी!...ऐसे पारदर्शी व्यक्ति के साथ ममा-जैसे पारभासक प्राणी का निर्वाह खासा कठिन था, पर दोनों चूँकि अपने-अपने ढंग से व्यस्त रहते, बिस्तर पर भी अलग-अलग वक्त जाते—किसी तरह गाड़ी खिंच ही रही थी! सोने-जगने, खाने-पीने का समय, रुचियाँ, भाषा और व्यवहार के शिल्प में कहीं कोई तालमेल नहीं था, पर जीवन-मूल्य मिलते-जुलते थे!

पापा प्रैक्टिशनर जरूर हैं, पर यह तुम भी जानते हो, कि गरीबों से पैसा नहीं लेते और उतने ही मन से उनका इलाज करते हैं जितना किसी पैसे वाले का! एक बात यहाँ मैं तुम्हें बता दूँ कि पापा के मरीजों में कई नेक्सेलाइट साथी भी हैं। आशिष अंकल से, और दूसरे कॉमरेडों से पापा की बिल्कुल नहीं बनती, लेकिन मरीजों में वे फर्क एकदम नहीं करते। मरीज उनके लिए सिर्फ मरीज हैं।

ममा के साहित्यकार साथी या स्वयं मेरे रंगमंडल के लोग उन्हें फूटी आँख नहीं सुहाते; उनका बस चलता तो न मैं कभी नाटक खेल पाती, न भैया कभी हाथ में गिटार उठा पाता, न ही दीदी कविताएँ लिखती पर वे डाल-डाल, हम पात-पात ही निकले और ममा का सहयोग हमें लगातार मिला।...लेकिन इसका अर्थ यह भी नहीं कि पापा बालू का बोरा थे! माली बगीचे में काम करते तो वे भी वहीं खड़े रहते—सारी-सारी शाम! रात को तीन बजे तक टीवी देखते, उसी वक्त खाना खाते और बाकी बचा खाना नित्य प्रति अपने हाथ से कुत्ते को देते! दुम हिलाने वाले सिर उठाने वालों से ज्यादा प्रिय होते ही हैं!

रिश्तेदारों में भी उनकी उन्हीं से बनती थी जो उनकी हाँ-में-हाँ मिलाने के अभ्यस्त थे। लगे हाथों, उनसे भी मिलवाती चलूँ। तुम इतने दिन हमारे घर आये, पर ठीक से तो किसी से भी मिलना नहीं हुआ। सुबह तुम अखबार देने आते थे तो सारा घर सोया ही रहता था, जिन दिनों हमारे घर में 'शेक्सपियर साहब' का रिहर्सल चला—पापा मेडिकल कम्पनियों के खर्चे पर स्विट्ज़रलैंड गये थे और बाकी रिश्तेदार इलाहाबाद—दादी के भतीजे के पोते की शादी में। सिर्फ ममा थीं घर पर और पवित्रा बुआ—वही जो वॉशबेसिन की झाग में अपने ठाकुरजी को गाना गा-गाकर नहलाती थीं।

...दीदी का चावल पक गया, बुला रही है। कोई भी दुःख हो, खाना नहीं रुकता! शेष कल!

अनन्य,

शेफाली

कोटद्वार,
16.05.2010

हाँ, विलियम,

तो मैं यह कह रही थी कि बहुत ढूँढ़-ढाँढ़कर मैंने ममा के दराज से और भंडारघर के ऊपरी शेल्फ में अचार के मर्त्तबानों के साथ पड़ी फाइलों से कुछ पुरानी चिट्ठियाँ ढूँढ़ निकाली हैं। एक डायरी भी मिली है।...सबकी आँखें बचाकर किसी तरह ये कागज मैं यहाँ कोटद्वार ले तो आयी हूँ पर उन्हें तरतीब में सजाकर एक सिरे से सब-कुछ पढ़ते चलते जाने की तटस्थता मुझमें नहीं है। ममा का पासवर्ड भी मुझे तो मालूम ही है, उनके ज्यादातर आलेख तुम टाइप करते थे और मैं ई-मेल करती थी। कुछ पुराने ई-मेल भी मिले हैं—मुखर्जी अंकल के नाम। दोनों ने मिलकर पत्राचार विद्यालय के छात्रों के लिए शेक्सपियर और डिकेन्स का कोर्स रचा था, और उसके लिए परिचयात्मक पाठ भी लिखे थे—उन पाठों पर भी एक-दूसरे के लिए छोटे नोट मिलते हैं।

जल्दी ही उन्हें भी डाउनलोड कर इन कागजों का पुलिन्दा मैं तुम्हें पार्सल करूँगी, पर उसके पहले जरूरी है कि तुम मेरे घर के बारे में कुछ मूल तथ्य जान लो और ममा के बारे में भी।

हर त्रासदी-नायक का एक ट्रैजिक-फ्लॉ होता है—उसका कोई एक अवगुण—उसे विपदा की ओर ठेलने वाला एक ब्लैक होल! त्रासदी नायिकाओं की भी होती है। ग्रन्थों में इसकी चर्चा नहीं है, पर मैं जानती हूँ, उनका ट्रैजिक-फ्लॉ अक्सर कोई दुर्गुण नहीं होकर उनकी 'सहजता' होता है। सबसे सहज भाव से हँस-बोल लेने वाली स्नेहशील स्त्रियाँ यदि दुर्भाग्य से सुन्दर भी हुईं तो उनका त्रासदी-नायिका हो जाना निश्चित है।

तुमने तो अन्तिम समय ममा को देखा जब उम्र का सूरज उनके कन्धे की ओट ले धीरे-धीरे ढल रहा था। डूबते हुए सूर्य की लाली उनके चेहरे पर थी...आँखों के नीचे अन्धकार पसरने लगा था। चहचहाते हुए सुख-दुख लौट रहे थे उनके कोटरों में, अंग शिथिल होने लगे थे, फिर भी इसका अन्दाज हो ही गया होगा कि ममा में पद्मिनी नायिकाओं की शालीनता थी। जन्मों का अभिशाप होता है ऐसे रूप के ऊपर ऐसा सहज स्वभाव!

जो भी उनसे मिलता, उसको लगने लगता—वह उनका जन्मों का परिचित है। दो-चार मुलाकातों में ही वह अपना अन्तर उँडेल देता और वे भी पूरी ईमानदारी से हर व्यक्ति की बातें सुनती-गुनती रहतीं!...और पापा बिल्कुल साहब-टाइप के व्यक्ति थे। ममा की यह सहजता उनको और मेरी ददिहालवालों के अलावा मेरे आई.पी. एस. मामा-मामी को भी शुद्ध 'बनचरई' लगती। वैसे तो मामा-मामी और पापा की बिल्कुल नहीं बनती, किन्तु इस बात पर दोनों सहमत थे कि ममा जरूरत से ज्यादा सहज हैं—'फोनी' और 'घचर-पचर', अस्त-व्यस्त—'परिवार' की इज्जत, उसके रोब-दाब

की उनको कोई चिन्ता नहीं है, उनका वश चले तो घर धर्मशाला हो जाए।

वश चले तो...। लेकिन यह वश चलने ही कब दिया गया। यह एक अजब विडम्बना थी कि दुनिया तो ममा को 'अपना' समझती, उनके अपने करीबी रिश्तेदार—खासकर पति और भाई-भाभी उन्हें न सीधी आँख से देखते, न सीधे मुँह बातें करते।

राखी के दिन भाई के घर से लौटते हुए अपने लिए एक 'अच्छा' उपहार ममा खुद खरीद लेतीं ताकि खूँखार प्रतीक्षा में बैठे पति और ससुरालवालों को दिखा सकें कि भाई-भाभी ने क्या दिया है।...नानी ममा के घर की 'बूढ़ी काकी' थीं, लाख अपमान-उपेक्षादि के बावजूद नानी के छोह में ही ममा वीर-बाँकुड़े भाव से भाई के घर आती-जाती रहती थीं, सारांश यह कि ताड़ से गिरे, खजूर पर अटके वाली स्थिति में ही ममा ससुराल-मायके के बीच झूलती रहीं।

ममा की मृत्यु के दो-तीन दिन बाद मामी-मामा आये और एक सधे मौन के बाद पस्त कदमों से वापस लौट गये।

नानी तीन महीने पहले ही कोमा में गयी थीं, वरना उन पर बुरी बीतती। माँ-बेटी के बीच का बन्धन उतना ही गहरा था जितना कि किसी प्रेमी पति की वियोगिनी पत्नी और उसके हल्लाबाज दामाद की परेशानहाल पत्नी के बीच का हो सकता है।

मामी-मामा से ममा के अघोषित तनाव के कई नन्हे कारणों में एक कारण शायद यह भी हो कि नानी के प्राण ममा के लिए हमेशा हल-हल किये रहते थे! ममा का मामा के घर प्रतिबन्धित प्रवेश था। वहाँ हमेशा धारा 444 वाला माहौल रहता—वीजा नहीं लेना पड़ता था, पर सोच-समझ कर जाना होता था वहाँ! पर नानी जब तक स्वस्थ रहीं, उमड़ती हुई-सी हमारे घर आती रहीं। हमारे घर का माहौल भी कोई कम तनावपूर्ण नहीं था। पापा खूब तरंगते उनके आने पर। मामा का सारा बदला उन्हीं से निकालते। कभी खाने को नहीं पूछते, कभी सीधे मुँह बात नहीं करते। शुरू में इनके उपहारों के प्रत्युत्तर में सैम्पल की कुछ दवाएँ दिया करते थे, बाद में वे भी देनी बन्द कर दीं। उन्हें देखते ही उनका चेहरा ऐसे उतर जाता जैसे बेटी के कट्टर बाप का चेहरा उसके जिद्दी प्रेमी को देखकर उतर जाता है।...हम ममा से मजाक भी करते कि तुम और नानी पिछले जन्म में प्रेमी-प्रेमिका रहे होंगे।

सारी उलझनों के बावजूद ममा और नानी आपस में खूब मजे करतीं। हफ्ते में एक बार बाजार जरूर जातीं—चाट-पकौड़ी-कुल्फी खातीं, मिलकर टी.वी. धारावाहिक देखतीं, बांग्ला उपन्यास पढ़तीं। अन्त समय तक माँ की साड़ियों पर फॉल नानी ही लगातीं, उनके सब ब्लाउज वे ही सिलतीं। उनकी बिखरी अलमारियाँ, किताबें और साड़ियाँ वे ही सँभालतीं। उनके सब आलेख पढ़तीं। रूसी हो जाती तो बालों में नीबू लगातीं। उनका पैडिक्योर करतीं। ममा नानी की चम्पी करतीं और तेल-मालिश, कभी-कभी फेशियल भी!

मामा के भीतर का पुलिस-ऑफिसर परेशान हो जाता। परेशानी का एक कारण यह भी कि नानी मेरे भाई को नाना का अवतार समझतीं। इस बात पर पापा और मामा—दोनों चिढ़ जाते! वैसे मामा बड़े विद्वान भी थे, कभी-कभी हमारे लिए अच्छी किताबें लाते! पर जबसे ममा ने मुखर्जी अंकल के साथ बस्तर के जंगलों में कहानी-स्कूल खोला था, वे बस अफसर रह गये थे, भाई नहीं।

मूड ठीक रहे तो पापा खुद को हमारा ऐलशिसियन कहते थे। उनका यह मानना था कि यदि वे न रहें, दुनिया हम माँ-बेटियों को चीरकर खा जाए। पर मैं ममा और दीदी से कहीं ज्यादा सतर्क हूँ, और दुनियादार भी—एक तरह से ममा ही मेरा बच्चा थीं।

जैसा कि तुम जानते हो, हमारा ददिहाली कुनबा बहुत बड़ा है। पापा के तीन भाई हैं—तीनों एक ही कैम्पस में अलग-अलग घरों में रहते हैं। हमारी अनब्याही बुआजी, पचास वर्ष तीन महीने के अपने बेदाग कौमार्य, एच. एम. वी. के दुर्लभ रेकार्डों और तरह-तरह की राग-रागिनियों के साथ हमारे हिस्से में रहती हैं। मेरी दादी के प्राण उनमें बसते हैं। वे दिन-भर अपने ठाकुरजी से ऐसे ही खेलती रहती हैं जैसे मैं अपने बचपन में गुड़ियों से खेलती थी जो एफ. आर. सी. एस. के कठिन दिनों में पापा आयरलैंड से भेजा करते थे। मरने के दिन तक कुछ गुड़ियाँ ममा ने मेरे पुराने कपड़ों की अलमारी में सजा रखी थीं। भैया कहता था कि गुड़ियों की यह फौज ही मुझको मेरे दहेज में मिलेगी। मैं कहती थी कि दहेज लूँगी ही क्यों तो वह हँसकर कहता था—''अच्छा, तो क्या पापा की प्रॉपर्टी में अपना हिस्सा लेगी तू, अमरेन्द्र की बुआजी की तरह कोर्ट जाएगी या अपनी बुआ की तरह त्यागी-महात्मा होने का ढोंग मचाएगी, रह-रहकर एक ही बात जपेगी कि मेरा तो भाई ही भगवान है, मैंने उस पर सब निछावर किया।''

हँसी-हँसी में जान निकाल लेने की आदत भैया का वैशिष्ट्य है। भैया ऑक्सफोर्ड से मैनेजमेंट कर रहा है। मेरी बुकशेल्फ की सारी-की-सारी किताबें उसकी खरीदी हुई हैं। पहले उन पर कहीं कोने में लिख देता था—'टू माई किड सिस्टर, विद् लॉट्स ऑफ लव ऐंड एक्सपेक्टेशन' अब कुछ लिखता नहीं, बस ला देता है और कहता है—'पढ़ लेना' बाकी सारा समय उसका इंटरनेट पर बीतता है। उसकी एक 'स्वीटहार्ट' भी है : वह भी अँग्रेज, इस बात से किसी को भी आपत्ति नहीं, पर मेरा हॉस्टल छुड़ा दिया सिर्फ इसलिए कि मेरे पियानो टीचर मुझे कन्सर्ट्स में इधर-उधर साथ ले जाते थे।

इस छोटे शहर में मेरा दम तो घुटता था, पर ममा के आसरे किसी तरह समंजित हो रही थी। इधर मेरे नाटक खेलने पर भी पाबन्दियाँ लगायी जा रही थीं—खासकर दादू द्वारा, दादू जो संस्कृत के उद्‌भट आचार्य रहे हैं। कौन जानता था कि कालिदास -भामह-कुमारिलभट्ट के साथ रात-दिन रहने वाले दादू 'शेक्सपियर सोसायटी' के

ऐसे विरोधी हो जाएँगे। उनका कहना था कि खेलना ही है तो भारतीय नाटक खेलूँ—वह भी उस संस्कृत गर्ल्स कॉलेज के प्रांगण में, वरना दर्शक-वीथि में उनके साथ बैठकर दूर से ही रसास्वादन करूँ संस्कृत-नाटकों का।

पिछले कई हफ्तों से जिद पर अड़े थे कि 'शेक्सपियर सोसाइटी' की तरफ से नहीं, 'संस्कृत संस्थानम्' की ओर से मैं रॉटरी क्लब की नाट्य प्रतियोगिता में भाग लूँ—यदि भाग लेना ही है तो!

मैं जरा सोच में पड़ी थी कि पारिवारिक नाटिका में कौन-सी भूमिका निभाऊँ—बागी स्त्री की कि सहनशील, अच्छी लड़की की! मुश्किल मेरी यह थी कि मेरी दीदी बागी की भूमिका निभाती हुई अपने एक मुसलमान सीनियर से निकाह पढ़ चुकी थी; पिछले दो-तीन वर्षों से घर में यही रोना-धोना चल रहा था कि उसने कहीं का नहीं छोड़ा, दादू को दिल का दौरा भी पड़ा, ममा पर एक-एक कर वे सारे कहर टूटे जो बागी बच्चों की माताओं पर आम तौर पर टूटते हैं...तो कुल मिलाकर आसार ऐसे थे कि मेरी बगावत का स्कोप कम हो गया था। दीदी भी लगातार एस. एम. एस. किये जा रही थी कि उसका मामला तो दिल का मामला था, वह बगावत करने पर मजबूर थी, भाषा और साहित्य का मसला ऐसा अहम मुद्दा हरगिज नहीं कि उस पर इतना ज्यादा छान-पगहा तुराया जाए—कॉलेज में सब मुझे 'अँग्रेज' कहते हैं तो ये जो एक मौका मिला है, मैं संस्कारी, भारतीय बाला ही बनकर दिखा दूँ, खेल जाऊँ संस्कृत नाटक, यह जान पर खेलने का तो मामला नहीं है—यू. पी. एस. ई. की तैयारी में भी इससे मदद ही मिलेगी—दो भाषिक पर्सपेक्टिव वैसे भी अच्छे रहते हैं। हर भाषा देश-काल की ओर खुलने वाली एक नयी खिड़की है, जितनी खिड़कियाँ खुलेंगी, कमरा उतना ही हवादार होगा, वगैरह...!

मैंने दीदी को जवाब में कुछ गन्दे, महकौआ और कटखने एस. एम. एस. किये पर रोते, झींकते उसकी बात मान ही ली और दादू की शरण में चली।

दादू की शरण में जाने का एक कारण शायद यह भी हो कि मैं तुम्हारे साथ काम नहीं करना चाहती थी। तुम एक मेहनती लड़के थे। इतना अधिक पढ़ते थे, उच्चारण पर भी इतनी मशक्कत करते थे, अपने तीन जोड़ी कपड़े भी सींट-साटकर पहनते थे, मैं हृदय से चाहती थी कि तुम हर प्रतियोगिता जीतो। परीक्षा में भी तुम्हारा रिजल्ट मुझसे बेहतर हो...पर पता नहीं क्या बात है कि जहाँ मैं रहती थी, तुम कुछ सहम-से जाते थे। तुम्हारी तेजस्विता और ओजस्विता का जायजा लेना होता था तो मैं तुम्हें दूर से देखती थी—वाद-विवाद प्रतियोगिता के मंच पर या शेक्सपियर सोसायटी के मंच पर—वहाँ से जहाँ से तुम मुझे नहीं देख पाओ!...सुबह-सुबह तुम ममा की बैठकी में आते थे—अखबार देने—पर उस समय तो मैं निद्रा देवी की गोदी में मनुआई पड़ी रहती थी। ममा कहती थी कि तुम्हारा चेहरा पर्सी बेली शेली से मिलता है—बाल बढ़ा लो तो वैसे ही लगोगे!...ममा की बातें! मन कैसा-कैसा तो

हो रहा है। एक बार जरा ऋतु दी के घर हो आऊँ, यह दीदी की पड़ोसिन है, जो बातों-बातों में मेरे मन का मौसम बदल भी देती है। उनके साधु भैया आने वाले थे, पता नहीं आये कि नहीं। साधुओं पर ही वे पी.एच. डी. कर रही हैं। अपने इन साधु भैया के संग ही वे जगह-जगह मठों-अखाड़ों पर जाती हैं। पिछले वर्ष भर्तृहरि आश्रम गयी थीं, इस वर्ष औघड़ों से मिलेंगी, उसके बाद शायद हिमालय भी जाएँ! मेरा भी कितना मन है कि मैं उनके साथ हिमालय-यात्रा पर निकलूँ, तरह-तरह के लोगों से मिलूँ।... क्या पता, कोई ममा की आवाज ही सुनवा दे...

पर दीदी की सलाह है कि ममा की डायरी और चिट्ठियों का पुलिन्दा मैं पढ़े बिना तुम्हें भेज दूँ। अभी घाव इतने ताज़ा हैं कि छेड़े नहीं जा रहे...समय के साथ शायद थोड़ी तटस्थता आये।...एक पत्र मेरे नाम भी माँ ने छोड़ा है...सुबह खोलने की कोशिश की पर, अन्ततः वह भी खोल पाने की हिम्मत नहीं जुटा पायी!

थोड़ा-सा वक्त मुझे चाहिए।

अभिन्न,

शेफालिका

इस पत्र के करीब महीने-भर बाद मुझे शेफालिका की भेजी हुई मान्यता मैडम की डायरी मिली...और शेफालिका को लिखा उनका यह पत्र—

× × ×

प्रिय शेफाली,

यह मेरा अन्तिम पत्र हो शायद! जो कह रही हूँ, आराम से सोचकर कह रही हूँ और इस विश्वास के साथ कि इसका मर्म समझने की पात्रता तुममें है और मेरा सपना, दुनिया के सारे परितप्तों का सपना चरितार्थ करने की ममता भी!

तुम एक बहादुर बेटी हो। जन-जीवन के झंझटिया कार्यों में तुम्हारी माँ उलझी रही, घरेलू जीवन के समानान्तर एक निजी छाया-जगत भी तुम्हारी माँ के चित्त पर तारी रहा। मैं इसके लिए अपने तीनों बच्चों और उनके पिता का भी आभार मानती हूँ कि इतनी उलझनों और अस्त-व्यस्तताओं के बावजूद उन्होंने मुझे अपने आस-पास रहने दिया। और जितना थोड़ा-सा आर्थिक या भावात्मक अवदान मैं अपने घरेलू जीवन की खातिर कर पायी, उसे स्वीकार किया।

साधारण स्त्री का भी कोई सार्वजनिक जीवन हो सकता है, यह मान्यता अभी हमारे समाज में पूरी तरह पकी नहीं है। स्त्री असाधारण हो, शक्ति के पदानुक्रम में ऊँचा बैठी हुई महिला अफसर या मंत्री, तो चलता है लेकिन मुझ-जैसी साधारण स्त्री की व्यस्तता या कहो—अस्त-व्यस्तता, किसी बृहत्तर उद्देश्य के प्रति उसके प्राणपन का समर्पण अक्सर क्रूर उपहास और भयावह रोष का ही कारक बनते हैं। तरह-तरह के लोकापवादों का, लंतरानियों, अटकलों और गलतफहमियों का जंगल-सा घिर

आता है आस-पास और उसमें उसकी आत्मा ऐसी बिलल्ला हो जाती है जैसे बिलल्ला ये गोंड हो गये हैं! विकास और हित-चिन्ता के नाम पर अभिभावक शक्तियाँ (परिवार और आसन्न समाज की हों, स्टेट या कॉरपोरेटों की) लगातार उछन्तर लगाती रही हैं। ऐसे में एक समझदार आपसदारी, एक प्रज्ञापूर्ण, संवादी पहल की अपेक्षा हो भी तो किससे हो? रह-रहकर आँखें विलियम और शेफाली-जैसे नवयुवकों पर ही टिकती हैं! तुमने संक्रमणकाल देखा है, तुम झुटपुटे में जन्मे हो—सूर्यास्त कैसे होता है, कब होता है, सूर्योदय से उसका क्या रिश्ता है—तुम ही समझोगे!

जंगल का सूर्यास्त कई बार हमने साथ-साथ देखा है, बेटी! घर में जब भूचाल आते थे और मेरी ढूँढ़ मच जाती थी, अखबार में जब-जब मेरी गिरफ्तारी के आसार घुमड़ते थे और पुलिस की जीपें चील-चाल से मुहल्ले में लगती थीं घुमड़ने, तुम ही तो मुझे फोन करती थी—'माँ, तुम कहाँ हो?' कभी फोन का सिग्नल मिलता, और कभी बिल्कुल नहीं मिलता। पचपन बार लगाने पर एक बार बात हो पाती या वह भी नहीं होती, पर चूँकि हमारी आत्माओं का ऐंटीना पूरी मुस्तैदी से हमारे वजूद में गड़ा रहता था, एक दूसरे के चित्त के समाचार हमको मिल ही जाते।

तुमने मुझे सबसे ज्यादा समझा—मुझसे सम्बल देने वाला संवाद कायम रखा—खासकर तब जब घरेलू संकट घुमड़े—पद्मजा की रियाज से अदालती शादी, प्रतियोगी परीक्षाओं में वैभव की बेतरतीब विफलताओं का लम्बा सिलसिला, पापा का प्रलयंकर गुस्सा, फिर वैभव की कुंठाजन्य तिक्तताएँ, उसके विषबाण, पापा का डिप्रेशन, बाहर की दुनिया में उनका वह क्रोधजन्य असमंजन, घरेलू मुकदमे, मेरी बदनामियाँ, राजनीतिक गिरफ्तारियाँ, अनिश्चितताएँ, गलतफहमियाँ और लम्बी बीमारियाँ...! घरेलू रगड़ों-झगड़ों और संकटों-तनावों की ये ही पेटेंट सूची है जिस पर टिक-टिक करता जीवन चुक जाता है और आदमी सन्तोष से मर भी नहीं पाता।

सन्तोष से मरने का और जीने का एक ही उपाय है, बेटी, जो मैं साझा कर रही हूँ। वृत्त कभी छोटा न होने दो और जो करो, पूरे मन, पूरी आस्था से! अपनी तरफ से कोई चूक न हो, बाकी जो होना है, होता रहे। बुरा मानना छोड़ दो! बुरा मानना बुराई को मान्यता दे देना है—चाहते न चाहते! प्रतिपक्षियों की निरन्तर चर्चा से जाने-अनजाने हमारा अवचेतन प्रतिपक्षियों के ही रंग में रँग जाता है। प्रहार का बिन्दु प्रतिपक्षी का निजी चरित्र नहीं, वह महत्तर कुवृत्ति हो जिसके प्रतिनिधित्व का उसने ठेका ले रखा है। प्रहार उस कुवृत्ति पर हो और उसके आदिस्रोत पर—सिस्टम पर! व्यक्ति की बिसात ही क्या, वह तो मोहरा है, चर्चा, समीक्षा का विषय तो वृत्तियाँ होती हैं और घटनाएँ जो खल घटित करते हैं।

तुम्हारा भैया कल मुझको अच्छी खरी-खोटी सुना गया। क्रोध में आदमी पूरा खुल जाता है। आँधियों में कपाट पूरे खुल जाते हैं। मैंने ध्यान से उसकी बातें सुनीं और उसकी चिन्ताओं का आकलन किया। चिन्ताएँ और अकुलाहटें ही मनुष्य को

क्रूर और अशोभन बनाती हैं। किसी की चिन्ताओं के उत्स तक जाए बिना उसकी चिकित्सा असम्भव है। क्रोध कमजोर को मौका दे देता है—वह सब-कुछ कह जाने का जो वह अन्यथा कह नहीं पाता, और स्वस्थचित्त व्यक्ति को मौका देता है क्रोधी की चिन्ताओं के मूल तक पहुँच कर उपचार या सेवा को प्रस्तुत होने का।

फिलहाल उसकी चिन्ताओं के मूल में पैसा है। हम एक ऐसे समय में जी रहे हैं, मेरी बेटी, जब अधिकांश लोग बालबुद्धि हो गये हैं—मेले का बच्चा—उन्हें यह भी चाहिए और वह भी, जो देखते हैं, उस पर किसी भी तरह कब्जा पाएँ, उस पर मिल्कियत जमा लें, उसे शासित-अनुकूलित करें—यह इच्छा बलवती हो गयी है। सामन्तवाद, पूँजीवाद, साम्राज्यवाद, मर्दवाद, जातिवाद, नस्लवाद और बाद के वर्षों में मार्क्सवाद भी—शासित-अनुकूलित करने की इस दुर्दम्य वासना के अतिरेक से ग्रस्त होकर ही कारयित्री ऊर्जा के दोनों पक्ष नष्ट कर गया जो किसी संगठन का प्राण होते हैं। व्यापक जनाधार और विवेकी जनों की सजग संस्तुति—इन्हीं दो पक्षों की बात मैं कह रही हूँ।

जब स्त्रियाँ शिक्षादीप्त नहीं हुई थीं, बालहठ त्रियाहठ के साथ जोड़ा जाता था, स्त्रियाँ ही बालबुद्धि होती थीं। पिछले दशकों में स्त्रियाँ शिक्षादीप्त हुई हैं, तो पुरुष हो गये हैं बालबुद्धि 'पिया मोर बालक हम तरुनी' वाला आलम घिर आया है। ज्यादातर स्त्रियाँ बेमेल विवाह का त्रास झेल रही हैं, पति और प्रेमी ही नहीं, पिता, भाई, बेटे—बालबुद्धि पुरुषों की एक पूरी फौज उन्हें मिल गयी हैं नर्सिंग के लिए। नर्सिंग अच्छा काम है, लेकिन लगातार नर्सिंग करते रहना खुद ही बीमार पड़ जाना है, इसलिए पाली बदलनी पड़ती है, नर्सें पाली बदलती हैं (खासकर मानसिक चिकित्सा में लिप्त नर्सें)—उन्हें ब्रीदिंग स्पेस चाहिए और एक-दूसरे का सहयोग, इसीलिए बहनापा एक बड़ी अवधारणा है।...बेटी सयानी हो जाए तो माँ की सखी और बहन ही हो जाती है, इस विश्वास से मैं अब कुछ आत्मस्वीकृतियाँ करूँगी : मैंने दवाएँ छोड़ दी हैं! इसलिए नहीं कि वे बहुत महँगी हो गयी हैं, मेरी पहुँच के बाहर और बार-बार इनके लिए मुझे तुम्हारे पापा का मुँह जोहना पड़ेगा, बल्कि इसलिए भी कि मैं वेंटीलेटर की जिन्दगी जीना नहीं चाहती। प्राकृतिक जीवन में मेरी आस्था रही है : लँगड़ा-लँगड़ा कर या धुआँते हुए जीने का क्या फायदा।

यदि डॉक्टरों की बात मानकर मैं ओपेन हार्ट सर्जरी भी करा लूँ तो बहुत दिन बँधकर रहना पड़ेगा। पुलिस को मौका मिल जाएगा कि मुझे घेर कर, मेरे साथियों का ठिकाना पाने का अनवरत उपक्रम करे—अपने टार्चर से मैं डरती नहीं, पर तुम-सब भी तो परेशान होगे। मैं यह नहीं चाहती।

ऑपरेशन ग्रीन हंट अभी उठान पर है, मैंने पुलिसिया टार्चर के जो वीडियो टेप पत्रकारों को भेजे थे, उसका पता अब पुलिस को है, उनके ठिकानों की सूची की खातिर अब वह मुझे घेरे, इसके पहले मैं भी धूप-हवा-मिट्टी बन उसे घेर लूँ—इसी

उद्देश्य से साँसों की बैक-काउंटिंग शुरू की है। मैं अपने पति-पुत्र को और भाई को तो आश्वस्त नहीं कर पायी कि प्रकृति का वैभव दोहन और नोच-खसोट की खातिर नहीं है : अभिसिंचन और बढ़ोतरी की खातिर है, लेकिन तुम अपने भाई, पिता-साथियों को समझाने का उपक्रम जारी रखना कि दोहन और शोषण का अर्थतन्त्र विकास के मुगालते पैदा कर सकता है, सुख का आभास जगा सकता है, सरस अन्तरंगता और रचनात्मक तादात्म्य की ओर उन्मुख एक अनन्त संघर्ष का सन्तोष नहीं जगा सकता!

सामूहिक और वैयक्तिक इतिहास के सहस्रों उदाहरण साहित्य में भरे पड़े हैं। आभासी सच और वास्तविकता के बीच का छायालोक, उसकी गहरी द्वन्द्वमयता विश्व की सारी भाषाओं के साहित्यिक क्लासिकों में पसरी पड़ी है। धर्म का सच्चा स्थानापन्न यदि कुछ है तो साहित्य है। प्राकृतिक परिदृश्य में सच्चे साहित्य का सामूहिक पारायण ही मुक्ति का सच्चा मार्ग समझो।

जिस दिन भी सुनना, मैं नहीं रही, सन्तोष से भर कर सोचना—मैं तो तुममें ही समाहित हूँ, लगातार बाहर रहने वाली माँ आज घर आ गयी—तुम्हारे भीतर! अपने भीतर झाँकना और मुझे हरदम वहीं पाना। बची हुई बातें अब तब ही।

अन्तिम बात यह कि मुखर्जी सर और विलियम किण्डो पर तुम भरोसा कर सकती हो। बेहद कम लोग होते हैं दुनिया में जिनके विवेक पर भरोसा किया जा सके। इनका प्रज्ञापक्ष विकसित है, प्रकृति से, आदिवासी जीवन से इस प्रकार ये एकात्म हैं कि आत्मलिप्सा इनमें नहीं के बराबर है। त्याग की क्षमता जिसमें जितनी होती है, वह भरोसे के उतना काबिल होता है।

प्रकृति की तुम पर कृपा है। उसने अपना रूप-वैभव तुमको दिया है। बहुतेरे लोग तुम्हारे करीब आना चाहेंगे। यह दुनिया थके-हारे, क्षुधित-तृषित लोगों की दुनिया है। सबको छाँह चाहिए और वह दाना-पानी जो एक भरी-पूरी स्त्री का साथ ही उनके लिए जुटा सकता है! शॉ ने जिस सुपर वुमन की बात की थी या पद्मिनी नायिकाओं की जिस नायाब श्रेणी की कल्पना हमारे नाट्यशास्त्र/काव्यशास्त्र/कामसूत्र करते हैं—कुछ विशिष्ट स्त्रियाँ उसकी महिमान्वित छवि के करीब पड़ती हैं और उनका जीवन सामान्य स्त्रियों से ज्यादा चुनौती-भरा और विषम होता है। उन्हें अपना हृदय आकाश की तरह विस्तृत और मही की तरह धैर्यवान रखना होता है। और इस बात की भी सावधानी बरतनी पड़ती है कि कोई उनके सहज प्रकृति-तत्व का दोहन न करे। कोई भी मैत्री किसी चकरचाल से शासित नहीं होने देना।

सबको स्नेह देना, सबकी सेवा करना—वंचितों की, वृद्धों की और बच्चों की सेवा तो खैर, प्राणपण से करना। नानी और दादी को देखना! उनकी मदद के बिना मैं तुम तीनों को इस तरह पाल नहीं पाती, और पालती भी तो बाहर के काम छूटते। ...मामा-मामी को यह भ्रम भी हो सकता है कि तुम किसी स्वार्थ से वशीभूत होकर

नानी से मिलती हो या उन्हें नीचा दिखाने की खातिर मिलती हो, तुम्हारा नानी से मिलने जाना मामा-मामी की देखभाल पर टिप्पणी है—यदि उन्हें ऐसा लगा तो, हो सकता है कि तुमको कुछ अभद्रताएँ सहनी हों—सब को माफ किये रखना। जो जैसा है, कैद है अपने होने में, काँटेदार झाड़ी भी और फूलदार पौधा भी। आदिम प्रकृति पर एक हद से ज्यादा जोर नहीं चल सकता, पर परिवेश की बेहतरी के लिए जो भी सम्भव हो, करती रहना।

खुश रहना, खुश रखना—प्राकृतिक मनुष्य की तरह सहज-सुन्दर!

पुनश्चः प्रोफेसर मुखर्जी के साथ मेरा सम्बन्ध लगातार प्रवादों से घिरा रहा! यह क्या था, कैसा था—कम-से-कम तुम्हें यह जानने-समझने का हक है क्योंकि तुम्हीं एक हो जिसने कभी इस प्रसंग में मुझसे आँके-बाँके प्रश्न नहीं पूछे। अलग-अलग समय में हुए अपने पत्राचार का यह पुलिन्दा तुम्हें भंडार घर में मिलेगा। पुराने बरतनों के पीछे रखी मेरी लाल फाइल में! ध्यान से पढ़ना और इसका मर्म जानना।

अभिन्न,
माँ!

श्रीमती मान्यता टंडन की डायरी

(तुम भी, ब्रूट्स!)

7.1.2009

मर्मांतक चोटें अस्त्रों से होती हैं, शस्त्रों से नहीं। शस्त्र-संचालन अस्त्र-संचालन से अधिक दुरूह जरूर होता होगा, वहाँ निशाना दूर से साधना होता है, पर सामने से या फिर पीछे से किया गया प्रत्यक्ष वार ऐसा घायल करता है कि प्राण गले में अटककर रह जाते हैं, छूट भी नहीं पाते! अन्तरंग घेरे में आकर ही होता है अस्त्र-संचालन!...और सबसे मजे की बात यह कि अन्तरंग घेरे में आकर प्रत्यक्ष वार करने वाला व्यक्ति कई बार यह साफ समझ भी नहीं पाता कि उसने वार किया। इस सादगी पर कौन न मर जाए, ऐ ख़ुदा!

प्रेम में मरो या नफरत से–जीवन का अन्तिम सत्य मर-मिटना ही होगा। सो, हम भी मर-मिटे। और जिन लोगों पर मर-मिटे–उन सबको आज एक-एक पत्र डालने का मन करता है : माँ को, भैया को, पतिदेव को, बच्चों को और घर के बाहर के भी कुछ दोस्त-पुरुषों और अन्तरंग सखियों को जिन्होंने मेरे नैतिक-आध्यात्मिक और बौद्धिक विकास में एक निश्चित भूमिका निभाई और जीवन के अलग-अलग मोड़ों पर मुझे अवाक् छोड़ गये, लेकिन अकेला नहीं–ढेर सारे प्रश्नों के साथ!

यह 'छोड़ना' उस तरह का छोड़ना नहीं था जैसा पुराने ज़माने में होता था : 'अँखिया हरि दरसन को प्यासी' वाली नौबत कभी नहीं आयी। ऊपरी बातचीत चलती रही। एक-दूसरे के काम भी आते रहे। पर अन्दर जैसे कुछ चटक गया! जैसे कि गाड़ी का शीशा चटक कर भी नहीं टूटता, धीरे-धीरे उस पर मकड़ी के जाले का सा प्रशस्त और महीन जंजाल उभर आता है, सम्बन्ध भी इन दिनों चटक कर रह जाते हैं, टूटते-बिखरते नहीं। शीशे की चटकन तो दीख भी जाती है, सम्बन्धों की चटकन दीख नहीं पाती, लेकिन महसूस तो लगातार होती है कि अरे, यह क्या हुआ, क्यों हुआ!

शब्द अस्त्र भी हैं, और शस्त्र भी। शस्त्रों की बात फिर कभी। अभी अस्त्रों पर

ही कायम रहती हूँ : उन पक्षों पर कायम रहती हूँ जब शब्द शिवाजी का बघनखा बन गये। अफजल खाँ गले-गले मिलते हुए सोच भी नहीं पाया होगा कि उसका यह हश्र होगा, जहरीला बघनखा चुभ जाएगा पीठ पर। इतिहास विषकन्याओं की बात करता है, जो ज़हर पिलाकर कन्याएँ विषकन्याएँ बनायी जाती होंगी, क्या उनमें बात का ज़हर भी शामिल होगा?

पुरुषों को तो ज़हर पिलाया भी नहीं गया, 'सोने की कटोरिया में दूध-भात' खाकर ये बड़े हुए, जिस माँ का दूध पीकर बड़े हुए, उसके भी सगे नहीं हो पाये। लाखों की सम्पत्ति छोड़कर मरने वाली माता के उपचार से त्रस्त ऐसे पुरुष भी देखे गये हैं जो माँ के मरने के बाद तो रोए, पर जीते-जी उसकी रोटियाँ गिनीं या पावरोटियाँ कि दिनभर में कितनी पावरोटियाँ वे खा जाती हैं। ऐसे पुरुष भी दीखते हैं जिनके बीवी-बच्चे तो मेवों और मांस-मुर्गों से अघाये रहते हैं, पर माँ उसी मेज पर सूखी रोटी, वह भी नौकर के हाथ से फेंककर दी गयी रोटी अपने ही डाले अचार के साथ खाती हैं तो भी वे देखकर अनदेखा किये रखते हैं, क्योंकि देश की शान्ति से भी जरूरी है घरेलू शान्ति!

क्या हैं पुरुष-चित्त की समस्याएँ? कुछ तो दबंग पत्नियों से दबते हैं, कुछ स्वाधीन स्त्रियों को 'करियर-बिच' कहते हैं। ज्यादातर लोग स्त्रियों को पहचानते-भर हैं, जानते नहीं। स्त्री-विषयक उनका ज्ञान अधकचरा होता है। और प्रायः सबके मन में यह नृशंस आकांक्षा लगातार फण काढ़े रहती है कि स्त्रियाँ और पुरुषों से तो ठंडी, तटस्थ आवाज में मैटर-ऑफ-फैक्ट बातें करें पर उनके इशारों पर नाचें, रह-रहकर उनके सिजदे में बिछ जाएँ। जब पुरुष पुंगवों को बीवी-बच्चों से फुर्सत हो, वे उनसे मिलने चली आएँ—वह भी अकेले, बन्द कमरे में। फ्रांसीसी क्रांति ने भाईचारे की बात की, पर भाईचारा कितने भाइयों से सध पाया—यह विचारे बिना वे औरतों के आपसी बहनापे पर लगातार ही प्रहार किये चलते हैं कि औरत की औरत ही तो दुश्मन है—हर घर में, हर दफ्तर में। यदि स्त्रियाँ कामकाजी सम्बन्ध रखें तो 'मतलबी' कहलाती हैं, दोस्त-स्त्रियों से वे ऊब भी जाते हैं क्योंकि दोस्त बनाने लायक स्त्रियाँ उन्हें लगती ही नहीं। एक तथाकथित सुलझे हुए व्यक्ति के मुँह से मैंने सुना—'ज्ञान का स्तर बराबर हो तो बात की जाए, ये तो ज्ञान-दोहन करने आती हैं और बदले में जो दे सकती हैं, देने में लगती हैं आना-कानी करने। 'देयर इज़ नो फ्री लंच! इतना समय हम इनके साथ क्यों बर्बाद करें?'

विश्वविद्यालय तो विश्वविद्यालय, पार्टी ऑफिस में भी ज्यादातर ऐसे ही लोग मिलते हैं तो खिन्नता होती है!...इनसे तो डॉक्टर टंडन ही अच्छे हैं, जो है—साफ-साफ, बाहर-भीतर एक!

× × ×

5.2.2009

आज मैंने उसे बहुत रुलाया। इतना फूट-फूटकर तो बच्चे भी नहीं रोते। वह तो एक धीर-गम्भीर, भरा-पूरा आदमी था। देखा तो मैंने नहीं था उसे, पर आवाज का भी एक चेहरा होता है। उस चेहरे के एक-एक रंग-रेशे से मैं वाकिफ थी जैसे धुर बचपन में अपने पसन्दीदा रेडियो कम्पीयर की आवाज के चेहरे से!

उसका असली चेहरा भी काफी मुलायम होगा—बिल्कुल उसकी स्याह-सफेद दाढ़ी की तरह जिसे वह अपनी दिदिया के परामर्श पर बेसन से धोया करता था।

मैं किसी को रुला भी सकती हूँ—अपने इस महापराक्रम से मैं वाकिफ नहीं थी। पूरे अड़तालीस वर्षों के अपने इस ऊबड़-खाबड़ जीवन की एक ही उपलब्धि आज सुबह तक मानती थी मैं कि मैंने अभी तक किसी को रुलाया नहीं, कभी अनजाने कुछ ऐसा मुँह से निकल गया जो सामने वाले के अवचेतन पर पंखों की चोट भी करे तो तुरंत सँभलकर माफी माँग ली। अपने अहिंसक स्वरूप का यह भ्रम भी टूट गया आज!...फोन का चोंगा थामे मैं अवाक् ही खड़ी रही, फोन कट जाने के कई मिनट बाद तक।

होम करते हाथ जलते हैं, नर्क का रास्ता नेकनीयती से ही पटा पड़ा होता है, हरिभजन को जाते हुए लोग बीच रास्ते कपास लगते हैं ओटने—इन सिद्ध वाक्यों, कहावतों से मेरा परिचय पुराना था। (मेरी माँ कहावतों का कोश है! कभी-कभी वह इनके कान मजेदार ढंग से मरोड़कर इन्हें और भी दिलचस्प कर देती है : 'नेकी कर और दरिया में डाल' का ताजातरीन संस्करण उसने अपने अनुभवों के आलोक में प्रस्तुत किया—'नेकी कर और दरिया में पड़')।

मैं कोई नेकी नहीं कर रही थी, नेकी परायों से की जाती है, वह तो मेरे आत्म का ही विस्तार जान पड़ता था। 'बिन देखे और बिन पहचाने तुम पर हम कुरबान'—का साक्षात् उदाहरण था हमारा सम्बन्ध। मध्यावधि चुनाव सिर्फ राजनीति में नहीं घटित होते, कभी-कभी अन्तरंग जीवन में भी घटित हो जाते हैं—चाहे-अनचाहे, जाने-अनजाने पर चुपके-से! मध्यावधि चुनावों का बेईमान कोलाहल वहाँ नहीं होता; पर भीतरी बवंडर बहुत उठते हैं और शायद ज्यादा प्रवेग में क्योंकि चुनाव यहाँ कुछ वर्षों का नहीं, जीवन-भर का होता है।

बारिश-तूफानादि वैसे तो मेरे जीवन में भरपूर हैं! मार-डाँट मेरे जीवन का उठौना हैं! जैसे दूध और सब्जी उठौना होता है न—वैसे ही, औरतों के जीवन में अक्सर मार-पीट भी उठौना होती है! जैसे मुँह धोया, खाना पकाया, वैसे ही दस-बारह झोंक डाँट खायी, छठे-छमासे धौल-धप्पा भी खा लिया, तीन-चार मास पर 'गेट-आउट', 'शट-अप' के दूर्वा-चन्दन से अपनी खोई खुदी का रुद्राभिषेक भी करा डाला—इसी तरह रोते-झींकते, वैकल्पिक जीवन की कल्पनाएँ छाँटते जिन्दगी कट जाती है!

मेरी भी ऐसी ही कट जाती। बीच-बीच में बच्चे समझा ही देते, ''ममा, रोओ

त। बाबा की मुडियल झाड़ का बुरा क्या मानना! चेरापूँजी में रहने वाले बारिश से कभी नहीं डरते! देखो, गाहे-बगाहे हमको भी लग जाती है लेकिन हम तो नहीं रोते।''

बच्चे नहीं रोते लेकिन वह भीतर कितने समुन्दर समेटे खड़ा था कि छोटी-सी एक बात पर उसके अन्दर सदियों से जन्मी रुलाइयाँ फूट पड़ीं। मर्द का रोना बड़ी घटना है, दादी कहती थी। जोगी का संयम जो तोड़े, वो ही सौन्दर्य, मर्द की आँख भिगा दे—वो ही प्रेम! आज जान लिया।

कल की आँधी प्रलय की आँधी थी। अचानक मेरे भीतर घहर-महर, घहर-महर कालमेघ घिरने लगे! भर-रात मन में बिजलियाँ कड़कती रहीं! उसका भोला-समर्पण मेरे भीतर चिन्ता-सी जगा गया। आधी शताब्दी इसने यायावरी की है—लिखते-पढ़ते और इधर-उधर घूमते हुए—देश-विदेश, जंगल-पहाड़, जाने कहाँ-कहाँ! राजनेताओं से थकता है तो सिक्किम के छोटे-से गाँव में आकर शरण लेता है। महीने-दो महीने ठहर कर फिर आगे बढ़ जाता है।

पहला फोन 'इपीडब्ल्यू' में मेरा आलेख पढ़कर उसने किया था। उसके बाद यों ही कभी-कभी फोन कर लेता। जब भी उसका फोन आता, लगता—किसी दूर-नक्षत्र से स्वयं ईश्वर ने फोन किया है। उसके बाद भोली बातों का समुन्दर-सा लगता हहाने। उसकी हँसी बहुत निश्छल थी। अजन्मे शिशु की हँसी कोई होगी तो वैसी ही।

यह जानकर कि उसने अभी तक शादी नहीं की, मेरे मन में अपनी सब अनन्य शोध-छात्राओं, कनीय सहकर्मियों-लेखिकाओं के चेहरे घूम गये जो ऐसे ही वर की तलाश में अपर्णा-भाव से तपस्या किये जा रही थीं—'बरौं संभु न त रहौं कुँवारी!' एक-एक कर मैंने सब पत्ते खोलने शुरू किये। ठीक वैसे जैसे गुलाबो मनिहारिन अपने शीशे की पेटी खोलकर बीच मुहल्ले बैठ जाती थी और एक-एक कर उजागर करती थी अपनी निधियाँ—मैंने अपने संचित सम्बन्ध उससे आगे उजागर किये, इस आशा में कि कोई इसको जँच जाए तो दोनों सुखी परेवा-भाव से कहीं बस जाएँ।

कुछ देर चुप सुनता रहा, फिर टूटकर बोला—''मैंने स्वयं तो कुछ किया नहीं है, बस खुद को बहने दिया है, आपको सूट नहीं करता, न सही...मैंने स्वयं को पूरा अर्पित कर रखा है, आपसे तो कुछ भी अपेक्षा नहीं की, पढ़िए-लिखिए, अपने दायित्व पूरा करिए, बस इतनी छूट दीजिए कि हर दिन एक बार बस दो मिनट की खातिर फोन कर लिया करूँ!...इतना ही साथ चाहिए मुझको! इससे ही मेरी जिन्दगी कट जाएगी।...आप नहीं चाहेंगी तो कभी आपसे मिलूँगा नहीं, कभी देखूँगा नहीं आपको. ..पर किसी और के बारे में अब मुझसे सोचा नहीं जाएगा।'' बस इसके बाद ही से रुलाई का एक समुन्दर-सा उमड़ पड़ा।

आधे घंटे बाद पसीने से तर-बतर चौके से बाहर आयी। यंत्रवत मेरे हाथ चल रहे थे। अभी-अभी थाक-भर पराठा बनाया था। फिर मन में घनघोर चिन्ता उठी—मेरे

स्वभाव में यही खराबी है कि मेरे स्नेह को लोग 'प्रेम' समझ लेते हैं। और फिर तरह-तरह की उम्मीदें लगते हैं करने जिनसे मेरा मन घबड़ा जाता है।...अब इससे कैसे निबटूँ!...सच कहते हैं डॉक्टर टंडन, मुझमें सन्तुलन नहीं है!

बारह बजने वाला था, वह अज्ञात नवयुवक बासी मुँह अभी बिस्तर में ही लेटा होगा, हँसाने के लिए मैं बोली—"पराँठे खाओगे तो आ जाओ।"

उसने कहा—"सोचो कि खाया तो खा ही लिया।" मुझे भी हँसी आ गयी—"अरे, प्लेटो के अवतार, खयाली पुलाव की तो बात सुनी है, खयाली पराँठे आज पहली बार चर्चा में आये...।"

वह भी लगा हँसने। नवजातक की वही हँसी। इस तरह के सम्बन्धों का क्या किया जाए। आशिष से पूछूँगी—कैसे निबटा जाए।

7.2.2009

जिनका यौन-जीवन किसी कारण छिन्न-भिन्न हो जाता है और जो मौन पारस्परिकता का मर्म समझ नहीं पाते, वे जोड़े कभी तो त्रासदी के नायक-नायिका दीखते हैं, और कभी नौटंकी के विदूषक!

हमारा भी यही हाल है। किसी-न-किसी बात पर सुबह से ठन जाती है : दस-ग्यारह बजे तक तो ये सोते ही रहते हैं, उसके बाद 'सैनिटरी इंस्पेक्टर' वाली मुद्रा में घर का कोना-कोना लगते हैं छानने! मेरी और बच्चों की पढ़ाई की मेज, फ्रिज, अलमारियाँ, रसोईघर के डिब्बे....कहीं-न-कहीं तो कुछ ऐसा मिल ही जाता है जो हमारी खाट खड़ी करने का बहाना हो जाए!

मुझसे उनकी गहरी और खासी तेजाबी-सी चिढ़ चार-पाँच महाप्रश्नों से टेक ग्रहण करती है : मैं इतनी खर्चीली, लापरवाह और फूहड़ क्यों हूँ? मेरे मायके वाले इतने लिच्चर और स्वार्थी—नीच क्यों हैं? हमारे बच्चे मेडिकल प्रवेश परीक्षा क्यों नहीं निकाल पाये, साहित्य-कला की फटीचरी क्यों मैंने बच्चों के गले मढ़ दी? क्यों मैंने उन्हें मिडिल ईस्ट जाकर ढेर-से पैसे कमाने न दिये? मुफ्त दिखाने वालों की इतनी लम्बी कतार क्यों मेरा नाम लेकर उनकी क्लिनिक पर आ जाती है?

वैसे इनका हाथ अच्छा है और दिल भी! कहने को चाहे जो भी कह देते हों, मुफ्त दिखाने आये रोगियों को भी वे पूरे मन से देखते हैं और उन्हें अच्छा करके ही दम लेते हैं। हर बात पर मुझे डंक चुभाना उनकी 'हॉबी' बन गयी है, डंक चुभोने का यह सिलसिला तो लगातार चलता ही रहता है, पर मेरी इच्छाएँ अधूरी नहीं रखते। अब इसका जो भी कारण हो—मेरे लिए इनका बचा-खुचा प्यार या स्वतन्त्र निर्णय का 'खतरा' न उठा पाने की उनकी मजबूरी।

× × ×

08.03.2009

गरीबी और बदहाली के भी कितने रंग होते हैं! अभी-अभी 'व्योमकेश दरवेश' का वह प्रसंग पूरा किया है जहाँ हजारीप्रसाद द्विवेदी के शिक्षक उनसे कहते हैं कि बिना पैसे के विश्वविद्यालय की पढ़ाई नहीं हो सकती, पैसे नहीं है तो जाकर ईंट ढोओ! और उसके बाद गरीब ब्राह्मण बालक का पतरा बाँचकर थोड़े पैसे कमाना, उसमें से आधा घर भेजना... और विश्वनाथ त्रिपाठी की मलंग टिप्पणी कि यह वही देश है जहाँ हाथी पर बैठे राजा को आशिष देने के लिए ब्राह्मण को पेड़ पर चढ़ना पड़ता है—मर्यादा रखने के वास्ते, मर्यादा ज्ञान की! इतनी दयनीयता और दरिद्रता के बावजूद मन है कि कहता है, ज्ञान और शिक्षा प्रतीक रूप में ही सही, बाहुबल, धनबल और राजनीतिक प्रभुता से ऊपर प्रतिष्ठित होनी चाहिए।

कुल गौरव की चेतना हो, ज्ञान हो, संज्ञान हो तो घोर दारिद्रय के क्षणों में भी आत्मगौरव से मन खाली नहीं होता और कहीं-न-कहीं कुछ सिद्ध करके दिखाने का उत्साह बना रहता है। पर जिन दलित और आदिवासी किशोरों के शैक्षिक सम्बलन का संकल्प हमने लिया है, उनके पास आत्मगौरव के लिए जो खास हुनर होते हैं—शर-संधान या बेंत, लकड़ी, लोहा, पीतल से खूबसूरत चीजें तैयार करने का कौशल, उसे हम 'पतरा बाँचने' वाले वैशिष्ट्र्य से नहीं देखते! काम-काम के बीच की यह ऊँच-नीच ही भेदभाव की पूरी राजनीति का उत्स है! शिक्षा एक रोड रॉलर का काम तो करती है, पर भेड़-चाल पूरी तरह नहीं मेट पाती क्योंकि आन्तरिक वैशिष्ट्र्य और कौशल पनपने का अवसर नहीं देती।

आज का कोई शिक्षक किसी गरीब छात्र से यह कहने की हिम्मत नहीं कर सकता कि पैसे नहीं हैं तो विश्वविद्यालय में पढ़ने के ख्वाब छोड़ो, बेल धूको जाकर पर हिकारत शब्दों का मुँहताज कब रही है। बिन बोले किसी की जैसी-तैसी करने की कला में निष्णात करती है यह विश्वविद्यालयी सभ्यताः वर्तनी दुरूस्त नहीं, उच्चारण ठीक नहीं, रहन-सहन साफ-सुथरा नहीं बोली उजडड है—यह कहकर कोई नहीं रोकता वंचित बच्चों को क्योंकि शेड्यूल कास्ट कमीशन आदि की तलवार गर्दन पर लटकी रहती है, लेकिन जिस गहरी उपेक्षा या विद्वेष से शिक्षक पेश आते हैं इन छात्रों से, वह इन्हें भीतर-भीतर खाता तो रहता है।

इनके लिए विशिष्ट आवासीय विद्यालय खोलकर, ऊँचे से ऊँचे मानदेय पर विशिष्टतम शिक्षकों से इनकी विश्व-स्तरीय शिक्षा का इन्तजाम किया जाये ताकि सुविधासम्पन्न सामान्य लड़के-लड़कियों से ज्यादा तेजस्वी और आत्मसम्मानदीप्त होकर ये बाहर के संसार से आ मिलें—सबसे जरूरी तो यह बात है! इसी समझ के साथ 'कथासत्रम' नाम का जो स्कूल शुरू किया था, बिल्लू जैसे दस छात्र भी आगे आयें तो यह चलेगा! केन्द्रीय सरकार से अनुदान के प्रयत्न चल तो रहे हैं... आशिष

का रूममेट है शिक्षा सचिव, नेतकहाट में हमारे साथ ही तो था। पचपन नेतकहार मिलकर शिक्षा जगत् का कायांकल्प कर सकते हैं—जो जहाँ है, वहीं से हाथ बढ़ा सकता है! अच्छों को अपनी संघ शक्ति बढ़ानी ही होगी—अटपटे लोग तुरत गुट बना लेते हैं, पर सिद्धान्तवादियों की नाक कभी उन्हें एकजुट होने नहीं देती—यही तो समस्या है!

इच्छामरणी

11.04.2009

इच्छामृत्यु! यह शब्द कितना सुभग है! आदिस्त्री के लिए, सहज स्त्री के लिए, असल स्त्री के लिए मृत्यु क्या है? एक गर्भस्थ शिशु! जीवन यदि गोद का बच्चा है, मृत्यु भी गर्भस्थ शिशु ही तो है। दोनों पर जिसकी बराबर ममता हो, वही स्त्री!

कल ही दिल्ली से लौटी हूँ! नेहरू मेमोरियल लाइब्रेरी, तीनमूर्ति में गाँधीजी के प्रपौत्र, गोपालकृष्ण गाँधी का व्याख्यान था! अबुलकलाम आजाद स्मृतिशृंखला के अन्तर्गत पर्यावरणविद महेश रंगराजन और संस्कृतिविद् डॉ. कर्ण सिंह की चुटीली टिप्पणियों के बाद वे स्मृतिप्रवण होकर जो बोले, उससे जातीय स्मृतियों के आलोक में दिपदिपाती एक सजग इतिहास दृष्टि सामने आयी। ऑडिटोरियम पूरा भरा था—साहित्यिक पृष्ठभूमि से उभरे सिने-व्यक्तित्व इन दिनों ऐसी गोष्ठियों में लगातार नजर आने लगे हैं : शर्मिला टैगोर, अली जावेद, शबाना आजमी, गुलजार आदि! साहित्यिक चेतना और मानवीय मूल्यों को जनाधार देने में ऐसे लोग एक व्यापक भूमिका निभा सकते हैं—पुराने फिल्म स्टार, क्रिकेट स्टार, अवकाशप्राप्त शिक्षक, किसी भी पार्टी के गुमनाम होल्टाइमर जिनमें एक अलग तरह का राजसी ठाठ होता है—'जाको कछु न चाहिए, सो ही शाहंशाह'! असल ठाठ तो त्याग और गुमनाम वैभव ही देते हैं। गुमनाम रहने, गुमनाम हो जाने की शान ही निराली है। असल मुक्ति का उत्स तो वही है। इच्छामृत्यु उसी मलंग गुमनामी की ओर बढ़ा पहला कदम है पर इस अँधरी सुरंग की ओर बढ़ने के पहले थोड़े से मणिदीप गुफा द्वार पर तो जला ही देने चाहिए कि आगे आने वालों को सुभीता हो, कोई चाहे तो उससे अपनी मशाल के लिए आग लें, कोई चूल्हे के लिए! आग कहीं हो, किसी रूप में हो, धधकनी जरूर चाहिए। व्यक्ति की मृत्यु कभी भी विचार की मृत्यु नहीं हो सकती। कितना सुन्दर बोला था चे गोएरा जब नांरगी के बगीचों से गुजरते हुए अचानक आततायी उसे घेरकर खड़े हुए, निहत्थे पर गोली ताने हुए—

"Shoot, coward, you are only going to shoot a man."

(कायरो, दाग दो गोली, एक आदमी ही तो धराशायी होगा यानी विचार नहीं)

यथाशक्ति जीवन जिया, ठीक-ठाक ही जिया! बचपन में गर्मी की छुट्टियाँ

महर्षि रमण के आश्रम में बीतती थीं। अन्त समय में पिताजी वहीं रहने लगे थे। माँ भी वहाँ कितनी खुश थी। बच्चों की देख-भाल की खातिर भैया-भाभी उन्हें आश्रम से घर लिये आये और फिर भूल ही गये कि वे जिन्दा हैं अभी, उनकी भी इच्छा-अनिच्छा कुछ होगी, उनका भी मन करता होगा कि कोई उनसे मन की भी बातें कहे-सुनें... खैर, फिलहाल तो वे भी कोमा में हैं पर उनकी कही-सुनी बातें मुझमें और मेरे बाद मेरे बच्चों, मेरे छात्रों में और पाठकों में हमेशा ही जीवित रहेंगी! बच्चे, छात्र और पाठक ही मेरे जीवन का हासिल हैं।

महर्षि रमण आखिरी साँसें गिन रहे थे, उसी वक्त आश्रम का मोर पंख फड़फड़ाता हुआ छज्जे से उनके आँगन में उतरा जहाँ वे लेटे थे। माँ-पिताजी उस समय वहाँ थे। माँ कहती थीं कि 'मैं वह हूँ' का सही अर्थ उसी समय एकदम से उनके सामने प्रकट हो गया, जब जीवन की अन्तिम घड़ी में परम सहजता से महर्षि रमण बोले—

'इसे दाना-पानी तो मिला है न!' बुद्ध का परिनिब्बान सूत्र मृत्यु को उपचार की तरह देखता है—खासकर मेरे जैसों के लिए जिनका शरीर भीतर से छलनी-छलनी हो गया है! यूथनेशिया के समर्थन में हूँ मैं तो! लोककथा का राक्षस जैसे अपने प्राण तोते में रख जाता था, मैंने भी कुछ तोतों में अपने प्राण रख दिए हैं। वे देखेंगे आगे सब-कुछ, मुझको भरोसा है।

सबसे आसान है—महँगी दवाएँ छोड़ देना और जल्दी-जल्दी छोटे-मोटे काम समेट लेना! गठरी बाँधकर गठरी पर ही बैठी स्त्रियाँ प्लेटफॉर्म की शोभा होती हैं—कितनी सुन्दर, कितनी निश्चिंत! फिलहाल तो एक काम रह गया है—जॉनी पुतुल को समझाना। नकली नक्सलियों का साथ उसे बर्बाद किये जा रहा है। बेरोजगारी उसे ऐसा परेशान कर गयी है कि जहाँ कहीं पता चलता है, किसी नौकरी की अंतर्वीक्षा है, सारे सम्भावित प्रतिद्वंद्वियों को वह अगवा ही करवा लेता है।

इस वर्ष की जो डायरी शेफालिका ने मुझे पकड़ाई थी—उसमें बस ये ही दो-चार एंट्रीज थीं। बाहर-भीतर—दोनों के काम उनको बहुत रहते थे, इसलिए शायद फुर्सत न मिलती हो।

V

यह पत्र और डायरी भेजकर शेफालिका फिर लम्बे समय तक चुप हो गयी। इस बीच मैं भी मुखर्जी सर के साथ बिलासपुर के आदिवासी बच्चों को पढ़ाता रहा—जीवन और साहित्य समानान्तर पढ़ना-पढ़ाना एक विराट् अनुभव था। कुछ राजनीतिक गतिविधियाँ भी रहती थीं। बी.एड. का फॉर्म भर रखा था, उसकी पढ़ाई रात को करता।

मुखर्जी सर अभी जेल नहीं गये थे। मान्यता मैडम को आत्महत्या के लिए उकसाने का आरोप अभी मुखर्जी सर पर सिद्ध नहीं हुआ था। ये ही वे दिन थे जब पुलिस ने आदिवासियों के बीच किसी तरह का काम कर रहे लोगों के साथ चूहे-बिल्ली का खेल खेलना शुरू कर दिया था। मुखर्जी सर का स्वास्थ्य गिरा-गिरा रहने लगा था, फिर भी किसी अज्ञात प्रेरणा से वे लगातार कुछ-कुछ लिखते-पढ़ते। जिन दिनों पुलिस की गश्त बढ़ी रहती और बाहर वालों को जंगल की तरफ जाने नहीं दिया जाता, जंगल से ही कोई आता और ये सिर झुकाये, धीरे-धीरे कुछ-कुछ समझाते।

बहुत दिनों से वे एक किताब लिखने में लगे थे। शेफालिका की माँ, श्रीमती मान्यता टंडन, मुक्त विश्वविद्यालय के बिलासपुर-सेंटर में अँग्रेजी साहित्य की कोर्स-कोऑर्डिनेटर थीं, उसके लिए शेक्सपियर और डिकेन्स का 'कोर्स मेटेरियल' तैयार करने का काम उन्होंने इन्हें सौंप रखा था।

जिस नेतरहाट विद्यालय में मैं कुछ वर्ष पढ़ा था, वहीं मुखर्जी सर भी पढ़े थे। हमारे आपसी लगाव का एक कारण शायद यह भी हो। मान्यता मैडम के पिता वहीं मुखर्जी सर के शिक्षक थे। वैसे तो लड़कियाँ उस स्कूल में नहीं पढ़तीं, पर मान्यता मैडम को शिक्षक की बेटी होने का लाभ मिला। बाद में दोनों एक साथ जे. एन. यू. भी आये।...उसके बाद, मुखर्जी सर को कॉमनवेल्थ स्कॉलरशिल्प मिल गयी, वे विलायत चले गये।

शेफालिका बता रही थी कि उसी साल उसके नाना यानी मान्यता मैडम के पिता की मृत्यु हो गयी और भाई आई. पी. एस. अधिकारी होकर उसी इलाके में आ गये जहाँ वे आदिवासियों के लिए चलने वाले किसी एन. जी. ओ. में काम कर रही थीं। आये-दिन भाई-बहन में तकरार हो जाती। एस. पी. साहब को यह शान के विरुद्ध जान पड़ता कि उनकी बहन दो-दो टके के लोगों में, वह भी नक्सली बन्धुओं में, उठती-बैठती है और 'चीप्सटर' की तरह बात-बात में झोला उठाकर कहीं भी चल देती है!

'छान-पगहा तुराती' किसी लड़की को नाथने का सबसे आसान तरीका है उसकी शादी एक परम अनजान मशीननुमा आदमी से कर देना—'भोनू भाव न जाने, पेट-भरे से काम' टाइप के आदमी से। डॉ. टंडन एक ऐसे ही आदमी थे, मान्यता मैडम से उनकी शादी की बात चली तो वे तड़प उठीं। कहीं-न-कहीं मन में आशिष सर के लौट आने का इन्तजार भी होगा....फिर इतने सारे काम अधूरे पड़े थे!

तीन-चार वर्ष तो विवाह यों ही टलता रहा, डॉ. टंडन ने भी—पता नहीं क्या सोचकर—कहीं और शादी नहीं की और दूर-दूर से मान्यता मैडम की गतिविधियाँ देखते रहे। फिर मान्यता मैडम की माँ मेनेनजाइटिस के चपेट में पड़ीं, तो डॉक्टर साहब रात-बिरात घर आने लगे और एक तरह से घर का सदस्य बन गये। साहचर्यजन्य स्नेह भी दोनों में पनप ही गया। मान्यता मैडम की राजनीतिक गतिविधियों में भी उन्होंने दिलचस्पी लेनी शुरू कर दी....और धीरे-धीरे इनमें उनका इतना विश्वास पनप गया कि नक्सलवादियों पर पुलिस हमला करती, वे घायल हो जाते तो रात के अँधेरे में छुपते-छुपाते इनकी ही क्लिनिक तक आते या इन्हें ही वहाँ तक ले जाया जाता।

इधर मान्यता मैडम एक ऐक्टिविस्ट की समर्पित जिन्दगी जी रही थीं, उधर मुखर्जी सर सोआस से पी.एच. डी. करके वहीं नियुक्त हो गये थे। उनका मन था कि मान्यता भी सब छोड़-छाड़कर इंग्लैंड ही आ जाएँ। बीमार माँ और रुग्णतर देश—सब छोड़-छाड़ कर विदेश बस लेने की कल्पना से ही मान्यता मैडम सिहर उठीं। माफी माँगते हुए चिट्ठी लिखीं कि यदि विदेश ही बस जाने का इरादा है तो दूर-दूर की दोस्ती ही उनका सही रिश्ता होगा, वैसे भी, दोस्ती के रिश्ते से बड़ा रिश्ता कोई नहीं होता!

मेरी हचकिंसन से मुखर्जी सर के विवाह के तीन साल बाद मान्यता मैडम ने डॉक्टर टंडन से विवाह की स्वीकृति दी—वह भी बीमार माँ के खटवास-पटवास ले-लेने के बाद, डॉक्टर टंडन के पचपन आश्वासनों के अनन्तर कि वे उनके राजनीतिक और अकादमिक जीवन में कभी कोई बाधा नहीं डालेंगे।

छूछे आश्वासन से क्या होता है! लोकप्रिय, अपने ढंग से व्यस्त, अपने काम में मस्त स्वाधीन पत्नी तो गले में अटका लड्डू हो ही जाती है—न थूकते बनता है, न गटकते। शेफाली कहती थी—''पापा और मामा—दोनों की भृकुटि ममा को देखते

ही तन जाती है। मामा ज़हरीला-सा मौन ओढ़कर मुँह मोड़ लेते हैं और पापा के यहाँ खरी-खोटी का अनन्त पाठ चलता रहता है।...पर मामा-जितने तटस्थ भी पापा नहीं हैं। वक्त पड़ने पर वे ममा की पीठ पर खड़े हो जाते हैं, औरों के आक्रमण से उन्हें बचाते हैं और कभी दो-चार मिनट के लिए मूड ठीक रहा तो हँसकर खुद को हमारा ऐलशिसियन कहते हैं।"

किसी तरह गाड़ी खिंच ही जाती अगर मान्यता मैडम को नक्सलवादियों की मदद के आरोप पर तीन साल की सजा नहीं होती और अजब तरह के आवेग में खिंचे हुए मुखर्जी सर रायपुर में ही डेरा-डंडा नहीं डाल लेते।

कैसे यह सब सम्भव हुआ, इसका पता भी हमने लगाया। चिट्ठी-पतरी, नोट्स-वोट्स, डायरी के पृष्ठों और आलेखों का एक कोलाज-सा हमने तैयार किया है। मान्यता मैडम के कागज-पत्तरों का पुलिन्दा तो शेफाली ने भेज ही दिया था, उसके आलोक में सर के शेक्सपियर और डिकेन्स-विषयक आलेख मैंने पढ़े। चूँकि मैं ही उनका टाइपिस्ट हूँ, उनके एक-एक शब्द से बावस्ता, निजी पत्राचार को सन्दर्भ कीलित करना उतना मुश्किल न हुआ। शेफाली ने साथ न दिया होता और मुखर्जी सर को मनाया न होता—चिट्ठियों के साथ आलेखों के प्रकाशन की खातिर, तो यह पाण्डुलिपि हरगिज तैयार नहीं होती, न लोगों के सामने कभी भी यह स्पष्ट हो पाता कि स्त्री-पुरुष के बीच सिर्फ नर-मादा का ही रिश्ता नहीं होता, पूर्व-प्रेमियों में भी शुद्ध दोस्ती और (बृहत्तर प्रयोजन को निवेदित) सूक्ष्म विश्वास का नाता सम्भव है, जैसे मुखर्जी सर और मान्यता मैडम के बीच सम्भव हुआ।

'इतिश्री रेवाखंडे' उचारने और आपको उनके असल सम्बन्धों का कोलाज पकड़ाने के पहले एक बार यह भी समझ लेना जरूरी होगा कि मैडम की हत्या आखिर किसने की। उनकी परिस्थिति-मनःस्थिति और देश-काल की विरूपताओं ने या किसी ईर्ष्या-द्वेष कीलित रिश्तेदार ने? या सबने मिलकर की उनकी हत्या—जैसे जूलियस सीज़र की हत्या रोम के सांसदों ने मिलकर की थी! ब्रूटस का नाम लेते हैं, पर कहना मुश्किल है कि किसके वार से सीज़र के प्राण निकले! क्या यह एक राजनीतिक हत्या थी या आपसी विश्वास की सूक्ष्मतर हत्या।

अच्छा, प्रश्न पर बाद में आते हैं, पहले यह कोलाज तो पढ़ लें—मेरे और शेफाली के चरम शोध (और वैयक्तिक तहकीकात) का नतीजा!

VI
अथ श्री कोलाज-कथा

बिलासपुर
16 जून, 2002

I

प्रिय आशिष,

बाहर घनघोर बारिश हो रही है। मेरा यह दस-बाइ-दस का छोटा कमरा सब खिड़कियाँ खोले उचक रहा है—परी कथा के बौने-सा! दूर दिगन्त में उड़ने को तैयार! बारिश मनुष्य को अनन्त से जोड़ती है, अनन्त का विस्तार है बारिश, हमारे चित्त-विस्तार की अनन्त सम्भावनाओं की टापुर-टिपुर! बादलों के साथ-साथ हमारा एकान्त भी गहराने लगता है। एकान्त गहराता है, अधूरेपन का एहसास रेखांकित होता है, तभी तो दिगन्त तक फैल जाने, सारे संसार को चित्त में अंकवार लेने की महीयसी इच्छा भीतर कहीं उस उद्दाम आवेग के साथ उठती है जिससे कि अतलान्त महासागर पर बादल उठते हैं। क्या यही महीयसी इच्छा प्रेम है—चित्त की वह स्थिति जब एक के बहाने सारी दुनिया अपनी-अपनी सी लगे—'जित देखौं तित लाल?'

हम दोनों ने साथ-साथ ही इस कॉलेज में नौकरी पायी थी। जे. एन. यू. के उद्दीप्त, अफलातूनी जीवन के बाद कस्बे में अंग्रेजी शिक्षण! तुम्हें अपने प्रथम बैच का 'बेंजामिन पुतुल' याद है, आशिष? वह दुबला-पतला उत्साही लड़का जो कक्षा के हर प्रश्न का उत्तर टूटी-फूटी अंग्रेजी में पूरी संवेदनशीलता और उत्कट अंतर्दृष्टि के साथ बखूबी देता था और कक्षा के बाहर निकलते ही पूछता था—''मैडम जी, हू वॉज बेटर? आई ऑर निकिता? टेल मी प्लीज, हू वॉज बेटर? हू विल सेक्योर बेटर मार्क्स? हू विल बिकम ऐन आई. ए. एस. ऑफिसर?''

हो सकता है, तुम्हें यह बेंजामिन याद न भी हो, तुम यहाँ रह ही कितने दिन पाये। तुरन्त तो तुम्हें 'कॉमनवेल्थ स्कॉलरशिप' इस 'कॉमनरूम' से दूर ले गयी, इस देश की धरती

के हर कॉमन-अनकॉमन से दूर! यह यहाँ के किसी स्वतन्त्रता सेनानी का इकलौता नाती है—उसके नक्सली पिता किसी बड़ी मुठभेड़ में खेत आये। उसके रक्त में गाँधी और मार्क्स, 'हिन्द-स्वराज' और सशस्त्र क्रान्ति ऐसा गदहपटका खेला करते हैं, कि वह किसी करवट चैन से नहीं बैठ पाता। अखबार ध्यान से पढ़ता है, और नाना से संस्मरण भी ध्यान से सुनता है। बिजली तो शायद ही कभी यहाँ दरस दिखाती है। लालटेन में बैठकर उसने सब विश्व-क्लासिक टटोले हैं, जीवन टटोला है, संवेदना उसकी विकसित है, मातृभाषा में वह जीवन्त लेख लिख लेता है, बोलता भी है बहुत अच्छा किन्तु अंग्रेजी के साथ उसका नाता वैसा ही है जैसा 'ग्रामर-ट्रांस्लेशन' प्रविधि से 'दूसरी' भाषा सीखने वालों का होता है : हद से ज्यादा चौकस और खासा पंडिताऊ!

निकिता यहाँ के एस. डी. एम. की भतीजी है, 'मिल्स ऐंड बून' और दूसरे फरहर रोमांसों से उसका जीवन घिरा है। जिसे पुरानी अंग्रेजी में 'आइवरी टावर क्रीचर' कहते थे—भारतीय अफसरों के बच्चे उसका क्लासिक संस्करण तो होते ही हैं—देर रात को रेडियो पर संचारित विदेशी प्रसारण हमारे समय में उन्हें बीटल संगीत और कंट्री-म्यूजिक की दुनिया में ले जाते थे—अपनी 'कंट्री', अपनी दुनिया से दूर...अबका मीडिया-तंत्र और स्कालरशिप रैकेट उन्हें लगातार उड़नछू रखता है—आयातित आह्लाद में आलोड़ित! धरती पर उनके पाँव ही नहीं पड़ने देता। संवेदना बेशक बहुत ज्यादा विकसित न हो पाये, पर धकाधक, चकाचक अंग्रेजी उन्हें विशिष्ट विश्व-नागरिक बनाने में कोई कोर-कसर नहीं छोड़ती। निकिताओं के आगे बेंजामिन और लालचंद अवाक् हो जाते हैं : एक पूरा संवर्ग अवाक् हो जाता है जिसके पास कहने को बहुत-कुछ है अगर कहने पे आये!

हमारे समय की कितनी बड़ी विडम्बना है, आशिष, कि हर माइक से बोल वे रहे हैं जिनके पास कहने को कुछ है ही नहीं, अनुभव की थाती नहीं जिनके पास, अनुभूतियाँ हैं भी तो बिल्कुल छितिर-बितिर और आत्मकेन्द्रित! हृदय की भाषा मंच और मीडिया की भाषा किसी-किसी तरह बनी हुई है, इसके लिए प्रजातंत्र को सलाम, किन्तु प्रभुओं की भाषा जैसे पहले संस्कृत थी, अब अंग्रेजी है! समृद्ध लोगों के बच्चे अपनी लोककथाओं, मिथकीय चरित्रों, कहावतों-किस्सों की अक्षयनिधि से वंचित हैं!

यही वह समय है जब फॉर्स्टर का मूलमंत्र 'ओनली कनेक्ट' हमें चरितार्थ करना है और एक पुलिया बनानी है वर्गों, वर्णों, नस्लों, भाषाओं के बीच! स्त्री की, बुद्ध की सम्यक् न्यायदृष्टि, निष्काम, निष्प्रयोजन स्नेहवृत्ति से ही यह सम्भव है।

शुरू-शुरू में जो सपने हमने मिलकर देखे थे, उन्हें सिद्ध करने का समय आ गया है। समय आ गया है एक नये नमक-आन्दोलन का। और पुस्तकें जीवन का नमक हैं। यह नमक घर-घर पहुँच जाए—खच्चरों पर लदकर जैसे कि पहले नमक पहाड़ों पर पहुँचता था, दूरस्थ गाँवों में—हर भाषा का ज्ञान, हर भाषा की सरस थाती घर-घर पहुँच जाए, क्या उसकी खातिर नयी तरह की किताबें बनानी नहीं चाहिए?

जैसे कि सड़क बनाते हैं, नयी-नयी पुस्तकें बनें तो दूरियाँ पटें। जीवन-जगत् की अद्यतन समस्याओं से कालजयी कृतियों का जुड़ाव नये सिरे से रेखांकित करना इतना दुष्कर भी नहीं है यदि संकल्प दृढ़ हो—एक समवेत संकल्प उन सब खुशकिस्मत लोगों का जिन्हें कुछ पढ़ने का मौका मिला है और फुर्सत मिली है, तो सिर्फ इसलिए कि कोई और उनकी खातिर खट रहा था—'जब हम बैठे थे घरों में / वे झेल रहे थे गोली' गोली सिर्फ बन्दूकों से ही नहीं छूटती, युद्ध सिर्फ मोर्चों पर ही नहीं लड़े जाते! घर-घर में युद्ध छिड़ा है—वैचारिक संग्राम, एक मनोवैज्ञानिक युद्ध, पीढ़ियों के बीच, स्त्री-पुरुष तक के बीच। वर्ग-संघर्ष और जातीय संघर्ष सत्तान्तरण को निवेदित हैं, पर ये महीनतर संघर्ष (पीढ़ियों के संघर्ष हों या यौनाधारित शोषण के विरुद्ध मोर्चाबन्दी) साझेपन और सहकारिता के गहनतर दर्शन को! ये महीनतर संघर्ष अपनी जड़ें जमाते हुए दूसरों को उखाड़ फेंकने की रणनीतियाँ नहीं चलाते, चुपचाप अपने स्पेस गढ़ते हुए 'जीओ और जीने दो' के संकल्प साधते हैं। हिंसा और प्रतिरोध इस युद्धकातर और आतंकविह्वल समय में 'एक और बम' बन जाएँगे—इसका भय है, इसलिए फिलहाल तो युद्ध मनोवैज्ञानिक ही होने हैं—शस्त्र नहीं, शास्त्र के सहारे।

और चूँकि शास्त्र अनन्त हैं—देशी, विदेशी क्लासिक्स और आर्षग्रन्थ, उन्हें उँगलियों पर गिन पाना सम्भव ही नहीं, इसलिए जिसे जो जहाँ मिल गया, जरूरी है उसकी युग-सापेक्ष व्याख्या—जनसामान्य के लिए, बल्कि कहूँगी कि जनविशिष्ट के लिए करना जो हमारे लिए खेतों-खलिहानों-कारखानों में लगातार खटे, हमारे लिए सारी सुविधाएँ जुटायीं—तब ही तो पढ़ पाये हम। इन्होंने हमारे जीवन में इतनी सुविधाएँ जुटायीं तो इनकी खातिर क्या इतना भी हमसे नहीं होगा?

मेरी को मेरा नमस्कार कहना। उसे भारत को करीब से जानने-समझने की इच्छा तो जरूर होती होगी! उसे भी इस आन्दोलन में जोड़ो न। बीच-बीच में ही सही, यहाँ आया करो!

'पत्राचार विश्वविद्यालय' के शेक्सपियर वाले पाठ का क्या हुआ?

सस्नेह

मान्या

II

प्रिय मान्या,

विश्व क्लासिकों से भारतीय किशोरों और नवयुवकों की गपशप का अभियोजन एक शुभसंकल्प है। मैं तुम्हारे साथ हूँ। यह तो जे. एन. यू. वाली अपनी अन्तिम मुलाकात में ही हमने तय कर लिया था कि हम जीवन में एक छत के नीचे रहने का आनन्द नहीं भी उठा पाये तो भाषा या साहित्य नाम की जो विशाल छतरी है—वह

हमको जोड़े रहेगी! हम मिलकर काम करेंगे!

नौकरी और विवाह के बाद के पहले बीस-बाइस बरस तो आनन-फानन में ही निकल जाते हैं। काम करने का समय अभी तो आया है। तो लो, 'तुम्हारे पत्राचार विश्वविद्यालय के कुछ आरम्भिक पाठ जो मैंने तैयार किये हैं, उन्हें जाँच लो। फिर जैसे प्रारूप में कहोगी, ढाल दूँगा।...मेरी नमस्कार कह रही है! तुम किस तरह की किताबों की बात कह रही हो—जरा खुलकर लिखना तो!

अभिन्न,

आशिष'

पत्राचार विद्यालय

पाठ-1

एक थे शेक्सपियर

कन्नड़ साहित्य के कुछ विशेषज्ञ बताते हैं कि कन्नड़ नाट्यान्दोलन के प्रथम चरण में (1880-1920) शेक्सपियर नाम का जादूगर एलिजाबीदन इंगलैंड से सिंदबादी यात्राएँ करता हुआ 'शेख पीर' के रूप में कर्णाटक पहुँचा था। कहीं-कहीं उसके 'शेशप्पा अय्यर' के रूप में पहचाने जाने के भी समाचार मिलते हैं।

कन्नड़ भाषा बड़ी नटखट है। ब्रिटिश सिपाहियों को वह 'केम्यु-मुरिया-कोटीमांगा'–'ललमुँहा बन्दर' कहती थी, गोरी मेमों को कहती थी 'डेरोसानी' यानी 'राजा की रखैल' और साधारण गृहस्थिनों को 'रानी'! सारा हिसाब-किताब बराबर!...देसी पटखनिया की ऐसी जोरदार परम्परा के बर-अक्स यह बात और भी महत्त्वपूर्ण दीखती है कि शेक्सपियर 'पीर' और 'अप्पा' का अन्तरंग सम्बोधन पाते हैं। जनमानस दूध का दूध और पानी का पानी करने की कला में पारंगत होता है।

बालुराव द्वारा सम्पादित कर्णाटक नाटकों के एक प्रसिद्ध संकलन के मुखपृष्ठ पर जगमोहन स्कूल ऑफ आर्ट्स के आर. एस. नायडू का बनाया हुआ एक व्यंजक चित्र है जिसमें कालिदास और शेक्सपियर अगल-बगल खड़े हैं–कालिदास भारतीय परिधान में पांडुलिपि धारे और शेक्सपियर 'मैनली-इंगलिशमैन' की तरह स्क्रॉल हाथ में उठाये। कहने को कोई कह सकता है कि कालिदास टीका माला और धोती के साथ स्त्रीसुलभ सौन्दर्य में जगमगा रहे हैं, लेकिन यह चित्रकार यहाँ अपने ही ढंग का पावर-डिस्कोर्स प्रतीकित कर रहा है। 'वामांगी' शेक्सपियर ही हैं और सत्ता संचालन का पारम्परिक दाक्षिणात्य कालिदास को सौंपा गया है। अपने कुल 110 कन्नड़ अनुवादों और रूपान्तरणों के बावजूद, कथा-कीर्तन शैली में और भरतमुनि की शर्तों पर भी शेक्सपियर के सफल मंचन के बावजूद 'पीर' 'पीर' ही है और 'पिता' 'पिता' है! सत्ता पिता को सौंपी जाएगी, पीर को नहीं, वैसे भी 'सन्तन को कहाँ सीकरी सों काम!'

जीवन के दस चरण

शेक्सपियर ने दुनिया को रंगमंच कहा था जिसके सात अंक जीवन की सात अवस्थाएँ हैं:

रंगमंच है दुनिया सारी,
हम पात्र हैं नाटक के!
आगमन-प्रस्थान के चलते हैं सिलसिले
और हम सारे के सारे
जीवन में जो भूमिकाएँ निभाते हैं–
बँट सकता है सात अंकों में

(ऐज यू लाइक इट, एक्ट II दृश्य VII)

यदि शेक्सपियर की कविता के अनुसार उसका जीवन सात अंकों में बाँटें तो हर चरण की उसकी डायरी कुछ इस तरह चलेगी–

पहला चरण :

पहले शिशु–
धाय माँ की बाँहों में
नन्ही-मुन्नियाँ उल्टियाँ करता,
रिरियाता!

(ऐट फर्स्ट द इन्फैंट,
म्यूलिंग ऐंड प्यूकिंग इन द नर्सेज आर्म्स)

*अप्रैल 26, 1564 : स्ट्रैटफोर्ड के होली ट्रिनिटी चर्च में मेरा नामकरण हुआ! मेरी माँ मेरी ऐडम्स थी और पिता जॉन शेक्सपियर छोटे-मोटे व्यापारी थे। वे लोगों को सूद पर पैसे भी देते थे।

दूसरा चरण :

फिर भोर का चमचम चेहरा लिये
झींकता बच्चा–कन्धे पर थैली लटकाये
घोंघे-सा घिसट-घिसट कर
बिल्कुल बेमन से
स्कूल जाता हुआ।

(देन द वाइनिंग स्कूल ब्वॉय, विद हिज सैशल ऐंड शाइनिंग मॉर्निंग
फेस/क्रीपिंग लाइक स्नेल अन्विलिंगली टु स्कूल!)

* पिता का व्यवसाय इधर लगातार घाटे में चला है। कर्ज इतना बढ़ गया है कि गिरफ्तार होने के डर से वे घर के बाहर भी नहीं निकलते! किसी-किसी तरह मेरे स्कूल का खर्चा जुटता है! स्कूल छोड़कर पिता की मदद के लिए काम करना चाहता हूँ। कवि होना चाहता हूँ मैं!

तीसरा चरण :

और फिर प्रेमी
आहें भरता भट्ठी की तरह,
दर्द-भरा एक तराना उठाता
माशूक की भंवों के नाम...
(ऐंड देन अ लवर साइंग लाइक अ फर्नेस, विद अ वोफुल
बैलेड मेड टु हिज मिस्ट्रेसेज आइब्रो)

* नवम्बर 28, 1582 : आज के दिन मेरी शादी हुई। मेरा अंकुर ऐन हैथवे के गर्भ में पल रहा था, उसको सामाजिक स्वीकृति देने की खातिर अट्ठारह साल की उम्र में मैंने शादी की। ऐन मुझसे बड़ी है तो क्या, अच्छी है, लेकिन कवि का जीवन उसको पसन्द नहीं है।

* फरवरी 2, 1583 : हैमनेट और जुडिथ : एक साथ दो बच्चे! ऐन समझती है, अब जीविका के लिए मुझे लन्दन निकलना ही होगा। यहाँ गाँव में मैं सुरक्षित नहीं, मुझ पर शिकार का आरोप है!

चौथा चरण :

सिर्फ सिपाही अब तो
अजीब शपथों से लथपथ, दाढ़ीदार, ज्वलनशील लुत्ती, लड़ाकू,
तोप के मुँह में भी
महिमा के, यश के बुलबुले टूहता!

(देन अ सोल्जर, फुल ऑफ स्ट्रेंज ओथ्स, ऐंड बियर्डेड लाइक द पार्ड, जेलस इन वॉर, सडेन ऐंड क्विक क्वेरेल, सीकिंग द बबल रेपुटेशन इवेन इन द कैनन्स माउथ)

* मई 1592 : लन्दन भयानक, हउहत्ती शहर है—तरह-तरह के हत्यारे, लुटेरे, पॉकेटमार, भिखारी-शराबी और ठग! लेकिन मेरे नाटक लोकप्रिय हो रहे हैं। प्लेग के चलते फिलहाल थियेटर बन्द हैं, लेकिन जल्दी ही खुलेंगे। मैं और नाटक लिखूँगा, उनमें अभिनय भी करूँगा...एक दिन मेरे पास अपनी ही कम्पनी के कई शेयर होंगे!

पाँचवाँ चरण :

और तब काजी, महाकाजी—
तोंद तर मुर्ग-मुसल्लम से,
आँखें शातिर और दाढ़ी नुकीली,
सूक्तियों-कहावतों, आधुनिक आख्यानों से भी लहालोट—
काम से काम, बस बाकी आराम!
(ऐंड देन द जस्टिस / इन फेयर राउंड बेली / विद गुड केपन लाइंड / विद आइज सिवियर / ऐंड बियर्ड ऑफ फॉर्मल कट / फुल ऑफ वाइज सॉज ऐंड मॉडर्न इन्सटांसेज / ऐंड सो ही प्लेज हिज पार्ट)

रानी एलिजाबेथ को मेरा काम काफी पसन्द है। उनकी मदद से हमने लन्दन में एक नया थियेटर बनाया। किसी थियेटर कम्पनी का मालिक बनने वाला मैं पहला लेखक हूँ। दुनिया रंगमंच है और रंगमंच एक पूरी दुनिया—इसलिए मैं इसको 'ग्लोब' पुकारूँगा।

मेरा बेटा मेरी सफलता देख नहीं पाया! दुख के महासागर में हमको डूबता-उतराता छोड़ गया। पूर्वजों के नाम पर स्ट्रैटफोर्ड में मैंने एक नया घर खड़ा कर लिया है! रानी ने 'कोर्ट ऑफ आर्म्स' से हमारे खानदान को नवाजा है। चलो, परिवार के नाम पर कुछ तो किया! बाप-दादा की जमीन पर जो नया घर बनाया है—लन्दन से लौट-लौटकर वहाँ आता रहूँगा, लन्दन लगातार रहने लायक जगह नहीं है!

छठा चरण :

दुबली-सी, ढीली ढीली-ढुलढुल पतलून,
नाक पर चश्मा और थैली बगल में,
जवां दिनों का मोजा—
कायदे से बचाकर रखा,
बहुत बड़ी दुनिया और काया
सिकुड़ी-ठिठुरी—
सिर्फ आवाज बड़ी मर्दाना, भारी-सी,
धीरे-धीरे उसमें भरती हुई
बचपन की तुतलाहट, हाँय-साँय, सीटी।
(द सिक्स्थ एज शिफ्ट्स / इन्टू द लीन ऐंड स्लिपर्ड पेंटलून / विद स्पेक्टैकल्स ऑन नोज / ऐंड पाउच ऑन साइड /हिज यूथफुल डेज वेल सेंड / अ वर्ल्ड टु वाइड / टर्निंग अगेन टुवार्ड् / चाइल्डिश ट्रेबल / गैप्स एण्ड विसिल्स इन हिज साउंड!)

1612 : थियेटर! जवान लोगों का झुरमुट ! मैं अपना ज्यादातर वक्त स्ट्रैटफोर्ड में ही बिताता हूँ। कभी मैंने सपने में भी नहीं सोचा था कि मैं इस शहर का प्रमुख नागरिक होऊँगा—मेरे घर दूर-दूर से श्रीमन्त और शक्तिमन्त लोग मिलने आएँगे। मैं हर तरह के लोगों से घिरा रहता हूँ लेकिन सबसे ज्यादा सुकून मुझे या तो अपनी नतनी, एलिजाबेथ के साथ मिलता है या थियेटर के अपने पुराने साथियों के बीच।

सातवाँ चरण : और अन्तिम दृश्य

जिस पर खत्म होता है घनघनाता इतिहास—दूसरा बचपन, क्षय और क्रमिक विलयन—दंतहीन, दृष्टिहीन, स्वादहीन, परमशून्य!

(लास्ट सीन ऑफ ऑल / दैट एंड्स दिस स्ट्रेंज इवेंटफुल हिस्ट्री / इज़ सेकेंड चाइल्डिशनेस ऐंड मियर ऑब्लिवियन / सॉन्टीथ, सॉन्आइज, सॉन्टेस्ट / सॉन एवरीथिंग!)

1616 : मेरी बेटियाँ ही मेरा सुकून हैं और मेरी चिन्ता। जुडिथ ने आवारा टॉमस क्वीन से विवाह कर लिया है! उसके नाम मुझे काफी सम्पत्ति छोड़नी होगी! दोस्त कहते हैं कि मेरे मरने के बाद भी लोग मुझमें उत्सुकता रखेंगे। कुछ का कहना है—वे मेरी कब्र खोदकर हड्डियाँ निकाल लेंगे—इसलिए मैंने कब्र पर गोदने के लिए कुछ पंक्तियाँ लिखी हैं—ये मेरी रची हुई आखिरी पंक्तियाँ होंगी—

'भाई मेरे, खुदा की खातिर खोदो, मत धूल-माटी
इस जगह की कि जिए-जगे
वह आदमी जो इसे छोड़े निश्चिन्त
और जो भी पत्थर छेड़े या हड्डियाँ—
उसे शाप मेरा लगे!'

(गुड फ्रेंड, फार जीजसेज सेक फॉरबियर
टु डिग द डस्ट इन्क्लोज्ड हियर
ब्लेस्ट बी द मैन दैट स्पेयर्स दीज स्टोन्स,
ऐंड कर्स्ड बी ही दैट मूव्स माइ बोन्स)

जैसा कि मैंने 'हैमलेट' में कहा—बाकी बस साम्राज्य है शान्ति का!

आठवाँ चरण :

1623 में शेक्सपियर के सारे नाटक एक खंड में इकट्ठा हुए और बार-बार खेले गये। कुछ लोगों ने वितंडा-सा खड़ा किया कि ये शेक्सपियर के लिखे हुए नहीं हैं। कुछ दर्शकों को त्रासदियों में व्यक्त हिंसा और करुणा बर्दाश्त नहीं हुई ...इसलिए उन्हें सुखद अन्त के साथ दुबारा लिखा गया।

नौवाँ चरण

उनकी मृत्यु के डेढ़ सौ बरस बाद एक महान अभिनेता, डेविड गैरिक ने शेक्सपियरोत्सव मनाया....धीरे-धीरे शेक्सपियर की हींग-हल्दी में लोगों की इतनी रुचि बढ़ी कि स्ट्रैटफोर्ड के उसके मकान 'न्यू प्लेस' पर प्रतिवर्ष मेला-सा लगने लगा! 1754 के आते-आते यह मेला हर दिन ही जुटने लगा तो तंग आकर उसके बाशिंदों ने इमारत ही ढाह दी है। अब हम जो घर देखते हैं—वह उनका वो वाला घर नहीं है जो उन्होंने अवकाशप्राप्ति के बाद इन्होंने शौक से पूर्वजों के नाम पर बनवाया था ...पर उनके नाटक 'ढाह' पाना तो असम्भव है, शेक्सपियर का असल ठिकाना वे हैं। स्कूल-कॉलेज के पाठ्यक्रम का हिस्सा है शेक्सपियर—वो भी सारी दुनिया में—पर इससे उनको सन्तोष होता भी हो या नहीं! पढ़ने-पढ़ाने के लिए नहीं, खेलने के लिए उन्होंने नाटक लिखे थे।

दसवाँ चरण

खेले तो शेक्सपियर अब भी जाते हैं, पर स्टेज पर उतने नहीं जितने कि फिल्मों के रूप में। कभी कहीं पढ़ा था मैंने कि हॉलीवुड के सबसे ज्यादा लोकप्रिय पटकथा लेखक शेक्सपियर ही हैं।

शेक्सपियर का समय

(टेम्स नदी के समानान्तर बहता समय : एक फ्लो चार्ट)

शेक्सपियर की कुंडली		**इतिहास**
जन्म के पहले	1349	'ब्लैक डेथ' इंगलैंड पहुँचा (भयावह महामारी)।
,,	1400	रिचर्ड द्वितीय मारे गये।
,,	1421	फ्रांस में ज्यां आर्क डायन घोषित करके जिन्दा जला दी गयी
,,	1474	कैक्सटन प्रेस ने पहली बार अंग्रेजी में किताब छापी।
,,	1492	कोलम्बस ने अमरीका ढूँढ़ निकाला
,,	1509	हेनरी VIII राजा बने।
,,	1558	एलिजाबेद I रानी बनी।
स्ट्रैटफोर्ड में शेक्सपियर का जन्म	1564	
		स्कॉटिश बागी कैथोलिक मेरी

		क्वीन ऑफ स्कॉट्स के खिलाफ थे।
4 वर्ष के शेक्सपियर	1568	मेरी स्कॉट्स इंगलैंड भाग आयी पर एलिजाबेद ने उन्हें कैद करवाया।
5 ”	1569	(1) क्वीन्स थियेटर कम्पनी ने अपना पहला पर्फार्मेन्स स्ट्रैटफोर्ड में किया। क्या शेक्सपियर नाटक देखने गये?
		(2) एलिजाबेद को कैथोलिकों की भयावह बगावत सहनी पड़ी, पर वे विजयी हुईं।
7 ”	1576	(1) स्थानीय विद्यालय में शेक्सपियर का प्रवेश।
		(2) इंगलैंड में पहला पब्लिक रंगमंच स्थापित।
18 ”	1581	(1) शेक्सपियर स्कूल शिक्षक के रूप में नियुक्त।
		(2) दुनिया की नौका परिक्रमा।
19 ”	1582	(1) ऐन हैथवे से शेक्सपियर ने शादी की। आठ महीने बाद बेटी का जन्म।
		(2) स्कॉटलैंड में किंग जेम्स अगवा, फिर मुक्त।
21 ”	1586	(1) शेक्सपियर के जुड़वाँ बच्चों (जुडिथ और हैमनेट) का जन्म।
		(2) कैथोलिक के खिलाफ सरात आदेश पारित।
23 वर्ष के शेक्सपियर	1587	(1) शेक्सपियर इंगलैंड आये।
		(2) मेरी क्वीन को षड्यंत्र की खातिर मृत्युदंड।
24 ”	1588	(1) शेक्सपियर अभिनेता बने।
		(2) एलिजाबेद की नौसेना ने स्पेनिश आर्मडा को हराया।
25 ”	1590	शेक्सपियर का पहला नाटक हेनरी

		पाँचवाँ अभिमंचित।
27 वर्ष के शेक्सपियर	1591	(1) शेक्सपियर लोकप्रिय नाटककार। (2) 'डायनो' द्वारा जेम्स प्रथम की हत्या का प्रयास।
28 "	1592	(1) प्लेग के चलते थियेटर बन्द। (2) प्लेग से 15,000 लोग मरे।
29 "	1593	(1) शेक्सपियर कविताएँ लिखते रहे। (2) प्रसिद्ध नाटककार, क्रिस्टोफर मार्लो की हत्या।
30 "	1594	(1) थियेटर फिर से खुले। (2) रानी की हत्या के आरोप में डॉक्टर रोडरिगो लॉपेज गिरफ्तार।
32 "	1596	(1) शेक्सपियर का इकलौता बेटा, हैमनेट गुजर गया। (2) समुद्र-यात्रा में ही फ्रांसिस ड्रेक गुजरे।
35 "	1599	(1) शेक्सपियर ग्लोब थियेटर के शेयर होल्डर भी हो गये। (2) आइरिस बागियों ने अर्ल ऑफ एसेक्स के नेतृत्व वाली अंग्रेजी सेना को हरा दिया
39 वर्ष के शेक्सपियर	1603	(1) प्लेग के चलते दुबारा थियेटर बंद। (2) एलिजाबेद का निधन, जेम्स ऑफ स्कॉटलैंड का राज्याभिषेक।
41 "	1605	(1) 'किंग लियर' आदि उत्कृष्ट नाटक शेक्सपियर ने अभी भी लिखे (2) 'गार्ड फाउक' 'गनपाउडर प्लॉट' आदि कैथोलिक षड्यंत्रकारियों को मौत के घाट उतारा गया।
44 "	1608	(1) शेक्सपियर की नतनी का जन्म। (2) पोकाहोन्टों द्वारा अमेरिका में अंग्रेजी सेटलर्स का बचाव।
47 "	1611	(1) शेक्सपियर ने अन्तिम नाटक

		'टेम्पेस्ट' लिखा। (2) किंग जेम्स बाइबिल प्रकाशित।
48 "	1612	(1) शेक्सपियर काम करना छोड़कर घर लौट आये। (2) लंकाशायर की डायनों को फाँसी
52 "	1616	(1) स्ट्रैटफोर्ड के रिमॉडेल्ड पुश्तैनी घर में शेक्सपियर की मृत्यु। (2) प्रिंस चार्ल्स प्रिंस ऑफ वेल्स बने! चार्ल्स प्रथम के रूप में ये 1649 तक मारे जाएँगे।

शेक्सपियर के वक्त थियेटर

आज के समय में सोप-ऑपेराओं की जो स्थिति है, शेक्सपियर के वक्त नाटकों की थी। लोग मजे के लिए नाटक देखते थे और नाटकों की प्रिय रेसिपी थी : मृत्यु और विनाश, चुटके और भोंडे मजाक, डायनपंथी, राजा और गुण्डे-मवाली, नफरत और दिल की जलन, मार-पीट, खून-खराबा!

शेक्सपियर के नाटकों में ये सारे मसाले हैं। उनके कथानक भी होलिंशेड क्रॉनिकल आदि लोकप्रिय स्रोतों से लिये गये हैं। उनको महान बनाती है :

(1) उनके संवादों की चुस्त-चपल, रंग-बिरंगी और बिम्ब-बहुल भाषा (2) हर तरह के चरित्र की मानसिक उथल-पुथल की उनकी अद्‌भुत पहचान।

नाटकों को चटपटा भी होना पड़ता था, वरना दर्शकगण खड़े-खड़े टमाटर और अंडे फेंकने लगते थे। एक पेनी देने वाले ग्राउंडलिंग्स दर्शक दीर्घा में खड़े-खड़े ही नाटक देखा करते थे। सिर्फ कुछ विशिष्ट दर्शकों के लिए 'बॉक्स' होता था या मंच के नीचे की आरामकुर्सी होती थी। कभी-कभी विशिष्ट लोगों के बैठने की व्यवस्था मंच पर ही हो जाती थी।

जब युद्ध या आँधी के दृश्य मंचित करने होते थे, स्टेज-मैनेजर तोप में कागज ठूँसकर चला देते थे। उससे एक खास तरह का ध्वन्यांकन हो जाता था। 1613 में एक बार ऐसा हुआ कि जिस पन्ने पर संवाद लिखे थे, गलती से उसका ही गोला बनाकर तोप के मुँह में ठूँस दिया गया। उस वक्त किसी को ठीक से संवाद याद नहीं थे। प्रॉम्प्टर के ही भरोसे थे सब।

गिरजाघर नाटकों से खुंदक खाते थे। उनके अनुसार नाटक ईश्वर की सृष्टि के पैरोडी थे—इसलिए पापपूर्ण! इस 'पाप' का ही प्रभाव मानी जाती थी प्लेग आदि महामारियाँ! 1592 में प्लेग के कारण थियेटर बन्द हो गया तो फिर काफी दिन खुलने ही नहीं दिया गया।

थियेटर कम्पनियाँ, वैसे तो सराय के आँगन में ही लकड़ी का मंच खड़ा करके नाटक खेला करती थीं, पर घूम-घूमकर नाटक खेलना खर्चीला तो था ही। सरायों में

ठहरना और घोड़ों को खिलाना-पिलाना उतना आसान नहीं था। यह खर्चा अभिनेताओं की पगार से ही निकलता था। छोटे शहरों में लोग इतने पैसे नहीं दे पाते थे जितना लन्दन में। कभी-कभी ही कोई धनी आदमी अपने किले में नाटक मंचित करवा के ढेर-से पैसे दे पाता था। एक बार तो गजब हो गया। गैमेलियन रैटसे नाम के एक धनाढ्य व्यक्ति ने अपने ही दिये हुए 40 शिलिंग हाइवेमैन बनकर अभिनेताओं से लूट लिए।...बाद में इस ठगी की उसे सजा भी मिली, पर इस तरह की घटनाएँ घटती रहती थीं।

इनसे निबटने का एक उपाय था स्थायी नाट्यमंच! शेक्सपियर ने बढ़इयों और मजदूरों के संग खुद लगकर 'ग्लोब' थियेटर बनवाया—टेम्स नदी के किनारे! 1990 में इसको आधुनिक बनाया गया।

राँची एक्सप्रेस

मेरे मन में लगातार यह उत्सुकता लहर ले रही थी कि जानूँ, कैसी लग रही है मेरी डायरी ललिता को, पर वह तो पीठ इधर किये लगातार उसमें डूबी ही थी और पतली पीठ पर लटकी वह लम्बी चोटी, चोटी में बँधा वह गुलामी फुदना मुझे अपने ढंग से घायल किये जा रहे थे, सो मैंने ऊपर देखना ही बन्द कर दिया और दूसरे मुसाफिरों की गतिविधियों का मुआयना लगा करने।

गुमला स्टेशन पर एक भरी-पूरी महिला चढ़ी थी! उसके झोले से झाँकती हुई नन्हीं कॉपियाँ इसका संकेत दे रही थीं कि वह वहीं किसी गाँव में अध्यापिका होगी मन में यह प्रश्न जगना स्वाभाविक था कि उसका क्या कोई अपना घर-बार नहीं कि दीवाली की रात उसने ट्रेन में बिताने की सोची है। अध्यापकों के संग-साथ में मैंने जिन्दगी बिताई थी, उनसे संवाद साधना इतना मुश्किल नहीं होता, जानता था, फिर भी सोचा, एकदम से बात करने लगना शायद ठीक नहीं हो, थोड़ा निरख-परख लेना अच्छा होगा।

उसके हाथों में मोबाइल थी। आते ही वह संदेश लगी भेजने! दसवें स्टेशन पर उसका एक फोन भी आया! जिस तरह के आप्तवाक्य वह फोन पर बोल रही थी, उससे स्पष्ट था कि उस सिरे पर या तो परदेश मे बसी उसकी संतान है या कोई प्रिय छात्र।

अभी मैं उससे बात करने की सोच ही रहा था कि ऊपर से दनदनाती हुई ललिता उतरी और लगी मुझको झाड़ने "ये कैसी कचरा भाषा लिखता है तू, बोल तो इतने भारी-भारी वाक्य जैसे मालगाड़ी! पत्थर कोयला के माफिक शब्द, इतनी मगजमारी करके बस एक चैप्टर मैं पढ़ पायी। ऐसे लिखते-बोलते है क्या? खाक तू बी.ए. पास है इससे तो अच्छी कहानी मेरा मामू कहता था—धड़-धड़ा-धड़-धड़ा-धड़ आगे बढ़ती थी।"

इतने लोगों के सामने मेरी इतनी भयंकर बेइज्जती कर दी इस ललिता ने, मारे शर्मिन्दगी के मेरे गाल लाल हो गये। प्रेम का बुखार भी हवा हो गया। कुछ कहने

को था कि टीचरजी मुस्का के बोल पड़ीं–

"तुम्हारी बहन है?"

"कोई नहीं है ये मेरी", मैंने कहा और मुँह फेरकर उधर बैठ गया, "नहीं पढ़नी है तो नहीं पढ़ो, दो मेरा पुलिन्दा वापस।"

लिली एक्का का ललिता तत्त्व फिर से जगा, थोड़ा-सा मनुहार करती हुई बोली–"मेरे कहने का यह मतलब था कि मेरे जैसों के लिए नहीं है। ऐसी हिन्दी पढ़ते मुश्किल होती है, पर मुश्किलों का सामना करना अच्छा भी लगता है, पढ़के ही दम लूँगी जैसे संस्कृत पाठ पढ़ती थी न, पढ़ती थी तो पढ़ ही लेती थी। तुम्हारी भी गलती नहीं है, तुमने संस्कृत-अँगरेजी पढ़े-लिखे दिकुओं के साथ ही तो पूरी जिन्दगी गुजारी है।

धीरे-धीरे डिब्बे की नवागंतुका, मीनाक्षी दी, हमारी समस्याओं की तह तक पहुँच गयी! उन्होंने सारे प्रसंग जान लिये और यह प्रस्ताव रखा कि आगे का हिस्सा वे लिली को पढ़कर सुनाएँगी, जहाँ-जहाँ कठिनाई होगी, लिली पूछने को स्वतन्त्र है। इस तरह उनका भी सफर कट जाएगा और मन बदल जाएगा! वे बहुत परेशान थीं कि लाख कोशिशों पर भी उनके बच्चे को कोई नौकरी नहीं मिल रही, और धीरे-धीरे वह एक अव्यक्त घुटन के कगार पर पहुँच रहा है वहाँ दिल्ली में।

मैंने भी इस प्रस्ताव पर खास आपत्ति नहीं की; क्योंकि अगला हिस्सा, वैसे भी उन पाठों का प्रारूप था जो प्रोफेसर मुखर्जी और मान्यता मैडम ने ओपेन स्कूल के लिए तैयार किये थे। मान्यता मैडम की डायरी का थोड़ा-सा हिस्सा और वह निर्णायक पत्र जो मरने के पहले उन्होंने बेटी को लिखा था, मैं चाहता तो छुपा लेता, पर कुछ था इस औरत में कि मुझे लगा कि इससे अंतरंग सच भी साझा करने में हर्ज नहीं।

उसके बाद जो हुआ, वह मेरे नियंत्रण के बाहर था। मीनाक्षी दी का यह पक्ष तो हमें पता ही नहीं था कि वे 'अभिव्यक्ति' नाम से एक बड़ा नाट्यमण्डल इस क्षेत्र में चलाती हैं और अपनी युवावस्था में हबीब तनवीर के नाट्यमण्डल से भी जुड़ी रही हैं। इस तरह से उन्होंने मेरे इन बिखरे पन्नों का पारायण शुरू किया कि धीरे-धीरे पूरा डब्बा हमारे आस-पास आ बैठा! वह मुसलमान जोड़ा, वह बूढ़ा फकीर, वे तीन बौद्ध भिक्षु, वह पढ़ाकू परीक्षार्थी और वह निस्संग दढ़ियल भी जो लगातार एक तरफ आँखें मूँदें पड़ा था।

नाटकीय पारायण से बेजान शब्दों में भी प्राण का संचार हो जाता है, यह मैं जानता तो था, आज देख भी लिया। दुनिया की सब नाट्यमण्डलियाँ मिलकर अपनी-अपनी भाषाओं के उपेक्षित सद्‌साहित्य में प्राणिक ऊर्जा का ऐसा संचार कर सकती हैं कि एक क्रान्ति-सी घटित हो जनमानस में, मुखर्जी सर और मान्यता मैडम हमेशा से यही तो कहते रहे थे! उनकी तो यही योजना थी कि प्रेशर ग्रुप-सा बने

और दुनिया के सब चैनलों के प्राइम टाइम पर किसी-न-किसी क्लासिक पर आधारित धारावाहिक दिखाए जाने की व्यवस्था हो तो वह आत्मिक क्रान्ति होगी जिसके बिना राजनीतिक क्रान्ति कभी सफल नहीं हो सकती! साहित्य ही दुराचारी राजनीति का सही प्रतिपक्ष हो सकता है यदि सही पारायण और मंचन के जरिए वह जन-मन में उतर आये, हमारी चेतना से एकाकार हो जाये इसके प्रसंग, इसके संवाद इसके उद्‌बोधन और इसके चरित्र सारी पारिस्थितिक विसंगतियों के साथ हमारी कल्पना का स्थायी नागरिक हो पाये। हमारी दुनिया का एक बड़ा संकट यह है कि हमारे पास सही आदर्श, सही रोल मॉडेल ही नहीं रहे, राजनीतिक और दार्शनिक चिन्तक और कार्यकर्त्ता जिन फिल्म-स्टारों और क्रिकेट स्टारों द्वारा प्रतिस्थापित कर दिये गये है, वे भी तो कलाकार ही हैं। उन्हें भी चाहिए कि साहित्य और दर्शन के जनसंचार के इस मिशन में वे हमारा साथ दें।

अब जैसे अमिताभ बच्चन, आमिर खान और सचिन तेंडुलकर, शबाना आज़मी, विद्या बालन, तब्बू और शर्मीला टैगोर जैसे लोग इस संकल्प के साथ सामने आयें कि साहित्य के जन संचार में अपनी अर्जित प्रभा का उपयोग करना है तो बात बन सकती है। जैसे कार्बन-ऋण हम ऐसे चुकता कर सकते हैं कि जिस दिन हवाईयात्रा की हो, या दिन भर एसी में रहे हों, उस दिन एक पौधा लगाकर रहें उसी तरह इन्हें भी संकल्प लेना होगा कि जब-जब टीवी पर एक 'उत्पाद' के विज्ञापन में आयें, तब-तब सादा और सच्चे जीवन का एक प्रतिपक्ष भी रचें यानी कोई सार्थक कविता सुनाये विश्वसाहित्य कोष से या भारतीय साहित्य कोष से कुछ जो उनको कंठस्थ रहे! जहाँ-जहाँ उत्पादक का पोस्टर हो, उसके बगल में कविता का पोस्टर साटें! यह मौन प्रतिपक्ष धीरे-धीरे मानसिक जलवायु बदल कर रहेगा। बात सिर्फ प्रतिपक्ष की ओर सजग होने की होती है।

मान्यता मैडम कहती थीं कितनी होशियारी से विज्ञापन तंत्र ने कविता की झप्पी तकनीक चुरा ली है, झप्पी तकनीक यानी एक ही कौंध में मैक्रो-माइक्रो, आत्मिक जगत और वस्तुजगत के बीच एक झप्पी घटित कर देने की तकनीक जिससे दूरस्थ भी आत्मीय लगे, अब जैसे 'कम्प्लीट मैन' का फिकरा है तो विज्ञापन यह बताता है कि पूर्ण पुरुष होने की शर्त है रेमण्ड सूट्स और बड़ी गाड़ी भावोद्रेक के लिए विज्ञापन कहता है कि पूर्ण पुरुष वह जो एक तरफ तो गली के गरीब बच्चों और मेमनों को गोदी में उठाये, बीमार माँ का जन्मदिन मनाने दौड़ा चला आये, मगर भावाद्रेक ही पर्याप्त नहीं, आपके पूर्णत्व के लिए जरूरी है गाड़ी और सूट! सपनों के सौदागरों का मन भी आखिर आदमी का मन है से! थोड़ा-सा उनका विवेक जगा दिया जाये तो वे भी कुछ करने के पहले कविता के पक्ष से, साहित्य के पक्ष से, दुनिया के सबसे कमजोर, गरीब, भोले और परेशान व्यक्ति के पक्ष से सोचने की आदत डाल सकते हैं जरूर।''

उस दिनों की सारी पुरानी यादें बादलों की लय में ही घुमड़ रही थी मेरे भीतर और मीनाक्षी दी नाटकीय स्वर में पढ़ती चली जा रही थीं! तय यह हुआ था कि बारी-बारी करके हम पूरे पाठ का पारायण कर लेंगे और जहाँ-जहाँ बात फँसेगी, खोलती चलेंगी मीनाक्षी दी, पर जब पारायण शुरू हुआ, ललिता भी रस लगी लेने, प्रश्न पूछे ही नहीं उसने! जो पाठ लिखित रूप में उसे बोझिल लगा था, जिन्दा लोगों की जबान पर फिसलता लगा दनादन आगे बढ़ने, उसकी दुरूहला बातों-बातों में ही टाँय-टाँय फिस्स हो गयी।

शेक्सपियर के नाटक और उनके रंग-बिरंगे चरित्र : एक कोलाज

एक बार ऐसा हुआ कि पार्वती, शकुन्तला, दमयन्ती, सीता और द्रौपदी अपने अनन्त वनवास के किसी अप्रत्याशित क्षण में एक-दूसरे से मिलीं। दरअसल मन वाले जंगल में आग लगी थी। एक वनदेवी पाँचों को एस्कोर्ट करके जिस नदी के किनारे ले गयी, वह शेक्सपियर के गाँव के पास रहने वाली छोटी-सी एवन नदी थी।

उसके तट पर बैठी-बैठी वे एक-दूसरे को अपने सुख-दुख के किस्से सुना रही थीं कि शेक्सपियर के कुछ पात्र उधर से आते दिखे। उसके बाद जो कुछ हुआ, कैसे उन्होंने अपना परिचय उनको दिया—काल-बोध और स्थानबोध के पार जो कुछ बचा, क्या था—इसकी छोटी-सी झलक वनदेवी की डायरी में मिलती है।

वनदेवी की यह फूलदार डायरी मुझे अपने शेक्सपियर शिक्षक के निजी पुस्तकालय में पड़ी मिली थी। उस वक्त सर काफी बीमार थे। उनकी तीनों सन्तानों के अमरीका बस जाने के बाद उनको लगने लगा था कि दुनिया के कोने-कोने से जुटाई गयी ये दुर्लभ पुस्तकें/पांडुलिपियाँ दीमकें चाट-चाटकर खाएँ—इससे तो अच्छा है कि पुराने छात्रों में ये बँटें—कम से कम उन छात्रों में जो कहीं-न-कहीं कुछ कलम घिस रहे हैं।

तो वनदेवी वाली यह फूलदार डायरी सँजोकर रखने योग्य उन्होंने मुझको समझा—इस कारण मैं उनका सदा आभारी रहूँगा। आगे जो कुछ लिख रहा हूँ, वह उसी डायरी का उड़नछू-सा सार-संक्षेप है : सात हिस्सों में बाँटा हुआ। पहला है कॉमेडी का घेरा, दूसरा डार्क कॉमेडी का, तीसरा कविता का, चौथा अंग्रेजी राजाओं के इर्द-गिर्द घूमते ऐतिहासिक नाटकों का, पाँचवाँ रोमन इतिहास के कुछ अनूठे आख्यानों पर आधारित नाटकों का, छठा त्रासदियों का और सातवाँ रोमांसों का। कुछ की चर्चा करता हूँ!

शेक्सपियर-इंडस्ट्री

'शेक्सपियर' से 'शेक्सपियर इन लव' और 'ओंकारा' तक शेक्सपियर अलग-अलग

अर्थछवियों में आज भी हमारे हैं—एनी बेसेंट और मदर टेरेसा—जितने अपने! इनका फिरंगीपन कभी हमें दहशत में नहीं डालता। महानता का सबसे बड़ा लक्षण यह है कि यह अलग-अलग ढंग से अपनी लगती है—करीब-करीब माँ जितनी अपनी। जिस तरह माँ के साथ छेड़-छाड़ में हम कोई चीज लेकर उड़ जाते हैं—इसी तरह शेक्सपियर के पात्रों, प्रसंगों, संवादों और एकालापों के साथ भारत में ही नहीं, दुनिया के अलग-अलग देशों में लोगों ने अंतःपाठीय संवाद किए हैं।

कॉमेडी

क्लासिकल कॉमेडी मुख्यतः व्यंग्यात्मक थी। एक खास तरह की व्यावहारिक संगति से जो विचलित होता था, व्यंग्य का पात्र बन जाता था। बेन जॉन्सन ने यह परम्परा ही आगे बढ़ायी—पर सम्भाव्यता के सिद्धान्त के साथ जादू-टोना और हवाई स्थापनाएँ इनके यहाँ नहीं के बराबर हैं। दाँत पर दाँत बिठाये, सिपाहीनुमा चुस्ती-फुर्ती दिखाते इनके कथानक—समय और स्थान की (यूनिटेज) संगति का भी पूरा खयाल रखते हैं!

शेक्सपियर अपनी कामदियों में इन संगतियों का खयाल नहीं करते। इनका ध्यान परिवेशगत रूमान और चरित्र के बाँकपन पर ज्यादा है। अक्सर इनके कामदी नायक जंगल में मंगल मानते हुए देखते हैं—ईलीरिया, आर्डेन वन, बेलमॉन्थ, एथेन्स में। जहाज डूबते भी हैं तो मुख्य पात्र नहीं डूबते। प्रकृति उन्हें अपनी गोद में शरण देती है।

कुल मिलाकर कहें तो उनकी कामदियाँ रूमानी हैं—पीले, लिली और ग्रीन की परम्परा और स्थानीय रंग उनमें अलग से टिमकते हैं। अंगूर की शराब और वनस्पतियों के देवता चोट खाते हैं, मरते हैं, फिर से जीवित होते हैं—प्रकृति की छाँह में नाटक का अधिकांश मंचित होता है! जॉन्सन की तरह उनकी आँखें समाज के उचित-अनुचित पर नहीं होकर प्रकृति के वैभव, आदमी के जीवनचक्र और उसकी आनन्दवाही वृत्तियों पर ज्यादा हैं। सब कामदियाँ विवाह और अगली पीढ़ी के संकेत पर तिरोहित होती हैं। प्रेम खुद की पहचान और आध्यात्मिक पुनर्जीवन का माध्यम बनता है। जहद्‌दमी दीखनेवाले पात्रों पर भी सहानुभूति उमड़ती है, आदमी सोचता रह जाता है कि शाइलॉक या मैल्वोलियो सचमुच क्या इतने बुरे हैं जितना बुरा दुनिया उन्हें समझती है।

शेक्सपियर की कामदियों का एक बड़ा अवदान उनकी नायिकाएँ हैं। बाद के नाटकों और उपन्यासों के महिला पात्रों की जमीन, सच पूछिए तो, शेक्सपियर ही तैयार करते हैं। त्रासदियों के नायक पुरुष भले हों, कामदियों की जान स्त्रियाँ हैं—वायोला, रोजालिन, बिएट्रिस, जूलिया, हेलेना, पोर्शिया—सारे के सारे स्त्री पात्र इतने जीवन्त और गरिमामय हैं कि हमारी कल्पना के स्थायी नागरिक बन जाते हैं। सारी समस्याओं की काट उनके पास है, वे इतनी स्नेहशील, उदार और हाजिरजवाब

हैं कि उनके संवाद भूले नहीं भूलते। द्वन्द्वग्रस्त होती हैं पर अधिक देर के लिए नहीं, चिन्तन उनका साफ है। उन्हें पता है, उन्हें क्या चाहिए और जब तक उसकी ओर बढ़ने का सही मौका नहीं आता, धीरज से वे सही क्षण की प्रतीक्षा कर सकती हैं और याद रहे, धीरज उनके यहाँ मुँह लटकाकर बैठे रहने का नाम नहीं है—विपरीत परिस्थितियाँ भी उनकी जीवन्तता बाधित नहीं करतीं। खुश रहने के मौलिक अधिकार का उद्घोष है शेक्सपियर की कामदियाँ। दूसरों की खुशी में खुश न रह पाने की संकुचित वृत्ति यहाँ महापाप है। झूठे और परोपजीवी बर्दाश्त कर लिए जाते हैं लेकिन छोटे दिल के लोग नहीं।

(सन्दर्भ—कॉमेडी ऑफ मैनर्स, टू जेंटिलमेन ऑफ वेरोना, द टेमिंग ऑफ द थ्रू, लव्स लेबर लास्ट, अ मिडसमरनाइट्स ड्रीम, द मर्चेंट ऑफ वेनिस, मच अडू अबाउट नथिंग, ऐज यू लाइक इट, ट्वेल्फ्थ नाइट)

डार्क कॉमेडी

इस चरण के आते-आते शेक्सपियर के यहाँ खुशी का रंग हरीतिम न रहकर गहन गम्भीर लोहितनील हो गया। जीवन क्या सचमुच आनन्दोत्सव है? पूरी तरह हरा-भरा कोई वन-उपवन या जीवन हो सकता है क्या? कुछ लोग प्रकृत्या बुरे भी तो होते हैं—दूसरों की दोनों फूटती हों तो अपनी एक आँख फुड़वा लेने में उन्हें कोई द्वन्द्व नहीं होता। (तुलसीदास ने इन्हें ही जो बिनुकाज दाहिने-बाएँ कहा है!) अकारण ही रुष्ट हो जाते हैं वे हमसे। दाख छुहारा छाड़ि के विषकीड़ा विष खात! विष खाने वाले कीड़े को अनार और छुहारे का रस क्योंकर भाने लगा? जीवन की विडम्बना यही है कि पूर्ण आनन्द (अनडाइल्यूटेड प्लेजर) एक मिथ है। टुच्चे समझौते करके भी लोग अपने लक्ष्य पर पहुँचते हैं—भले-से-भले लोग भी—इस विडम्बना-बोध के कारण 'डार्क कॉमेडी' की दुनिया हरी धूप और मस्त गपोड़पंथी की दुनिया न होकर त्रस्त, मलिन दुनियावी लोगों की दुनिया है : 'मेजर फॉर मेजर', 'ऑल इज वेल', 'ट्रॉयलस ऐंड क्रेसाइडा' की दुनिया।

नाटकों का इतिहासबोध

महाकाव्यों के मौसेरे भाई हैं ऐतिहासिक नाटक : राष्ट्र की अवधारणा और कुछ प्रभावशाली जननायकों के चरित्र जो एक महागाथा-सी रचते हैं सबके मन में, कच्चे माल के रूप में उसका ही उपयोग यहाँ शेक्सपियर करते हैं। घटनाबहुल इन नाटकों का ढाँचा तो ढीला-ढाला है पर कुछ दार्शनिक प्रवृत्तियाँ इनके भी रंध्रों से झाँकती दीखती हैं : आनन्द का सनातन सन्धान, नैतिक अवमूल्यन से पैदा तड़प, जननायकों का अकेलापन, साधारण की अद्भुत धारण-क्षमता, राष्ट्र के नाम पर वैयक्तिक सुख-दुख की तिलांजलि और तद्जन्य कशमकश!

एक बात यहाँ विशेष महत्त्व की है और वह यह कि उसका फोकस वैयक्तिक आदर्श नहीं, पब्लिक या राजनीतिक आदर्श है। शेक्सपियर यहाँ एक गौरवशाली राष्ट्र के रूप में इंगलैंड का अवगाहन कर रहे हैं। असल नायक यहाँ राष्ट्र ही है। स्पेन की धमकियों के बर-अक्स इसका एक अलग ऐतिहासिक महत्त्व माना जाएगा।

शेक्सपियर इतिहास को वर्तमान का संदर्भकोश भी मानते थे। रिचर्ड द्वितीय को शेक्सपियर ने एलिजाबेद की प्रतिच्छवि के रूप में चित्रित किया—उसे उन्होंने उतना खर्चीला, खुशामदपसन्द और सगे-सम्बन्धियों के प्रति उतना ही ठंडा दिखाया है जितनी एलिजाबेद थीं। एलिजाबेद जब यह नाटक देखने आयीं, अपने दरबारियों से मुखातिब होकर वे अचानक ही बोल पड़ीं : "मैं ही रिचर्ड द्वितीय हूँ, समझ रहे हो न?" इसके बाद शेक्सपियर को नाटक की कुछ संवाद-प्रस्तुतियाँ निकाल देनी पड़ीं, पर रेक्स और उसके अनुयायी एलिजाबेद के खिलाफ जब विद्रोह साधने लगे, यह नाटक अपने मूल रूप में जगह-जगह खेला जाए—इसकी उसने व्यवस्था की।

टिलियर्ड आदि कुछ विद्वानों की मान्यता है कि अपने विश्वबोध में ये नाटक हारमंदी या सेमफेन के आदर्श की क्लासकीय ट्यूडर प्रस्तुति हैं। जो विश्वबोध सामने आता है, वह सारांशतः यही है कि राजा महान होते हैं, प्रकृति और भगवान के अग्रदूत, थोड़ी-बहुत जो भूलें करते भी हैं, उन्हें माफ कर उनकी आज्ञा शिरोधार्य रखने में ही राष्ट्र का कल्याण है। हाँ—इतना जरूर किया जा सकता है जितना शेक्सपियर ने किया, उन्हें नाट्य प्रस्तुतियों या दूसरे कलामाध्यमों में परावर्तित करके अपनी भूलों के प्रति उनमें पछतावा जरूर भरा जा सकता है। अपियरेन्स और रियेलिटी प्रतीति और यथार्थ का अन्तर सारे नाटकों की तरह यहाँ भी मंचित है।

(सन्दर्भ : रिचर्ड तृतीय, रिचर्ड द्वितीय, हेनरी चतुर्थ, हेनरी पंचम)

रोमन हिस्ट्री

यहाँ जननायकों के निजी जीवन की कशमकश सन्धान का प्रमुख विषय है। त्रासदियों से इनका अर्थ इस अर्थ में मिलता जुलता है कि टोटल केयॉस या विकट ध्वंस में इनका अन्त नहीं होता। हैमलेट का डेन्मार्क, लियर का इंगलैंड, हाइमन का एथेन्स लाभ-लोभ, कृतघ्नता और अन्धी महत्त्वाकांक्षाओं से लहालोट हैं—कूप में ही यहाँ भंग पड़ी है। नाटक इनके यहाँ ध्वंस के साथ ही मंचित होता है, पर दूर कहीं आशा की किरण भी झिलमिलाती है, नयी पीढ़ी से कोई-न-कोई एक नयी सुबह की आशा लिए सामने आता है। नयी पीढ़ी आकर राष्ट्र की बागडोर सँभाल लेती है। और त्रासदियों से ये अलग इस अर्थ में है कि इसमें कोई खलपात्र नहीं है। प्रेम और जीवन की विसंगतियाँ यहाँ तनाव का वाहक होती हैं, यदि दोष किसी का होता है तो परिस्थितियों का या नियति का।

(सन्दर्भ : जूलियस सीजर, ऐंटनी ऐंड क्लियोपैट्रा)

त्रासदियाँ

शेक्सपियर के त्रासदी-नायक मार्लो के नायकों की तरह अतिवाद का शिकार नहीं होते, एक छोटा सा रंध्र होता है उनके चरित्र में, एक छोटा सा मानवीय दोष जो उनके अवसान का कारण और हमारी अक्षय सहानुभूति का वाहक बनता है। उनकी तरह उनका परिवेश भी किसी मानवीय कमजोरी का ही शिकार होता है।

आज शेक्सपियर की त्रासदियों से उनके नायक बाहर निकल आये हैं : मैकबेथ, हैमलेट, किंग लियर! वे इतने लोकप्रिय हैं कि साहित्य से हल्का भी सरोकार रखने वाला व्यक्ति उनके बारे में जानता है। उनके द्वन्द्व पहचानता है। अन्य नाटकों के पात्र भी काफी जीवन्त हैं, पर इनकी तो बात ही कुछ निराली है। सी. एस. लयूइस ने यही बात दिलचस्प ढंग से लिखी है। वे कहते हैं : "बिएट्रिस या फॉलस्टाफ से मिलने मैं बहुत दूर तक (पैदल?) जा सकता हूँ, पर हैमलेट से मिलने अगले कमरे तक भी नहीं जाऊँगा। जाने की जरूरत नहीं। वह वहीं है जहाँ मैं हूँ।" (सन्दर्भ : टाइमस एंड्रोनिकस, रोमियो ऐंड जूलिएट, हैमलेट, ऑथेलो, किंग लियर, मैकबेथ, टाइमन ऑफ एथेन्स)

मान्या,

पुनश्च :आगे का चैप्टर तुम ही लिखो न! औरतें अधिक अन्तरंग ढंग से लिख सकती हैं। क्या पत्राचार फॉर्म में ही पत्राचार महाविद्यालय का कोर्स हम नहीं लिख सकते?

सस्नेह,
आशिष

× × ×

प्रिय आशिष

अन्तरंग पत्राचार के शिल्प में विदेशी साहित्य का परिचय इस वर्ग के छात्रों के लिए शायद ज्यादा अनुकूल हो जिन्हें अंग्रेजी डराती है। इस तरह की मध्यस्थता पुल ही बनाएगी। करके देखते हैं। यदि बोर्ड ने पारित नहीं किया, हम किसी दूसरे प्रकाशक से बात करेंगे। बाद में इनका अनुवाद गोंडवी और क्षेत्रीय भाषाओं में भी होना है।

शेक्सपियर के पार भी विश्व-कविता में ऐसा बहुत कुछ है जो एकदम से बाँध ले। बन्धन और मुक्ति का रिश्ता बहुत गहरा है। मुक्त वही कर सकता है जो बाँधता है जैसे कि प्रेम, सौन्दर्य, सच्चाई और कविता। एक ही झलक काफी है, एक ही

मुलाकात पर्याप्त: 'उम्र भर एक मुलाकात चली जाती है', काव्य पंक्तियों के लिए यह बात उतनी ही सच है जितनी कि प्रिय के लिए।

इस हफ्ते से, मैंने तय किया है, विश्व-साहित्य की उन काव्य पंक्तियों का प्रकाश छात्रों से बाँटूँगी जो हमारे जीवन में एक नया वातायन खोल गयीं। कविता के सिर मत्छिन्न और मथसुन्न होने के बहुतेरे आरोप हैं। कितने गलत हैं ये आरोप—किस हद तक जुड़ी है जन-जीवन से कविता—इसके तर्क मैं क्या जुटाऊँ। प्रत्यक्षम् किं प्रमाणम्। 'बात बोलेगी—बात ही, मैं नहीं!'

तुम तो जानते ही हो, आशिष, जीवन के आरम्भिक वर्षों में पिताजी से संस्कृत पढ़ी थी—पर उसके बाद अंग्रेजी और हिन्दी-उर्दू कविता की छाया में ही दिन गुजरे। जर्मन, फ्रेंच, रूसी, लातिन अमेरिकी, अफ्रीकी, चीनी, मध्य एशियाई, पोलिश और जापानी कविता से परिचय बाद में हुआ, इसलिए उन पर बाद में आऊँगी। उसके पहले तो उड़िया, बांग्ला, पंजाबी, मलयालम, तेलुगु और अन्य भारतीय भाषाओं की कविता का दाय उल्लेख है।...पर शेक्सपियर से यात्रा शुरू की है तो नाटकों में अनुस्यूत उनकी कविता की भास्वर पंक्तियाँ उठाती हूँ—ऐसी पंक्तियाँ, सन्दर्भादि के पार भी जिनका प्रकाश-निर्झर आदिकालिक कल-कल, छल-छल के साथ भीतर की काली चट्टानों पर झरता है।

शेक्सपियर के नाटकों से बात शुरू की थी तो काव्य-यात्रा में उनके ही सॉनेटों की कुछ केन्द्रीय पंक्तियों के अनुवाद का मन कर रहा है। विषयसूत्र भी कोई एक लेना चाहिए, तो प्रेम क्या बुरा है : सब भावों-अभावों का नाभिकीय केन्द्र भी यही तो है। इस बहाने यह भी देखने को मिल जाएगा कि सोलहवीं शताब्दी से लेकर इक्कीसवीं शताब्दी तक प्रेम की मूल संवेदना कितनी बदली है, बदली भी है या नहीं।

चौंतीसवें सॉनेट की (बीच की) पंक्तियाँ हैं : 'टिस नॉट एनफ दैट थ्रू द क्लाउड दाउ ब्रेक, टु ड्राई द रेन ऑन माइ स्टॉर्मबीटेन फेस, फॉर नो मैन वेल ऑफ सच अ सेल्फ कैन स्पीक, दैट हील्स द वूंड, एंड क्योर्स नॉट द डिस्ग्रेस।' (नाकाफी है कि तुम चीरकर बादल/तूफान से छलनी मेरे चेहरे पर/बारिश के छींटे सुखा दो!/ कौन माई का लाल पढ़ेगा कसीदे/शान में ऐसे मरहम के जो सुखा दे घाव, जड़ से न रोग मगर खत्म करे!)

प्रेम गहरे दायित्व-बोध से यहाँ जुड़ता है। लाख बेखयाली हो, लाख उड़े-उड़े रहें आप, पर एक सुध-सी लगी रहती है कि अभी काम बहुत हैं, अभी प्रिय के चेहरे से बारिश के छींटे सुखाने हैं, फिर सुखाने हैं उसके घाव। चेहरा? कैसा चेहरा? बदलते मौसम के सारे थपेड़े झेलकर धूल-धूप-बारिश और आँधी से जर्जर हुआ चेहरा। चेहरा जो आकाश की ओर उठा है—आपकी ही बाट जोहता कि आप आयें—मेघ मेखलाएँ चीरकर, उनके ही बीच से रास्ता बनाते हुए आयें—धूप के कतरे की तरह चले आयें और बूँदें सुखा जाएँ। चेहरा-उम्मीद और नाउम्मीदी के बीच की ऊहापोह में

थकमकाया हुआ चेहरा, चेहरा जिसे आपके इन्तजार के अलावा कुछ भी याद नहीं। हाथ-पाँव इसी इन्तजार में इतने शिथिल हैं कि ध्यान भी नहीं आता—खुद भी तो बूँदें अपने चेहरे से हटाई जा सकती हैं। चेहरा जिसे मान है कि जब जो करेंगे, आप ही करेंगे। जब आपको अपने जीवन की पतवार सौंप ही रखी है तो खुद अपनी चिन्ता क्यों? यह प्रेम का अपमान होगा, अपमान होगा आप पर अपने अकूत विश्वास का। क्या है प्रेम? एक सांद्र अन्योन्याश्रयता ही तो! आप मेरी पतवार सँभालें, मैं खुद आपकी पतवार बनूँ।

आपको पाकर निहाल हूँ जरूर, पर इसका अर्थ यह नहीं कि कभी आपसे रूठ नहीं सकती। डाँट नहीं सकती और याद दिला नहीं सकती कि जितना ध्यान आप दे पाते हैं—नाकाफी है वह। 'प्रेम से प्रिये जी नहीं भरता किसी का।' यह भी तो अपने तरह का सच ही है। तृप्ति का एक अर्थ है अनन्त प्यास। वह प्यास ही क्या जो बुझ जाए।

(इतने पर पलटकर जो मैंने कुछ पंक्तियाँ देखी हैं कि आगे की व्याख्या करूँ तो मुझे झटका लगा है। यह मैंने लिंग-विपर्यय क्यों किया? लेखक तो हैं शेक्सपियर और अपने 'पुरुष' होने का पता वे तीसरी पंक्ति में ही दे देते हैं : 'नो मैन कैन वेल ऑफ सच अ सेल्व कैन स्पीक'। अनुवाद में मैंने 'मैन' को 'माई का लाल' कर दिया है क्योंकि हिन्दी मुहावरे में यह ज्यादा फरहर लगता है। पर 'माई के लाल' भी तो पुरुष ही होते हैं। लाल या पीला, कोई पुरुषपुंगव होगा तो 'माई' का ही होगा—इस मायने में ही स्त्री-तत्व के एक्स फैक्टर की थोड़ी-सी उम्मीद हम दुर्धर्ष पुरुषों में भी कर सकते हैं। इतना सखी-भाव तादात्म्य की खातिर है भी जरूरी। कविता और चाहे कुछ न करे—तादात्म्य का हौसला तो बुलन्द रखती है।)

तीसरी पंक्ति में जो शेक्सपियर कहते हैं, उसे पढ़कर ग़ालिब एकदम से याद आते हैं : 'इब्ने मरियम हुआ करे कोई, मेरे दुख की दवा करे कोई।' 'गम' नहीं—'दुख'! इब्ने मरियम यानी मदर मेरी के लाल, जीसस क्राइस्ट जो सलीब पर टँगे, खूनमखून हो गये पर जब तक जिए—लाचार-बीमार-घायल लोगों को पुण्य स्पर्श से टनमनाते ही रहे। इतनी गहरी सहानुभूति थी उनके स्पर्श में कि वह कठिन घाव की खातिर एक 'हीलिंग टच', एक रामबाण, एक अचूक मरहम हो जाता था। ग़ालिब शेक्सपियर के ही तर्ज पर कहते हैं कि तुम मसीहा जरूर हो, पर मेरा घाव एक चुनौती है। ऊपर से सूख भी जाएगा तो अन्दर रिसेगा : तुम्हारे लिए, क्योंकि तुम तो मसीहा हो और मसीहा किसी एक का नहीं होता, उसको तो दर्द की हर पुकार उतनी ही शिद्दत से सुननी होती है। 'कुछ ग़मे दौरां, कुछ ग़मेजाना' मेरे लिए भी है, पर तुम कुछ महत्तर हो, इसलिए हो द्वन्द्वातीत! और जैसे ही कोई द्वन्द्वातीत होता है, आदमी नहीं रहता, पत्थर का देवता हो जाता है। साधुओं की पत्नियों/प्रेमिकाओं से पूछकर देखे कोई कि कैसा लगता है उनको।

चौथी पंक्ति में जो 'डिस्ग्रेस' आता है—प्रेम से जुड़ी बदनामी की खातिर ही। प्रेम में बदनामी होती ही क्यों है? इस संशय के चलते ही कि अगर वह उदात्त न हुआ और दो लोगों के बीच सच्ची बराबरी का रिश्ता इसने कायम न किया तो यह आत्मलीन करेगा या फिर बर्बाद। प्रेम कितना सच्चा और उदात्त है—एक के बहाने सारी दुनिया अच्छी-अच्छी लगे, यह भाव जागता है कि नहीं, जब तक यह सिद्ध नहीं हो जाता तब तक तो यह रोग ही माना जाएगा याकि डिस्ग्रेस।

सस्नेह,

मान्यता

× × ×

प्रिय मान्या,

ठीक जा रहा है! अगली एंट्रीज भी भेजो तो एक साथ ही टिप्पणी करूँगा। इधर सोआस में काम का दबाव बहुत है। मेरी सलाम कर रही है।

सस्नेह,

आशिष।

प्रिय आशिष,
आठ-दस एंट्रीज एक साथ फॉरवर्ड कर रही हूँ! प्रेस में जाने के पहले तुम्हें दिखा लेना जरूरी है :

एंट्री-1
थू! ऐसी बादशाहत पर

जब मेरे बच्चे मुझे टेलीविजन पर माइकेल जैक्सन का कोई कार्यक्रम दिखाते हैं, उसका भव्य दृश्य संयोजन मुझे क्लियोपैट्रा के भड़कीले आयोजनों की याद दिला देता है—

'द बार्ज सी सैट इन लाइक अ बर्निश्ड थ्रोन / बर्न्ड ऑन द वाटर'। (जिस बजरे पर वह बैठी थी / झलर-मलर सिंहासन की तरह / जल रहा था पानी पर)

हीरे-मोतियों से जड़ा था वह सोने का बजरा, हर तरफ खुशबूदार धुआँ उठ रहा था, ऐसे कितने सुदर्शन बच्चे चाकरी की खातिर बड़ी थालियों में पकवानादि लेकर खड़े थे, जिनके हँसने से गालों में गड्ढे पड़ जाते थे। (बालश्रम का यह भी अद्भुत नमूना है! फिल्मी सेटों पर खड़े-खड़े बचपन गुजार देने वाले बाल कलाकार समय के पहले वयस्क ऐसे ही होते हैं।)

अपनी सैनिक और राजकीय महत्त्वाकांक्षाएँ भूलकर चौवालीस साल के ऊपर का ऐंटनी चालीस साल के ऊपर की मिस्री (ईजिप्शियन) सुन्दरी, क्लियोपैट्रा के आकर्षणपाश में बँधा-सा बिहारीलाल की ये पंक्तियाँ पूरी चरितार्थ कर रहा है : नहिं पराग नहिं मधुर मधु, नहीं बिकास एहि काल/अली कलीं सों ही बिंध्यो, आगे कौन हवाल।

ऐंटनी का विवेकी अनुगत, इनोबार्बस चिन्तित है। वह इतना संयमी है कि रोम की जनता और ऐंटनी के स्पर्द्धी योद्धाओं, ऑक्टेवियस सीजर और पाम्पे, के सामने क्लियोपैट्रा के मिथकीय वैभव और आकर्षण की चर्चा करता हुआ वह उसके स्वभाव-चरित्र, साज-सज्जा और परिवेशगत चाकचिक्य का वर्णन तो सधे हुए शब्दों में करता है, पर उसके दैहिक सौन्दर्य और उसकी उर्वरता से डरता है, डरता है उसकी

नाटकीय नमनीयता से। क्लियोपैट्रा के बारे में उसकी टिप्पणी है : शी डिड मेक डिफेक्ट परफेक्शन।

दोष को भी पूर्णता का प्रकाश दे डालने की कला उसकी ऐसी है कि सारी आलोचना हथियार डाल दे, नाज-नखरा उसका ऐसा ही है कि ऐंटनी से होने वाला हर झगड़ा और अधिक उत्तप्त आलिंगन में विलीन होता है, ऐंटनी का दुलार और ध्यान पाने के लिए वह बीमारी और मृत्यु तक को भव्य नाटकीय आयोजनों में बदल देती है।

समुद्र के रास्ते ऑक्टोवियस सीजर की सेना से भिड़ते जाता है। रणनीति के लिहाज से यह गलत है, पर उसको इसका अफसोस नहीं क्योंकि वह तो बादलों की बनी है! और तो और, कैकेई की तरह युद्धभूमि में पूरी सजधज के साथ क्लियोपैट्रा चली जाती है, पर ऐसे मौके पर करने लग जाती है जल-क्रीड़ा, अपनी नौका उलटी दिशा में मोड़ लेती है और मोहाविष्ट ऐंटनी लड़ना-भिड़ना भूलकर उसके ही पीछे लग जाता है। फिर क्या हार, क्या जीत—डॉ. किशोर की इन पंक्तियों के साथ कहें तो—एक जुआखाना ये दुनिया / हर बाजी का दाँव नया / हार गया जो सब-कुछ जीता जीता जो सब हार गया!

ऐंटनी रोमन आत्मगौरव की रक्षा का ध्यान रख आत्महत्या कर लेता है। पॉम्पे की हत्या तो छल-बल से आक्टेवियस सीजर पहले ही कर चुका था, जब ऐंटनी का भी पत्ता साफ हो जाता है—क्लियोपैट्रा पर उसकी नजर पड़ती है। कुछ तो ऐंटनी की स्मृतियाँ, कुछ यह भी संशय कि विजेता उसके प्रेमी का बदला उससे ही लेगा, नये प्रेमी के रूप में क्लियोपैट्रा अब एक शानदार मौत का वरण करती है। अंजीर की टोकरी में रखकर दो चमकीले संपोले पूरी शानोशौकत से लाये जाते हैं, जहरीले सपोलों को अपने ही स्तन का दूध पिलाकर देह के पार चली जाती है एक चटक कामना।

आवेगविह्वल, चिरचंचल एक चटकीला आवेग हमेशा-हमेशा की खातिर सो जाता है।

जादूगरनी ही कहलाती हैं ऐसी सारी स्त्रियाँ। सब पत्नियाँ इनसे डरती हैं—ऐंटनी की पहली पत्नी, फुल्विया हो या दूसरी पत्नी (वैवाहिक संधि की शिकार) ऑक्टेविया (ऑक्टेवियस सीजर की बहन : ठंडी, पवित्र और शान्त)। कामरूप, कामाख्या और बंगाल के लिए कहते हैं कि वहाँ काला जादू चलता है और वहाँ की औरतें असम-बंगाल कमाने-खटने गये सारे परदेसी पियानों को भेड़ बनाकर वश में कर लेती हैं—बचपन में मैं जब ये किस्से सुनती थी, सोचती थी कि कभी ऐसी किसी जादूगरनी से मैं भी मिलूँगी, सो मिल ही ली—'ऐंटनी एंड क्लियोपैट्रा' से। बाद में त्रिलोचन शास्त्री की चम्पा का डर भी मुझे जादूगरनी का ही डर दिखा। इस डर से ही आवेग में वह कहती है शादी करूँगी ही नहीं और करूँगी तो अपने बलम को

हमेशा संग-साथ रखूँगी, कलकत्ता न जाने दूँगी—'कलकत्ता पर बजर गिरे!'

मिस्र की कृषि व्यवस्था, नील नदी और क्लियोपैट्रा—सब एकाकार हैं शेक्सपियर की इस पंक्ति में—'ही प्लाउड हर एंड शी क्रॉप्ड' (उसने उसे जोता और वह पनप गयी)। इफरात भी एक समस्या है। मिट्टी अगर इतना दे कि सँभालने वालों के सँभाले न सँभले तो सड़ाँध से एकाकार कर दी जाती है। अनाज बिखरने लगते हैं, सड़ने लगते हैं, वही विष हो जाता है जो अमृत था। उर्वरता अभिशाप बन जाती है। दो बार क्लियोपैट्रा कहती है कि उसके मृत शरीर को नील के कीचड़ पर नंगा लिटाकर सड़-गल जाने को छोड़ दिया जाए। इसी में उसकी मुक्ति है। स्त्री की निर्बाध उर्वरा शक्ति का एक खौफ पूरे मिस्र के मन में है।

वह स्त्री ही है जो न सिर्फ देह बल्कि मन को भी अपने हिसाब से नये आकार देगी। फिर चीजें वैसी न रह सकेंगी जैसी लोग रखना चाहेंगे। औरतों की देह के उस गंधक-कुड (सल्फ़स पिट) की अवधारणा ही सबको डराती है। कुछ है (और स्त्री में ही क्यों, मानव मात्र में) जो चूस सकता है, खाली कर सकता है, सबको नचा सकता है, वह क्या है? भूख जो अन्ततः खुद को खा लेती है, फिर भी जिसका आकर्षण कम नहीं होता और जो सारी दुनिया को ठेंगे पर रख सकती है : 'टिस पाल्ट्री टु बी सीजर' (थू! ऐसी बादशाहत पर)।

क्या है क्लियोपैट्रा का आकर्षण कि हर तुच्छता उसमें बड़ा आयाम पा जाती है, एक ऐसा नैसर्गिक रंग कि—

'वाइलेस्ट थिंग्स / बिकम देमसेल्व्स इन हर / दैट द डेली प्रीस्ट्स ब्लेस हर वेन शी इज रिगिश'।

मृत्यु से बड़ी है क्लियोपैट्रा, क्योंकि वह जीवन है, डगमगाया हुआ जीवन ही सही।

एंट्री-2

कम्पनी बाग में हैमलेट

जैसे चर्चगेट पर कोई चर्च नहीं, इस शहर के कम्पनी बाग में कोई बगीचा नजर तो नहीं आता। वैसे, जो चीजें नजर नहीं आतीं—वे भी हो सकती हैं। कौन जाने, कभी यहाँ कम्पनी बहादुर की बगिया रही हो। ईस्ट इंडिया कम्पनी के कारिंदे कम्पनी बहादुर कहलाते थे।

फिलहाल यहाँ पुराने बाजार में दफ्तरी की दुकानें हैं। इन दुकानों के पीछे मेरे एक पुराने टीचर, प्रोफेसर कालकारंजन चटर्जी का घर है। इन्हें रिटायर हुए दस साल बीत गये। इनसे मेरा खास रिश्ता यह है कि अपने अध्यापकीय जीवन के उषाकाल में ये मेरे माता-पिता के प्रोफेसर थे और रिटायरमेंट के कुछ महीने पहले इन्होंने

मुझको भी शेक्सपियर पढ़ाया। छुट्टियों में जब भी घर जाना होता है, मैं इनसे मिल आती हूँ। इनसे मिलना एक बीते जमाने के विस्मृत वैभव से मिलना है।

थियोसॉफिकल लॉज के पीछे की बंसवारी का एक सिरा इसके मुँह पर खुलता है। वहीं एक आर्मचेयर रखे 'सर' बैठे रहते हैं। मैं भूत-वूत नहीं मानती थी, लेकिन विश्वास कीजिए—पिछली बार गजब हो गया। तीस दिन मैं वहाँ रही और गर्मी की छुट्टी की वे तीस शामें—'सर' मुझे देसी-विदेशी क्लासिक्स के तीस अलग-अलग नायकों के ताने-बाने में मिले।

मैं, हैमलेट कम्पनीबागी।

'टु बाई आर नॉट टू बाई / दैट इज़ द क्वैश्चन।'

'वेदर इट इज़ नॉट नोबलर इन द माइंड टु सफर दस्लिंग्स ऐंड ऐरोज ऑफ आउटरेजस फॉर्चून ऑर टु टेक स्टॉक, अगेंस्ट अ सी ऑफ ट्रबल्स ऐंड बाई इनवेस्टिंग देम ऑल?'

शुरू में तो मैं भौचक्की रह गयी। यह क्या कह रहे हैं एक? हैमलेट की मौलिक पंक्तियाँ तो कुछ और हैं—'टु बी ऑर नॉट टु बी/दैट इज़ द क्वैश्चन।'

ये 'बी' 'बाई' कैसे हो गया? अस्तित्ववादी विग्रह बाजारवादी विग्रह में कैसे बदल गये भला? शेक्सपियर के पाठ में हैमलेट ये पंक्तियाँ कहता है—जीवन के एक विकट द्वन्द्व के चरम पर। राजपाट और धन-वैभव के चक्कर में उसके अपने चाचा क्लॉडियस ने उसके पिता की हत्या की है। हत्या ही नहीं की, हत्या के एक माह के भीतर उसकी माँ से शादी करके डेनमार्क की उस गद्दी पर विराज गया है जिसका वास्तविक अधिकारी हैमलेट था। हैमलेट—पढ़ाकू आदमी। हॉस्टल से अभी-अभी लौटे किसी सपनीले युवक की तरह एकदम से अकबकाया खड़ा है कि ये क्या हुआ और हो ही गया तो पिता की आत्मा के आदेश पर चाचा से बदला लें तो कैसे! न उसकी प्रकृति ऐसी, न कोई और सहारा। औसत पुरुष की तरह वह कहीं का गुस्सा कहीं निकालता है और अपनी प्रिया ओफिलिया से गुस्सा हो जाता है—अकारण! उसको लगता है कि उससे मन की बात क्या कहनी, यह भी तो औरत है—माँ की तरह ही बुद्धिहीन, सिर्फ एक गर्भ।

जहाँ कहीं अतिरेक है—वहाँ चोरी तो होगी, और चोरी का माल मोरी में—पुरानी कहावत है। धन की जो तीन गतियाँ बतायी गयी हैं—दान, भोग और नाश—बाजारवाद के आलोक में कोई नया हैमलेट इसकी व्याख्या करेगा जो 'टु बी ऑर नॉट टु बी' की उपर्युक्त पैरोडी में मेरे हैमलेटाविष्ट शिक्षक ने की थी—'टु बाई ऑर नॉट टु बाई—दैट इज़ द क्वैश्चन।'

'सवाल ये उठता है/कि खरीदें या नहीं!/शालीनता का तकाजा क्या है आखिर/खाये जाना तीर निर्लज्ज किस्मत के/या संकट के सागर के सामने/मालसूची की तैयारी में यों ही जुटे रहना/और खत्म कर देना संकट/पैसे ही झोंक-झोंक कर?'

राज-पाट या सम्पत्ति में हैमलेट की अपनी तो कोई रुचि नहीं। यही उसकी मूल समस्या है कि मरहूम पिता की आत्मा उसमें चाभी भर रही है कि बदला लो। शेक्सपियर की एक बड़ी खासियत है कि उनके यहाँ कोई बेटा अपने पिता जैसा नहीं और तरह-तरह के पात्रों के माध्यम से शेक्सपियर हर बार यही दिखाना चाहते हैं कि यह शुभ संकेत है। जरूरी राजनीतिक बदलाव का कारक यही होता है। संवाद और विवाद, दोनों राज्य के विकास की खातिर जरूरी हैं। हैमलेट का अनमनापन, दुचित्तापन और दीर्घसूत्रता ही दरअसल उसकी शक्ति है। इससे ही टूटती है जड़ता और डेनमॉर्क फॉर्टिनब्रास के हाथ चला जाता है।

'जो सपूत तो का धन संचय, जो कपूत तो का धन संचय!' संपत्ति का आनुवांशिकता से कोई रिश्ता होना भी नहीं चाहिए। राजपाट के अलावा विवाह और पितृत्व से इनकार करता हुआ हैमलेट एक तरह से यही स्थापित करता है।

'वफादारी' भी काफी जटिल-सी अवधारणा है। राज्य सत्ता की वफादारी हो या वैवाहिक जीवन की—इसकी अपनी सीमाएँ तो हैं। वैवाहिक जीवन की स्थिरता राजनीतिक जीवन की स्थिरता का जंतर-ताबीज मानी जा सकती है। साथी नृशंस हो तो विवाह के बाहर कहीं किसी के प्रति नेह जग जाना असम्भव नहीं। उस नेह के निबाह के लिए बड़े-बड़े खतरे मोल लेने की उद्दाम आकांक्षा भी राजनीतिक उलटफेर की उद्दाम आकांक्षा के समकक्ष रखी जा सकती है। हैमलट की माँ का विवाहेतर प्रेम जुगुप्साकारी इसलिए हो जाता है कि सम्पत्ति, राजपाट, भोग-विलास और हत्या तक की नृशंसता उसकी पूँछ से बँधी है! अष्टम एडवर्ड या हैमलट वाली दीवानगी उससे नहीं जुड़ी। 'जाको कछु न चाहिए, सो ही शहंशाह!'

'अति सूधो सनेह को मारग है'—उसे आप धर्म-अर्थ-काम-मोक्ष चारों पुरुषार्थों से जोड़ सकते हैं, पर तभी जब उसमें कोई पेच न हों। विवाहेतर प्रेम के साथ धन और राजनीतिक शक्ति की हवस तो क्लॉडियस और गरटूड की सी विद्रूपता का ही कारक बनेगी। 'टु बाई और नॉट टु बाई' वाली पैरोडी चटर्जी सर के भीतर बैठे उत्तर-आधुनिक हैमलेट ने शायद इसी मंतव्य से सुनाई हो!

एंट्री-3

वृद्ध क्लीनिक में किंग लियर

कुछ लोग बुद्ध ही पैदा होते हैं। हमारी वैशाली में बोकराद बच्चों की खातिर एक शब्द चलता है—'बुढ़बचवा!' बुद्धकालीन प्रथम गणतंत्र, 'बज्जिसंघ' की बोली, 'बज्जिका' के अनेक ऐसे शब्द मुजफ्फरपुर में बंगाली और खत्री, मलयाली और मारवाड़ी—समाज में भी अपना रंग-रुतबा बनाये हुए हैं। चटर्जी सर भी बज्जिका की छौंक मार-मारकर बांग्ला बोलते थे। उनका बचपन तो किसी ने नहीं देखा, पर माँ

कहती है कि भरी जवानी में भी वे 'किंग लियर' लगते थे—'अ मोस्ट पुअर मैन, मेड टेम टु फॉरचुंस ब्लोज/ हू बाई द आर्ट ऑफ नोन एंड फीलिंग सॉरोज ऐम प्रेग्रेंट टू गुड पिटी!' (जीवन की पटकनियाँ खाया हुआ आदमी/ किस्मत की रगड़घस्स झेलकर खड़ा/जाने-समझे और लहालोट दुखों का साधा हुआ/करुणा में सींझा-पगा!)

शेक्सपियर के नाटक में ये शब्द लियर के नहीं, उसके मित्र, ग्लॉस्टर के पहले बेटे, एडगर के हैं जो दरिद्र टॉम के भेष में अंधे पिता को ढूँढ़ता-ढाँढ़ता उस बीहड़ में आया है जहाँ किंग लियर से भी उसकी भेंट होती है। दोनों वृद्धों के दुख मिलते-जुलते हैं। दोनों अपने सीधे-सच्चे बच्चों के प्रति अन्यायी रहे हैं और बात बनाने की कला में निष्णात खुशामदी बच्चों के प्रति प्राणपन से समर्पित। यह तो सम्पत्ति के बँटवारे के बाद उनको पता चलता है कि शब्द खोखले भी हो सकते हैं, स्वाभिमानी-सच्चे लोग प्रेम के भोंडे प्रदर्शन में कोई रुचि नहीं रखते, पर जब भी कठिन समय आता है, चुपचाप पास आकर खड़े वही होते हैं।

सामान्य-सी स्थिति में तो छोटी बेटी, कार्डेलिया का टका-सा जवाब बहुत अच्छा नहीं माना जाएगा। बूढ़ा बाप दुलार के आवेग में अगर पूछ ही रहा है कि बोलो, तुम मुझे कितना चाहती हो तो यह समझना चाहिए कि बूढ़ा-बच्चा एक समान होते हैं, दोनों की मनोवैज्ञानिक आवश्यकताएँ मिलती-जुलती होती हैं! जब वे ऐसा सवाल पूछते हैं—उन्हें यह उम्मीद होती है कि सारे काम-काज छोड़कर उनसे लाड़ लगा लिया जाए और मीठू-मीठू-सा, 'जोई-सोई-कछु' गाकर नये सिर से आश्वस्त कर लिया जाए उनके हहरे मन को कि वे हमारे महाव्यस्त जीवन का केन्द्रीय सत्य हैं। सामान्य परिस्थिति में कार्डेलिया भी अपने बूढ़े पिता को ऐसा रूखा-सा जवाब नहीं देती : '...कैनॉट हीव/माई हार्ट इंटू माई माउथ.../आई लव यू अकॉर्डिंग टु माइ बांड/नीदर मोर, नॉर लेस।' ''अपना हृदय उछालकर अपने मुँह में नहीं डाल सकती, उतना ही करती हूँ प्यार आपसे जितना कि करना उचित है।''

यह उत्तर एक बुढ़बचवा का उत्तर है—चिढ़े हुए बुढ़बचवा का। दोनों बड़ी बहनें अहंमन्य बाप की कमजोरी जानती हैं। वे जानती हैं कि पिता के लिए धन की तरह प्रेम भी प्रदर्शन की वस्तु है और हर कृत्य एक व्यापार। जो उनकी शान में जितने लम्बे कसीदे पढ़ेगा, जितनी शब्द-सम्पदा लुटाएगा उनके सम्मान में—राज्य का उतना बड़ा हिस्सा वे उसको देंगे! प्यार की इस नीलामी में कॉर्डेलिया हिस्सा लेना ही नहीं चाहती, और एक सात्विक-से आक्रोश में अपना पल्ला झाड़ लेती है। लियर उसे फूटी कौड़ी नहीं देते, फिर भी फ्रांस का समझदार राजकुमार उससे यह कहता हुआ विवाह करता है कि ऐसी तेजस्वी दुल्हन खुद दहेज है : 'सी इज़ हर सेल्फ अ डाउरी'। बाद में जब दोनों बड़ी बहनें सौ नौकरों के बीच उसी पुरानी शानो-शौकत से रहने की जिद रखने वाले बूढ़े बाप को नाकों चने चबवाती हैं, अपमानित करके उसे दर-ब-दर कर देती हैं—छोटा दामाद और छोटी

बेटी ही उसकी तरफ प्रेम और सौजन्य से हाथ बढ़ाते हैं।

ग्लास्टर के जीवन में भी यही घटता है। विवाह के बाहर जन्मे अपने जिस जगर-मगर, स्मार्ट बेटे, एडमंड पर वह जान छिड़कता है– वही बेटा राजद्रोह के आरोप में उसकी आँखें फोड़वा देता है, और वही सम्पत्ति के वैध वारिस एडगर को राजनिकाला भी देता है! किंग लियर की दोनों बेटियों के मन में अपनी छैल-छबीली-सी चालाकी का अजब-सा प्रभाव पैदा करके कई तरह के रगड़े-झगड़े मचाता हुआ उन्हें तबाही की ओर धकेलता भी वही है।

'किंग लियर' नाटक का मूल कथ्य यही है–विलम्बित बाल्यकाल! यदि 'बुढ़बचवा' समाज का सच है, अपरिपक्व बुढ़ापा भी एक बड़ा सच है ही! कुछ लोग बहुत देर से बड़े होते हैं। नाटक की केन्द्रीय पंक्ति है–'राइपनेस इज़ ऑल!' दोनों बूढ़े जीवन के झटके खाकर नाटक के अन्त में बड़े होते हैं। दोनों की आँखें खुलती हैं, मगर देर से। सरकारी अस्पताल की वृद्धावस्था क्लीनिक में हम सबने कई किंग लियर, कई ग्लॉस्टर, वृद्ध गोरियो और प्रूफॉक देखे हैं। फख्र से कहते हैं वे–'धूप में तो बाल सफेद नहीं किये', पर तुरन्त ही उनकी शिशुसुलभ अहंमन्यता का भंडाफोड़ हो जाता है।

सयाना होने की सबसे पहली शर्त है–अहंकार का विलय। अनादृत बच्चे (कॉर्डेलिया और एडगर) जिद्दी पिताओं के अहंकार का विलयन करते हैं और बृहत्तर समाज के प्रति उनकी सहानुभूति का विस्तार भी। एक भिखारी के भेष में एडगर उनसे मिलता है और पहली बार उसके बहाने अपने राज्य के 'पुअर नेकेड रेचेज' से उनका तादात्म्य घटित होता है, 'शेक फिजिकल, पांप/एक्सपोज थाइसेल्फ टु फील वॉट रेचेज फील/दैट दाउ मेएस्ट शेक द सुपरफ्लक्स टु देम/एंड शो द हेवंस मोर जस्ट!'

(झाड़ो सब लंप-लिफाफा/झेलो अपनी छाती पर वह सब/जो झेलते हैं अभागे सड़क पर/उन पर उँड़ेलो ये आरोपित जगर-मगर/अपने तईं करो साबित/ऊपरवाले के घर देर है, अंधेर नहीं!)

एक तरह का वैकल्पिक समाज बीहड़ में स्थापित होता है–निष्कासित वृद्ध, संस्कृत नाटकों के विदूषकों की परम्परा का ज्ञानी महामूढ़, वफादार अनुयायी केंट, विद्रोही करार देकर महल से निकाला हुआ एडगर–भिखारी के वेष में अंधा ग्लॉस्टर, नीमपागल-से किंग लियर! अतिरिक्त शिष्टता-विशिष्टता के लाम-काफ से दूर एक सबॉल्टर्न समाज। 'किंग लियर' की एक बड़ी स्थापना है साधारण लोगों की शक्ति में अद्भुत विश्वास। कॉर्नवॉल का नौकर, ऐल्बनी और सब साधारण लोग ही संकट में एक मूल्य बनकर खड़े होते हैं जब लियर या ग्लॉस्टर में प्रतीकित महावैभव का दम टूटता है, सिलसिला टूटता है 'कान से देखने के' भ्रम टूटते हैं, छलावे भी : चुप्पियों और अर्द्धविस्मृत वाक्य खंडों के बीच समझ में आता है कि शब्द खोखले भी होते हैं, वाग्जाल के परे जाता है सत्य। असमंजस

(अकोमोडेट नहीं होने) की मूल समस्या का इलाज एक ही है—औरों की तकलीफ में अपनी तकलीफ घोल लेना।

एंट्री-4

महत्त्वाकांक्षा : एक फूल का नाम लो

अगर मैं कहूँ कि महत्त्वाकांक्षा एक बोया हुआ बीज है तो क्या गलत होगा? वैयक्तिक घेरे में प्रेम ओर मान पाने की आकांक्षा एक नैसर्गिक इच्छा है जो शायद सबमें सहज होती है। प्रेम हमारी मनोवैज्ञानिक आवश्यकता है। अनादर, उपेक्षा, द्वेष-ईर्ष्या और अंधी स्पर्धा की मारी हुई इस दुनिया में जब हर व्यक्ति, हर प्रसंग एक बिदके घोड़े के समान हमारा पूरा वजूद कुचल डालने को उद्धत घूमता है—आहत अहं पर यह कितना बड़ा मरहम है कि कोई तो है जो मेरी कदर करता है, जिसकी आँखों में मुझे देखकर एक चमक-सी पैदा होती है, जो मेरी उपादेयता, मेरी भलमनसाहत, मेरी पात्रता पर प्रश्नचिह्न नहीं लगाता।

महत्त्वाकांक्षा प्रेम और मान पाने की कोमल-सी सहजात मानवीय आकांक्षा का एक अगरधत्त रूप है। एक होता है देसी टमाटर—कड़क, गूदेदार, गधचर्म। कृषि अनुसंधान केन्द्रों में महँगे, पेंटेंटेड रसायन पिला-पिलाकर इसके जरा ज्यादा ही हृष्ट-पुष्ट बीज तैयार किये जाते हैं। मैकबेथ जैसे कामयाब लोगों के मन में खूनी महत्त्वाकांक्षा के पेंटेंटेड बीज डालने वाले 'ऊपरी' प्रभाव तीन डायनों की तरह कभी किसी जंगल की तूफानी रात में जब इकट्ठा होते हैं तो कैसे क्या होता है—इसकी एक झलक!

अंक-एक : (जंगल की एक तूफानी रात! नार्वे की सेना से घमासान युद्ध के बाद मैकबेद और बैंको नाम के दो यशस्वी सेनापति राजा डंकन के पास राजधानी लौट रहे हैं। रास्ते में उन्हें मिलती हैं तीन डायनें जो एक खुली भविष्यवाणी करती हैं...)

डायनें : ''भला ही बुरा है, बुरा ही भला!''

काउडर का प्रधान होगा तू, मैकबेद,

और उसके बाद बन जाएगा राजा स्कॉटलैंड का / और बैंको, तेरे बच्चे भी राज करेंगे इसके तुरन्त बाद/इसी राजगद्दी पर!

(यह दृश्य मैकबेद के मन की केरौनी कर देता है और चुपके से रख जाता है एक बीज—उत्सुकता का! रास्ते में ही राजा डंकन का दूत, रॉस उसे बता देता है कि उसकी बहादुरी का पुरस्कार उसे मिल गया है। काउडर का प्रधान अब वह है! आंशिक भविष्यवाणी सच होती देख मैकबेद और ज्यादा बेचैन हो जाता है। रही-सही कसर भी घर पहुँचकर निकल जाती है जब लेडी मैकबेद घी में आग डालती-सी

कहती है कि भविष्यवाणी पूरी सच करने की खातिर उसे और तत्परता से कुछ 'पुरुषार्थ' करना होगा : ''राजा डंकन बूढ़े हो चुके हैं—जी कर करेंगे भी क्या! / क्यों न घर पर एक भोज आयोजित कर मार ही डालें उन्हें! शुभस्य शीघ्रम्।'')

अंक-दो—बातें तो बढ़-चढ़कर करती हैं—मर्दनुमा बातें—पर जब राजा डंकन, अतिथि राजा डंकन, खा-पीकर उनकी अतिथिशाखा में निश्चिन्त सोये डंकन पर चाकू चलाने की बारी आती है, फूँ सरक जाती है लेडी मैकबेद की, हिम्मत जवाब दे जाती है और खुद से ही यह बहाना बनाती हुई वह लौट आती है मैकबेद के पास कि भई, ये पुरुषार्थ तुम्हीं करो—

'यदि नींद से माते उस व्यक्ति की सूरत/मेरे पिता से नहीं मिलती होती/आसानी से कर दिया होता मैंने/काम तमाम।'

इसके पहले अंक-एक में भी लेडी मैकेबेद नामक यह फुदुक्की चिरैया ईश्वर से खुद को कठकरेज कर देने की कितनी प्रार्थनाएँ कर चुकी थी, इतना आसान तो नहीं था आराम से ऐसा जघन्य कृत्य कर गुजरना—'लिंगातीत कर दो मुझे', 'मेरा रुधिर मोटा कर दो', 'पित्त के लिए मेरा सब दूध ले लो।'

हत्या मैकबेद ही करता है, पर उसके बाद अपराधबोध का जो भयावह झटका दोनों को लगता है, उसमें मैकबेद तो फिर भी कम-से-कम ऊपर से सँभला रहता है, लेडी मैकबेद नर्वस ब्रेकडाउन के साथ एक बार जो बिस्तर पकड़ती है, अन्त तक उठती नहीं। रानी बन जाने के बाद तक उसे एक भयावह व्यर्थता-बोध घेरे रखता है—

'क्या मिला, खो तो गया सब कुछ—इस साँय-साँय की उम्मीद तो नहीं की थी!'

मैकबेद की भी हालत खस्ता ही है। हत्या के तुरन्त बाद वह अपनी पत्नी से कहता है—

'ऐसा लगा मुझको—मैंने सुनी एक आवाज—
चीखती हुई—'और सोना मत',
नींद की तो तुमने हत्या ही कर दी!'

नींद की हत्या यानी विश्वास की हत्या! जिसने विश्वास कर लिया, उसे छल से कैसे विचक्षणता! जो गोद में आकर सो गया, उसकी हत्या में कैसी बहादुरी। शेक्सपियर के नाटकों में नींद हमेशा भोलेपन का प्रतीक है। प्रकृति और सभ्यता में हरदम द्वन्द्व मचा रहता है, पर प्रकृति के करीब पड़ने वाले जीव ही मस्त नींद सोते हैं। इस जघन्य कृत्य के बाद मैकबेद की नींद तो छिन ही जाती है, वह लगातार हाथ ही धोता रहता है, फिर भी उसे लगता है कि खून का दाग तो छूटा ही नहीं।

शक पति पर नहीं जाए, इस चिन्ता में लेडी मैकबेद डंकन का खून (नशे में धुत्त पड़े) चौकीदारों के कपड़े पर मल देती है और खून से सना चाकू भी उनके पास ही छोड़ देती है। सुबह मैकडफ डंकन का मृत शरीर बिस्तर पर पाता है, इसके पहले कि द्वारपाल अपने समर्थन में कोई तर्क दे सकें, आवेश का अभिनय करता हुआ

मैकबेद तलवार के एक झटके में उन्हें मार ही डालता है। मालकॉम और डोनालबेन, डंकन के बेटे, पिता की हत्या के बाद मारे भय के गायब हो जाते हैं—इस बात का प्रचार भी मैकबेद इस रूप में करता है कि कौन जाने, उनके ही इशारों पर द्वारपालों ने डंकन की हत्या कर दी हो।...अब मैकेबेद का रास्ता एकदम ही साफ है, आराम से राजा घोषित हो जाता है वह।...पर फिर भी चित्त तो कोंचता ही है—बार-बार डंकन का चेहरा सामने आता है—

मेरे वार के एक घंटे पहले स्वाभाविक मौत ही मर जाते वे/तो इस घड़ी से मैं आनन्द के सागर में कैसे गोते लगाता / अब मौत में रखा ही क्या है—खेल है, खिलौना है।'

अंक-तीन : अब मैकबेद की चिन्ता है : बस बैंको / एक बार घुड़सवारी के वक्त / वह उसको भी खदेड़कर मरवा देता है / भाग लेता है लेकिन बेटा उसका—फ्लिऐंस / तब शाही भोज में दीखता है कुर्सी पर बैठा / भूत बैंको का / माथा हिलाता / और मारे भय के / आनन्दोत्सव यह/खत्म किया जाता है।

लेनॉक्स और दूसरे सारे / सम्भ्रान्त लोगों का / मैकबेद पर शक और गहरा जाता है / और उधर मैकडफ चर्च के कनफेसर एडवर्ड से / राय-मशविरा करके / इंगलैंड से करता है आक्रमण / मैकबेद पर।

अंक-चार : फिर भेंट होती है / मैकबेद की / डायनों से जिसमें वे कहती हैं मैकडफ से डरना तो होगा लेकिन आश्वस्त रहो/औरत का जाया तो तुम्हें मार सकेगा नहीं / मरोगे तभी तुम जब/महती बरनम वन डुसिनेन पर्वत तक उठकर खड़ा हो / विरुद्ध तुम्हारे।...बौराया-सा मैकबेद / पीछे में / मैकडफ की पत्नी-बच्चों की हत्या कर देता है! / मैकडफ को सूचना इसकी मिलती है / पगला जाता है वह / गुस्से के मारे!

अंक-पाँच : नींद में चलती हुई / क्षीणकाय-सी लेडी मैकबेद, / मृत्यु भार वहन नहीं कर पाती / उड़ जाते हैं उसके प्राण-पखेरू / इसकी भी आशंका है कि उसने / आत्महत्या की/ मैकबेद इतना घिरा है / अपनी ही मुसीबतों से / वह कहता है : "ऐसा झुलसा मेरा जीवन कि अब उम्मीद ही नहीं करनी चाहिए वृद्धावस्था के वरदानों की/ इज्जत, दुलार, आज्ञाकारिता, मित्रों की टोली स्वप्न हैं मेरे लिए!"

एंट्री-5

भिगाकर जूते मारने की कला

मुहावरों में कैसी मजेदार कौंधें छपी होती हैं। अकेले में सोचने बैठिए तो होंठों पर बरबस ही मुस्कान की मछली तिर आये, कौतुकविमुग्ध स्मिति की सोनमछरिया।

साहित्य में इस कला के दो अद्भुत नमूनों में एक है सूरदास का 'भ्रमरगीत' जिसमें ज्ञानिनामअग्रण्य ऊद्धव महाराज के शुष्क उपदेशों का जवाब वियोगविह्वल

गोपियाँ भँवरे की ओट में दे देती हैं। दूसरा उदाहरण है शेक्सपियर के 'जूलिस सीजर' में मार्क ऐंटनी का फ्यूनरल स्पीच। दुनिया का पहला (या 'बज्जिसंघ' के बाद का यानी दूसरा) गणतंत्र! जूलियस सीजर की लाश सीनेट की सीढ़ियों के पास पड़ी है। उसकी हत्या कर दी गयी है। कैशियस, ब्रूट्स आदि महत्त्वपूर्ण सीनेटरों (या सांसदों) ने की है यह हत्या—इस तर्क पर कि वह दिनोंदिन इतना लोकप्रिय और महत्त्वाकांक्षी होता जा रहा था कि किसी दिन जनता द्वारा भावावेग में अर्पित राजमुकुट स्वीकार कर लेता और तब इतनी मुश्किल से खड़ा किया गया रोम का प्रजातांत्रिक ढाँचा चल देता हवा खाने। प्रजातंत्र की रक्षा के लिए जरूरी थी जूलियस सीजर की हत्याः विवेकावतार समझा जाने वाला ब्रूट्स अभी-अभी रोम की उद्वेलित जनता को अपने भाषण में इसी तर्क से पूरा आश्वस्त कर मंच से नीचे उतरा है।

इस विकट क्षण में जूलियस का एकमात्र साथी है, मनचला समझे जाने वाला 'क्विकविटेड' मार्क ऐंटनी। लोग उसे जूलियस सीजर का चमचा समझते हैं। ब्रूट्स की लोकछवि के सामने उसकी लोकछवि धेला बराबर है। फिर भी हिम्मत कर बोलने की अनुमति माँगता है। ब्रूट्स तो सच्चे अर्थों में प्रजातांत्रिक मूल्यों का अनुयायी है, इसलिए 'लीन ऐंड हंग्री लुक' (भुक्खड़, पतरसुट्ठी-सी प्रतीति) वाले काँइयाँ कैशियस का परामर्श दरकिनार करके भी ब्रूट्स ऐंटनी को बोलने की अनुमति देता है, उसके वाक्स्वातंत्र्य में बाधा नहीं बनता।

और अब अपनी आँखों से देखिए (नाटक देखने जाते तो अपने कानों से सुनते) कि वक्तृत्व-कला का कितना सधा और सतर्क प्रयोग मंचित करता हुआ ऐंटनी सिर्फ शब्द-शर से दस मिनट के भीतर पूरा पाँसा ही पलट देता है। तलवार की धार पर चल रहा है वह! पूरी फिजां उसके और सीजर के प्रतिपक्ष में है। खुलकर वह बोल नहीं सकता कुछ। कैशियस ने पहले ही ताकीद कर दी है कि जनता को भड़काने वाली कोई बात कही तो उसका हश्र वही होगा जो सीजर का हुआ। वही पाँच-सात मिनट उसके पास हैं जिसमें शब्द-साधना का प्रमाण उसे देना है और जनता को सीजर का पक्ष बताकर उसके इन हत्यारों की मिट्टी पलीद करनी है। बड़ी चुनौती है यह कि ताव बिना दिखाए हुए, शालीनता की सीमा लाँघे बगैर दूध का दूध, पानी का पानी कैसे करे। धीरे-धीरे सँभलता हुआ लहूलुहान सीजर के सामने आता है मार्क ऐंटनी और एक स्वगत भाषण करता है— 'माफ करना मुझको / खूनमखून! इन कसाइयों से मैं / खुलकर लोहा की स्थिति में नहीं हूँ / भग्नावशेष हो तुम / इस युग में जन्मे / शालीनतम व्यक्ति का! / कीड़े पड़ें हाथों में उनके जिन्होंने / यह कीमती रक्त ऐसे बहाया / मूक के मुँह की तरह / अपने रक्ताभ अधर खोले हुए ये तुम्हारे जख्म / कर रहे हैं मुझसे प्रार्थना / कि मैं इन्हें न्याय दूँ! इनकी शपथ खाकर कहता हूँ / मैं कहर ढा दूँगा हत्यारों पर / ...ऐसा मचा दूँगा धगरमच्छ कि उनका कुकृत्य उफन जाएगा / सड़ती हुई लाशों से उनकी गंध उठेगी

करती हुई चिरौरी : 'मुझे दफना दो' और कुछ देर बाद, ब्रूट्स के साधे हुए भाषण के बाद, मुश्किल से हाथ आये चार-पाँच मिनटों में वह कहर ऐसे ढाता है—

दोस्तो, रोम के बाशिन्दो/देशवासियो कुछ देर की बात है/अपने ये कान मुझे दे दो उधार/मैं सीजर को दफनाने आया हूँ/उनकी विरुदावली गाने नहीं आया/ आदमी के कुकृत्य / एक पूरा जीवन जीते हैं / मर जाने के बाद! / और उसके सारे सद्‌कर्म / दफना दिए जाते हैं उसके साथ / यही परम्परा पालें हम / महामना ब्रूट्स ने अभी कहा / सीजर महत्त्वाकांक्षी थे तो यह बड़ा दोष है / और इस बड़े दोष की कीमत / सीजर ने उतने बड़े रूप में ही चुका दी / कृपापूर्वक मुझे बोलने दिया है / महामना हैं / महामना हैं वे सब / सीजर मेरे दोस्त थे—मेरे लिए तो रहे वे सदा न्यायी-वफादार!/पर ब्रूट्स कहते हैं उन्हें महत्त्वाकांक्षी / और महामना हैं ब्रूट्स / अपनी तिजोरी से हरजाना भरकर / युद्ध कैदियों को लेने आये थे सीजर।/ क्या यह महत्त्वाकांक्षा है?/ जब भी हम रोए, रोए थे सीजर भी / और कड़ियल तत्त्व की बनी होनी चाहिए महत्त्वाकांक्षा तो! / फिर ब्रूट्स कहते हैं—उन्हें महत्त्वाकांक्षी / और ब्रूट्स हैं महामना ! / लुपरकल उत्सव में तीन बार मैंने राजमुकुट उनको सौंपा / और सबके सामने / तीन बार उन्होंने ठुकराया राजमुकुट / क्या महत्त्वाकांक्षा ऐसी होती है?/ फिर भी, ब्रूट्स कहते हैं / महत्त्वाकांक्षी उनको और भला इसमें किसी को क्या शक कि ब्रूट्स हैं महामना / मैं इनकी बात काटने नहीं आया / पर जो भी मैं कहता हूँ सीजर के बारे में—वह तो / कहना ही पड़ेगा... अवरुद्ध मेरा गला! (एक सधे आराम के बाद वह जनता के सामने सीजर की वसीयत सुनाता है। सुनाता है कि कैसे अपनी एक-एक चीज : बाग-बगीचे, बंदरगाह आदि वे जनता के नाम लिख गये हैं। इस चरम के पहले की पृष्ठभूमि वह नाटकीय ढंग से तैयार करता है—आहिस्ता से सीजर के शव के ऊपर का चोंगा उठाकर—)

'यदि आपके पास हैं आँसू / बहाने की खातिर / तैयार हो जाइए /...ये चोग़ा/पहली दफा पहना था सीजर ने / पिछली गर्मी की उस शाम तम्बू में! / उन्होंने नॉर्वे का महासमर जीता था!/...देखिए, ये / इस रास्ते गया कास्का का चाकू/ इस रास्ते प्रिय / देखिए, इस रास्ते कैसे हहाकर खून बहा / सबसे ज्यादा तेज लगी उन्हें / ब्रूट्स के चाकू की धार / क्योंकि ब्रूट्स उनकी खातिर थे देवदूत!/जब सीजर ने उनका वार देखा / उनका विशाल हृदय एकदम से फट गया / राजद्रोह से भी / ज्यादा पथरीली हैं जिसकी बाँहें / उस कृतघ्नता के हाथों वे मिटे/ ढाँक चोग़ों की बाँहों से मुँह अपना / पॉम्पे की प्रतिमा के आगे / टूट गिरे वे..../ अरे, आप क्यों रो रहे हैं / रोइए मत, जागिए / एक-एक जख्म / सीजर का/ मेरे शब्दों में आपको रहा है पुकार / रोम के देशभक्त योद्धाओं की ये सारी प्रतिमाएँ / आज एक गदर ठानकर / सिहर उठी हैं एकदम से।'

उसके बाद क्या हुआ, आप समझ सकते हैं। तो दोस्तो, ऐसे पलटता है पासा!

एंट्री-6

प्रेम में स्वत्वबोध

एक ओर तो प्रेम अहंकार का विसर्जन है—'जित देखो तित लाल' के धरातल का आत्म विस्तार, जहाँ एक बहाने सारी दुनिया अच्छी-अच्छी लगने लगती है, और किसी की खातिर कुछ भी कर देने को बेचैन रहता है आदमी, पर प्रेम की इस परम अवस्था के पहले की कुछ विकट अवस्थाएँ भी हैं, अलग-अलग क्लासिक अलग-अलग ढंग से जिस पर प्रकाश डालते हैं। अविश्वास, आत्मपीड़न, प्रिय को बॉक्सिंग बैग समझकर दुनिया के सारे जहद्दमों का बदला उससे ही ले लेने की, सारा गुस्सा उसी पर निकाल लेने की वृत्ति और दुरूह स्वत्वबोध : प्रेम से जुड़ी ऐसी स्वाभाविक विकृतियाँ हैं ये जिनके आलोक में ऑक्सर वाइल्ड की इस पंक्ति का मर्म आसानी से समझा जा सकता है—'इच मैन किल्स द थिंग ही लव्स।'

आये दिन अखबार विवरण देते हैं कि प्रेम में 'सन्देह' हत्या और आत्महत्या की कगार पर आदमी को ले गया! एक ही कण के असमंजन से अमृत जहर हो गया। इस प्रसंग के इर्द-गिर्द बुना गया शेक्सपियर का 'ऑथेलो' माइक्रोफॉर्म में सामने रखने की कोशिश करती हूँ। 'ऑथेलो' की एक थीम 'होने' और 'देखने' का फर्क रेखांकित करना भी है और इसकी केन्द्रीय पंक्ति है—'मेन शुड बी वॉट दे सीम'। ईर्ष्या और विश्वास का महाद्वन्द्व है यह नाटक। ईर्ष्या का मंचन ईआगो करता है, बाद में ऑथेलो और निश्चल विश्वास का मंचन करती है डिस्डिमोना, जिसके बारे में उसके पिता का कहना है—'वह इतनी शांत और सदाशय है कि उसका कोई स्पंदन खुद पर ही शरमाकर कर लेता है गाल लाल।'

अंक-एक : इआगो : बड़ी जलन है इस ज्वाला में, जलना कोई खेल नहीं है। कैसिओ की ऐसी पदोन्नति—सिर्फ इसलिए कि बड़े घर का है वो! / ये तो नहीं चलने दूँगा / बर्बाद कर दूँगा एक-एक को, दाल किसी की नहीं गलने दूँगा!/ कुछ ऐसा मनहर है इस कैसिओ के दैनंदिन जीवन में जो मुझको कर देता है बहुत असुन्दर / और इस ऑथेलो को देखो – उच्चाशय और वीर कहलाता है / पर देखी है जात, देखा है थोबड़ा / बस में कर रखा है डेस्डिमोना को : जादू-टोने का ऐसा छलबल।

देखता हूँ मैं कि कब तक रह पाता है / बन्दर के हाथ में नारियल / लुत्ती लगा आता हूँ उसके बाप के हृदय में / कर आता हूँ चुगली / कि आपकी बेटी पगली / जंगली घोड़े के संग सोने की सारी तैयारियाँ कर चुकी है / और ड्यूक वेनिस के / 'साइप्रस का प्रधान' बनकर इठलाए बनमानुष ऑथेलो से / रचा रहे हैं उसका ब्याह / आह यह दिल की लगी...। रोडेरिगो को भी अभी चढ़ाता हूँ मैं

देखो कैसे / झाड़ पर चने की / कहता हूँ कि आस छोड़ने की कोई जरूरत नहीं / डेस्डिमोना की यह पुतुलशादी / चार दिन से ज्यादा नहीं टिकनेवाली / उसको ही करता हूँ सेट साइप्रस में / 'ऑथेलो का नया सेनापति कैसिओ' / प्रेम करता है डेस्डिमोना से और ये लट्ठ लेकर पीछे पड़ जाएगा उसके।

अंक-दो : इआगोः कैसिओ, यार बुरी बीती तुम पर ! हाँ, तुमने मना तो किया था / कहा था कि ज्यादा तुमको पिलाऊँ नहीं / जल्दी चढ़ जाती है तुमको / पर इसकी तो मैंने कल्पना नहीं की थी / कि पीकर तुम ऐसे लड़ लोगे रोडेरिगो से / ऐन ऑथेलो के विवाहोत्सव पर / और मदोन्मत्त वह ऑथेलो / सीधा कर देगा तुमको निलम्बित। अब, भाई एक ही उपाय है / ऑथेलो की सेवा में वापस आने का / डेस्डिमोना से करवाओ तुम, बाबू अपनी पैरवी!

(स्वगत) इस डेस्डिमोना की भलमनसाहत का मैं/ खोदूँगा ऐसा गढ़ा / उसकी उच्चाशयता से ही जाल बनाऊँगा ऐसा / जो सबको औंधे मुँह देगा गिरा!

अंक-तीन : इआगो : सर, वैसे तो आप क्या खूब चला रहे हैं अपना प्रशासन / घर का भी रखिए मगर ध्यान / वेनिस की औरतें होती हैं जरा मनचली / मैं मैडम के खिलाफ कुछ भी नहीं कहना चाहता / लेकिन ये सोचिए जरा—जो बूढ़े बाप की आँखों में धूल झोंकेंकर भाग आयी हैं / पति की आँखों में धूल नहीं झोंकेगी—इसकी क्या गारंटी है? काफी संकोच हो रहा है यह कहते / पर आपका हूँ मैं ऐसा हितैषी कि छुपाये भी नहीं बनती बात / मैडम को आपने दिया था क्या कोई रूमाल? वह कैसिओ के घर पाया गया है / पोंछ रहा था अपने आँसू उससे कैसिओ / और आहें भर रहा था...।

ऑथेलो : डिस्डिमोना, तुम्हें एक रूमाल दिया था, जरा देना, कहाँ है वह?

डेस्डिमोना : इस वक्त क्या करेंगे रूमाल लेकर...?

सुनिए न — कैसिओ के साथ क्या आपने ज्यादा सख्ती नहीं की? / वापस रख लीजिए उसे प्लीज / कितना भला है वह! / आसानी से माफ की जा सकती है/ किसी भले आदमी की पहली गलती।

अंक-चार : इआगो (स्वगत) : अब सिर्फ एक ही चक्कर चलाना है मुझको / बिआनका बाई की बातों में कैसिओ को उलझा देना है / और जब वह उसकी रंगीनियों की चर्चा में मगन हो / ऑथेलो को सुना देनी है दरवाजे के पीछे से चर्चा / और जगा देना है भ्रम उसके मन में कि ये बातें डेस्डिमोना के बारे में ही हो रही हैं। / इन्तजार करना है कि उसी वक्त बियानका बाई भी रूमाल लेकर आ जाये / और ये बताये कि दिया था कैसिओ ने इसी तरह का एक दूसरा रूमाल काढ़ देने की खातिर।

ऑथेलो : इतना बड़ा धोखा! / जहरीली अमरबेल—सूरतहराम लता / खुशबू

से ऐसी लहालोट / कि इन्द्रियाँ सारी बेचैनी में करवट बदलें तेरे पास आते ही / अच्छा होता जो तू जनमती-पनपती नहीं, जंगली पौध।

इतने में वेनिस से आता है आदेश कि ऑथेलो अपना प्रशासन कैसिओ के हाथ सौंपे / और छुट्टी लेकर आ जाए वापस / जहरीली-सी उजबुजाहट में पौरुष की / ऑथेलो ने सबके सामने / डेस्डिमोना जैसी लड़की पर थर्राता हाथ उठाया और कहा उसे—वेश्या!

अंक-पाँच : इआगो ने अब भड़काया रोडेरिगो को / कि कैसिओ पर करे वह प्रहार, मारपीट में दोनों घायल हुए जब और उसे ये लगा / भेद उसका खोल देगा रोडेरिगो / इआगो ने कर दिया उसका काम तमाम!

डेस्डिमोना के शयनकक्ष में

एमिलिया : ये आपने, साहब, क्या कर दिया? / डेस्डिमोना का गला घोंट डाला? / सारा यह चक्कर चलाया हुआ मेरे पति का था / अनजान मैं, इतना सोच भी नहीं पायी कि उसके भेजे में क्या पक रहा है / भोलेपन में मैंने यह रूमाल उसको दिखाया / कि मेमसाहब का है / गिर गया था / और उसने वह उड़ा ही लिया ! / शर्मिन्दा हूँ, साहब, कहीं मुँह दिखाने लायक इस दगाबाज ने / मुझको नहीं छोड़ा / इस भंडाफोड़ के लिए अब वह मेरी जान भी लेगा / अच्छा है, ऐसी जहालत की जिन्दगी से मौत अच्छी!

ऑथेलो : इआगो की हत्या और अपनी इस आत्महत्या से भी / पूरा नहीं होने का / मेरा प्रायश्चित्त / पर चाहता हूँ ये वेनिस के लोगो—कि मुझको याद करो तो ऐसे करना / —मत कम करके आँकना मेरा अपराध / और ज्यादती भी नहीं करना / कहना कि ये ऐसा बंदा था, जिसे प्यार करने का कोई शऊर नहीं था / पर प्यार उसने किया था बहुत टूटकर!

एंट्री-7
कैलिबन की मुक्तिगाथा

शेक्सपियर का अन्तिम नाटक 'टेम्पेस्ट' हमारे दृष्टान्त-बहुल रोमांसों (गल्प/आख्यानों) के काफी निकट पड़ता है। जब मैंने नाटक पढ़ा भी नहीं था, सातवीं या आठवीं में पढ़ती थी, एक बार अपने पिता के संग एक सेमिनार में गयी थी। वहीं एक सज्जन को पहली बार 'टेम्पेस्ट' की नायिका मिरांडा और कालिदास की शकुन्तला के बीच कुछ तुलनाएँ बुनते हुए जो सुना तो कान खड़े हुए। इसके पहले तो मैं पीछे बैठी-बैठी झख ही मार रही होऊँगी, सोच रही होऊँगी कि कब माँ की क्लास खत्म हो और चलें हम, लेकिन इस तुलना ने मुझे चौंकाया और शायद पहली बार अहसास हुआ कि पूरब-पश्चिम में कुछ साझा भी है। इसके पहले किप्लिंग की 'ईस्ट इज़ ईस्ट'

वाली कविता मेरी चेतना पर हावी थी।...बाद में जाना कि वह पूरा का पूरा नाटक ही औपनिवेशन की जटिल प्रक्रिया का रूपकात्मक विस्तार है।

1609 में 'द सी ऐडवेंचरर' नामक एक ब्रिटिश जहाज अमेरिका के रास्ते में डूब गया था। एक साल बाद वर्जीनिया तट पर 'खोए हुए' उपनिवेशी अचानक ही प्रकट हुए। ढेर सारे पर्चे छपे, तरह-तरह के किस्से प्रचारित हुए कि इतने दिन कैसे बचे वे और रहे कहाँ। इन किस्सों का ही काव्यात्मक वियोजन अपनी इस नन्ही दृष्टान्त-नाटिका में शेक्सपियर करते हैं। यह शेक्सपियर का इकलौता नाटक है जहाँ उन्होंने 'समय' और 'स्थान' के क्लासकीय एककों का पालन किया है। (इन एककों के अनुसार नाटक में बहुतेरी जगहों का भटकाव वर्जित है, चौबीस घंटों के भीतर और एक छोटे घेरे में घटी घटनाएँ ही कायदे से नाटक में समेटी जानी चाहिए।)

अंक-एक : प्रोस्पेरो : घबराना मत, मेरी बेटी / यह जहाज मेरा ही पलटा हुआ है / इन सबके जीवन की डोरी / है मेरे हाथों ही! / इसी तरह पलटा था / मेरा-तुम्हारा जहाज / जब तुम बस तीन बरस की थीं / मैं ड्यूक था मिलान का, तुम मेरी इकलौती बेटी / मेरे बैरी भाई, एंटोनियो, की तो मंशा थी / जिन्दा बचें ही नहीं हम / पर मेरा विश्वासी गॉन्जेलो / उसने ही हम पर दया करके / खाने-पीने की चीजें जहाज में रखवा दीं।

मुश्किल से, बेटी बड़ी मुश्किल से / मैंने इस टापू के एकांत में जादू साधा। / टापू के दो मूल बाशिंदों पर साधी थोड़ी जबरदस्ती / कैलिबन को जानती हो तुम, एरियल को नहीं जानती / एक यहाँ की मिट्टी का बेटा है, दूसरा यहाँ के आकाश का / कैलिबन की माँ, साइकोरकस / है यहाँ की आदिशक्ति! / कैद कर रखा था एक किसी झुरमुट में / एरियल को उसने ही / मेरे छुड़ाए ही छूटा वह / तब उसने यह बात मेरी भी मानी / और मेरे उन दुश्मनों का / पोत पलट देने में मेरी भरपूर मदद की।

ये फर्डिनेंड / मेरे गद्दार भाई के दोस्त का बेटा है। / यदि ये तुम्हें अच्छा भी लगता है / धीरज धरो! / मुझे इसकी परीक्षा तो लेने दो..../ अभी मुझे करने हैं और भी हिसाब कई। / कौन जाने—कैलिबन जैसा ही ये हो / मेरी नेकी का बदला मुझको ऐसे दे/ कि मेरी बेटी पर ही हमला बोले.../सुन तो कैलिबन बे / सुन तो—मैंने तुझे सभ्य करने की कितनी कोशिश की / तेरे निष्प्रभ जीवन को सौंपे काम कई / ज्ञान दिया तुझको / भाषा सिखाई / लाभ इसका मुझको यह हुआ कि कोस सकता हूँ मैं भी तुम्हें अब / दे सकता हूँ अब मैं जी भर कर गाली।

अंक-दो : (टापू का दूसरा हिस्सा) जिन्दा तो सब बच गये हैं / बस एंजेलो का बेटा, फर्डिनेंड नजर नहीं आता/ कर रहा है विलाप बेचारा / समझा रहा है उसे गॉन्जेलो / लेकिन उसके भाई, सेबेस्टियन, को कुछ फर्क नहीं पड़ता / कोस रहा है उस घड़ी को / जब यात्रा पर वह निकला। / एरियल के जादू से / सो जाते हैं

धीरे-धीरे सब / रह जाते हैं जागे सेबेस्टियन और घाघ एंटोनियो / सिखलाता है वह सेबेस्टियन को / कि वह भी भाई को मार ही डाले / पर इसके पहले कि वह ऐसा कर पाये / एरियल नींद तोड़ देता है सबकी और फूट जाता है भांडा।

टापू के दूसरे हिस्से में / अपना नया मालिक चुनता है कैलिबन / स्टीफानो को / और दिखाता है उसे और ट्रिंकॉलो को / टापू का वैभव।/ बेचारे कैलिबन ने / पहली दफा शराब पी है / और पिलाने वालों को वह कहता है / 'एक बहादुर भगवान'/ जब वे घबराते हैं वहाँ की हवाओं से / वह उनके संगीत में / दीक्षित करता है उनको : 'घबराओ नहीं, मेरे आका, ये तुम्हें चोट नहीं पहुँचाएँगी, सहलाएँगी ही।'

अंक-तीन : शुद्ध ईश्वर-भाव से प्रोस्पेरो / ले रहा है टापू का जायजा / देख रहा है मन की आँखों से कि कैसे फर्डिनेंड ने और मिरांडा ने / एक-दूसरे से / प्रेम का इजहार कर डाला / और कैलिबन ने कैसे उकसाया / ट्रिंकॉलो और स्टिफानो को / प्रोस्पेरो की हत्या के लिए।

दूसरी तरफ टापू के / मुश्किल से जुटे हुए खाने के पत्तल ही / ऐन सामने से तीन पापियों के / गायब कर देता है एरियल / और उन्हें याद दिलाता है कि कैसे / कुछ बरस ही पहले / प्रोस्पेरो और उनकी नन्ही बिटिया के खिलाफ / षड्यंत्र किया था इन्होंने!/ होता है पछतावा / पुत्रमोह से व्याकुल ऐंजेलो को। / बाकी पक्के घाघ हैं। / उनको कुछ फर्क नहीं पड़ता।

अंक-चार : धैर्य की परीक्षा में / उत्तीर्ण होता है फर्डिनेंड / और उसे मिल जाती है / ससुर की अनुमति / मिरांडा से शादी की / मिरांडा से कहता है उसका पिता / शादी तक संयम बनाये रखने को / कहता है कि देखना—'गाँठ खुले नहीं शुचिता की।' / कैलिबन के नये आका / कुत्ते बनाकर खदेड़ दिये जाते हैं / प्रोस्पेरो की गुफा से। / सोचता है प्रोस्पेरो / इस सृष्टि के बारे में / लीला-भाव से...सब कुछ मिट जाएगा / एक हर्फ छोड़े बिना / मिट जाएँगे सारे वैभव / बादल की टोपी पहने खड़ी ये दीवारें / ये भव्य महल / गम्भीर पूजा-गृह / पूरी यह धरती / अपनी समूची विभुता के साथ / एक झाँकी की तरह/ उन तंतुओं के बने हैं हम / जिनके बने होते हैं सपने / और हमारा नन्हा जीवन / गुलियाया होता है सपने से।

अंक-पाँच : यात्रियों को टापू में आये / बीत गये हैं तीन घंटे / तोड़ देता है अपना खुरदुरा जादू / अब प्रोस्पेरो / अपनी जादू की घड़ी और जादुई किताब / गाड़ देता है धरती में / 'सबसे बदमाश महाशय' एंटोनियो को ठंडी माफी दे देता है / लेकिन उसकी काली कमली पर रंग नहीं चढ़ता! / जो तत्त्वतः ही अँधेरा है / वह कभी प्रकाशित नहीं होता / बाकी सब ठीक-ठाक घट जाता है / मिल जाती है कैलिबन को / वापस अपनी धरती / और एरियल को आजादी / बच्चों की हो जाती है शादी / मिल जाती है फिर से प्रोस्पेरो को भी / अपनी वह छिनी हुई गद्दी!

एंट्री-8

बेमतलब की चिल्ल-पों

शेक्सपियर के मूल नाटक का शीर्षक है—'मच अडू अबाउट नथिंग'। इसका अनुवाद करते हुए मुझे रिश्ते के एक फूफा याद आये जो विवाहोत्सव वाले घर की परिभाषा एक ऐसे वितान के रूप में करते थे 'जहाँ बोलें सब और सुने कोई नहीं!' भारतीय संसद की भी यही, काफी सटीक-सी, परिभाषा होगी, पर उसे 'बेमतलब की चिल्ल-पों' न कहकर 'मतलब की चिल्ल-पों' कहना पड़ेगा।

'मच अडू' भी एक तरह से शादी के हो-हल्ले वाले घर के लटर-पटर घनचक्करों की कहानी है जहाँ वर-पक्ष के दोस्त और दूरस्थ रिश्तेदार वधू-पक्ष के दोस्तों और दूरस्थ रिश्तेदारों से खूब चुगलियाँ खाते हैं, मनसुखवा-भाव से! भरपूर गलतफहमियाँ फैलाते हैं, पानी पी-पीकर गालियाँ देते हैं एक दूसरे को, आकंठ डूबकर निंदा-नद में स्नान-ध्यान करते हैं : 'काक चेष्टा, वको ध्यानं....', लुत्ती लगाकर खूब तमाशे देखते हैं और गाली-वाली गाकर, भरपेट-भरमन गुलछर्रे उड़ाकर हँसते-किलकते लौट आते हैं उसी नीरस दिनचर्या में। इसी बीच किसी से कभी आँखें भी लड़ जाती हैं। वाक्‌युद्ध में जीभ इतनी चले तो आँखें क्यों पीछे रहें—'हम किसी से कम नहीं।'

इस नाटक में वाक्‌युद्ध के मजेदार प्रसंग तो हैं ही, मल्लयुद्ध की धमकियाँ भी हैं। हाजिर-जवाब, जिन्दादिल और खरी-सच्ची बिएट्रिस दोस्तों के चढ़ाने-बढ़ाने-उकसाने और फंदा बिछाने पर मस्त मलंग बेनेडिक के 'दबे-ढँके' प्यार की खुशबू कृपापूर्वक स्वीकार कर लेती है। पर बेनेडिक का मित्र, क्लॉडियस जब डॉन जॉन के बहकावे में आकर उसकी सहेली हीरो के चरित्र पर ऐन विवाह की घड़ी कीचड़ उछालने लगता है और मारे सदमे के हीरो गिरजाघर के प्रांगण में ही बेहोश हो जाती है तो सात्विक आक्रोश से भरकर बिएट्रिस बेनेडिक को अपने नवांकुरित प्रेम का वास्ता देती हुई कहती है, 'जाओ, उसे मार डालो। यही तुम्हारे प्रेम का प्रमाण होगा।'

बाद में ठुल्ले (पुलिस के कांस्टेबल) आते हैं और रहस्य खुलता है कि जो खिड़की पर अन्य पुरुष से लाड़ लगाती खड़ी थी, हीरो नहीं, हीरो की नौकरानी थी, उसे ईर्ष्यालु डॉन जॉन के सिखाने-बुझाने पर हीरो की वेशभूषा में खिड़की तक ले जाया गया था कि क्लॉडियस देखे और इस गलतफहमी में जल-भुनकर राख हो जाए कि हीरो किसी और के साथ मग्न है। 'जो बिनु काज दाहिने-बाएँ' कहकर खल वन्दना तुलसीदास ने की है—डॉन-जॉन जैसों के लिए ही।

बना है शह का मुसाहिब फिरे है इठलता
बगरना शहर में ग़ालिब की आबरू क्या है।

मानवीय दुर्बलताओं पर खुलकर हँसने का यह कौशल शेक्सपियर की कामदियों में अलग ही रंग में उभरता है क्योंकि वे कहीं जजमेंटल नहीं होते।

एंट्री-9

झाड़े सत्ता का टुइयाँ लिबास

'ड्रेस्ट इन' लिट्ल ब्रीफ अथॉरिटी' का अनुवाद है यह शीर्षक! मेजर फॉर मेजर नामक श्यामल कामदी (डार्क कॉमेडी)—की कहानी कुछ यों है :

कानूनी हाबडीब में उतरा रही है अभी-अभी नन बनी इजाबेला! बता रही है एंजेलो को जो वेष बदल वेनिस में घूम रहे ड्यूक के स्थान पर नया ड्यूक नियुक्त हुआ है। ड्यूक ने एक सुधार चक्र-सा चला दिया है। पहला चरण है वेनिस की यौन-दासियों के 'फ्लेश ट्रेड' पर नियंत्रण! जूलिएट नामक एक यौनदासी को क्लॉड नामक युवक से गर्भ ठहर गया है और उसकी सजा घोषित होती है मृत्युदंड।

क्लॉडियस की बहन अपभ्रंश कविता की नायिकाओं की भाषा बोलती हुई एक फरियाद लेकर एंजेलो के पास जाती है : 'पति का क्या है, मिल ही जाते हैं' (तीन बुलाएँ तेरह आवें, सन्तान का क्या है—वह तो स्त्री जब चाहे जन ले, लेकिन इस विकट धरा पर भाई दूसरा नहीं मिलता। जैसा कि होता है, स्त्री की बात पर ध्यान नहीं देता, पर उसके सौन्दर्य से एंजेलो अभिभूत होता है और जीवन में पहली दफा यह सोचने पर मजबूर कि दैहिक आकर्षण एक सहज मानवीय कमजोरी है : (इससे पहले जब मैं लोगों को देखता था कामनाकातर / मुस्कराकर सोचा करता था कि बकवास है यह सब / क्यों लोग पड़ जाते हैं फेर में इसके!)

अब जब इस 'बकवास' जादू का खुद वह शिकार हो गया है, एक क्रूर प्रस्ताव वह इजाबेला के सामने रखता है—यदि वह उसके साथ एकान्त में कुछ वक्त बिताये तो वह उसके भाई को माफ कर देगा। इजाबेला ड्यूक (फ्रायर) से राय करती है और राज-काज के नीति परीक्षण को प्रतिबद्ध ड्यूक कहता है कि तुम 'हाँ कर दो, उसके शयनकक्ष में जाएगी उसकी ही प्रेमिका मैरियाना—तुम्हारा ही वेश धरकर जाएगी।' ऐसा ही होता है। कामनादग्ध अनाचारी चेहरा ठीक से देखता भी नहीं और देह गींज-गांज कर कमरे से बाहर निकल आता है। कोढ़ में खाज यह कि अपना वादा भी पूरा नहीं करता। अगले ही दिन क्लॉडियस के मृत्युदंड का फरमान जारी कर देता है। इस प्रकार 'पब्लिक मोरैलिटी' का दावा सिर्फ ढोंग ही है। कामदी का एक उद्देश्य चरित्रों की (अपने या अपनों के बारे में पाली हुई) सारी खुशफहमियाँ तोड़कर सहज मनुष्यता का जयघोष, लेकिन चूँकि यह सामान्य कामदी नहीं, डार्क कॉमेडी है—नैतिक कुहेलिका या अपने बारे में, / अपनों के बारे में पात्रों का भ्रम यहाँ अन्त तक कायम रहता है!

प्रेम की तरह न्याय की अवधारणा पर भी एक बड़ा प्रश्नचिह्न लग जाता है। 'मेजर फॉर मेजर' में चित्रित जन-जीवन की आहट पहले लेते हैं : वेश्याओं का दलाल, पॉम्पे बहुत बुद्धिमान है (चरनदास चोर की तरह) और कोतवाल, एल्बो महामूढ़ : चकरा कर वह खुद ही कहता है : 'विच इज़ वाइजर हियर? जस्टिस ऑर इनिक्विटी? (कौन विवेकी है अधिक—न्याय या विधर्मिता?)'...अन्त में जब पॉम्पे को सजा भी होती है तो यह कि वह फाँसी की रस्सी खींचने वाले का सहायक बना दिया जाता है। इस विडम्बना पर लम्बी टिप्पणी की जरूरत नहीं। 'किंग लियर' में भी शेक्सपियर की यह उक्ति याद करें : 'सी हाउ यॉण्ड जस्टिस रेल्स अपॉन यॉन सिंपल थीफ...चेंजेथ प्लेसेज; ऐंड बैंडी-डैंडी, विच इज़ द जस्टिस, विच इज़ द थीफ। (देखो-देखो कैसे घेर रहा है न्याय एक अदद चोर को अफरा-तफरी में / आगे-पीछे, एक-दूसरे से जगह बदले / बूझना है मुश्किल कि कौन है चोर, कौन सिपाही)।

'चोर-सिपाही-राजा-मंत्री' का खेल खेलते हुए हम सबने बचपन में ही यह महसूस कर लिया था।

शेक्सपियर और चुटीले ढंग से यही कह रहे हैं कि यह एक बड़ा भ्रमजाल है जिसमें तय ही नहीं कि कौन कब चोर हो जाएगा और कब राजा / सिपाही या मंत्री!

वेनिस में न्याय यौन-वृत्तियों के 'डिंग-डांग-डिंग' के आगे लाचार-पस्त पड़ा है। निचले तबके में तो यौनिकता 'खुला खेल फर्रुखाबादी' है, ऊपरी महकमों में यह 'ढोंग' से जुड़ कर और भी गर्हित हो जाती है। ड्यूक और इजाबेला नाटक के मुख्य चरित्र हैं पर उनके ढकोसले भी घृणास्पद ही हैं। नाटक के अन्त में ड्यूक असली रूप में सामने आकर एंजेलो के ढोंग को दंडित करके इजाबेला से विवाह का प्रस्ताव रखता है तो इजाबेला ईश्वर के नाम पर और इस वैनिटी के तहत उसे माफ करने की फरियाद करती है कि वह उसकी पहली गलती थी, कुछ दोष तो इजाबेला के सौन्दर्य का भी है कि एंजेलो का आसन यों डोल गया।...उसकी इस सेक्सुअल वैनिटी से ज्यादा बुरी जान पड़ती है ड्यूक की इस बात से उसकी सहमति कि उसके बदले मैरियाना एंजेलो के कमरे में चली जाए। खुद उसके लिए जो काम गर्हित है, दूसरे से वह वही करवाती है—यह ढकोसला तो है ही, नृशंसता भी है—नृशंसता इसलिए कि मैरियाना ऐंजेलो की प्रेमिका भी रही है। अपने ही 'प्रेमी'(?) के पास किसी और के भेष में सोने जाना मैरियाना को कैसा लगा होगा। आँख तो उसकी खुली होगी पर वह भी कैसी मूढ़ा है कि अपने 'प्रेमी' की नृशंसता समझ लेने के बावजूद वह उसके संग सोने को राजी हो जाती है।

यही खासियत है 'डार्क कॉमेडी' की कि वहाँ कोई आदर्श नहीं होता। 'जज नॉट दैट यी बी नॉट जज्ड' (मैथ्यू)। बाइबिल की यह प्रसिद्ध उक्ति है। 'पहला पत्थर वही उठाये, जिसने कभी कोई पाप न किया हो'—जजमेंटल और आत्ममुग्ध व्यक्ति कभी किसी का प्रिय नहीं होता—न ईश्वर का, न समाज का, पर जजमेंटल हुए बिना

दूध का दूध, पानी का पानी कर सकने का नीर-क्षीर-विवेक शेक्सपियर की 'पोएटिक जस्टिस' को था—तभी उन्होंने सभी 'सीमर्स' की बखिया उधेड़ कर रख दी है।

एंट्रीज ठीक लगें तो फोन करना, सुझाव देने हों तो लिखकर देना—प्लीज! क्या ये नन्हे आलेख बृहत्तर विश्व के कालजयी स्पंदनों का सार्थक विस्तार अपनी आत्मा में दर्ज कर पाये? क्या इनके लिए एक सार्थक संवाद शुरू होगा— पूरब और पश्चिम, गँवई और शहराती, लोक और शास्त्र, क्लासिकल और पॉपुलर के बीच! एक अधिक न्यायसम्मत, सरस और सुन्दर दुनिया की नींव ये संवाद क्या सम्भव करेंगे, क्या ऐसी और इससे मिलती-जुलती पहलें हमें सारी क्षुद्रताओं, कुंठाओं और संकीर्णताओं से ऊपर उठाएँगी?

प्रतीक्षा में,
मान्यता

VII

मई 2000

प्रिय आशिष,

शेक्सपियर वाला प्रयोग बोर्ड ने पारित तो नहीं किया, पर इस दौरान मेरी यह धारणा और संपुष्ट हुई कि 'अँग्रेजी क्लासिक्स' से अँग्रेजियत का धड़का निकालना जरूरी है। अन्तरंग भाषा में संवाद सम्भव तभी होगा, जब यह 'धड़का' निकलेगा—अँग्रेजी से जुड़ा औपनिवेशिक आतंक टूटेगा। लोक-भाषाओं से संपुष्ट हिन्दी में अँग्रेजी क्लासिकों की बात करेंगे। जरूरी है कि आदिवासी, दलित और विस्थापित बस्तियों के वे लाखों तेजस्वी युवक ब्याह लाएँ विश्वक्लासिक अपनी भाषा में!

'टीनएज' के लिए अपने यहाँ सबसे उपयुक्त शब्द है वयःसन्धि! बचपन और यौवन के बीच वह अवस्था जब आपके भीतर की सब खिड़कियाँ, सब रोशनदान एक-एक करके खुलने लगते हैं।

कॉलेज में हो या फिर घर-मुहल्ले में—मेरा ज्यादातर समय इसी उम्र के लोगों में बीतता है। और मैं जो भी करती सोचती हूँ—उसका सम्बोध्य प्रायः ये ही होते हैं।

भारतीय कस्बों और महानगरों में भी अंग्रेजी साहित्य का पठन-पाठन कई तरह की विडम्बनात्मक स्थितियाँ पैदा करता है। छात्रों के लिए 'केस बुक सीरीज' और अब 'वर्ल्ड व्यू सीरीज' के बाद 'बार नोट्स' और 'स्टार नोट्स' तरह-तरह के 'क्लासिक्स रीटोल्ड' उपलब्ध हैं लेकिन उनमें 'साहित्य' उतना ही बचा है जितना कि 'टिण्ड फूड' में ताजा पके अनाज फलादि की गन्ध बची होती है—न के बराबर! हमारा यह प्रयास उन ऊबड़-खाबड़ खेतों में ले जाने का है जहाँ अंग्रेजी क्लासिक्स पके थे—प्रयास यह समझने का कि क्या उनके मनोसामाजिक घटक थे और उन घटकों से हमारा तादात्म्य बैठता है तो कैसे! प्रेम, युद्ध, घरेलू तिकड़म, धार्मिक राजनीतिक षड्यंत्र, वैयक्तिक ऊहापोह के क्षण, सामाजिक संरचनाएँ, न्याय, समानता और भाईचारे की तात्विक अवधारणाएँ बदली हैं तो कितनी? ईश्वर क्या एक वर्किंग हाइपोथेसिस है? मानव मूल्यों के एक स्पेक्ट्रम के रूप में लिया जाये धर्म को कि वह सचमुच अफीम है? क्वाण्टम फिजिक्स भी बताता है कि

जीवन-जगत और ब्रह्मांड की कुछ गुत्थियाँ अनुत्तरेय हैं, नहीं उतरतीं कार्य-कारण सम्बन्ध के खाँचे में—इस पर्दे के पीछे क्या है? क्या सोचते रहे हैं बड़े लेखक जीवन के उन पक्षों के बारे में जिन्हें धर्म रहस्यविह्वल (मिस्टिकल) मानता है? क्या सचमुच कोई परा-विश्व है जिसे प्लेटो आइडिएशनल प्लेन ऑफ रियैलिटी मानते हैं? उससे हमारा सम्बन्ध क्या है? ब्रह्म-माया (अंश-अंशी) का या खुदा-बंदे का? ईश्वर मनुष्य की रचना है कि मनुष्य ईश्वर की? अगर ईश्वर कोई मॉनीटर है तो उसके क्लास में इतना हल्ला क्यों होता है? क्यों है इतना अन्याय इतना घनचक्कर यहाँ? यह दूर कैसे होगा? करनी का फल तत्काल मिले, कुछ करेंट-सा लगे तो आँखें खुलें! इतने दिन बीज मिट्टी में दबे रहते हैं, फिर अँकुरते हैं धीरे-धीरे क्या इसलिए कि 'लीला' चलती जानी है, 'रंगमंच' आबाद रहना है, जीवन की नाटकीयता बनी रहनी है।...ये कुछ मूल प्रश्न हैं जिनका उत्तर क्लासिक्स टटोलते हैं।

संस्कृत की कालजयी रचनाओं में एक अवधारणा है पूर्वराग की। क्या हम एक ऐसी श्रृंखला बनायें जिसका उद्देश्य हो उन रचनाओं के प्रति एक नया नजरिया और नयी तरह का पूर्वराग (स्निग्ध-सा कुतूहल) विकसित करना जो ब्रिटिश शासन के समय से ही अंग्रेजी पाठ्यक्रम का हिस्सा रहते तो आये हैं, पर जिन्हें पढ़ा गया है अफरा-तफरी में ही यानी परीक्षा पास करने के लिहाज से। विश्वायन के बाद और उसके पहले भी क्लासिक्स के राजनीतिक पाठ की जो उत्तर-औपनिवेशिक तकनीकें विकसित हुईं, इन क्लासिक्स से हमारा रिश्ता कुछ तो बदल ही गया। क्लासिकों में कुछ अक्षुण्ण और सार्वकालिक होता है। यह हम नहीं भूल सकते। 'चिर-परिचित' का जो 'अपरिचित' है और 'सार्वकालिक'—हम उसका उद्घाटन तो होने ही देंगे, पर राजनीतिक भाष्य से सर्वथा बच पाना असम्भव होगा।

पहले भी अंग्रेजी की दुनिया उन्हें एलिस का आश्चर्यलोक ही लगती थी, विस्थापन के बाद से किशोरों और युवकों की दिलचस्पी उनमें इतनी ज्यादा बढ़ गयी है कि मेरी एक लेखक-सहेली के बच्चे उससे प्रश्न करते हैं—'माँ, तुम जो भी लिखती हो—अंग्रेजी में ही क्यों नहीं लिखतीं? अपने क्लासमेट्स को पढ़ाता! कितनों को तो हिन्दी आती ही नहीं...अंग्रेजी में ही तो बुकर-वगैरह मिलते हैं।' मेरी सहेली, पारमिता, अवाक् रह गयी, उसने कहा—ये दोनों मेरे ही पेट के जाए—इतना भी मैं इन्हें समझा नहीं पायी कि जैसे इनकी एक माँ मैं हूँ, दूसरी माँ मातृभाषा ही है—एक अवधारणा 'मातृभूमि' की भी होती है....लिखा पुरस्कार के लिए नहीं जाता, उनसे अपना अनुभव साझा करने की खातिर लिखा जाता है जो दुनिया के वंचित और परितप्त, अनादृत, अनाहूत व्यक्तियों-समूहों के साथ खड़े हैं और भूख-अन्याय अपमान-विध्वंस और दूसरी विडम्बनाओं की मारी इस दुनिया की बेहतरी के लिए चाहते हैं कुछ कर पाना। उनकी भाषा तो चौराहों-चौपालों-चाय-ढाबों की वह भाषा ही है—माँ के दूध का 'लस' है जिसमें! पर अपनी माँ को प्यार करने का मतलब

दूसरों की माँ का अनादर नहीं होता। एकध्रुवीय न हो जाये ये दुनिया—इसलिए भी यह जरूरी है कि खिड़कियाँ खुली रहें। आवागमन बना रहे, ऐसा एक पुल-सा तैयार हो जिसके दोनों पाट एक ही वजन के हों! तीसरी दुनिया सम्पन्न-समृद्ध देशों से वही कह रही है जो कभी पोरस ने सिकन्दर से कहा था—"हमसे वैसा ही व्यवहार करो जो एक राजा दूसरे से करता है।"

इस नये अनुभवों के आलोक में पुराने अंग्रेजी लेखकों से मिलना शायद एक खिड़की-सी खोले। शेक्सपियर के बाद अब डिकेन्स के क्लासिकों तक आएँ? कैसे करें : छोटी गप्पबाज टिप्पणियाँ, उनकी केन्द्रीय पंक्तियों का पल्लवन वगैरह? 'पत्राचार विद्यालय' का एक मेरा तेजस्वी छात्र है, उसकी आर्थिक और सामाजिक स्थिति ऐसी नहीं कि वह शहर आकर सत्रान्त की कक्षाएँ भी कर सके। पर उसकी सूझ-बूझ अनूठी है। हर हफ्ते मैं उसको नोट्स के साथ एक वैयक्तिक पत्र भी ई-मेल कर देती हूँ। अगले साल वह बी. ए. (ऑनर्स) कर जाएगा। उसके लायक कैम्ब्रज में किसी छात्रवृत्ति का इन्तजाम कर सको तो कृतज्ञ होऊँगी। तुम्हारी टिप्पणी के लिए पत्राचार फॉरवर्ड कर रही हूँ।

अभिन्न,

मान्या

बिलासपुर, 19 मई, 2000

प्रिय बिल्लू,

घर में सब कैसे हैं? सिन्हा लाइब्रेरी जा पाये क्या? कौन-कौन सी किताबें मिलीं? तुमने डिकेन्स की केन्द्रीय विशेषताएँ पूछी हैं। कक्षा में पीछे बैठे लड़के जैसे तरह-तरह के कार्टून उगाह लेते हैं—प्रायः वैसे ही, तकरीबन डेढ़ सौ बरस पहले चार्ल्स डिकेन्स ने ये चरित्र अपने अनेक जीवन्त उपन्यासों में पात्रों की तरह उतारे।

पात्र शब्द का मूल अर्थ होता है बरतन। खाने-पीने पकाने के तरह-तरह के बरतनों की तरह नाटक या उपन्यास के पात्र भी होते हैं, जिनमें तरह-तरह के भाव-संवेग, विचार और मनोद्वन्द्व ऐसे ही खदबद करते हैं जैसे कि अदहन में पकता हुआ चावल! इन सबसे एक अलग तरह की खुशबू उठती है। ये सब कुछ से कुछ और हो जाने की प्रक्रिया का सजग साक्ष्य वहन करते हैं। इनकी इस गतिमयता में इनके होने की खुशी है।

दुख भी एक तरह की खुशी ही है—विक्रम के खेलवाड़ी वैताल की तरह डाल से उलटी लटक गयी खुशी! विक्रम के वैताल की तरह उपन्यास का हर दुख हमसे एक घनघोर-सी पहेली पूछता है। उपन्यास तो लिखे ही जाते हैं एक नैतिक-सी वर्ग-पहेली बुझाने की संतप्त मनोदशा में! ये दुख कन्धे पर लदे-लदे हमसे कुछ पूछा करते हैं, बार-बार धमकाकर कहते हैं कि जान-बूझकर इनका उत्तर नहीं दिया तो

सर टुकड़े-टुकड़े हो जाएगा और जो बूझ गये तो हम फिर वापस डाल पर। जिन्दगी ऐसी है तो आखिर ये ऐसी क्यों है—विडम्बनाओं से घिरी, अन्याय से लहालोट, विषम और फिर भी इतनी पुरकश, पुरदम, पुरनूर? अलग-अलग जीवन प्रसंग अलग-अलग काल खंड में अपने-अपने ढंग से ये ही पूछा करते हैं और जो जितना बड़ा लेखक होता है—उसकी कृति में साधारण जनजीवन, रोजमर्रा के प्रसंग, एकदम ही आप-जैसे या आपसे मिलने-जुलने वाले सामान्य लोगों की स्मृतियाँ, सपने, उलझनें और परेशानियाँ इतनी तन्मयता से चित्रित होती हैं, उनके भटकाव, आपसी रिश्ते, दुख-सुख और उनकी समवेत जीवन-दृष्टि, उनकी विषम जिन्दगी के सारे विशिष्ट क्षण, सारे मार्मिक प्रसंग इतने करीने से सजाए जाते हैं कि साधारण में एक असाधारण द्युति आ जाती है। कुछ लोग टूटी-फूटी चीजों से खूबसूरत पेपरमैशी के बरतन बनाते हैं—वैसे ही बरतन या पात्र साधारण जीवनक्रम से कुछ 'असाधारण' प्रसंग छाँटकर डिकेन्स-जैसे उपन्यासकार बना लेते हैं। साधारण में धारण करने या झेल लेने की ये जो अगाध क्षमता होती है—वो ही बनाती है उसको असाधारण। जीवन की विसंगतियाँ एक साधारण आदमी जिस धीरज से झेलता है और फिर जिस मनोबल से उनके विरुद्ध संघर्ष करता है—वे ही बनाते हैं उसे विशिष्ट और असाधारण—राजा-रानियों से भी ज्यादा ताकतवर, ईश्वर से ज्यादा उदात्त। कहानी और उपन्यास में मूल फर्क यह है कि कहानी कुछ पात्रों के आपसी साक्षात्कार पर फोकस करती है, उपन्यास एक पूरे युग की कहानी कहता है।

ह्यूमर क्या होता है : नन्हा-सा इतिहास

इंगलैंड में दो प्रतापी महारानियाँ हुई हैं—सोलहवीं शताब्दी में महारानी एलिजाबेद जिनके जीवन और मनोजगत के विराट अन्तर्द्वन्द्वों पर शेखर कपूर ने एक अच्छी फिल्म बनायी थी जो ऑस्कर अवॉर्ड के लिए नामांकित भी हुई। और उन्नीसवीं शताब्दी में महारानी विक्टोरिया जिनका भारत के स्वाधीनता संग्राम से जरा आँका-बाँका रिश्ता तो रहा, पर रिश्ते का यह आँका-बाँकापन इतिहास को एक नयी गति भी देता है और अंग्रेजी की यह उक्ति नये ढंग से रेखांकित करता है कि 'द रोड टु हेल इज पेण्ड विद गुड इंटेंशन्स' (सदिच्छाओं के मलबे से पटा पड़ा है नर्क का रास्ता)—जो भी जरूरत से ज्यादा ताकतवर हो जाता है, पशु-वृत्ति उसमें उभर ही आती है और फिर उसको उसकी औकात दिखाने के लिए होते हैं सारे जन-संग्राम।

इन दोनों महारानियों के समय इंगलैंड का सर्वाधिक अभ्युदय हुआ! राजनीतिक और औपनिवेशिक वैभव की बातें हम फिलहाल छोड़ें, कला-जगत् और उसमें भी साहित्य का यह उत्कर्ष-काल था। एलिजाबीदन नाटकों की तरह विक्टोरियन उपन्यास भी कई तरह के हैं—ऐतिहासिक उपन्यास, सामाजिक उपन्यास, अपराधी

वृत्तियों के आस-पास बुने, रहस्य-रोमांसपरक उपन्यास और घरेलू उपन्यास। दिन-दिन जटिल हुए जाते समाज में मनुष्य की स्थिति और उसके प्राथमिक अन्तर्द्वन्द्व टटोलते हैं ये उपन्यास। उपन्यास विधा का विकास ही हुआ औद्योगिक क्रांति, औपनिवेशिक प्रसार और उसकी नैसर्गिक घेरेबन्दियों के बीच वर्ग और नस्ल-चेतना, भौतिक एषणाओं की लहाहोट, तद्‌जन्य टकराहटों का जायजा लेने की इच्छा से! बीच-बीच में जुट जाती कामकाजी किस्म की ऑफिसियल फुर्सत के घंटे काट लेने की जरूरत के कारण भी यह विकास परवान चढ़ा! एक आसान मनोरंजन, कुछ सुपाच्य वैचारिक स्फुलिंगों से यह कामकाजी फुर्सत तर करने की मनःसामाजिक जरूरतें और प्रशासन के द्वारा प्रचार-प्रसार के आसान तरीकों का विकास भी उपन्यासों की लोकप्रियता का कारण है।

शेक्सपियर के अलावा एलिजाबीदन युग के दो और बड़े नाटककार हुए—मार्लो और बेन जॉन्सन! शेक्सपियर से ज्यादा चार्ल्स डिकेन्स उनके नजदीक पड़ते हैं। उन्होंने 'ह्यूमर' चरित्र दिये। पुरानी अंग्रेजी में ह्यूमर का अर्थ वह नहीं था जो अब है। भारत में भी अलग-अलग लोगों के शरीर और मन 'क्षिति जल-पावक-गगन-समीर' के अलग अनुपातों से गढ़े गये माने गये हैं। करुणामय लोगों में जल तत्व ज्यादा, व्यावहारिक प्रज्ञा वाले लोगों में मिट्टी ज्यादा, जिन्दादिल, आवेशपरक लोगों में अग्नि या पावक ज्यादा, अगाधमना लोगों में समीर या हवा का आधिक्य, आध्यात्मिक लोगों में गगन-तत्व ज्यादा हमारे यहाँ भी माना जाता रहा है। ये तत्व पश्चिम में 'ह्यूमर' कहलाते थे और मुख्यतः चार थे ह्यूमर। आयुर्वेदाचार्यों की तरह एलिजाबीद भी मानते थे कि आदमी की देह में चार तरल तत्वों का प्राधान्य होता है। यदि किसी कारण इनका अनुपात बिगड़ा और किसी एक तरल (ह्यूमर) का अतिरेक उभरा तो दैहिक स्वास्थ्य, मानसिक सन्तुलन, स्वभाव और चारित्रिक वैभव में भी कमी आ जाती है। अतिशय कफ मनुष्य को सुस्त और कायर बनाता है, अतिरिक्त रक्त हँसमुख और प्रेमपगा! अतिशय पीत-पित्त का व्यक्ति चिड़चिड़ा, अधीर और जिद्दी होता है और अतिशय श्यामपित्त का व्यक्ति होता है उदास और अकर्मण्य दार्शनिक! अतिरेक मनुष्य को हास्यास्पद तो बनाता ही है, शायद इसी की खातिर बाद के वर्षों में 'ह्यूमर' 'हँसी' के साथ रूढ़ हो गया।

अगले पत्र में अंग्रेजों के हास्य-बोध की परम्परा से परिचय कराऊँगी। जे. एन. यू. में मेरे साथ जो आशिष मुखर्जी पढ़ते थे, इन दिनों सोआस विश्वविद्यालय में हैं। मैंने उनसे तुम्हारे लिए भी कोई छात्रवृत्ति देखने को कहा है। जी लगाकर पढ़ो।

सस्नेह,

मान्या दी

बिलासपुर
21 मई, 2000
प्रिय बिल्लू,

बाबा का स्वास्थ्य कैसा है? पिछले असाइनमेंट पूरे किये? तो आगे की बात सुनो।

उपनिवेश रह चुके भूखंडों में 'साहब' शब्द हमेशा से क्रूरता की पूँछ छूती तटस्थता, भयंकर कुरमुरे रुआब और मरणप्रेरक अखंड गम्भीरता का पर्याय रहा है। ई. एम. फोर्स्टर, कमला मार्कंडेय आदि के उपन्यासों में आदर्श का बटनतोड़, चुस्त जामा पहने डॉक्टर किनिंग्टन आदि चशेयर कैट सदृश चरित्रों के दर्शन होते हैं, पर मुक्त भाव से हँसता हुआ उन्हें कभी नहीं दिखाया जाता। वे हमेशा ही इतने तनावग्रस्त दीखते हैं जितने स्टार ट्रैक के बंदे। अपने प्रिंस कोट की धूल झाड़ते हुए वे किसानों, टी स्टेट के मजदूरों, मुन्नू जैसे घरेलू नौकरों और 'फालतू' कहलाने वाले रिक्शा चालकों से अभिमुख दीखते हैं। उनके मन में इस महाप्राण भारत के उद्धार की बातें तो हैं पर वे भारतीयों से सहज कभी भी दीख नहीं पड़ते! अतिशय गाम्भीर्य का लेप दरअसल एक मढ़ा हुआ पोज, एक गढ़ा हुआ तेवर ही कहा जाएगा। पर अपने सहज क्षणों में इतने भयानक नहीं होते अंग्रेज, पूरा अंग्रेजी साहित्य इसका प्रमाण है कि इन्हें खुद पर हँसना आता है और जीवन की सूक्ष्मतर विडम्बनाओं पर इसकी पकड़ भी ठीक-ठाक ही है।

चेखव की एक कहानी है—'क्लर्क', जिसका नायक सिर्फ इस दहशत में कुर्सी पर बैठा-बैठा मर जाता है कि सर्कस में ठीक उसके आगे बैठे बॉस के कान उसकी (लाख रोकने पर भी निकल पड़ी) छींक के अटपटे धमाके से लाल हो गये—से दीखते हैं; और जेन ऑस्टेन के 'प्राइड एंड प्रेजुडिस' में भी अतिशय सौहार्द के मारे एक ऐसे पात्र के दर्शन होते हैं, गली में जिसकी ओर एक सम्भ्रान्त देवी जितनी बार देखती हैं, उतनी बार मारे एहसान के गीला हो-होकर अभिवादन में धरती से समकोण बनता हुआ वह झुक-झुक पड़ता है।

सन्तुलन-विपर्यय (इन्कॉन्ग्रुइटी) जिसे हास्य का मूल मानते हैं—दो स्थितियों में यहाँ मुँह उठाये खड़ा है, मगर यह कहने की आवश्यकता नहीं जान पड़ती कि पहली स्थिति सामाजिक विडम्बनाओं पर कटाक्ष करती हुई हमें सहज ही करुणास्नात करती है, दूसरी स्थिति व्यक्ति से व्यक्ति के स्तर पर चुटकी लेती हुई हमें हँसा देती है। आयरॉनिक विजन और शुद्ध हास्य की स्थितियाँ जल्दी में एक दूसरे का कन्धा छूकर दो दिशाओं में दौड़ पड़ने वाली, बस स्टॉप की मसखरी सहेलियाँ हैं और इनके गन्तव्य बिल्कुल अलग हैं।

अंग्रेजी साहित्य हास्य और आयरनी—दोनों ही प्रसंगों से पटा पड़ा है क्योंकि

पश्चिम में 'करुणा रसो रसः' नहीं, साहित्य 'सच्चिदानन्द सहोदर' के अलावा वैचारिक/सामाजिक विडम्बनाओं का सौतेला भाई है जिसे हर प्रसंग पर विसंगतियों से डटकर लड़ना है, हील-हुज्जत करनी है, खूब मखौल उड़ाना है इसका और जब-तब स्वयं पर भी हँस पाने की हिम्मत रखनी है क्योंकि हँसने वाला स्वयं हर बुराई से ऊपर उठा सेंट फ्रांसिस नहीं होता।

प्राचीन भारतीय साहित्य में चुटकी की परम्परा तो है, हास-विलास है, विदूषक हैं पर विकट व्यंग्य या लम्बी टाँगखिंचाई की परम्परा नहीं के बराबर है क्योंकि आस्था 'ईश्वर के दरबार में देर है अँधेर नहीं' का मंत्र जपती हुई न्याय की शुभ घड़ी की अनन्त परीक्षा में आँखें मूँदे बैठी रहती है और बड़ा से बड़ा हास्यास्पद प्राणी, बड़ी-से-बड़ी हास्यास्पद व्यवस्था उसे मखौल उड़ाने लायक लग नहीं पाती क्योंकि "आखिर तो वह विधाता का ही अंश है। समय से सब ठीक हो जाएगा, दिल से कोई बुरा नहीं होता, सब परिस्थितियों का फेर है" आदि-आदि प्रसिद्ध आप्त वाक्य उसके दिमाग में गुड़-गुड़कर ऐसे डबकते रहते हैं जैसे कम पानी में चावल।

अंग्रेजी में मियाँ चौसर से लेकर जोरोम के जेरोम तक व्यंग्यपरक खिलखिले साहित्य की जो लम्बी परम्परा रही है, उसे दो धाराओं में विभक्त किया जा सकता है–स्थितिजन्य हास्य की चार धाराएँ हैं–1. पैराडॉक्स 2. विटी एपिग्राम 3. वेथॉस और 4. मेलाप्रॉज्मि, स्पूरिज्म आदि आइडोलेक्ट। कभी-कभी स्थितिजन्य हास्य उक्तिजन्य हास्य के साथ गलबहियाँ डाले चलता है तो हास्य की एक तीसरी स्थिति सामने आती है जिसमें पूरी की पूरी विधा ही हँसी के ताल पर थिरकती है–बर्लेस्क की इस स्थिति के चार प्रसंग हो सकते हैं–मॉक एपिक, पैरोडी का ह्यूडिब्रैस्टिक काव्य तथा ट्रेवेस्टी। ट्रेवेस्टी पैरोडी का ही सस्ता, जरा सड़कछाप रूप होता है पर होता उसमें वही है जो पैरोडी में। किसी स्थापित कृति के तर्ज पर हल्की-फुल्की हास्य-प्रेरक बातें कह दी जाती हैं, जॉन फिलिप्स का 'एपिटाफ ऑफ अस्प्लेंडिड शिलिंग', मिल्टन के 'पैराडाइज लॉस्ट, की कैलीग्राफी पैरोडी है, फील्डिंग की 'रौमेला' रिचर्डसन की पैमेला की विषयगत पैरोडी। वर्ड्स्वर्थ की प्रसिद्ध लूसी शृंखला 'शी ड्वेल्ट अमिड्स्ट अण्ट्रॉडेन वेज' की हार्टले कॉलरिज ने मजेदार पैरोडी की थी :

'ही लिव्ड अमिड्स्ट अण्ट्रॉडेन वेज
टू राइडल लेक्स दैट लीड
अबार्ड हूम देयर वेयर नन टू प्रेज
ऐंड वेरी फ्यू टु रीड'

'ह्यूडिब्रैस्टिक' कविता का शीर्षक सैमुएल बटलर की 'ह्यूडिब्रेस' जैसी प्रेरणाप्रद कविताओं से मिलता है जो पोंगापंथीपन की धज्जियाँ मजे में उड़ा लेती हैं। मॉक एपिक कविताएँ तो महाकाव्योचित ढाँचे में हल्के प्रसंगों और चरित्रों को ऐसे हास्यास्पद ढंग से घुसेड़ती हैं जिससे उनका बेजान कठमुल्लापन और उभरकर सामने

आये। पोप की 'द रेप ऑफ द लॉक' और टॉमस ग्रे की 'ओड ऑन द डेथ ऑफ अ फेवरिट कैट' इसी श्रेणी की मजेदार रचनाएँ हैं। डिकेंस के 'ओड ऑन ऐन एक्सपायरिंग फ्रांग, का कहना ही क्या।

पुराने दरबारों में तुतला-हकलाकर कुबड़े-बौने हास्य गीत गाते थे, अंग्रेजी साहित्य में कभी-कभी संतरी (डॉगबेरी-शेक्सपियर) बुड्ढी बुआएँ (मिसेज मैलाप्रॉप-शेरिडन) अपने अद्‌भुत शब्द विन्यास से अजाने ही हँसा देती हैं। अर्थ बिना समझे ही (गलत सन्दर्भ में) बड़े-बड़े धाँसू शब्द ठूँसकर अपनी विशिष्टता रेखांकित करने की उछलकूद का नाम है, मेलॉमाप्रॉपिज्म जैसे–'वाइज अरेंजमेंट ऑफ एपिथेट्स' कहना हो और कोई ध्वनिसाम्य और आधारभूत अज्ञान के कारण कह जाएँ 'नाइस डीरेंजमेंट ऑफ एपिटाफ्स' तो कैसा अर्थ का अनर्थ हो।

जहाँ तक बैथॉस का प्रश्न है, वह है पैथॉस का सौतेला भाई। गुब्बारे की तरह बहुत फूला हुआ प्रसंग धीरे-धीरे पंक्चर होकर हवा की फुहार-सी छोड़ता हुआ फुस्स बैठ जाए तो हास्य का जो आलम होता है वही है बैथॉस। खोदा पहाड़ और निकली चुहिया वाली स्थिति। बायरन के डॉन जुआन में नायक के पिता का वर्णन कुछ ऐसा ही है :

'इससे बड़ा बहादुर चढ़ा न घोड़े पर
या चढ़कर उतरा नहीं, बात तो एक हुई।'

चौंकाकर, चुँधियाकर, तहाकर, चमत्कारपूर्वक थोड़े में घुमाकर जब बड़ी बात कह दी जाए–विट् की स्थिति उत्पन्न होती है। सीधी उक्ति अचानक ही ऐसा चमत्कारी मोड़ लेती है कि आदमी हँस पड़ता है। फिडिक गुइडेला कैसे विटी ढंग कहते हैं–'इतिहास सदा अपने को दुहराता है और इतिहासकार एक-दूसरे को।'

और पैराडॉक्स की परिभाषा चेस्टरटन करते हैं कि सच जब सिर के बल खड़ा हो ले, एक झलक में अटपट दीखे, गौर करने पर दपदप–पैराडॉक्स वहाँ करता है गुदगुदी, पूरा मेटा-फिजिकल साहित्य इससे भरा पड़ा है। सबसे प्रसिद्ध पैराडॉक्सिकल सॉनेट है मृत्यु को निवेदित।

'जरा-सी झपकी लगेगी, आँख फिर मेरी खुलेंगी
मैं नहीं मूँदूँगा आँखें, मौत को आएगी मौत।'

सोलहवीं सदी में शेक्सपियर और डन, सत्रहवीं सदी में ड्रायडन, अट्ठारहवीं सदी में पोप, कॉन्ग्रीव और शेरिडन, उन्नीसवीं सदी में बायरन, वाइल्ड, शॉ, प्रीस्टले और चेस्टरटन–इतनी सारी घंटियाँ टन-टना टन बजाकर समारोह-सा मचा डालती हैं और बीसवीं सदी की विश्वयुद्धोत्तर भयाक्रांतता के बावजूद अंग्रेजी साहित्य डल या स्पन्दनहीन नहीं हो पाता।

चॉसर का साहित्य चौदहवीं सदी की इंगलैंड का साहित्य है। ऐसे चुटीले प्रसंगों और अश्लीलप्राय प्रैक्टिकल जोक्स से पटा पड़ा है चॉसर का साहित्य कि 'अरेबियन

नाइट्स' भी मात खाये। हाँ, 'अश्लीलता' का एक मकसद है, इसलिए यह खटकती नहीं। सौ वर्षों तक लगातार फ्रांस से लड़-लड़कर और फिर तरह-तरह की बीमारियों (ब्लैक डेथ) से जूझ-जूझकर थक चले इंगलैंड की आलस्य-भरी अँगड़ाई का प्रतिबिम्ब है यह। जब किसी देश की आबादी अचानक ही इस तरह गिर जाए कि उसे अपने अस्तित्व पर संकट आता दीख पड़े—यौन संवेदनाएँ (सन्तानोत्पत्ति की कामना) जगाने वाला साहित्य अश्लीलता के लिए दुत्कारा नहीं जा सकता—चाहे वह मिलर या 'वाइफ ऑफ बाथ' की गाथाओं-सा पेंचदार हो। चॉसर की बहुत बड़ी विशेषता यह है कि तथाकथित अश्लील प्रसंग भी हँसी ही जगाते हैं, जुगुप्सा नहीं।

रेनेसांसकालीन साहित्य की सबसे बड़ी विशेषता है मनुष्य को ईश्वर के समकक्ष ला खड़ा करने का जोश, ईश्वर से बराबर की दोस्ती—हाथ मिलाकर आत्मविश्वास से मुस्कुराने वाली दोस्ती। दुनियावी होना कलंक की बात नहीं—यह पहली बार बताया गया और दुनियावी व्यक्ति की अनन्त सम्भावनाओं में खुली आस्था प्रकट की गयी। फॉस्ट हो या टैमरलीन, मैकबेथ हो या हैमलेट, लियर या सीज़र—ओवररीचर सभी हैं, कुछ अनूठा कर गुजरने की बेचैनी सबको नाच नचाती है और उनकी त्रासदी चाहे जितनी भी गहन क्यों न हो—बीच-बीच में चुटकियाँ या कॉमिक इंटरल्यूड्स देने का अवसर शेक्सपियर कभी नहीं चूकते, और कामदियों की बात ही क्या। 'कॉमेडी ऑफ एरर्स' या 'अमिड समरनाइट्स ड्रीम' आदि में रूपान्तरण के गड़बड़झाला का स्थितिजन्य हास्य है तो 'मच अडू' आदि में बेनेडिक, बिएट्रिस की शाब्दिक हाथापाई (रिपार्टी) अनूठी है।

'बेनेडिक, लगातार बोल रहे हो तुम, पर सुन तो तुम्हें कोई रहा नहीं।'

'ओहो, बिएट्रिस! तुम! जिन्दा हो अभी।' और हेनरीफॉर्थ का फॉल्सटाफ तो जैसे हास्यावतार की हर शर्त पूरी करता हुआ कहीं-न-कहीं हमारे अपने भीतर के फॉल्साफ को सिर के बल खड़ा कर डालता है। इसके विपरीत बेन जॉनसन के पात्र जितना हँसाते नहीं, उतना कोंचते हैं।

और डन के विषय में तो जितना कहें, कम है। बोलचाल की ओजस्वी भाषा में बेबाक, तर्कसंगत बातें करता हुआ डन सिद्धहस्त बुनकर की तरह धरती-आकाश के दो पाटों के बीच जल्दी-जल्दी शटल चलाकर कोई भी सूत कहीं से कहीं मिलाता हुआ कविता की कंसीटों के इतने महीन और खुशनुमा बूटे काढ़ता है कि कबीर की चादर याद आ जाती है। साहित्य को मेटाफिजिकल कल्पना की सबसे बड़ी देन है वह सूक्ष्मदर्शनी दृष्टि जो बाहरी तौर पर अतुलनीय वस्तुओं के बीच भी संगति स्थापित करती हुई प्रमाणित करती है कि शुद्ध भावप्रवणता की स्थिति एक मिथ है। आदमी सच्चे मन से प्यार करते वक्त भी अपने बैंक बैलेंस के बारे में चिन्तित हो सकता है या नौकरी की जहमतों के बारे में! रेस्टोरेशन युग की मान्यता यह थी कि चरित्र की पाकीजगी बड़ी चीज नहीं होती, वाक्पटुता ही जीवन की सबसे बड़ी

उपलब्धि है। रेस्टोरेशन नाटककार नटखट नट-नटी के गर्वीले-चुटीले संवादों का वह समाँ बाँधते हैं जिसमें कव्वाली का मस्तानापन और स्कूली बच्चों के डिबेट की चुस्त ताजगी होती है। कॉन्ग्रीव और विचरले की परम सरस बतकट्टियों या रिपार्टीज का चलन परवर्ती 'कॉमेडी ऑफ मैनर्स' के जिन लेखकों पर है, उनमें वाइल्ड प्रमुख हैं। वाइल्ड की सरस 'वाइल्डनेस' के तर्ज पर चेस्टरटन और शॉ के पैराडाक्सेज और एपिग्राम्स खूब हैं जो नखरेदार विक्टोरियन मूल्यों की जमीन पर घिसटते गाउन की किनारी ढोने के बजाय बड़ी मर्दानगी से अपने कालर की क्रीज ठीक करते हैं। उनमें डन के स्ट्रांग लाइंस की तल्खी है। बाइबिल के तर्ज पर शॉ कहते हैं–'लव दाई नेवर, बट नॉट हिज वाइफ।'

पर उसके पहले तो हमें अट्ठाहरवीं शती के उन दिग्गज जौहरियों की बात करनी चाहिए जो कविता के नाम पर जड़ाऊ जरीकारियाँ करते थे : नग से नग, पत्थर से पत्थर का हिसाब गिन-गिनकर ऐसे बिठाते थे कि खूब झलर-मलर उक्तियाँ फूटें–परम सन्तुलित! सन्तुलन से बगावत करती हर हरकत के खिलाफ उबल पड़ने वाले पोप-ड्रायडन-स्विफ्ट देश की स्थिति का निश्शंक जायजा लेते थे और अपने रूपक दिनानुदिन किताबी ज्ञान के अक्षय भंडार के किसी भी अँधेरे कोने तक से उठा सकते थे। प्रेमी क्रौंचयुगल ही कहे जाएँ, कोई आवश्यक नहीं। ज्यादातर आर्किटाइपल प्रतीकों के तो मुलम्मे ही छूट गये हैं, इस तर्क पर डन प्रमाणपूर्वक अपने एक प्रेमगीत में प्रेमियों की कम्पास के दो टाँगों से तुलना करते हुए कहते हैं कि एक चल रहे, दूसरा अचल रहे, तो भी एकबद्धता टूटने की नहीं। हार्दिक तन्मयता या आध्यात्मिक लवलीनता विश्लेषणात्मक बुद्धि के कपाट यदि बन्द कर दे तो खंडित संवेदनशीलता वाली कविता का जन्म होता है। अच्छी कविता में हृदय और बुद्धि–दोनों रस्सी की तरह आपस में बँटकर एक मजबूत-सा सूत्र तैयार करते हैं और आदमी अपने से ऊपर उठकर अपने पर हँसने की तटस्थता पा जाता है–

'प्रिय की गोद में सोने की आशा के बिना / प्यार करना तो ऐसा है जैसे / समुद्री बुखार के लिए / कोई समुद्र के सफर पर निकल जाये!'

अट्ठारहवीं सदी के व्यंग्याचार्य हर रूमानी अतिरेक के विरुद्ध शायद इसलिए तनते थे कि क्रॉमवेल का रूमानी अतिरेक ही सिविल युद्ध का कारण बना था। कॉमन कल्चर, कॉमन गुड प्रेरित करने वाला प्रतिक्रियावादी साहित्य इसके बाद लिखा गया। दरअसल तब पूरे युग की ही माँग थी खांच-तराश (चेक एंड बैलेंस), इंगलैंड में संसद और चर्च भी दो टुकड़ों में बँटकर एक-दूसरे से 'चेक-बैलेंस' आजमाते रहे। हीरोइक कपलेट और तौल-तौल कर वाक्य खंड रखने वाली गद्यशैली भी फूँक-फूँककर कदम रखने पर विश्वास व्यक्त करते रहे। हम भारतीय त्रासदी से त्रस्त जरा जल्दी हो जाते हैं। 'जिस हाल में तू रखे तेरी बंदापरवरी है' का आलम। फुटबाल अगर अँगूठे की ठोकर पर रखनी भी है तो मुँह लटकाकर, नाक फुलाकर,

क्यों, हँसकर क्यों नहीं—कोई न कोई गोल बनाकर ही जिन्दगी का पिंड छोड़ता है आदमी!

इस सन्तुलन-प्रिय अट्ठारहवीं सदी के बाद फ्रांसीसी क्रान्ति और औद्योगिक क्रान्ति के प्रभाव में उभरा रोमैंटिक आन्दोलन जिसकी जनतांत्रिक चेतना आम लोगों के चरित्र, उनकी नियति और उनकी भाषा को अधिक तवज्जो देती थी और तवज्जो देती थी मनुष्य-मन की दुविधाओं को। लोग इस युग में कल्पना, मुक्ति आदि प्रवृत्तियों पर सोचते बहुत थे, पर दार्शनिकता इनके कन्धों पर ऐसी लदी थी कि हँसना भूल चुके थे।

उन्नीसवीं सदी के उत्तरार्द्ध में भी विज्ञान और धर्म की अलग-अलग विकासवादी व्याख्याओं से परेशान लोग कम ही हँसते यदि डिकेन्स के उपन्यासों के कार्टूननुमा चरित्र सामने नहीं आते।

शेष अगले पत्र में!

तुम्हारी,

मान्यता दी

बिलासपुर
19 जून, 2000
प्रिय बिल्लू,

अच्छा किया कि तुमने दिल्ली जाने के पहले मुझे फोन कर लिया। अब कैसे हैं बाबा? कितने दिन और एम्स रहना है? धर्मशाला में भी पढ़ाई हो सकती है, आदमी की कोशिशों में बड़ा बल है!...तो मैं अगले कुछ पाठ वहीं के पते से भेजूँगी।

डिकेन्स के अपने जीवन काल में लन्दन की आबादी करीब तीस लाख हो गयी थी। दिल्ली जैसे गर्भवती स्त्री की तरह फैली जाती है—थोड़ी गाजियाबाद की तरफ, थोड़ी गुड़गांव की ओर, लन्दन—उत्तर में हैमस्टीड, हाईगेट और कोंटिश टाउन की तरफ और दक्षिण में क्लैपहैम, ब्रिक्सटन, वैंड्सवर्थ और वाल्वर्थ की ओर फैल रहा था। 'ग्रेट एक्सपेक्टेशन्स' में वेमिक की मजेदार खोली इसी सब-सिटी में थी जिसे डिकेन्स हँसी-हँसी में 'अ कलेक्शन ऑफ बैक लेन्स, डिचेज ऐंड लिट्ल गार्डेन्स (पिछवत्ती गलियों, गड्ढों और छुटकू बगीचियों का पुलिंदा) कहते हैं। सिर्फ एक पीढ़ी पहले यानी फ्रांसीसी क्रान्ति के समय—यहाँ सोहो स्क्वायर में भेड़ें चरती थीं और आक्सफोर्ड स्ट्रीट के उत्तर में खेत लहलहाते थे।

जो स्थिति दिल्ली में विस्थापित बिहारियों की है—करीब-करीब वही स्थिति उजड़ रहे गाँवों से काम की तलाश में लन्दन चले आये (इंगलैंड और आयरलैंड के) निर्धन देहातियों की थी। जैसे आज दिल्ली के मेट्रो रेल का काम जोरों पर है, उस समय दुनिया की पहली रेल पटरियाँ लन्दन में हर तरफ बिछ रही थीं, नये-नये रेलवे स्टेशन बन रहे थे, उनके आस-पास तरह-तरह की दुकानें खुल रही थीं, दफ्तर भी। तरह-तरह के वैधानिक पेंच और चक्कर-सुलझाते-उलझाते वकीलों-दलालों और अपराधियों के तो पौ बारह थे। लन्दन पसर रहा था—एक गर्भवती स्त्री की तरह ही नहीं, एक मोटू सेठ की तरह भी—अन्तर्राष्ट्रीय क्षितिजों तक बिछी उसकी औपनिवेशिक चकरचालों का पार-घाट ही नहीं था।

इन तमाम गतिविधियों के किनारे विस्थापितों की वह कातर कतार भी थी जिनके श्रम का दोहन तो भरपूर था, पर जिनकी स्थिति दूध की मक्खी या कबाब

की हड्डी से भी ज्यादा अवांछित करार दी गयी थी। वे बात-बेबात हिकारत सहते-पेट की मार तो सहते ही! गरीबी और अपमान—दुनिया की ये जो दो मूलभूत समस्याएँ हैं—उससे उपटाया पड़ा था इनका जीवन। ये 'रूकरीज' कहलाते—कौओं का झुंड। जैकब—आईलैंड, सेवेन डायल्स-जैसी झुग्गियों में तीन हजार विस्थापित सात-आठ सौ घरों में कोंच दिये गये थे। एक बार एक घर में आग लगी तो 37 स्त्री-पुरुष-बच्चे जलकर राख हो लिये—वे एक ही कमरे में रह रहे थे। उन सबका संयुक्त धन था—एक शिलिंग। मजदूरी, अपराध और वेश्यावृत्ति किसी तरह मिल-जुलकर इनकी नैया खेते मगर कब तक? जल्दी ही इनका बेड़ा गर्क हो जाता। बकरे की माँ कब तक खैर मनाती? भूख और भ्रष्ट पुलिस के अलावा जो महामारियाँ इन्हें ले उड़तीं—उनमें प्रमुख थीं स्मॉल पॉक्स, टाइफस और हैजा। इन बीमारियों का मुख्य कारण गन्दे नाले और दूसरे औद्योगिक कचरे थे। पुटनी और ब्लैकवाल के बीच 369 नाले टेम्स नदी में अपना कूड़ा (और अपना सर) पटक देते थे—बूचड़खानों की रुधिर-मांस-मज्जा और फैक्टरियों का कोलतार। कादो-किचकिच वगैरह यहीं आकर रौद्र तांडव मचाता और यहीं आकर जमा होते कूड़ा बेचने वाले बच्चे जो 'मुडलार्क कहलाते! कूड़ा हटाकर विक्रय-योग्य छोटे उत्पादों की जगह निकालना इनका मुख्य व्यवसाय होता और भूख की मार ऐसी कि मौका देखकर वे उन बोरियों से कोयला भी चुराते जो उनकी नाजुक-सी पीठ पर चंद सिक्कों की खातिर गाहे-बगाहे लाद दी जातीं। भारत के बाजारों में आज भी ऐसे बाल-मजूर चन्द सिक्कों की खातिर जहाँ-तहाँ मिल जाएँगे तुंदीली शॉपिंग बैग्स ढोने को प्रस्तुत।

ऐसे ही लोगों के अन्तर्जगत में डिकेन्स की दिलचस्पी थी क्योंकि उनका आरम्भिक जीवन ऐसे ही लोगों के बीच बीता था। ओलिवर ट्विस्ट में लन्दन के स्तब्ध-जीवन का एक रेखाचित्र तुम्हें अपने ही शहर की किसी झुग्गी झोपड़ी में जनता फ्लैट्स की याद दिला देगा :

The ways were foul and narrow; the shops and homes wretched and people half naked, drunken, slipshod and ugly, alleys and arches, like so many cesspools, disgorged their offences of smell and dirt and life upon the streets; and the whole quarter reeked with crime and filth and misery.

अन्य परेशानहाल अपराधी

1851 में डिकेन्स के समकालीन, हेनरी मेह्यू ने एक सर्वेक्षण के आधार पर लिखा था कि सिर्फ लन्दन में वेश्याओं की संख्या 80,000 है। लो गर्ल्स, बोर्ड लॉजर्स, सेलर्स विमेन, डॉली मॉप (बाल-किशोरी वेश्या) आदि अलग-अलग श्रेणियों में बँटी ये स्ट्रीट वॉकर्स सिर्फ गरीब इलाकों में धन्धा करती हों, ऐसा नहीं था। रीजेंट स्ट्रीट और हे मार्किट

आदि चकाचौंध-भरे धनाढ्य इलाकों में भी कई ऐसे फ्लैश हाउसेज थे—सराय और मॉटल के बीच की चीज जहाँ स्त्रियाँ भी अच्छे भोजन की तरह परोसी जा सकती थीं और बाद में उनके साथ सलूक भी वही होता था जो गींजे-मींसे उच्छिष्ट भोजन के साथ—फेंको-फेंको हटाओ-हटाओ, रात गयी, बात गयी, लुका-छिपी, हाय-हाय!

डिकेन्स ने अपने साहित्य में किसी वेश्या का चरित्र तो नहीं उठाया, पर वेश्याओं को जो जहालत, गरीबी, गिंजन और बीमारियाँ जल्दी-जल्दी बूढ़े और कमजोर होते शरीर पर झेलनी होती हैं, उनके प्रति उनके सरोकार का प्रमाण है 1864 में एंजेला बुरईस को 'उराइन कॉटेज' की स्थापना के लिए दिया गया भरपूर सहयोग। सिफड्र्स बुश में चलने वाले इस पुनर्वास-कार्यक्रम से डिकेन्स को आशातीत सफलता की उम्मीदें तो नहीं थीं, पर यह वे यकीनन चाहते थे कि वेश्याओं को भरपूर चिकित्सा और सहानुभूति मिले और उन्हें आस्ट्रेलिया भेज देने की व्यवस्था हो—आस्ट्रेलिया यानी ऐसा भूभाग जहाँ उनका अतीत उनका पीछा न करे और आराम से किसी से विवाह कर एक व्यवस्थित जीवन वे जी सकें।

चोर-उचक्कों, मवालियों, पॉकिटमारों और दूसरे अपराधियों के अन्तर्जगत पर डिकेन्स ने भरपूर लिखा। 'नाइट सीन इन लंडन' 1856 में छपी—उससे पहले एक रैडिकल पत्रकार की तरह और बाद में 'ओलिवर ट्विस्ट', 'ग्रेट एक्सपेक्टेशन्स' आदि उपन्यासों में अपराध जगत और उसके ऊहापोह, बृहत्तर समाज की अपराधियों के प्रति नैतिक जिम्मेदारी वगैरह डिकेन्स के मुख्य सरोकार रहे।

पुलिस स्रोतों के अनुसार लन्दन में करीब तीन हजार कलंकित घर थे जहाँ चोरी का माल पहुँचता था। वे 37 अपराधियों की शरणस्थली थे जिनका कि पुलिस (रॉबिन रेडब्रेस्ट्स, बोस्ट्रीट रनर्स) कुछ खास बिगाड़ नहीं पाते थे। 1829 में रॉबर्ट पीले जब होम सेक्रेटरी हुआ, पुलिसतंत्र में कुछ तत्परता आयी और फिर उसके ही नाम पर पुलिस के बुल्ले 'बॉबीज' या 'पीलर्स' कहलाने लगे।

पीले के वक्त पुलिस तंत्र तो सुधरा पर न्याय व्यवस्था उतनी ही लचर और भ्रष्ट बनी रही और खासी हृदयहीन भी! 'ग्रेट एक्सपेक्टेशन्स' में लिट्स ब्रिटेन और जैगर के चरित्र इसके गवाह हैं। न्यूगेट जेल में कैदियों की ऐसी दुर्गति होती थी कि देखने वालों की आँखें निकल आयें। मृत्युदंड सार्वजनिक दृश्य का विषय था। तर्क यह कि डरकर रहेगी जनता कि कानून तोड़ा तो ये ही दंड झेलने होंगे। पर जनता की खातिर तमाशा ही होता यह सब! हॉर्समांगर लेन में 1849 की एक सुबह जार्ज मैंनिंग और उसकी पत्नी का सर धड़ से जो अलग हुआ, 30,000 लन्दनवासी उन्हें घेरकर खड़े थे—करीब-करीब वैसे ही जैसे कोई नाटक देखने आये हों! कुछ ने सीटियाँ भी बजायीं। और 'लन्दन टाइम्स' को इसी रात डिकेन्स ने एक पत्र में लिखा—"यह दृश्य इतना भयावह था कि मुझको लगने लगा कि यह लन्दन शैतानधाम तो नहीं।"

अपने बचपन में लन्दन की सड़कों पर डिकेन्स ने सचमुच के तमाशे भी देखे थे—गाते-बजाते लोग, जोकर और कलाबाज, नर्तक और अभिनेता। उनसे भी लन्दन की सड़कें खाली नहीं थीं। ये लोककलाकार और फेरीवाले अभी भी लन्दन के हर बाजार की शोभा थे। तरह-तरह के कोच, प्राइवेट कैरेज, हैकने कैब, कार्ट और वैगन पैदलचारों का रास्ता काटते, सड़कों की खदबद बढ़ाते! डिकेन्स की खातिर यह दृश्य विधान जादू की लालटेन का काम करते, इससे ही उनमें लिखने का स्पन्दन जागता। इटली के अपने अभिन्न मित्र जॉन फॉर्स्टर को उन्होंने लिखा—वॉटरलू ब्रिज की धमा-चौकड़ी में सुबह आठ बजे उतर जाता हूँ और वहाँ कुछ ऐसा जग जाता है कि हाँफता हुआ लौटता हूँ घर, लगता है तुरन्त ही कुछ लिखना जरूरी है।

बाद के वर्षों में जब डिकेन्स ने डेवानशायर टेरेस की अपनी शानदार इमारत खरीदी या टेवीस्टॉक हाउस खरीदा, उनके भीतर कुछ सो-सा गया! वहाँ के फैशनबाज शॉपिंग केन्द्र—फॉर्टनम और मैसन—उनके भीतर कुछ भी उकसा नहीं पाते।... धीरे-धीरे पूरा लन्दन ही व्यवस्थित होने लगा, 1858 की ग्रेटस्टिंक दुर्घटना के बाद शहर की सफाई भी सुधरी! मॉडल हाउस परियोजनाएँ स्लम क्षेत्रों में भी रंग दिखाने लगीं। राजा से रंक, रंक से राजा बनाती 'बूम और स्लम्प' की उठा-पटक व्यावसायिक दुनिया का नवीनतम सच बनकर सामने आयी! डिकेन्स के परवर्ती उपन्यासों की एक बड़ी थीम यह भी है। डिकेन्स के समकालीन, वॉल्टर बेंजामिन, ने तभी तो लिखा, आने वाले वर्षों के लिए लन्दन का चप्पा-चप्पा डिकेन्स ने एक विशेष संवाददाता की तरह ही खोला।

लन्दन के चॉपहाउस, जेल और विस्थापित, मयखाने, अपराधजगत, घुड़दौड़ और क्रूर अर्थतंत्र का सामाजिक रिश्तों पर आँका-बाँका-सा प्रभाव : ये ही थे चार्ल्स डिकेन्स के विषय। थैकरे ने कुलीनों पर लिखा और गैर-रूमानी ढंग से, डिकेन्स ने गरीबी पर, और किसी भावुक व्यक्ति की तरह। वे यह भी मानते थे कि परिस्थितियों के दबाव में ही कोई अपराधी या विपथगामी होता है। और कोई 'अनूठा' पैदा नहीं होता। डिकेन्स ने गरीबी के चेहरे की एक-एक झुर्री पहचानी और अन्त तक उनका रूमान गया नहीं। इसका मतलब ये भी नहीं कि बेकार की भावुकता उनमें खचाखच थी, उनका ह्यूमर था उनकी भावार्द्रता की काट! कुल मिलाकर उनमें वह 'मैड ग्लैमर' (मलंग चकाचक) तो था ही—शेक्सपियर वाली अगाधता और जीवन के एक पक्ष में रस लेने वाली अद्भुत दृष्टि भी। कड़क दीदी और (मस्त लोहार) जीजाजी के घर पल रहे अनाथ बच्चे पिप की यह उक्ति देखो!

I was always treated as if I had inisisted on being born, in opposition to the dictates of reason, religion, and morality, and against the dissuading arguments of my best friends.

अच्छा बिल्लू, अगली बार से कुछ जादू होगा।! डिकेन्स के कुछ महत्त्वपूर्ण उपन्यासों के चरित्र स्वयं तुम्हें पत्र लिखेंगे।

गिली-गिली गप्पा छू!... उदास मत हुआ करो! पिछले फोन में तुम्हारी आवाज डूबी हुई लगी! जिसे सबको उबारना हो, उसे खुद डूबने की फुर्सत नहीं होती, बचवा!

अच्छा तो अगले हफ्ते तुम डेविड कॉपरफील्ड के पत्र की प्रतीक्षा करना।

सस्नेह,

दीदी

डेविड कॉपरफील्ड : एक वंचित बचपन का सयाना बाँकपन

प्रिय बिल्लू,

आज से तुम्हारी गर्मी की छुट्टी शुरू हुई। तुम लाइब्रेरी गये और धूल भरे शेल्फ से मेरी कहानी उठा लाये। पर अभी दस पृष्ठ ही पढ़ पाये थे कि नींद आ गयी तुमको! छाती पर पुस्तक खोले-खोले तुम सो गये। तुम्हें घर के काम भी करने पड़ते हैं, बिल्लू! माता-पिता के झगड़े भी सुलझाने पड़ते हैं। मैं समझता हूँ तुम्हारी थकान! इसलिए मैंने तय कर लिया है कि तुमको खुद अपनी कहानी संक्षेप में सुनाकर अपना परिचय दूँगा और दोस्ती का हाथ बढ़ाऊँगा। तुम्हारी अपनी भाषा में लिखूँगा कहानी और तुम्हारी नींद में पोस्ट कर आऊँगा। तुम चाहोगे तो अपने लेखक, चार्ल्स डिकेन्स की और भी कहानियाँ तुम्हें तुम्हारी नींद में पोस्ट कर दूँगा! तुमको तो सपनों में ही थोड़ी-सी फुर्सत मिलती है न! एक अच्छे दोस्त की तरह मैं तुम्हारे सपनों की सरहद लगातार बड़ी करता जाऊँगा। मेरा तुमसे एक सीधा रिश्ता तो यह भी है कि मेरा बचपन भी इतनी ही ज्यादा थकान, इतने ही ज्यादा तनाव में गुजरा है।

एक नन्हे से घर में तीन जन रहते थे—मैं, मेरी माँ और मेरी आया—पैगोटी! मेरी माँ उदास रहती थी, मेरे जन्म के ठीक छह महीने पहले मेरे पिता अचानक चल बसे थे—पर मेरा जीवन नन्ही-नन्ही खुशियों, नन्ही-नन्हीं उदासियों में ठीक-ठाक ही चल रहा था कि एक दिन...! पैगोटी मुझे अपने भाई से मिलवाने चारमाउथ ले गयी। पैगोटी के भाई ने नाव पलटकर एक घर बना लिया था। उस नाव वाले घर में दो हफ्ते मैंने मस्ती से गुजारे...लेकिन जब घर वापस आया तो पता चला, माँ की शादी मिस्टर मर्डस्टोन से हो चुकी है, जो माँ से मिलने कभी-कभी घर आते थे और अब वे अपनी बहन के साथ हमारे घर ही रहने लगे हैं।

जैसे हाथों से रेत फिसलती जाती है, धीरे-धीरे मेरे घर से घरपन ही चला गया। मैं और मेरी माँ अपने ही घर में बेगाने से हो गये। एक बार जब अतहतह हो गयी, मार की धमकी पर ही मैंने मिस्टर मर्डस्टोन का हाथ काट खाया। इसकी सजा मिली

यह कि कई दिन भूखे-प्यासे मुझे कमरे में बन्द रखा गया और उसके बाद मेरा दाखिला 'सलेम हाउस' नामक उस भयावह स्कूल में करा दिया गया जो स्कूल से ज्यादा एक कसाई-घर था। मिस्टर क्रीकल यहाँ के प्रिंसिपल थे और स्टीयर फोर्थ नामक सीनियर मेरा बॉसी प्रतिनायक वो मुझे प्यार भी करता था और तंग भी, औरों से मुझको बचाता था, पर खुद मुझ पर हावी रहता था। आत्ममुग्ध उस आत्मन् का चित्रण डिकेन्स ने ऐसे कराया है—मेरे ही मुँह से—

"There was one boy-a certain Steerford-who cut his name very deep and very often, who, I conceived, would read it in a rather strong voice, and afterwards pull my hair," (ch. 5. p.68)

उसकी माँ खुद ही मुझसे कहती थी कि 'सलेम हाउस' जैसे रद्दी स्कूल में उन्होंने उसे इसलिए डाल रखा है कि उसकी दबंग आत्मा जिस तरह के चमचों की चाह में हर वक्त व्याकुल रहती है, वे उसे वहीं मिलेंगे। गरीब बच्चों का स्कूल था न ये—जैसे तुम्हारे यहाँ नगरपालिका के स्कूल होते हैं—तुम्हारे अपने स्कूल जैसे स्कूल!

एक छुट्टी में मुझे पता चला कि माँ के एक और बेटा हुआ है, दूसरी छुट्टी में पता चला, माँ और उसका बेटा—दोनों ही गुजर गये। अब मुझे मिस्टर मर्डस्टोन आगे पढ़ने ही नहीं देंगे। बोतलों में शराब डालने वाली एक फैक्टरी में काम करके मुझे अपना पेट खुद पालना होगा।

सात शिलिंग प्रति हफ्ते में मैं अपना पेट पाल ही लेता। मिस्टर मेकाउबर नामक एक व्यक्ति के साथ मेरे रहने का इंतजाम मर्डस्टोन साहब ही कर गये। मेकाउबर साहब की हालत यह कि रहते तो वे हमेशा कर्ज में डूबे हुए—पर हमेशा उन्हें इसकी आशा बनी रहती कि जल्दी ही सब ठीक हो जाएगा, अभी कुछ बड़ा इन्तजाम हो जाएगा।

कर्ज न चुका पाने के जुर्म में ये सपरिवार जेल चले गये तो मैंने सोचा कि बेस्टी ट्रॉयवुड नामक अपनी बुआ का घर देखूँ। बुआ अपने घर में दीवाने डिक के संग अकेली रहती थी। कृपापूर्वक उन्होंने मुझको पनाह दी और मुझे कैंटरबरी पढ़ने भेजा। अपने विधुर वकील, मिस्टर वेकफील्ड, के घर मेरे रहने की व्यवस्था भी की जिनकी बेटी ऐग्ने मेरी समवयस्क थी। उरिया हीप नामक उनका किरानी बेहद महत्त्वाकांक्षी और काइयाँ इंसान था जिसके कुटिल चेहरे पर भोला-भाला दीखने की कोशिश एकदम फती नहीं थी। उसका तकियाकलाम था—'अरे कहाँ, मैं तो परले दर्जे का मूर्ख हूँ—मैं किताबों में चाहे जितना सर खपाऊँ, बड़ा वकील कहाँ बन पाऊँगा।'

ये मेरे जीवन के सुनहरे वर्ष थे। वेकफील्ड मुझे सुनहरी घड़ी, सुनहरी चेन पहनाकर शान से रखते थे। मेरी उँगली में सोने की एक अँगूठी थी। सत्रह बरस का होते-होते 'स्पिनलॉ ऐंड जॉरकिन्स' के दफ्तर में वकालत का प्रशिक्षण पाने मैं लन्दन आ गया।

कुछ ही महीने बीते होंगे कि ऐग्ने विकफील्ड का बुलावा मुझे मिला और मैं

उलटे पाँव भागा यह जानकर कि वेकफील्ड बीमार हैं और उरिया हीप न सिर्फ तरह-तरह के हथकंडे साध रहा है, ऐग्ने से शादी रचाने के ख्वाब भी देखने लगा है। इस बात पर उरिया हीप से मेरी हाथापाई भी हो गयी। मैंने उसे थोड़ा धमकाया भी तो मैदान छोड़कर भाग जाना ही तत्काल उसे श्रेयस्कर लगा।

लन्दन वाले स्पिनलॉ साहब की बेटी, डोरा, एक रात पार्टी में मुझे मंत्रमुग्ध कर गयी। उसका चेहरा इतना निष्पाप और कोमल था कि वह मुझे इस दुनिया की दीखती ही नहीं थी। मैं उसके साथ अधिक से अधिक रहना चाहता था, पर दिक्कत यह कि उसकी गवर्नेस मेरे सौतेले पिता की बहन, मिस मर्डस्टोन थीं जिससे मेरा बचपन से ही आतंक का रिश्ता था।

बाद के महीनों में उन्होंने मुझे आश्वस्त तो किया कि रिश्तों का पुराना खुरदरापन अब आड़े नहीं आएगा, वे हमारी दोस्ती में बाधक नहीं बनेंगी। पर पहला मौका मिलते ही उन्होंने हमारे गुप्त सम्बन्ध की शिकायत मिस्टर स्पिनलॉ से कर दी। और तो और, मेरी एक चिट्ठी भी यह कहकर उसके हाथों में पहुँचा दी कि डोरा का कुत्ता, जिब, इससे खेल रहा था। स्पिनलॉ साहब ने मुझे अच्छी फटकार लगायी और मुझे स्पष्ट आदेश दिये कि मैं डोरा से नहीं मिलूँ। मैंने अपने पक्ष में तर्क दिया और सोचा कि अगली सुबह उन्हें और मनाऊँगा।

पर अगली सुबह उनके जीवन में आयी ही नहीं। बिना किसी वसीयत के अचानक उसी शाम वे चल बसे और डोरा को उसकी बुआएँ लन्दन के दूसरे हिस्से ले गयीं।

इसके तुरन्त पहले मुझे एक धक्का यह लगा था कि बेट्सी बुआ का सारा धन डूब गया था, वे दाने-दाने की मोहताज हो गयी थीं, उनकी मदद के लिए स्पिनलॉ साहब से छुट्टी माँगी थी तो मिली ही नहीं थी।

शशोपंज की दोनों स्थितियों में ऐग्ने वेकफील्ड की सुस्थिर सलाहों ने मेरा मार्ग प्रशस्त किया। उसने सलाह दी कि स्पिनलॉ साहब की नौकरी छोड़े बिना मैं सुबह-शाम पार्टटाइम काम करूँ—कैंटरबरी के अवकाश प्राप्त हेडमास्टर डॉ. स्ट्रॉग के कोचिंग-सेंटर पर। और उस अतिरिक्त धन से बेट्सी बुआ की मदद करूँ। दीवाने डिक भी कानूनी नकल का काम शुरू कर चुके थे। अपने ढंग से बेट्सी बुआ के लिए धन उगाहने की कोशिश दीवाने डिक ने भी कर दी थी।

डोरा-प्रसंग में ऐग्ने वेकफील्ड की कारगर सलाह यह रही कि मैं डोरा की बुआओं से लगातार संवाद बनाये रहूँ। एक-न-एक दिन उनका मन पिघलेगा। वह पिघला—मेरा विवाह हो गया डोरा के साथ, जब अचानक मेरे पहले उपन्यास की चर्चा अखबारों में भरपूर हुई और लेखक के रूप में एक हजार पाउंड से भी ज्यादा की हैसियत में आ गया।

इस बीच एक बड़ी घटना और हुई—स्कूल के दिनों के साथी, टॉमी ट्रेडल्स की

प्रेयसी, मिस मेकाउबर मुझे अचानक मिली। यह उन्हीं मिस्टर मेकाउबर की बेटी थी जिनके घर अपने संघर्ष के दिनों में मैं रहता था।...अब वे वेकफील्ड और हीप कम्पनी में किरानी थे।...उन्होंने ही अलग बुलाकर यह रहस्योद्‌घाटन किया कि बेट्सी बुआ और वेकफील्ड साहब की तबाही का एकमात्र जिम्मेदार उरिया हीप है। सारा हेरफेर और चोरी उसने कबूली भी। मेकाउबर साहब की ही मदद से सारे पैसे वसूल कर मैंने उसे चलता किया।....फिर मेकाउबर परिवार के ऑस्ट्रेलिया-प्रस्थान में भी थोड़ी मदद कर दी।

डोरा से गृहस्थी के काम सँभलते नहीं थे, फिर भी हमारी जिन्दगी खुशहाल थी। नियति को यह भी मंजूर नहीं था। जल्दी ही वह बीमार पड़ी और उसकी जीवन-डोर टूट गयी। तीन-चार साल गहन शोक में गुजारे...फिर मेरे मन में शोक का स्थान एक थकित विस्मय ने ले लिया। मनुष्य से ज्यादा तो वह एक फूल, एक सितारा ही थी—ऐसा मुझे लगने लगा। सच्चे साथी की भूमिका तो हमेशा ऐग्ने ने निभायी। इस एहसास के साथ मैं डोवर गया—बेट्सी बुआ और पेगोटी—दोनों वहीं रह रही थीं। वहाँ से गया कैंटरबरी और ऐग्ने से अपनी अनुभूतियाँ बाँटीं।..आँसुओं की टिमकभरी आँखें ऊपर उठाकर उसने मेरा हाथ थामा और हम अपने नन्हे घर में बादशाहत का सुख लूटते हुए इस निष्कर्ष पर पहुँचे कि प्रेम और सच्चाई से बढ़कर कोई दौलत नहीं होती।...

देखो बिल्लू, अपने जीवन की कहानी संक्षेप में मैंने तुमको सुना दी—लेकिन इसका अर्थ यह नहीं कि तुम मूल पुस्तक बन्द की बन्द रहने दो। कम से कम निम्नांकित प्रसंग तो जरूर पढ़ लो, यह जानने के लिए कि डिकेन्स का विडम्बना-बोध कितना उत्कट था—पेगोटी के घर और सलेम हाउस (स्कूल) का वर्णन, ब्लकडरस्टोन में डेविड का अकेलापन, बेटे और नये पति के बीच का तनाव झेल-झेलकर टूटी जाती डेविड की माँ का दुचित्तापन, डोरा का नतनयन एहसास कि गृहस्थी के काम सँभाल पाना उसके बस में नहीं।

नामालूम-से एहसासों और सारे धमर-धमर के बीच भी जीवन सुन्दर तो है ही।

तुम्हारा,

डेविड कॉपरफील्ड

प्रिय बिल्लू,

तुम्हारे और डेविड के बीच मुंड घुसाकर मैं तुम्हें आज फिर से एक पाठ भेज रही हूँ।

'हाय, मैं तो साहब बन गया'–सिंड्रोम और डिकेन्स

दिलीप कुमार की दो प्रसिद्ध फिल्में थीं जिनमें एक गरीब आदमी के साहब बन जाने की प्रक्रिया अपनी पूरी दुरूहता में दर्ज है। पहली फिल्म का नाम याद नहीं, पर उसका एक गाना उद्धृत कर रही हूँ :

> "साला, मैं तो साहब बन गया!
> साहब बनके कैसा तन गया।
> ये सूट मेरा देखो, ये बूट मेरा देखो
> जैसा गोरा कोई लंडन का!"

दूसरी प्रसिद्ध फिल्म मजदूर नेता 'सगीना महतो' के जीवन पर आधारित थी और उसका जो गाना मेरे बाल-मन पर अपनी छाप छोड़ गया, कुछ इस तरह शुरू होता थाः

> "आग लगी हमरी झोपड़िया में–
> हम गावैं मल्हार!
> देख भाई, कितने तमाशे की
> जिन्दगानी हमार!,
> मेरा बेटा ललुआ खाएगा रोटी बासी
> बड़ा होकर बनेगा साहब का चपरासी।
> खेल-खेल-खेल, माटी में होली खेल।
> गाल में गुलाल है, न जुल्फों में तेल–
> अपनी भी जवानी क्या है, सूना त्योहार!"

जब लालू प्रसाद यादव बिहार के मुख्यमंत्री बने–शुरू-शुरू में तो यह सोचकर मैं खुश ही हुई कि अपना प्रजातंत्र कहीं पहुँचा, एक गरीब आदमी के सपनों की

सरहद कुछ तो बढ़ी।

सपनों की सरहद बढ़ जाने और 'जेंटिलमैन' बन जाने के प्रश्न पर चार्ल्स डिकेन्स ने भी काफी लिखा है। उनके समय में वाद-विवाद के घेरे में था 'जेंटिलमैनलिनेस' का प्रश्न। हर विक्टोरियन उस पर सोचता जरूर था—ऐसे ही तनाव में जैसे हम आज नस्ल-जाति-धर्म आदि प्रश्नों पर सोचते हैं।

'ग्रेट एक्सपेक्टेशन्स' नाम का एक पूरा उपन्यास इस प्रश्न पर अपना चिन्तन व्यक्त करता है कि 'जेंटिलिटी' की सही परिभाषा क्या है? कौन है भद्रपुरुष, 'सजायाफ्ता' मैग्विच या हँसमुख लोहार, पाखंडी 'जैगर्स' और वैमिक या वॉप्सल या फिर पिप जो नागर जीवन के चकरचाल में फँसकर अपना सरल-सरस उद्गम ही भुला बैठा? भद्र महिला कौन है—नकचढ़ी एंस्टेला या भूताविष्ट (अतीत की जकड़नों में ही फँसी पड़ी) धनाढ्य वृद्धा, मिस हैविशम? या फिर सहज उदार, कर्मठ और धीर, अपनी गरीबी में भी मस्त बिडी और हर्बर्ट-पॉकेट वाली जोड़ी ही सही मायनों में भद्र कही जाए? तो क्या भलमनसाहत से पैसों का या शक्तितंत्र का कोई रिश्ता नहीं बनता? तो क्या 'सन्तोषं परम् धनम्' डिकेन्स का आदर्श था? तो क्या डिकेन्स को यथास्थितिवादी मानें? यदि गरीब आदमी अपनी स्थिति से सन्तुष्ट ही रहेगा, भलेमानुस की तरह सिर झुकाए गाता-गुनगुनाता, मीठा-मीठा बोलता हुआ या फिर चुपचाप 'काम' किए जाएगा तो बेहतर कैसे होगी उसकी स्थिति?

उस समय के मानववाद के असर में डिकेन्स को भी शायद ये लगता हो कि 'द क्रिसमस कैरेल' के खडूस लक्ष्मीपति की तरह धनिकों का दिल कभी-न-कभी तो पिघलेगा और वे अपने-आप अपने हउहत्थीपन शर्मिन्दा होकर गरीबों को उनके हिस्से का मान और मानदेय दोनों दे देंगे! एक अच्छे लेखक को चाहिए—उनको आईना दिखाये और शर्मिन्दा होने पर विवश करे। आईना दिखाने का काम पूरी ईमानदारी से उन्होंने किया—ऐसे कार्टूनी रेखाचित्र खींचे जो समसामयिक जनजीवन की विडम्बनाएँ एक 'स्ट्रोक' में ही उजागर कर दें।

'वेरी प्राउड...वेरी प्रिटी...वेरी इन्सल्टिंग।' एक पंक्ति में एस्टेला का चरित्र यह है।

कथाक्रम : उत्तरी केंट के एक हरे-भरे पर ऊँघते गाँव में पिप की कथा शुरू होती है। डिकेन्स इस गाँव की हरियाली को कच्चा 'कजियारा' और 'अदिम' कहते हैं—('रॉ...लीडेन...सैवेज')। अपनी दबंग-सी निःसन्तान दीदी और नेकदिल जीजाजी के घर पर अनाथ पिप हल्की-हल्की मस्त, हल्की-हल्की उदास जिन्दगी जिये जा रहा है।

क्रिसमस की एक शाम मृत रिश्तेदारों की कब्रगाह में वह बैठा है। कब्रों पर घास उग गयी है और उसे डर भी बहुत लग रहा है। रोने ही वाला है कि जेल से भागा हुआ एक दैत्याकार कैदी, मैग्विच सामने प्रकट हो धमकाता है कि उसको

कच्चा खा जाएगा यदि वह उसकी खातिर तत्काल खाने-पीने की कुछ चीजें नहीं लाया। घर से उसकी खातिर अपने हिस्से का ही खाना चुराकर वह लाता है...लोहार जीजा के झोले से जंजीर काटने की नहरनी भी...लेकिन अगले ही दिन वह कैदी फिर पकड़ा जाता है और बाजार में उसके आगे से दूसरी जंजीरें पहने हुए गुजर जाता है।

उस वर्ष शिशिरकाल में बगल के कस्बे की एक भुतही-सी हवेली से पिप का बुलावा आता है। जिसकी सेवा-टहल के लिए पिप की नियुक्ति होती है—वह मिस हैविशम अपने अतीत में गिरफ्तार एक अजीबोगरीब औरत है। ऐन शादी के दिन उसका प्रेमी उसको छोड़कर चला गया था। तकलीफ, चिढ़ और कड़वाहट का वही एक क्षण उसके पूरे व्यक्तित्व पर हावी है जिससे बाहर वह आना ही नहीं चाहती। शादी के जोड़े में मकड़जालों से लिपटी, शादी का केक लिए बैठी है। उसके घर की सारी घड़ियाँ रुकी हुई हैं। समय जम गया है उसके घर में! 'स्लीपिंग ब्यूटी' नामक परी कथा का एक प्रतिलोम 'स्लीपिंग अग्ली' (सोयी हुई कुरूपा) वह इसलिए बन गयी है कि समय के साथ चलने का धीरज उसने खो दिया है और विरूपता की प्रतिमूर्ति बनकर एक मर्द का बदला समूची मर्दजाति से लेने को कटिबद्ध है।

एक कुटिल योजना के तहत वह नन्हे पिप को अपनी पोषिता, रूपसी एस्टेला के आकर्षण-वृत्त में बँधवाती है और ऐसे सपने देखने को विवश करती है बेचारे को जिसकी पूर्ति उसके बूते के बाहर हो। एस्टेला की उपेक्षा और हिकारत उसे बार-बार उसकी औकात याद दिला देती है।...और दस महीने बाद जब वह अपने जीजाजी की शागिर्दी में लोहार ही बन जाने को 'अभिशप्त' हो जाता है—अचानक उसे पता चलता है कि किसी रहस्यमय स्रोत से उसे ढेर-सी सम्पत्ति मिलनेवाली है, और अब उसे पढ़-लिखकर 'जेंटिलमैन' बनने लंडन भी जाना है। अन्धा क्या चाहे, दो आँखें। उसको पूरा विश्वास है कि यह सारी व्यवस्था मिस हैविशम ने ही उसको अपना दामाद बना पाने की खातिर की है।

लंडन का रंग पिप पर ऐसा चढ़ता है कि बचपन के सब संगी-साथी बिसर जाते हैं। ठाठ-बाट का एक रंगीन जीवन जीता है वहाँ, पर भीतर से बेचैन भी है। एक मक्कार वकील, जैगर्स के हाथ में हैं उसकी सम्पत्ति के सारे कागज! पिप को यह जानने की उत्सुकता भी है कि उसका भाग्यविधाता आखिर है कौन!

सिद्धहस्त मिस्ट्री-लेखक की तरह डिकेन्स पिप के संग पाठक को पिप के सम्पर्क के एक-एक व्यक्ति के पास लिये चलते हैं कि ये भी हो सकता है, बिल्कुल हो सकता है, क्यों नहीं हो सकता, वह छुपा खिलाड़ी, 'रंक से राजा' तक का खेल घटित कर देने वाला।...और अन्त में जब पता चलता है कि वह छुपा रुस्तम कौन था, पिप के संग पाठकों के भी होश उड़ जाते हैं! (वह छुपा रुस्तम था मैग्विच) आत्ममन्थन के बाद पिप इस निष्कर्ष पर पहुँचता है कि 'पैसे वाले, खानदानी लोग तो शायद ही भद्र होते हैं। पैसे से भद्रता का कोई रिश्ता शायद ही होता है।

मैग्विच-जैसे तथाकथित अपराधी में भी हो सकती है मनुष्यता।...सही अर्थ में भद्र तो बिडी और हर्बर्ट पॉकेट-जैसे शान्त, कर्मठ किन्तु साधनहीन साथी हैं। विमिक-जैसे थोड़े से शहरातियों में अच्छाई के बीज हैं भी तो शहर उनका पूरा अंकुरण होने नहीं देता। अपने घर में वृद्ध माँ-बाप की संगति में तो विमिक 'साधु' रहता है, पर दफ्तर जाते ही एक अमानवीय मशीनी पुर्जा बन जाता है वह। यही हाल नाटक के शौकीन, वॉप्सल का है जो गिरजाघर से भागकर थियेटर की दुनिया में आता है।

धीरे-धीरे पिप को भी पीछे छूटी कामगारों की दुनिया ही अच्छी और सच्ची लगने लगती है और वह गाँव लौट आता है। बालसखा हर्बर्ट पॉकेट के बूढ़े पिता की अवधारणा ही उसके जीवन की केन्द्रीय अवधारणा बन जाती है कि, "No man who was not a true gentleman at heart ever was, since the world began, a true gentleman in manner." (जब से संसार शुरू हुआ है, कोई भी जो दरअसल दिल से भद्र नहीं है, बात-व्यवहार में भद्र नहीं हो सकता।)

पिप की शादी होती है एस्टेला से ही पर तब जब विधवा होकर वह भी गाँव लौट आती है।

'एक्सपेक्टेशन्स' शब्दों में श्लेष है! इसका एक अर्थ है सम्पत्ति (बाप-दादा से या अनजान किसी स्रोत से पायी गयी सम्पत्ति) और दूसरा अर्थ—उम्मीद! उम्मीदें फलीभूत होती तभी हैं जब उनका इन्तजार न के बराबर रह जाए! जीवन से बड़ी रहस्य-कथा दूसरी नहीं। 'फैक्ट इज़ स्ट्रेन्जर दैन फिक्शन'—शायद इसी अर्थ में!

तुम्हारी,

दीदी

अ टेल ऑफ टू सिटीज (समस्तीपुर और लंडन?)

प्रिय बिल्लू,

आज मैं तुम्हें जो कहानी सुनाने जा रहा हूँ—फ्रांसीसी क्रान्ति के दौरान लन्दन और पैरिस के बीच उठे अनवरत आवर्तों का जनसंस्करण है। फ्रांसीसी क्रान्ति के बारे में तुम इतना तो जानते ही होगे कि प्रजातंत्र के तीन मूलाधारों का अवगाहन करती हुई भूखी जनता उठी थी और राजशाही का खात्मा कर एक नये युग का सूत्रपात करने की ओर प्रवृत्त हुई थी! क्या थे वे तीन मूलाधार? स्वतन्त्रता, भाईचारा और बराबरी!

एक हैं डॉ. मैनेट! 18 बरस बाद वे बेस्टिल (फ्रांस) के जेल से छूटे हैं। क्या था उनका अपराध? सिर्फ यही कि एवरमा परिवार के सामन्ती ऊहापोहों के राजदार थे। कुछ राज दफन थे उनके सीने में। जेल से छूटकर वे सीधे बेटी के पास लन्दन आते हैं। दोस्तों ने पाला है उसको। और वह अब इतनी बड़ी हो गयी है कि प्रेम भी करने लगी है एवरमा परिवार के एक भद्र पुरुष, चार्ल्स डार्ने से। उसका एक और प्रेमी भी है—सिडनी कार्टेन। पर कार्टेन का प्रेम एकतरफा है।

शादी के तुरन्त बाद डार्ने को पता चलता है कि फ्रांस में उसके परिवार का एक वफादार नौकर दिक्कत में है। क्रान्तिकारियों ने उसे जेल में डाल रखा है। डार्ने में पुरानी यादें जागती हैं और उसकी मदद के लिए लाख खतरों के बीच भी वह पैरिस चला जाता है। एक बार जब वह पकड़ा जाता है, डॉ. मैनेट उसे छुड़वा देते हैं, लेकिन उसके तुरन्त बाद, भाग्य की विडम्बना से डॉ. मैनेट के हाथ का लिखा एक दस्तावेज क्रान्तिकारियों के हाथ लग जाता है। वह दस्तावेज एवरमा परिवार के उसी सदस्य का खुलासा करता है जो डॉ. मैनेट अब तक सीने में दाबे बैठे थे और डार्ने को फाँसी की सजा हो जाती है।

सिडनी कार्टेन को जैसे ही इसकी सूचना मिलती है, उदात्त प्रेम के ताव में वह पहुँच जाता है पैरिस। डील-डौल, कद-काठी में वह डार्ने का जुड़वाँ भाई लगता है, इस बात का लाभ (?) लेता—वह डार्ने के बदले खुद फाँसी चढ़ जाता है। 'उसने

कहा था' कहानी में दही की दुकान पर एक झलक से ही मोह लेने वाली लड़की (बचपन के परिचित) लहना सिंह से पति के बारे में कहती है कि युद्ध के मोर्चे पर साथ लड़ रहे हो, जरा उनका ध्यान रखना और 'उसने कहा था' के आवेग में वह उसके पति की ओर चली गोली अपनी छाती पर खा जाता है। डिकेन्स के इस उपन्यास में डॉ. मैनेट की बेटी, लूसी कार्टेन से कुछ भी नहीं कहती, फिर भी वह उसके पति की जान बचाने के खातिर इतनी तत्परता से अपनी जान दे देता है! उत्सर्गमय प्रेम की यह कथा अपने कुछ गौण पात्रों और महान विवरणों के कारण भी याद की जाती है, कुछ उदाहरण देती हूँ :

'सब युगों से बेहतरीन समय था, सब युगों से बदतर था समय, ज्ञान का समय और मूढ़ता का, विश्वास का और अविश्वसनीयता का, रोशनी का मौसम और अँधेरे का, आशा का वसन्त, निराशा का शीत, सब कुछ हमारे सामने था, कुछ भी नहीं था हमारे सामने, हम सीधे स्वर्ग की ओर जा रहे थे, सीधा दूसरी ओर—कुल मिलाकर वह युग अपने युग जैसा ही था, अपने युग से इतना मिलता-जुलता कि उसके कुछ हल्लाबाज अधिकारी जोर मारते थे कि अच्छाई और बुराई—दोनों में, शीर्षासीन ही कहलाएँ!'

'इंगलैंड में एक राजा था जिसका जबड़ा बड़ा था और रानी जो रूप-रंग में भी वैसी खास नहीं थी। फ्रांस की गद्दी पर बड़े जबड़ों वाला एक राजा बैठा था पर उसकी राजमहिषी सुन्दर थी। दोनों ही देशों में सम्भ्रांत जन इस बात की खातिर निश्चिन्त ही थे कि चीजें हमेशा के लिए व्यवस्थित हैं।' (बुक. 1)

क्रान्ति के कुछ दिनों पहले ही सम्भ्रान्त लोगों की ऐसी निश्चिन्तता कितनी विडम्बनात्मक है। और विडम्बना का चित्रण कैसा आह्लादकारी। आगे देखो "मैं बड़ी हुई समुद्र तट के मछुवारों के बीच। और बैस्तील के वे कागज जिस किसान परिवार की बात करते हैं, वही जिसे एवरमा-भाइयों ने उजाड़ा था—मेरा ही परिवार था! वह पति मेरी बहन का पति था, वह भाई मेरा भाई था, वह पति मेरा पति, वे मृतक मेरे मृतक हैं और इन प्रश्नों के उत्तर न्यायालय से अब मुझे पाने हैं! पूछो उससे, पूछ ही लो।"

"हाँ, हाँ, यह ठीक कह रही है।"

"ठीक है तब—तूफान और आग से कहो—कहाँ रुकना है," मैडम ने तगड़ा जवाब दिया, "मेरा सर खाना तो छोड़ ही दो।"

चूँकि यह कथा क्रान्ति की कथा है, क्रान्ति जिसमें पढ़े-लिखे मध्यवर्ग और कामगर जनता के बीच कई संवाद, सार्थक संवाद घटित होने थे, डिकेन्स ने सड़कों-गलियों-जेलों-फाँसीघरों-समुद्रतटों और सरायों के चमत्कृत कर देने वाले कई विवरण दिये हैं। डिकेन्स के ज्यादातर विवरणों, वर्णनों और चरित्रांकनों में हास्य का मुलायम-सा पुट होता है। उसी के चलते डिकेन्स कॉमिक जीनियस भी कहलाते हैं,

लेकिन इस उपन्यास में और 'हार्ड टाइम्स' में भी एक तनाव-सा लगातार बना रहता है।

बिल्लू! इस उपन्यास का गौण किन्तु बेहद रहस्यमय और अनूठा पात्र है एक महिला जो सराय में बैठी लगातार स्वेटर बुनती रहती है! कभी किसी से कुछ बोलती नहीं—तुम्हारी ही तरह—बाद में पता चलता है कि वह एक जासूस है। स्वेटर के पैटर्न में यह संकेत और खुफिया सन्देश बुनती है—क्रान्तिकारियों की खातिर!

उपन्यास का असली मजा तो पढ़ने में ही आएगा, मैंने तो सिर्फ पूर्वपीठिका दी है—परिचय करा दिया तुम्हारा। पाठ से आगे की दोस्ती तो तुम ही निभाओगे और जिस लक्ष्य के लिए तुम समर्पित हो, वह पूरा करने में भी शायद वह तुम्हारी मदद कर पाये।

अभिन्न,
मान्या दी

‘हार्ड टाइम्स’ और हमारा समाज

प्रिय बिल्लू,

तुम्हें यह ओपेन स्कूल कैसा लगता है? कैसी लगती है शिक्षण-व्यवस्था?... तुम आदतन चुप हो, पर तुम्हारे बंकिम होंठों की नटखट मुस्कान बता रही है कि आधुनिक स्कूलों, कड़ियल अध्यापकों और रटन्त विद्या के अन्य निःसत्व और उद्दंड ठेकेदारों पर डिकेन्स की यह टिप्पणी तुमको बहुत मजेदार लगेगी :

“बिटजर”, टॉमस ग्रैडग्राउंड ने कहा, “घोड़े की परिभाषा क्या है?”

“चतुष्पद/चनाभोजी/चालीस दाँत—चौबीस चबाने वाले, चार चौए और बारह फाड़ने-चीरने वाले! हरित प्रदेशों में रहता है, बसन्त में इसके नये रोएँ आते हैं। खुर गिरा देता है। खुर कड़े तो होते हैं पर उन पर लोहे की नाल मढ़वानी होती है। उम्र का पता मुँह की धारियाँ गिनने से चलता है।”

“बीसवें नम्बर की लड़की, अब कुछ भेजे में घुसा कि घोड़ा क्या है?...अच्छा तो अब पूरी कक्षा ने समझ लिया कि घोड़ा क्या होता है? अब लड़के और लड़कियों से पूछता हूँ मैं कि घोड़े का प्रत्यांकन कमरा सजाने वाले कागज पर क्या तुम कर सकते हो?” छाती पर हाथ बाँध, भीषण मुस्कान मुस्कराते महाशय बोले।

एक मिनट के फिर कक्षा के आधे बच्चे समवेत स्वर में गाकर बोले, “जी हाँ, श्रीमान जी!” बाकी आधे बच्चे इस बीच श्रीमानजी की भृकुटि से भाँप गये कि ‘हाँ’ गलत उत्तर है और वैसे ही गाकर समवेत स्वर में जवाब दिया, “जी नहीं, श्रीमान!”

“बिल्कुल नहीं, पर क्यों नहीं?”

“ये मैं बतलाता हूँ तुमको...कमरा सजाने वाले कागज पर घोड़ों का प्रत्यांकन इसलिए नहीं हो सकता कि वास्तविक जीवन में घोड़े कमरों के आस-पास नहीं टहलते। असल चीज है वास्तविकता और दैनन्दिन यथार्थ, तथ्यात्मक ज्ञान! अच्छा बताओ, तथ्य क्या है? क्या घोड़े कमरों के आस-पास टहलते दिखाई देते हैं?”

फिर आधी कक्षा ‘हाँ’ बोली, आधी ‘नहीं’।

“बिल्कुल नहीं” महाशय बोले और गलत जवाब देने वाले बच्चों को गहरी

हिकारत से देखते हुए आगे बढ़े, ''जीवन में तथ्यों के पार मत बढ़ो! तथ्य की सरहद के पार गये कि डूबे! यह एक महत्त्वपूर्ण दर्शन है–एक महान आविष्कृति!'' (चैप्टर-1)

जिस दर्शन की बात यहाँ हो रही है–वह 'उपयोगितावाद' है। उसकी वकालत डिकेन्स के समय मैनचेस्टर स्कूल के पूँजीवादी अर्थशास्त्री आँख मूँद कर करते थे। इस समय के लन्दन की झाँकी चाहिए तो 'हार्ड टाइम्स' का यह वाला हिस्सा पढ़ो : 'यह लाल ईंटों का शहर था या यों कहें कि यहाँ की ईंटें लाल होतीं, यदि धुआँ और गर्दोगुबार की कालिख उन्हें लाल रहने देती : पर अभी जैसी स्थिति थी, उसमें यह शहर अप्राकृतिक ढंग से लाल और काला था–कुछ ऐसा लाल और काला जैसे किसी आदिवासी का रँगा हुआ चेहरा। मशीनों और लम्बी चिमनियों का शहर था ये जिससे लगातार धुएँ के साँप फूँ-फूँ फुकारते बाहर आते थे–उनकी कुंडली कभी खत्म ही नहीं होती थी। एक काला नाला भी यहाँ बहता था और एक नदी बहती थी–बदबूदार रंग-रोगन के लज्झों से जो प्रायः बैंगनी हो गयी थी। इमारतों का एक ढूह था जिसमें लगातार खटर-खटर, खिच-खिच कुछ चलता ही रहता था और वाष्प-इंजिन की मूठ पागल हाथी के सूँड की तरह एक उदास उन्मत्तता में लगातार ऊपर-नीचे, आगे-पीछे हहराती-फहराती रहती थी...।

''यहाँ बहुत-सी बड़ी सड़कें भी थीं–सब एक-दूसरे के जैसी, और बहुतेरी छोटी सड़कें, सब एक-दूसरे के जैसी, उनमें रहने वाले बहुतेरे लोग–वे भी सब एक-दूसरे के ही जैसे, सब एक ही वक्त पर घर से बाहर जाने और वापस आने वाले, सबके लिए हर दिन आने वाले या बीते हुए कल जैसा ही होता, और हर साल बीते हुए और आने वाले साल जैसा ही।'' (चैप्टर-5)

'हार्ड टाइम्स' का लोकेल एक काल्पनिक शहर–कोकटाउन है जिसे 1853 के मैनचेस्टर, ओल्डहैम, बोल्टन, ब्लैकबर्न और प्रेसटन की प्रतिकृति माना जा सकता है। उपन्यास की थीम है उपयोगितावादी शिक्षा व्यवस्था और नीति-रीति पर बंकिम कटाक्ष जिसके प्रतिनिधि टॉमस ग्रैडग्राउंड और बैंकर उसके मित्र, जोसिआ बाउंडरबाई हैं। बाउंडरबाई का कहना है :

"What I want...is facts". बच्चों के मुंड में तो घुसाने चाहिए केवल "facts"–statistical data, modes of format classification, and a keen appreciation of the need and duty to buy in the cheapest market and sell in the dearest".

एक आत्मनिर्मित व्यक्ति के रूप में बाउंडरवाई आत्ममुग्धता का शिकार है। लम्बे-चौड़े, झूठे-सच्चे फसाने यह बुनता रहता है कि कैसे आगे नाथ, न पीछे पगहा होने के बावजूद उसने इतनी तरक्की की। एक चाबुक की तरह इन किस्सों का इस्तेमाल वह अपनी फैक्टरी के मजदूरों पर करता है।

उसके एम. पी. मित्र, ग्रैड ग्राउंड तो उपयोगितावाद में अपनी गहरी आस्था का

पता बेटों के नामकरण में भी देते हैं। उनके छोटे बेटों के नाम हैं—माल्थम और ऐडम स्मिथ! बेटी, लुइसा, का ब्याह वे बाउंडरबाई से कर देते हैं और बहुत सारे कारणों से वह विवाह निभ नहीं पाता। एक तो लुइसा को बाउंडरबाई का थोबड़ा ही पसन्द नहीं, ऊपर से लगातार वह अपनी ही हाँके जाता है, कभी किसी की नहीं सुनता। सख्त लालन-पालन के चलते सबसे बड़ा भाई, टॉम अपराधों में ही जीवन का 'थ्रिल' ढूँढ़ता हुआ एक दिन बाउंडरबाई के उसी बैंक पर हाथ साफ कर डालता है जहाँ बाउंडरबाई ने उसे नौकरी दी थी।

बड़े आदमी का 'सपूत' है टॉम, इसलिए किसी तरह कानून के चंगुल से निकल भागता है। इसमें उसकी मदद सर्कस में काम करने वाली एक युवा टोली भी कर देती है—ममतावश—यही युवा टोली जिसे उपन्यास के शुरू के हिस्से में ग्रैडग्राउंड और बाउंडरबाई 'घोड़े' की परिभाषा समझा रहे हैं। इसी टोली का सदस्य है उपन्यास की नायिका, सिसी, जिसके पिता जोकर थे। जब वे इतने बूढ़े हो गये कि उन्हें जोकर की भूमिका मिलनी प्रायः असम्भव हो चली, ग्रैडग्राउंड परिवार के संरक्षण में वे सिसी को छोड़ गये। पहले वह लुइसा की संगिनी-दाई बनकर रही, फिर उसकी माँ की नर्स। उपन्यास के अन्त में डिकेन्स की सब भावुक नायिकाओं की तरह वह अपने देवदूत वाले स्पर्श से ग्रैडगाउंड के ध्वस्त परिवार को पुचकारकर निहाल कर देने को वापस आयी। लुइसा के पिता ने जिससे उसकी शादी की थी—वह क्रूर, नीरस और बड़बोला था। एक बार उसके जाल से निकलकर जिस छैलाबाबू, जेम्स हार्टहाउस, के जाल में फँसी वह—उसने भी उसको इतना ज्यादा लस्त-पस्त किया कि उसके प्रति सिसी का वो पुराना बहनापा जागना ही था।

उपन्यास का सबसे प्यारा पात्र है पियक्कड़ पत्नी से परेशान ईमानदार श्रमिक, स्टीफेन ब्लैकपूल, जिसे बाउंडरबाई के मिल की दूसरी श्रमिक, रैचेल, प्यार करती है। टॉम तो बैंक में चोरी कर भाग जाता है। उसकी अनुपस्थिति में इस चोरी का सारा सन्देह बेचारे ब्लैकपूल पर है। इस शक की बिला पर उसे नौकरी से निकाला जाता है। मृत्यु के बाद ही चोरी के इस झूठे आरोप से वह मुक्त हो पाता है। डिकेन्स का 'लेविन' यही है—बेचारा भला आदमी! अन्य गौण पात्रों में रोचक हैं—ट्रेड यूनियन का हवाबाज नेता स्लैकब्रिज और स्लेरी सर्कस के सारे दयालु सदस्य जिन्हें युग के क्रूर उपयोगितावादी दर्शन से कुछ लेना-देना नहीं।

उपन्यास का सबसे ज्यादा विकट पात्र है लुइसा से विवाहेतर सम्बन्ध स्थापित करने वाला अहंमन्य प्रतिनायक, हार्टहाउस। उसकी कुछ उक्तियाँ उद्धृत कर पत्र बन्द कर रही हूँ ताकि तुम खुद ही विचार करो कि मूक निरपेक्षता और अहमन्यता युवावस्था जैसे सुनहरे समय को भी कैसा किचकिचा और कड़वा बना सकती है :

(दुनिया में सब एक ही थैली के चट्टे-बट्टे हैं, इसलिए क्या अच्छा क्या बुरा!) (चैप्टर-17, पृष्ठ 200)

"I claim to be always book-keeping, with a peculiar niciety, in everyman's case, and posting up a careful little account of Good and Evil with him. I do this so conscientiously. There is much less difference than you are inclined to suppose between an honest man and a scoundrel."

अपनी प्रेयसी के बारे में उसकी दृष्टि का वर्णन करते हुए डिकेन्स लिखते हैं : 'उसका गम्भीर पक्ष देख पाने में उसकी रुचि ही नहीं थी–मानव प्रकृति और समुद्र का यही नियम है कि गहराई ही गहराई का प्रत्युत्तर बनती है....' बाकी सब देखते हुए उसकी आँखें एक चुहलबाज मगर तेज छात्र की आँखें बन जाती थीं।

जिसे मार्क्स 'ऐलिएनेटेड लेबर' कहते थे–बेमन का काम, उसके भी काफी शिकार इस उपन्यास में भरे पड़े हैं। टॉलस्टॉय जिसे सांस्कृतिक उद्योग की 'काउंटर फीट कला' कहते थे–उसी का नमूना है गोवन! उसकी यह उक्ति वैश्वीकरण के बाद उभरी अपसांस्कृतिक सरगर्मियों का कैसा मजेदार चित्रण है, खुद देखो–वह कहता है कि जीवन का अर्थ है : "to keep up the pretence of labour, and study and patience."

और सच्ची कला साधना तो सिर्फ एक 'होकस-पोकस' (बाजीगरी) है। इस अन्तिम बात पर तुम्हारी टिप्पणी क्या है, जरा लिखना।

तुम्हारी, मान्या दी

प्रिय मान्या,

स्त्रियाँ कितना सिद्ध श्रम कर सकती हैं, इसका प्रमाण हो तुम! मेरी को भी जँच रहे हैं तुम्हारे प्रयोग! कुछ-कुछ री-ट्रांसलेट कर देता हूँ उसके लिए। वह भी तुमसे मिलने को उत्सुक है।...तुम्हारे छात्र की शोधवृत्ति के लिए जो बन पड़ेगा, करूँगा, यह क्या कहने की बात है?

सस्नेह,

आशिष

बिलासपुर
15.6.2008
प्रिय आशिष,

आज कैम्पस के दिन बहुत याद आ रहे हैं—'गोदावरी' छात्रावास की मेरी रूममेट, सोनिया, याद है तुम्हें; अभी-अभी उसे टी. वी. पर देखा! सिटी चैनेल पर वह समाचारवाचिका हो गयी है। समाचारवाचक वाली गम्भीर मुद्रा देखकर मुझे उसकी छात्रावास वाली शरारतें एकदम से याद आ गयीं।

छात्रावास के लोकप्रिय फितूरों में एक था ऊर्जाबोर्ड पर लेखकों की मृतात्माओं का आह्वान! 'वार्षिक परीक्षा' नामक कर्फ्यू के दौरान एक बार हमने डी. एच. लॉरेन्स की आत्मा, बुलाने की कोशिश की। थियॉसॉफिकल लॉज के महावृद्ध पुस्तकालयाध्यक्ष, श्री क्षितिजमोहन सेन के निर्देशों के अनुसार चीनी मिट्टी की एक साफ-सुथरी तश्तरी पर लाल रोशनाई से एक तीर बनाया गया—प्वाएण्टर के रूप में! भौतिकी की प्रयोगशाला से लकड़ी का एक बोर्ड उड़ाया गया। उस पर सफेद कागज साटकर वर्णमाला लिखी गयी। सामने डी. एच. लॉरेन्स की 'सन्स एंड लवर्स', 'रेन्बो' और 'विमेन इन लव' सजायी गयी। (लेडी चैटरलीज लवर तब इतनी आसानी से मिलती नहीं थी!) उसके बाद अत्यन्त भक्तिभाव से हाथ-वाथ जोड़कर समवेत प्रार्थना निवेदित हुई :

'प्रिय लॉरेन्स सर,

प्रकट हों! अंग्रेजी एम. ए., अन्तिम वर्ष की हम त्रस्त छात्राएँ एकदम ही नहीं जानतीं कि आपके पगलेट नायकों के बारे में लिखें तो लिखें क्या! आपका केन्द्रीय दर्शन समझने का सूत्र कहाँ से पाएँ। समीक्षक खुद उलझे-उलझे-से हैं। शिक्षकों का हाल ये कि आपके उपन्यासों के निर्णायक क्षणों पर बोलते हुए वे बगलें झाँकने लगते हैं। 'कुछ वो शरमाए रहते हैं, कुछ हम शरमाए रहते हैं' का आलम।

आप तो अपनी क्षीण काया के बन्धन से मुक्त हुए। अब तो अपना रहस्य खोलें कि क्यों डरते थे औरतों से इतना ज्यादा? क्यों लगता था कि उन पर काबू न किया गया तो वे मर्दों को गोदी का गुड्डा बना छोड़ेंगी? आपके पिता मस्त-मलंग, पियक्कड़ मजदूर थे और माँ (अनपढ़ पति और सुकुर-सुकुर बच्चों से परितप्त)

शुद्धात्मा टीचरानी! दोनों में कभी नहीं बनी। माँ का सुरक्षा-कवच बनकर उसके ही आसपास बने रहने की चिन्ता आपको अपनी महिला-दोस्तों/प्रेमिकाओं से पूरी तरह जुड़ने नहीं देती थी और हँसमुख जिन्दादिल मजदूर पिता का पक्ष भी रखना था सामने—क्या इसी चक्कर में आपने प्रकृति-पुरुष और मशीनी सभ्यता की तिगड़ी का सहारा लिया? इसलिए अपने सारे उपन्यासों में बहस छेड़ी कि औद्योगिक सभ्यता और नियमन का पक्षधर ज्यादातर स्त्रियाँ ही होती हैं—आपकी माँ जैसी मध्यवर्गीय, शिक्षित स्त्रियाँ! पुरुषों में होता है, प्राकृतिक संवेग (जैसा आपके पिता में था)—स्त्रियों से शासित-नियमित होने में वे ही नहीं टूटते, आदिम सुख का वह सरस छन्द ही टूट जाता है, सुखद प्रेम की वह लय टूट जाती है जो स्त्री-पुरुष और प्रकृति के बीच कायम रहनी चाहिए?

पर्यावरण के संकटों और स्त्री-पुरुष के बीच असमंजनजन्य अवसाद के स्वरूप में एक साम्य तो आसानी से ढूँढ़ा जा सकता है। सांख्य दर्शन से लेकर ग्रीन पॉलिटिक्स तक के प्रवक्ता जो कुछ भी कहते आये हैं—उसके आलोक में हम आपके उपन्यासों की व्याख्या करें कि नहीं?...'

अभी प्रश्न अधूरे ही थे कि हमें बायीं बाँह में एक झटका लगा। एक मिनट के भीतर बिजली भी गुल हो गयी। परमस्वस्थ यानी टुनटुनाका विम्पी आधी बेहोशी में हम सब पर धम्म गिरी और हम एक ही झटके में किसी सरकारी लिपिक-निवास की कच्ची दीवार की ईंटों की मानिन्द एक दूसरे पर भरभरा गिरे।...हिम्मत करके किसी ने मोमबत्ती जलायी और सामने दिखी फ्रायडा की धुँधली-सी झलक, फ्रायडा यानी वह औरत जिसके साथ लॉरेन्स ने आवेग के चरम क्षण जिये थे।...डरते-डरते जो कुछ हम पूछ पाये—उसका जवाब ये कि लॉरेन्स की आत्मा अभी भी क्वेटजालकोट्ल नामक प्राचीन सभ्यता में प्रचलित आवेगधर्मी नैसर्गिकता आजमा लेने को प्रतिबद्ध है, आधुनिक सभ्यता के परिष्कार की जड़ी-बूटी और ताबीज के रूप में। न्यू मैक्सिको के वे जंगल अभी भी उन्हें घेरते हैं।...हमारी गुहार पर जरा से वे विचलित हुए तो जरूर, लेकिन फिर चाँद और झरना निहारने में रम गये। फ्रायडा को दया आयी तो वे ही अच्छी पत्नी की तरह हमारे प्रश्नों के उत्तर देने चली आयीं।

हमारे लिए भी ये अच्छा था। औरत औरत से ज्यादा खुल भी सकती है। हमने उन्हें गंगाराम ढाबे के पकौड़े खिलाये और घेरकर बैठ गयीं। बातचीत जैसी जो हो पायी—रख देती हूँ सामने।

हम : ''फ्रायडा, लॉरेन्स का दर्शन समझने के पहले हम आपका मन, आपकी परिस्थितियाँ जान लेना चाहेंगे। आप एक सम्भ्रान्त प्रोफेसर से ब्याही थीं, तीन प्यारे-प्यारे बच्चे थे आपके—सब छोड़कर लॉरेन्स के साथ एक अनिश्चित डगर पर चल देना कैसा रहा?''

फ्रायडा : ''तुम्हारे समय की खातिर तो ये घटना बड़ी नहीं है। आये दिन होता

है ऐसा, पर 1912 के विश्वयुद्ध के तुरन्त पहले के बूर्जुआ समाज के सामने 'जर्मन' नोबिलिटी की एक 'विवाहित' महिला का श्रमिक वर्ग के एक विवादास्पद लेखक के साथ किसी यूटोपिया के सन्धान में कहीं चल देना इतना आसान नहीं था। जासूसी के आरोप में लॉरेन्स जेल गये, पैसों की दिक्कत रही, बच्चों की याद बहुत आती। बच्चों से तो, खैर, मेरा सम्बन्ध लगातार बना रहा। वे बीमार पड़ते या उन पर कोई मुसीबत टूटती तो मैं ही खड़ी होती उनके साथ। लॉरेन्स मुझे रोकते भी नहीं, न मेरे पूर्व पति ही रोक पाते—ऐसी मैं आँधी-तूफान थी। एक बार जब मेरी बेटी बीमार पड़ी, एक मजदूर को मैंने उसके साथ रात गुजार आने के पैसे दिये...और सुबह तक उसकी स्थिति में निश्चित सुधार था। लॉरेन्स का यह दर्शन पल्लवित-पुष्पित करने में मेरी भूमिका रही कि प्रकृति के कच्चे आवेग गाय के थन से आये कच्चे दूध की तरह फायदेमंद होते हैं—खासकर उनके लिए जिन्हें सभ्यता के ढकोसले झेलने पड़ते हैं सुकुर-सुकुर-सा कृत्रिम जीवन जीना पड़ता है—लेडी चैटरली और लॉरेन्स की माँ की तरह, 'सन्स ऐंड लवर्स' की ऐलेना, 'द वाइट पीकॉक' की लेडी बिअर्डसॉल, 'द ट्रेसपासर्ज' की ऐलेना, 'द रेनबो' और 'विमेन की लव' की गुडरुन ब्रैग्वेन की तरह।

निजी अनुभवों के आलोक में मैं और लॉरेन्स—दोनों मानते थे कि औद्योगिक सभ्यता और प्रोस्टटेंट नीतिशास्त्र के संवाहक होते हैं पढ़ी-लिखी, सम्भ्रान्त-सी औरतें और बूर्जुआ मर्द। मेरे और लेडी चैटरली जैसे केस अपवाद ही माने जाने चाहिए। खदानों में काम करने वाले मजदूर धरती के गर्भ में समा जाते हैं। औरतें सतह पर ही रहती हैं—बाहर और उस पार देखती हुई, रूमानी और रहस्यमय संवेगों में मग्न, सोचती-गुनती हुई कि क्षितिज के पार क्या होगा, अभी का जो है—वह तो नीरस और रूखा है। औद्योगिक यूरोप की दिनचर्या और श्रम विभाजन कुछ ऐसे थे और गिरजाघरों का प्रभुत्व भी कुछ ऐसा था कि हर वह सुखद कार्य पाप माना जाने लगा जिससे आत्मा के विकास का चक्कर न जुड़ा हो। रूमानी, आकाशी, प्लेटोनिक प्रेम इसीलिए बेहतर माना जाने लगा और पसीने से नहाये हुए, शराब पीकर उल्टियाँ करते, बात-बात में गाली-गलौज पर उतारू साधारण पुरुष का आवेगपरक प्रेम वितृष्णाकारी! श्रमिक पति/प्रेमी की न ऐसी शिक्षा-दीक्षा, न धीरज, न फुर्सत कि नहायी-धोयी, पढ़ी-लिखी औरत के महीन संवेग समझे।...महीन माँ और श्रमिक पिता के बीच के असमंजन का मूक द्रष्टा लॉरेन्स रहे थे, तभी तो 1929 के अपने प्रसिद्ध लेख 'नाटिंधम ऐंड द माइनिंग कंट्री' में उन्होंने लिखा कि औद्योगिक सभ्यता के पैसे वाले पैरोकारों का सबसे जघन्य पाप था श्रमिकों को विरस कुरूपता के गर्त्त में धकेल छोड़ना : अँधेरे घर, कुरूप आदर्श, कुरूप कर्म-धर्म, कुरूप आशाएँ, कुरूप प्यार, गंदे कपड़े, भद्दे फर्नीचर, भद्दे रिश्ते—श्रमिकों और मिल-मालिकों के बीच और पति-पत्नी के बीच भी। आदमी की आत्मा को रोटी से ज्यादा सौन्दर्य की तलब होती है।

इनके हर उपन्यास में–चाँद, झरने, घास, जंगल फूल और बारिश का संस्पर्श जीवन में नयी संवेदनाएँ भरते दिखाये गये हैं! 'लेडी चैटरलीज लवर' में तो इस सभ्यता को वे 'सड़ाँध की लिपी-पुती फफूँद' ('पेंटेट फंगस ऑफ रॉटेननस') कहते हैं। कुछ ही औरतें ये बात समझ पाती हैं–'विमेन इन लव' की उर्सुला ब्रैग्वेन या 'ट्रेसपासर' की हेलेन या मैं या लेडी चैटरली। ज्यादातर औरतों को लिपी-पुती फफूँद बने रहना अच्छा लगता है। हैम्पसन के मुँह से उन्होंने कहलाया है, "ये गहरी, रोचक औरतें हमें नहीं चाहतीं–वे चाहती हैं हमारी चमड़ी पर से आत्मा के पुष्प चुनना! हम प्राकृतिक बन्दे उन्हें स्तरीय नहीं लगते! उनका पहला आक्रमण हमारी नैसर्गिकता पर होता है!"

कभी-कभी मेरे बारे में भी लॉरेन्स को लगता था कि उन्हें पाल-पोसकर, तराशकर, निखारकर गोदी का गुड्डा ही बना रही हूँ–मेरी आत्मा उनकी आत्मा पर भारी पड़ रही है–ऐसे में वे मुझको बहुत पीटते थे, बार-बार पोंछा लगवाते थे मुझसे...एक बार मैं समुद्र में नहाती हुई किसी को दीखी तो मेरे पीठ के नीले निशानों पर वो बेहद चौंका...बावजूद इसके मैं लॉरेन्स के गुरुत्वाकर्षण में बँधी नाचती ही रही...सुनती रही उनकी फटकार–"तुम औरतें...तुम औरतों का काम ही यही है–ऊपरी छिलके के फेर में पड़कर रसदार फल का गूदा फेंक देना।" (विमेन इन लव)

हम : "उनके कुछ पेटेंट बिम्ब हैं–जमीन की छाती फोड़कर बाहर आता अँखुवा और उसकी छाती पर खड़ा हुआ पत्थर...। औद्योगिक सभ्यता ही वह पत्थर थी? उनका आदर्श समाज क्या था? क्या वे सर्वोच्छेनवादी थे?

फ्रायडा : 'कैन्ग्रु', 'एरन्स रॉड' और 'द फ्लूम्ड सर्पेण्ट' आदि बाद के उपन्यासों में आदिवासी जीवन, प्राचीन सभ्यताओं और प्रकृतिपूजक-संस्कृतियों से कई जीवन्त प्रतीक और कथा-रूढ़ियाँ उन्होंने ली हैं। हमारे ऑस्ट्रेलिया-प्रवास का साक्ष्य 'कैन्ग्रु' की इन पंक्तियों में देखो–

"अद्‌भुत अनुभव है यह–अकेला होना, बुद्धिशून्य और स्मृतिशून्य–समुद्र और ऑस्ट्रेलिया के बीच / अकेला होना–एक लम्बे और हृदयशून्य, आत्माशून्य, स्वप्नशून्य बालुई किनारे पर / उतना ही अकेला, उतना ही अनुपस्थित, उपस्थिति जितना पुरातन अँधेरा–धूप में बालू का / सारे अवलम्बों का धीरे-धीरे यों ही झड़ जाना।" (चैप्टर- 17)

ये पंक्तियाँ पढ़कर एक बार तो ये शक होता है कि लॉरेन्स पलायनवादी और सर्वोच्छेनवादी ही थे, पर मैं जानती हूँ कि ये एक थके हुए योद्धा की उसाँस थी। राजनीति और प्रथम विश्वयुद्ध में हिस्सा लेने गये थे ये, पर अस्वास्थ्य और अन्य दुरभिसंधियाँ इन्हें किनारे कर गयीं। नौकरी मिली नहीं।...एक वैकल्पिक समाज बनाने का सपना तो था ही जो बीज रूप में ही कुंठित रह गया। अस्तित्व की

अलग-थलग परतें खोलने-उकेरने में ही उनका जीवन गया। इस दुःख में वे लगातार घिरे रहे कि हममें से ज्यादातर लोग अधखिला जीवन जीते हैं—खिलते ही पाला-सा पड़ जाता है हमारी सम्भावनाओं पर। 'नैतिकता और उपन्यास' नामक अपने लेख में उन्होंने साफ लिखा—"बैंक का एक लिपिक एक स्ट्रॉहैट खरीदे—इससे वह और अधिक जीवित नहीं होता। कुछ भी खरीदना जीवन नहीं है—वह सिर्फ अस्तित्व है—ज्यादातर जो भी करते हैं—जीवन नहीं है।"

हम : सारांश यह कि चीजों से ठुँसा हुआ जीवन नहीं चाहिए। यह बात तो भूमंडलीकरण के बाद का जीवन जीते अविकसित या अर्द्धविकसित समाजों के लिए भी बहुत मौजूँ है। पर देह की मुक्ति में मनुष्य की मुक्ति मानने वाला लॉरेन्स का दर्शन भी उत्तर-औद्योगिक समाजों की हिप-हॉप संस्कृति से काफी अलग है—प्रकृतिमुखी और विक्रय-विमुख होने के कारण।... एक प्रश्न तो बना हुआ है। मनुष्य सिर्फ देह तो नहीं है—मन भी है। एक साथी के जीतेजी दूसरे का साथ डंके की चोट पर गह लेना इतना आसान नहीं क्योंकि इससे अस्वीकार या रिजेक्शन की पीड़ा जुड़ी है! जिससे एक बार किसी भी तरह, किसी भी स्तर का दैहिक-मानसिक सान्निध्य बन गया—उसे झटककर कहीं और चल देना है तो नृशंसता ही।...लॉरेन्स के बाद आप कहीं और जुड़तीं और आपसे जुड़ने के बाद लॉरेन्स कहीं और जुड़ते तो क्या होता?

यह प्रश्न काफी बड़ा और खतरनाक था। इसका उत्तर एक सोचती हुई चुप्पी ही हो सकती थी और एक फीकी हँसी!

हमने भी आगे ज्यादा तंग करना उचित नहीं समझा और उनकी स्कर्ट का लहरिल किनारा धीरे से चूमकर हमने उनको विदाई दी।

दूर आकाश में चाँद झिमिर-झिमिर बरस रहा था 'विमेन इन लव' के पृष्ठ 508 पर :

'लेकिन दो खास लोगों के बीच, धरती के किन्हीं दो लोगों के बीच शुद्ध संवेदना का वितान सीमित ही होता है। किसी भी दिशा में मांसल प्रतिक्रिया का चरम अगर मिल गया तो चरम के बाद क्या? अवसान ही! उसके बाद तो दोहराव या वियोग—दोनों की त्रासदी या फिर किसी एक की जिजीविषा दूसरे की छाती पर सवार...या मौत, दुखद मौत!'

हॉस्टल की छत से हमने देखा छात्रा मार्ग पर एक वृद्ध जोड़ा लड़ता हुआ जा रहा था। कुछ देर बाद फिर दोनों हँसे। सामने के पेड़ की टहनी दूसरी टहनी के कान में बोली—'प्रेम में आवेग चुक भी गया तो क्या, गुडविल नहीं चुकना चाहिए, है न?'

सस्नेह,
मान्या

सोआस
27.6.2008
प्रिय मान्या,

तुम्हारा पत्र पढ़कर मेरे भी पुराने दिन भीतर घुमड़ पड़े।...कितना अच्छा है न, मान्या, कि हम 'फेसबुक' पर फिर से टकराये और अब कभी हमारा हृदय-संवाद बन्द नहीं होगा। मेरी पत्नी भी इस रिश्ते का मर्म समझती है, फिर मैं तुम्हारे पत्र उसे शुरू से पढ़ाता रहा हूँ, इसलिए भी उसे यह विश्वास है कि हम उसे कभी भी उठल्लू नहीं होने देंगे। हमारा स्नेह सर्वसमावेशी है!

आज डोरिस लेसिंग पढ़ाना है! विश्वयुद्ध के बाद जो तीन उपन्यासकार स्त्री-लेंस से पश्चिम को उकेरने में सफल हुईं—उनमें एक हैं डोरिस लेसिंग। इनके ठीक पहले सिमॉन बोउआ का नाम आता है और तत्काल बाद नार्थली सरूत का। लेसिंग के नोबेल पुरस्कार की बात सुनकर मुझे एकदम से उस बूढ़े की याद आयी जिसकी चर्चा वे अपने एक संस्मरण में करती हैं।

डोरिस का बचपन पुराने रोडेशिया (जिम्मबाव्वे) के एक फॉर्महाउस में बीता। गोरी चमड़ी वाले सम्पन्न घर की यह सन्तान थोड़ी तो उद्धत भी थीं, लेकिन ईमानदार। एक जगह उन्होंने बचपन की एक घटना का उल्लेख जिस सन्ताप के साथ किया है, वह भी इन्हें बड़े पाये का लेखक सिद्ध करती है। एक वृद्ध अफ्रीकी के साथ किसी मुद्दे पर इनका विवाद छिड़ा था। अपने तर्क जब ढंग से ये सामने रखने लगीं, वृद्ध धीरे से मुस्कराया और इतना ही बोलकर चुप हो गया—'मैं बहुत बूढ़ा हूँ, आप बहुत युवा हैं।'

लेसिंग लिखती हैं कि इस एक वाक्य और उस पूरे तेवर का उनके मन पर कुछ ऐसा प्रभाव पड़ा कि वे देर तक चुप रहीं और उन्होंने संकल्प लिया कि जीवन में हमेशा बड़बोलेपन से बचेंगी और चूँकि हर पक्ष का जो एक प्रबल प्रतिपक्ष होता है, उसे ध्यान से सुनकर-समझकर ही निष्कर्ष देंगी।

वृद्ध व्यक्ति के उस एक वाक्य की ताकत दरअसल अंडरटेटमेंट (मंद्रध्वन्यार्थ) की ताकत है। अच्छा साहित्य इसी ताकत का इस्तेमाल कुछ इस तरह करता है कि पढ़ने-सुनने वाले की आत्मा तड़प कर रह जाये। आत्मा का ई-मेल खोलने वाला पासवर्ड इसे मान सकते हैं।

'आबद्ध, मुक्त, अच्छा, बुरा, हाँ, ना, पूँजीवाद, समाजवाद, यौन-जीवन, प्रेम'—अपनी कथावस्तु रेखांकित करती हुई 'द गोल्डेन नोटबुक' की लेखक-नायिका, ऐना कहती है। और 1975 के अपने प्राक्कथन में लेसिंग कहती है कि उनको तो उम्मीद थी कि खंड-खंड में बँटा यह उपन्यास विखंडन के उपहास के रूप में पढ़ा जाएगा, मगर हुआ उलटा।

किसी ने उसे 'सेक्स-वार' के मंचन के रूप में पढ़ा। किसी को 'रेड बुक' की कम्युनिस्ट राजनीति के आगे की किसी थीम पर ध्यान देने की जरूरत महसूस नहीं हुई। कुछ लोग मनोरोगियों वाले प्रकरण में उलझ कर रह गये, कुछ दक्षिणी अफ्रीका वाले प्रकरण में।

'ब्लैक', 'रेड', 'यलो' और 'ब्लू'—चार रंग के जिन नोटबुकों में ऐना अपने अनुभव खंड दर्ज किये जाती हैं—उनका समाहार 'द गोल्डेन नोटबुक' की सम्यक दृष्टि में ढूँढ़ा जाना चाहिए था, क्योंकि लेखिका के अपने शब्दों में—'किताब का सार, उनकी बुनावट, उनका सब कुछ साफ तौर पर और महीनी से, कहना यही चाहती है कि हमें चीजें बाँट-बाँटकर, टुकड़ों में नहीं देखनी चाहिए।'

जैसा कि स्पष्ट हो गया होगा, पूरा उपन्यास पाँच हिस्सों में बँटा है। शुरू वाले चार हिस्सों की शुरुआत 'फ्री विमेन' शीर्षक के अन्तर्गत चरित्रों और स्थितियों की सीधी-सादी रूपरेखा से होती है। 'फ्री विमेन' को प्राक्कथन की तरह पढ़ना चाहिए। उसके बाद प्रत्येक खंड के चार उपखंड हैं—'ब्लैक', 'रेड', 'यलो' और 'ब्लू' नोटबुक के नाम से। अन्तिम हिस्सा 'गोल्डेन नोटबुक' है जो ऐना उस राइटर्स ब्लॉक (लेखकीय मनोरोध) से मुक्ति पा लेने के बाद लिखती है, जिस पर निर्मल वर्मा ने भी एक व्यंजक कहानी लिखी थी—'सूखा' के नाम से और जिसकी ईमानदार स्वीकृति राजेन्द्र यादव के कई लेखों में मिलती है। 'गोल्डेन नोटबुक' का अन्त 'फ्री विमेन' नामक इकलौते उपखंड से होता है, जिसमें दोनों सहेलियाँ, ऐना और मॉली, पसन्द के पुरुषों के साथ मनचीते रास्तों पर अलग-अलग बढ़ती हैं।

किसी त्रिपार्श्व से गुजर कर सूरज की उजली किरण सात अलग रंगों में बँट भी गयी तो क्या। पहचानी वह जाएगी अपनी समग्रता में ही। यही हाल जीवन का है। 'द गोल्डेन नोटबुक' की मुख्यधारा की स्थापना मुझे तो यही दीखती है—हालाँकि महाकाव्यात्मक वितान वाले ऐसे विशद आख्यान का कोई एक उपसंहार नहीं होता। वह इतना ही जटिल होता है, जितना जीवन।

सस्नेह,
आशिष

बिलासपुर
13.8.2008

प्रिय आशिष,

'द गोल्डेन बुक' मैंने चार-छह साल पहले पढ़ी थी। दुबारा पढ़ूँगी। फिलहाल 'यूलिसिस' दुबारा उठायी है। याद है, पहली बार हमने यह उपन्यास साथ पढ़ने की सोची थी, कुछ पन्ने ही पढ़े थे कि तुम्हारी कॉमेन-वेल्थ स्कॉलरशिप की सूचना आ गयी, तुम्हारा मन चंचल हो गया और तुम यह कहने लगे कि अब तो बुढ़ापे में ही इसे कभी साथ पढ़ने बैठेंगे।...सब अधूरे क्लासिक्स बुढ़ापे में साथ पढ़ने का वायदा करके तुम आराम से चल दिये।...अब बुढ़ापा क्या दुबारा आना है। यदि तुमने अब तक यह अकेले नहीं पढ़ी तो आओ, तुम्हें प्रारूप दे दूँ—उपन्यास साथ न पढ़ पाये तो क्या, इसकी चर्चा तो हम कर ही सकते हैं—ई-मेल पर ही सही। वैसे तो तुम कथासार जानते ही होगे, पर फिर भी 'एक था राजा' शैली में मैं कुछ सुना रही हूँ तो सुन ही लो...।

पैर की चकरी का मन की फिरकी से सम्बन्ध बहुत घना है। चकरी और फिरकी आपस में जो-जो बतियाते हैं : 'यूलिसिस' उसकी सनातन कथा है, परिस्थितियों और मनःस्थितियों का जटिल अन्तर्गुम्फन!

1922 में प्रकाशित ज्वाएस का यह विश्वप्रसिद्ध उपन्यास 767 पृष्ठों में (डब्लिन शहर के कुछ लोगों के पसरे) मात्र एक दिन की कथा है। मुख्य चरित्र बस तीन हैं : स्टीफेन डेडेलस जो पेरिस से अपनी पढ़ाई पूरी करके लौटा है, लियोपॉल्ड ब्लूम, विज्ञापन एजेंसी का एक प्रौढ़ कर्मचारी है और मैरियन ब्लूम, उसकी गायिका पत्नी जो उससे सहानुभूति तो रखती है पर लाख चाहकर भी उससे प्रेम नहीं कर पाती। 'इश्क पर जोर नहीं है, है ये आतिश ग़ालिब/ कि लगाये न लगे और बुझाये न बने' का करुण मंचन और विडम्बनापूर्ण हो जाता है जब ब्लूम उसे सपनों में किसी और से प्रेमालाप-निमग्न देखता है। वह रात के शो के बाद थककर सोई है, उसको जगाता नहीं और धीरे से उठकर चल देता है अपने नाश्ते के इन्तजाम में जहाँ उसकी भेंट डेडेलस से होती है।

वह इस अपराधबोध में जकड़ा है कि अपनी माँ की इच्छा पूरी नहीं कर पाया

कि माँ के अन्तिम क्षणों में घुटनों के बल बैठ कर बेटा प्रार्थना करे। लाख चाहकर भी डेडेलस प्रार्थना नहीं कर पाता।...'लाख चाहकर भी'—लाख चाहकर भी कोई किसी से प्रेम नहीं कर पाता और प्रार्थना भी नहीं। 'कुछ और जमाना कहता है / कुछ और है जिद मेरे मन की!' आदमी के मन की एक पगलेट-सी, खूबसूरत जिद उसको कहाँ-कहाँ भटकाती है : 'पैर में चकरी बाँधकर हिरन कुदक्का होय'—मानव मन के इसी कुदक्के की गाथा है 'यूलिसिस'। 'काल' और 'स्थान' का संक्षिप्त घेरा मानव मन की अगाध यात्राओं की बाधा कहाँ बनता है। इस तरह हर व्यक्ति किसी-न-किसी असाध्य सन्धान में रोज-रोज एक समुद्र यात्रा करता है, एक ओडिसी! कई जहाज डूबते हैं भीतर ही भीतर—पर यात्राएँ नहीं थमतीं...आत्मसंधान का यही एक रूपक 'यूलिसिस' के तीन खंडों में विस्तार पाता है।

आन्तरिक संवाद या मनःसंवाद की तकनीक ज्वाएस के पहले भी कई उपन्यासकारों ने साधी थी, पर ज्वाएस के यहाँ विवरण इतने मांसल और सटीक हैं कि जान पड़ता है, हर प्रसंग, एकालाप और संलाप एक स्वतन्त्र कविता है : जीवन के सूत्र थमाने वाले कई रूपक और प्रतीक चरित्रों के भीतर और बाहर साँवले मेघों के बीच विद्युत के तेज से दमक जाते हैं। अधखिले विचारों का साँवला धुँधलका आसपास हर जगह बिखरा पड़ा है और बीच-बीच में डेडेलस की अन्तर्दृष्टि बिजली की क्षिप्र लिपि में कई ऐसी बातें लिख जाती है जिनका प्रकाश हमारे भीतर देर तक बना रहता है। अब जैसे—एक प्रसंग है जहाँ बक मलिंकन डेडेलस को दाढ़ी बनाने की खातिर अपना चिनका-सा आईना पकड़ाता है जो वह अपनी माँ के घर से लाया था और डेडेलस कहता है—'यह आयरिश कला का प्रतीक है : नौकर का चिनका-सा आईना!' बात आगे बढ़ाते हुए वाग्जाल के जादूगर, स्कूल मास्टर डीजे कहते हैं, "हम उदार लोग हैं पर हमें न्यायी भी होना चाहिए।"

इस बात पर डेडेलस चिन्तित होकर कहता है, "डर लगता है मुझे इन भारी-भरकम शब्दों से। ये मुझे उदास कर जाते हैं...इतिहास एक भयावह दुःस्वप्न है जिससे बाहर आने की कोशिश लगातार कर रहा हूँ।" 'यूलिसिस' की एक बड़ी खासियत यह भी है : बहुत आहिस्ता-आहिस्ता वह यह बोध हममें जगाता है कि ब्लूम उन्हीं अर्थों में आधुनिक समाज का नायक है जिसमें 1000 ई. पू. के अर्धक्लासिक युग का नायक होमर वाला यूलिसिस था। होमर का 'यूलिसिस' एक बड़ा योद्धा था मगर उसकी आन्तरिक वृत्ति लड़ाई-भिड़ाई वाली बिल्कुल नहीं थी। ब्लूम के युद्ध सिर्फ आन्तरिक हैं, पर लोगों और स्थितियों की उसकी समझ यूलिसिस जैसी भी है। वह कहीं से भी क्षुद्र, संकीर्ण, ढोंगी और क्रूर नहीं—उसका जीवन करुणा और प्रेम, उदारता और क्षमा के कई उद्दीप्त नन्हे क्षणों का एक नया कोलाज है—जहाँ कुछ भी 'बड़ा' और 'महान' नहीं है तो क्या, कुल मिलाकर सब कुछ इतना शालीन और संयत है कि मन रमता है। 'तुमुल कोलाहल कलह में / मैं हृदय की बात रे

मन' वाला आस्वाद यह जगता है। अपनी पत्नी के सपनों का राजकुमार नहीं तो न सही—'अ मैनली मैन विद अ स्ट्रांग क्वाएट फेस' के साथ 'साधारण' व्यक्ति अपनी अक्षय धारणा क्षमता में कम मोहक होता है क्या?

कुछ घर, एक लॉज, अखबार का एक दफ्तर, एक पुस्तकालय, एक अस्पताल, एक मयखाना, एक होटल, एक चकलाघर, समुद्र तट, क्लब, ओपेरा, ढेर सारे मानवीय द्वन्द्व और संलाप मिलकर जो महागाथा रचते हैं—अपनी सिनेमैटिक तकनीक के चलते भी बार-बार पास बुलाती है : जैसे मैं तुम्हें बार-बार बुलाती हूँ कि आओ। दुनिया तो देख ली, अब घर आने में क्या मुश्किल है। तुम्हीं तो थे जो कहते थे कि क्रिकेट मैच न हों तो देशप्रेम एक डेटेड अवधारणा बन जाए! ...यहाँ विश्वविद्यालयों में कई तरह के प्रतिबद्ध शिक्षकों की जरूरत के बारे में मैं तो लगातार लिखती रही हूँ, और भी लोग तुम्हें बहुत याद करते हैं। क्या मेरी की सहमति नहीं मिल रही है?

सस्नेह,

मान्या

सोआस
17.8.2009
प्रिय मान्या,

ई-मेल के बदले मैं यह चिट्ठी लिख रहा हूँ! इसके कुछ कारण हैं। वैसे तो मैं मेरी से कुछ भी छुपाता नहीं, पर यह एक ऐसी चिट्ठी है जो वह नहीं ही पढ़े तो अच्छा! अन्तरवैयक्तिक जीवन की कुछ महीन धुनें अनहद का दर्जा पा जाती हैं—वे सबके लिए नहीं होतीं, उन दोनों के लिए ही होती हैं जिन्होंने कई जहर के प्याले पी लेने के बाद, कई घोषित-अघोषित अटकलों के बाद वह 'अमरित' चखा हो जिसे प्रेम कहते हैं।

विवाह के बाद का यह पहला और अन्तिम पत्र है जिसे तुम 'वैयक्तिक' कह सकती हो। मेरी के मुझ पर अनन्त उपकार हैं और हमारा स्नेह भी प्रगाढ़ है। अन्तर-वैयक्तिक जीवन में विश्वास की महत्ता क्या है, यह तुमसे ही मैंने सीखा है, बल्कि तुम्हारे पिताजी से! जिन्हें उन-जैसे स्कूल-शिक्षक मिले, उनका जीवन एक अद्भुत उजास से लगातार भरा रहा। जो भी वे समझाते थे, जीवन के सहज प्रसंगों से उदाहरण उठाकर।

तुम्हें याद है, एक बार दसवीं के बोर्ड के पहले उन्होंने किसी सूक्ति की व्याख्या में सहज कह दिया था—'जिसने विश्वास कर लिया, उसे छलने में कौन-सी बुद्धिमत्ता? जो गोदी में आकर सो गया, उसे मार डालने में कौन-सी बहादुरी?' अभिभावकों, शिक्षकों, लेखकों-चिन्तकों और जननायकों की ऐसी बातें ही बाल मन या किशोर-मन का सहज संस्कार बन जाती हैं।

मैंने तुम्हारे साथ न्याय नहीं किया। बचपन से हम साथ-साथ ही पढ़े-लिखे। एक मीठी-सी धुन हमारे प्राणों में लगातार बजती रही, पर यह धुन प्रशस्त गान बन ही न पायी—परिस्थितियों-मनःस्थितियों की जकड़न कभी-कभी ऐसी हो जाती है कि आदमी 'अन्तरंग' का 'सहज' साथ छोड़कर 'दूरस्थ' और 'अज्ञात' के रूमानी आकर्षण में बँधता जाता है, एक विकट स्वप्न-संजाल में उलझता जाता है, आँखें खुलती भी हैं तो देर से!

लेकिन वह मीठी धुन लगातार मेरे गहनतम अँधेरों में जगती रही। मुझे जब कोई मार्ग दिखाया, उसी ने दिखाया।

ध्यान से सुनो, जो अब मैं कहने जा रहा हूँ! पिछले कई महीनों के अनवरत मन्थन के बाद अन्ततः मैंने निश्चय कर लिया है कि मैं भारत लौटूँगा—गणेशनारायण देवी से मेरा समानान्तर पत्राचार चला। वे अपने अभियान में मुझे साथ जोड़ने को तैयार हैं।...तो मैंने वानप्रस्थ ले ही लिया। मेरी भी साथ आने को तैयार है।

जी. एन. देवी के नाम पर अब भी तुम मुस्का देती होगी। बड़ोदरा जाने के पहले कुछ महीने तुम्हारी वह चवनिया मुस्कान देखने मैं बिलासपुर जरूर आऊँगा!

क्या कहा करती थीं तुम? यही न कि आत्मा अपने स्वयंवर खुद रचा लेती है, और तुम्हारी आत्मा ने जिस मंगलमूर्ति से स्वयंवर रचाया है, उसकी आत्मा में प्रकाश है ऐसे ही प्रज्ञापुरुषों का!...पागल थी तुम और पागल हूँ मैं कि अपने उन्हीं रकीबों में से एक की छाया में जीवन जीने जा रहा हूँ—वो भी आदिवासियों और वंचितों के बीच!

खुश हो न, घोघो रानी?

तुम्हारा,

आशिष

बिलासपुर
27.8.2009
प्रिय आशिष,

अभी-अभी तुम्हारा पत्र मिला! जी. एन. देवी ने तुम्हें बुलाया है, इससे बड़ी बात क्या होगी। तुम उनके साथ वंचितों के बीच काम करोगे—वह भी पढ़ाई-लिखाई का, यह सोचकर ही मगन हूँ।...बहुत धन्यवाद, बाबू! तुमसे भी ज्यादा धन्यवाद मेरी का कि उसने सही मायने में विश्व-नागरिकता स्वीकार की।

जिस वर्ष हमने मैट्रिक की बोर्ड परीक्षा दी थी, भैया जे.एन.यू. में थे। बोर्ड परीक्षा के तुरन्त बाद उन्होंने जो उपन्यास मुझे पार्सल किये थे, उनमें से एक जॉन स्टीनबैक का यह महान उपन्यास भी था। 'रोष का बिम्बन अंगूर के दानों में!' छूटते ही मैंने चिट्ठी लिखी और पापा के पेट का तकिया बनाये उनसे भी तरह-तरह की बहसें कीं...।

आदम-हव्वा वाला 'सेब' हो, लोमड़ी वाले वे 'खट्टे अंगूर' या 'एक अनार सौ बीमार' वाले लाल अनार-दाने : बाल-मन की टोकरी में अलग ही तरह से ये सजते हैं। बाद में जीवन की परतें जब गम्भीरतर अर्थ-व्याप्ति में खुलती हैं—बिम्बों-प्रतीकों का मर्म समझ में आता है।

विश्वायन के बाद विस्थापित लेबर 1940 के आसपास के दहशतजदा विस्थापित समूहों से अलग है तो कैसे, मिलता-जुलता है तो कितना—इसी पड़ताल के लिए 'द ग्रेप्स ऑफ रॉथ' जैसे क्लासिक का दुबारा पढ़ा जाना एकदम जरूरी है, है न आशिष?

सन् 1939, 'डिप्रेशन' के समय का आक्लोहोमा। बैंक और कम्पनियाँ हर तरफ एक कोहराम-सा मचाये हैं। किसान लगान नहीं दे पाते और बड़े-बड़े ट्रैक्टर उनके मकान ढाह देते हैं। भाग रहे हैं लोग—इधर से उधर और शहर की ओर। जो कुछ ले जा सकते हैं, गठरियों में बाँधे भाग रहे हैं। जोड परिवार : दादा, दादी, अंकल जॉन, माँ-बापू और बच्चे, नोआ, अल, किशोरी रोज ऑफ शैरन-गर्भ भार से थर-थर। उसका पति, कानी और जोड के दो चचेरे भाई-बहन, रूथी और विंफिड, सब के सब कैलिफोर्निया जा रहे हैं क्योंकि, हैंडबिल कहता है, वहाँ हजार मजूरों की जरूरत है।

युवा टॉम जोड अभी-अभी जेल से छूटा है। आत्मरक्षा में उससे एक हत्या हुई थी।...माँ बिसूर रही थी लगातार कि टॉम से अब शायद कभी मिलना सम्भव न हो। उसकी दुआओं के जवाब में ऐन वक्त पर टॉम जेल से छूटा और माँ अब निश्चिन्त मन से महाभियान की तैयारियाँ लगी करने—चौके के मोर्चे पर जो तैयारियाँ होती हैं— सूअर मारे गये, उनका मांस नमक में लपेटकर कई दिनों की खातिर सुरक्षित किया गया। टॉम के साथ था उपदेशक, जिम कैरी जिसने उपदेश अब बन्द कर दिये थे। जीवन-जगत के विकट अनुभव उसको आश्वस्त कर चुके थे कि ईश्वर अगर कहीं है तो चर्च-वर्च में नहीं, सड़कों पर है—रोटी की टोह में बदहवास भागता हुआ।...घर से निकलते हुए बापू ने माँ से पूछा, 'ये कैरी साथ चल रहा है? क्या हम एक अतिरिक्त पेट पाल सकते हैं?' माँ ने जवाब दिया, 'सवाल पाल सकने' का नहीं है, 'पालेंगे कि नहीं'—ये है सवाल।...जब भी कुछ घटता है। और सवाल कुछ करने का उठता है, करके देख लेना मुझे कुछ न करने से तो बेहतर दीखता है।''

रूट 66, टूटी-फूटी लॉरियाँ ट्रकें-कारें, उन पर मवेशियों की तरह से लदे-फदे लोग। कई गाड़ियाँ तो रास्ते में ही टें बोल गयीं—उन पर धँसे लोग जहाँ के तहाँ रह गये। दादा-दादी रास्ते में ही स्वर्ग सिधार गये। नोआ परिवार छोड़कर चला गया...विकट यात्रा के उपरान्त जब अन्ततः जोड की पुरानी 'एडसन' गाड़ी कोलोरडो नदी तक पहुँची—माँ का मन बेहद भारी था।...खैर, किसी तरह रेगिस्तान पीछे छूटा और पहाड़ के नीचे कैलिफोर्निया की हरी घाटियाँ दिखाई देने लगीं।...गो-धूलि वेला तक वे बेकर्सफील्ड के शरणार्थी शिविर तक पहुँचे। शरणार्थी शिविर था कि कूड़े का ढेर? गद पर गद आदमी जैसे कि सामान। छीना-झपटी, लूट-मार, भागम-भाग। जरूरत सौ लोगों की थी, बुला लिये गये हजारों ताकि कम से कम मजूरी पर लोग खटने को तैयार हो जाएँ...रह-रह कर उनको निकाल दिया जाए, हेरा-फेरी लगी ही रहे, नौकरियाँ पक्की करने का सवाल ही नहीं...न नौकरी पक्की होगी, न कोई संगठन बनेगा।...'हायर एंड फायर'। हमारे समय का सच भी तो यही है।

भूखे बच्चों की कतार को 'कुल्हाड़ी का सूप' मिला-खाना नहीं, खाने का आश्वासन...पानी पी-पीकर भूख बहलायी गयी। इतना ही तो पूछा था फ्लोएड ने कि पगार कितनी मिलेगी कि उस पर डेपुटी शेरिफ ने गोली चला दी : 'रेड एजिटेटर है यह। इसकी सजा यही है।' याद आया कुछ? याद आया 'होंडा'—कांड? गुड़गाँव के फैक्टरी-आउटलेट पर ऐसे ही गोली चली थी। बेकसूर मजदूर : 'जलियांवाला बाग का' परिवर्द्धित संस्करण।

फिर मची भगदड़। भाग गया कॉनी। जत्था आगे बढ़ गया। नाशपातियाँ और कपास के गोले-चुनने जैसे दो टके के कामों के साथ। 'तीन बुलावै तेरह आवै' वाली स्थिति हावी थी। हड़ताल, मुठभेड़ें। कुछ जानें तो फिर से ये यों ही गयीं—चुटकियों में।

टूटे-फूटे बॉक्स कार में शेरॉन के मरा हुआ बच्चा हुआ। दूध के आवेग में उसकी छाती फटने लगी, लेकिन अब किसी बात पर वह रोती-बिसूरती नहीं।...काया कमजोर हो गयी थी—माँ ने कहा, 'इस खलिहान के पास थोड़ा सिर टिका लो...आगे फिर बाद में भागेंगे... ।' एक बूढ़ा आदमी वहाँ भूख से बिलबिलाता दिखा—कोई लड़का उसके ऊपर झुका था—'थोड़ा-सा दूध या सूप बचा हो तो दे दो...वरना ये बचेगा नहीं।' माँ ने शेरॉन की आँखों में देखकर चुपके से गर्दन हिला दी और सबको लेकर खलिहान के बाहर चली गयी। चुपचाप शेरॉन ने अपना ब्लाउज खोला और भूख से अकुलाया अजनबी माथा अपनी छातियों तक उठा कर बोली, 'पियो, तुम्हें पीना होगा...' कहते-कहते एक रहस्यमय मुस्कान की आभा उसके वजूद को नहला गयी।

यहीं यह उपन्यास महाकाव्य की आभा से नहा गया। बाइबल के 'द बैटल ऑफ द रिपब्लिक' के समानान्तर बढ़ती कथा जिजीविषा के अपने उत्कृष्ट चित्रण में 'सांग ऑफ सांग्स' के बिलवेड की याद दिला गयी—'लो खाओ, यह शरीर तो मेरा है।' अब जाकर अर्थ खुला कि रोष भी अंगूर का गुच्छा कैसे बन जाता है। रोज ऑफ शेरॉन की वे दूध भरी छातियाँ ही अंगूर का गुच्छा हैं—खट्टे अंगूरों का गुच्छा नहीं—'राइपनेस इज ऑल वाली' अमिय-गंध से लहालोट अंगूरों का गुच्छा, जिसमें दधीचि की हड्डियों का 'सत' तो है ही, 'मिल्क ऑफ ह्यूमन काइंडनेस' का 'लस' भी है।

यह 'लस' हर प्रकाशमान आत्मा में होता है शायद! जब तुम यहाँ से गये थे, तुम्हारे पाँचेक संकल्पों में एक संकल्प यह भी था कि जल्दी ही लौट आओगे—जैसे रामचन्द्र गाँधी लौटे, जी. एन. देवी लौटे, गिरीश कर्णाड और राधावल्लभ लौटे...वापस अपनी मिट्टी तक, अपनी गरीब बस्तियों तक।...अब लौटने के दिन करीब आ रहे हैं तो बार-बार यही ध्यान में आता है कि तुम्हारे चेहरे पर उत्सर्गवाली वह अनूठी कान्ति कैसी फबेगी जैसी हमारे समय के इन फकीर नायकों के चेहरे पर थी जिनके व्याख्यान सुनने को लालायित हम जे. एन. यू. वाली लाल बस से कभी भी कहीं भी निकल जाते थे, खासकर सोवियत संघ के विघटन वाले बेचैन दिनों में जब दुनिया एकध्रुवीय होने लगी थी और काला पैसा ही ख़ुदा वाली मुद्रा धरने लगा था।

सबसे पहले तो तुम अपने परिवार के साथ माँ के पास जाओगे, और उसके बाद? क्या तुम कम-से-कम एक साल यहाँ बस्तर के जंगलों में मेरे साथ 'कथासत्रम्' नहीं चला सकते! हम गणेश देवी को भी यहीं बुला लेंगे।

बेटी को बहुत प्यार।

सस्नेह

× × ×

रात बारह बीस पर ऐल्विस पुतुल ने चिट्ठियों का यह पुलिन्दा खत्म किया तो उनके मस्से के तीनों बाल टेबुल फैन की हवा में तेजी से काँप रहे थे और उनके होंठ अन्दर

के आवेग में! तेजी से उनका दिमाग चल रहा था! क्या ये चिट्ठियाँ कचहरी में आशिष सर की निष्कलुषता और मान्यता मैडम से उनके सम्बन्धों की उदात्तता का गवाह बन सकेंगी? क्या सरकार यह प्रमाण मानेगी? कुछ-न-कुछ तो करना होगा! पेड़ लगाने से शहर की आबोहवा में नाटकीय परिवर्तन नहीं होता, लेकिन परोक्ष-सा, महीन परिवर्तन तो अवश्य घटित होता है—कुछ-कुछ वैसा ही महीन, परोक्ष-सा परिवर्तन जैसा साहित्य का मन पर! और पेड़ लगातार लगाये जाएँ तो शहर की आबोहवा में क्रान्तिकारी परिवर्तन भी जरूर घटित होते हैं! यही कहती थीं न मान्यता मैडम!

क्या इसी थीम पर कचहरी में खेले गये नुक्कड़ नाटक से बात बनेगी? क्या भाषा से ही अन्तिम ब्रह्मास्त्र पाएँगे दुनिया के अलग-अलग हिस्सों में लगातार चल रहे जनान्दोलन?

राँची एक्सप्रेस

इसके बाद का हिस्सा सार्वजनिक करना मुझे संगत नहीं जान पड़ा। मैं देख रहा था कि डिब्बे के सारे सहयात्री सजग हो रहे थे और किनारे की सीट पर निःसंग सोया वह रहस्यमय प्राणी तो ऐसा हवन्नक-सा चेहरा बनाये सब कुछ बूँद-बूँद पिये जा रहा था मानो यह उसके जीवन की ही दास्तान हो! थोड़ी ही देर में उसकी गतिविधियों से यह जाहिर हो गया कि उसका दिमाग जरा विशृंखल है—पर थोड़ा अलग ढंग से ही विशृंखल जैसे कि किसी जीनियस का होता है।

यहाँ तक पहुँचते-पहुँचते वह नाटकीय आवेश में खड़ा हो गया और ऐसी बातें लगा करने जैसे कि वह वही हैमलेट हो, वही मैकबेथ और ऑथेलो, वही किंगलियर और जूलियस सीजर! इस सभी त्रासदियों का महानायक वो ही हो! मस्तिष्क तो इतना तीक्ष्ण था कि बहुतेरे शब्द एक ही पारायण में उसे याद हो गये थे, पर एक तार कहीं ढीला था, इसलिए प्रसंगातीत होकर गडमड हो चली थीं सारी ध्वनियाँ-अन्तर्ध्वनियाँ।

"टका तुक-टका-तुक
टका तुक-टका-तुक
छुक्क-छुक्क छुक्क
वो देखो गद्दी पर बैठे हैं
काजी महाकाजी, पाजी महापाजी
तोंद बढ़ी मुर्ग मुसल्लम से,
आँखें शातिर और दाढ़ी नुकीली...
टु बाई ऑर नॉट टु बाई
दैट इज द क्वेश्चन!
हू ऐम आई? कौन हूँ मैं?
किंग लियर? जीवन की पटखनिया खाया हुआ आदमी किस्मत की रगड़धस्स

झेलकर खड़ा, जाने-अनजाने सब दुःखों का साधा हुआ,
करुणा में सींझा हुआ!
सींझा क्या?
क्या सींझा? सींगा मछली सींझा
सुनो, अरे सुनो, सुनो साधो—
झाड़ो सब लम्प-लिफाफा,
झेलो अपनी छाती पर वह सब
जो झेलते हैं अभागे सड़क पर
उन पर उड़ेलो यह आरोपित जगर-मगर
धिंधि उड़ेलो, उड़ेलो न
तक्क धिन, तक्क धिन-तक्क धिन,
ऐसा झुलसा मेरा जीवन कि उम्मीद कोई नहीं
वृद्धावस्था के वरदानों की—
इज्जत, दुलार, आज्ञाकारिता, मित्रों की टोली
स्वप्न है मेरे लिए!
जागिए,
एक-एक जख्म सीजर का,
मेरे शब्दों में पुकार रहा है आपको...
रोम के देशभक्त योद्धाओं की ये प्रतिमाएँ
गदर ठानकर बैठी हैं...
वेनिस के लोगो
याद कभी करना मुझे तो कुछ ऐसे...
कहना कि यह एक ऐसा बंदा था
जिसे प्यार करने का कोई शरूर नहीं था,
पर प्यार उसने किया था बहुत टूटकर।''

जब तक यह अण्ट-बण्ट बोल रहा था, मुँह पर उसने अपना तौलिया गिरा रखा था। जैसे ही संवादों का सिलसिला टूटा, नाटकीय ढंग से इसने तौलिया हटाया और पहली बार मुझे इसका चेहरा गौर से देखने की सुभीता मिली।....

और मैं गच्चा खा गया, कलेजा मुँह को आना क्या होता है—कोई मुझसे पूछता उस क्षण!... कॉमरेड शशिशेखर?

उस समय पहली बार मैंने गौर किया कि उनका एक हाथ खिड़की से बाँधकर रखा गया है! ये तीन पुलसिया बन्दी जो बैठे अंत्याक्षरी खेल रहे थे, उनके कैदी थे ये! उन्हें सेंट्रल जेल के पागलखाने में शिफ्ट किया जा रहा था। पुराने कैदियों से

पुलिस के जवान भी दोस्ताना व्यवहार करने लगते है, जब वे हाइपर होते, उन्हें नींद की दवा खिलाकर सुला दिया जाता।

फिर से वही होने जा रहा था कि मैं उठ खड़ा हुआ! उनकी आँखों में तो अपरिचय का अँधेरा था, पर मेरी आँखों की रोशनी उनका ही दमक थी! पुलिसिया जवानों की ओर घूमकर मैं बोला—''दादा, अब ये, तुम्हारे किस काम के है? देश-काल, सबसे अतीत हो चुके हैं! मेरे गुरु हैं ये इन्हें तुम मेरे हवाले करो! आखिरी दिनों में मैं इनकी देखभाल कर लूँगा! पागलखाने के अपरिचय में मैं इनको मरने नहीं देना चाहता। जंगल की जड़ी-बूटियाँ इन्हें शायद फिर हरा कर दे।''

''हरा करोगे इसे? ताकि यह आतंकी कार्रवाइयों से लोगों का जीना दूभर कर दें! बड़ी मुश्किल से पकड़ में आया था... छोड़ दें बर्खास्त होने की खातिर?'' ''देखो भाई, बूढ़ा नक्सल देवता होता है। ये सच्चे नक्सल थे! रामदेव उराँव जैसे झूठे नक्सल तो छुट्टा साँड बने घूम रहे हैं क्योंकि उनमें तुम्हारी जेब गरम किये चले जाने की पैसा है। सच्चा नक्सल एक आदर्श पर काम करता है और अपने लिए एक भी पैसा नहीं बचाता। कोई दर्शन कभी गलत नहीं होता, प्रयोग गलत हो सकते हैं... प्रयोग विफल होने से प्रयोगकर्ता की मानवीय गरिमा छीन ली जाये, यह कैसा न्याय!... सरकार यदि ऐसे जननायकों से संवाद करे और इनके अनुभवों का जनहित में उपयोग हो तो बात बने...''

''कौन इस सच-झूठ में डूबे? हम छोटे लोग हैं, हमें अपनी ड्यूटी बजानी है। तुम नचनिया लोग हो! अपना बाइस्कोप आगे बढ़ाओ!''

इतनी तनातनी का नतीजा यह कि 'कथासत्रम्' तत्काल बन्द हो गया। सब तनावग्रस्त अपनी-अपनी जगह जा बैठे! बाकी की डायरी ललिता ने ऊपर की बर्थ पर बैठकर अकेले-अकेले पढ़ी—

अटकन-चटकन दही चटाकन

सारांश यह कि छत्तीसगढ़ विश्वविद्यालय के पत्राचार-कार्यक्रम के लिए मान्यता मैडम और आशिष सर कई तरह का संवादी पाठ्यक्रम तैयार कर रहे थे जहाँ शेक्सपियर के कानों में कालिदास कुछ कह रहे हों, जॉन डन के कानों में कबीर, डिकेन्स और चेखव के कानों में प्रेमचन्द और यशपाल, शास्त्रीय कविता के कन्धे पर आदिवासी लोकगाथाओं के हाथ हों। जिन दिनों पाठ्यक्रम तैयार हो रहा था, आशिष सर फ्रेम के बाहर थे, यानी सोआस में, और कुलपति की चिर-तृषित पुरुष-दृष्टि मान्यता मैडम से जुड़े प्रवादों के रास्ते उनके अन्तरंग वृत्तों तक पहुँचकर उनका शिकार खेल जाने के सपने सँजो रही थी! ओजपूर्ण ढंग से बोलती हुई सुन्दर स्त्री एक 'मजेदार और दिलचस्प तमाशा' तो होती ही है—'कोई कपि वन जाए सहज सम्भाव्य है!' कपि यानी बन्दर बनकर हजार उछल-कूद मचा लेने के बावजूद यदि किसी और हाथ में पड़ा ठोंगा हाथ न आया तो जगता है अन्दर का भेड़िया जो एकदम से शिकार पर टूट पड़ता है

कुलपति से अन्तरंग 'मैत्री' का आमन्त्रण साम-दाम-दंड-भेद से मान्यता मैडम ने नकारा और फिर आशिष सर भी 'फ्रेम' में चले आये। तब तक पाठ्यक्रम तो पास हो चुका था, पर पाठ-संस्तुति की प्रक्रिया प्रारम्भ नहीं हुई थी। भाषा-विभाग के डीन कुलपति की मुट्ठी में थे। 'बिनु काज दाहिने-बायें' करने वाले सिर्फ दुष्ट ही नहीं होते, चाटुकार भी होते हैं! जिस धीरज से गली का कुत्ता कसाई के पारे के आसपास मँडराता रहता है कि कभी तो कोई 'टुकड़ा', कोई 'हड्डी' छिटककर पास आएगी, बिन माँगे मोती मिलेगा, वे प्रभुत्वसम्पन्न लोगों के दरवाजे बैठे रहते हैं—वहाँ की मिट्टी सूँघते हुए, बीच-बीच में एकाध लात लग जाए तो उसे भी ईश्वरीय प्रसाद मानकर ग्रहण करते हुए।

कामदग्ध व्यक्ति तो क्रोधदग्ध व्यक्ति से भी ज्यादा फुर्तीला हो जाता है—चाहे उसके पाँव कब्र में ही क्यों न पड़े हों! जिस फुर्ती से उन्होंने मान्यता मैडम के आस-पास जाल बुनने शुरू किये थे, उसी फुर्ती के साथ उनके 'आचरण' और उनकी

'कूबत' के खिलाफ वक्तव्य देने शुरू किये, पहले तो चापलूसों की दारू-पार्टियों में, फिर स्थानीय पत्र-पत्रिकाओं में। एक बार तो उन्होंने सब स्त्री कार्यकर्त्ताओं को 'मादक विषकन्याएँ' कह दिया।

"भाइयों और पतियों की प्रतिक्रिया अक्सर ऐसे मौकों पर उस परितप्त स्त्री के विरुद्ध ही जाती है जिसे लोक-प्रवाद में घसीट लिया गया हो। "कहा था न, औरत हो, औरत की तरह रहो, घर की देहली न लाँघो, लाँघो तो हमारे संरक्षण में" जैसा कुछ व्यक्त-अव्यक्त हुंकार में गूँजता है! गैंग-रेप की शिकार कामकाजी लड़की हो या कुटिल टिप्पणियों की शिकार वयस्क कार्यकर्त्ता—'जले पर नमक' वाले मुहावरे का मर्म खूब समझती है। जिसे आज तक कुर्सी-टेबल समझा गया, उसकी यह मजाल कि वह अपनी लय में बढ़ना चाहे! जिस कुर्सी पर मैं ही अभी बैठा हूँ, यदि मुझे गुदगुदाकर कहे—'अब उठो, मुझे जाना है बाहर' तो खुन्दक चढ़ेगी ही! "जब तक कोई अगले को संवेदनहीन, प्राणहीन, उपयोगी 'वस्तु' समझता रहेगा—सामरस्य होगा ही कैसे, कैसे होगा तादात्म्य, जो कि इगैलिटेरियन समाज का आधारभूत प्रमेय है!"—आशिष सर हमें अक्सर समझाते!

विषकन्या-प्रकरण पर बहुतेरे स्त्री-संगठनों ने अपने-अपने ढंग से प्रतिवाद व्यक्त किये, पत्राचार-महाविद्यालय के हम छात्रों ने दौड़-धूपकर कुछ विरोध-प्रदर्शन भी आयोजित किये और इसका जवाब यह कि हम सब को मनगढ़न्त आरोपों पर रेस्टिगेड कर दिया गया! मैंने जिस लड़की को देखा भी न था, सिर्फ फेस-बुक पर जिससे दो-एक बार की बातचीत थी—उसने अचानक मेरे खिलाफ एफ.आई.आर. दर्ज कर दिया कि मैंने उसे अभद्र प्रस्ताव भेजे हैं। दरअसल वह कुलपति साहब के पी.ए. की बेटी थी और मैं उसकी स्थिति समझ सकता था! मेरे मित्र को यह कहकर जेल भेज दिया गया कि उसने एक पोस्टर फाड़ा जिस पर अम्बेडकर की तस्वीर थी! वह बेचारा, मिथिला का सहमासा, पढ़ाकू लड़का, पढ़ाई की मेज से उठता ही तब जब बाथरूम जाना होता या क्लास, कभी भरमुँह किसी से बोलता भी नहीं, लगातार इसी चिन्ता में घुला करता कि घर का कर्ज कैसे सधेगा, बहनों की शादी कैसे होगी, समाज वर्ण-वर्ग-लिंग-नस्ल आदि की घेरेबन्दियों से ऊपर कैसे उठेगा (इसी वरीयता क्रम में उसकी चिन्ताएँ घुमड़ती थीं, पहले पर्सनल, फिर पोलिटिकल, पर घुमड़ती थीं एक साथ) उसे जीवन में कोई शॉर्टकट नहीं चाहिए था! गणित में बी.ए. करने के बाद वह साहित्य में एम. ए. करने आया था कि नौकरी न भी मिली तो गणित के ट्यूशन पढ़ाकर और महत्त्वपूर्ण पुस्तकों के अनुवाद करता हुआ वह कामचलाऊ पैसे तो उगाह ले!

उसे जब परीक्षा देने से 'डिबार' कर दिया गया तो उसका चेहरा नीला पड़ गया! हम तो कुछ हल्बाबाज थे भी, वह बेचारा सचमुच ही जौ के साथ पिसा हुआ घुन था! फरियाद लेकर वह कुलपति के पास गया तो कुलपति ने माफीनामे की बात

कही। यह कहा कि उनके खिलाफ जितने एफ.आई.आर. उसके साथियों ने किये हैं और जितने वक्तव्य इधर-उधर देते फिरे हैं—वे सब वापस लें तो उन्हें विश्वविद्यालय में वापस लिया जाएगा। आशिष सर के समझाने-बुझाने पर हम समझौता-वार्ता के लिए राज़ी हो गये, पर कुलपति-निवास पर तो और ही तरह की खिचड़ी पक रही थी।

हमारी यह शर्त तो मान ली गयी कि मान्यता मैडम और उन सब स्त्रियों से कुलपति साहब माफी माँग लें जिनके खिलाफ उन्होंने अभद्र टिप्पणी की है, पर बदले में हमसे भी बहुतेरे कागजातों पर दस्तखत लिए गये और कुछ इतनी अफरा-तफरी में, यह कहते हुए कि एक विदेशी शिष्ट-मंडल आने वाला है, कि हम ठीक से सारे कागज पढ़ भी न पाये।...उन्हीं कागज़ों में कुछ ऐसे कागज भी थे जिनसे बाद में हमारी नकेल कुलपति के हाथ में आ गयी। उन कागज़ों के अनुसार हमारा विश्वविद्यालय छोड़ना अनिवार्य हो गया, वे यह सिद्ध करते थे कि हमने जाली कागजों के आधार पर जेएनयू में एम. फिल. के लिए आवेदन किया था।

इस तरह के कई दलदल काटने के फिराक में जुलुमिया पुलिसिया से लगातार लुकाछिपी खेलते, दाने-दाने को मोहताज, हम जंगलों में भटकते और सपने देखते, गाने गाते, मन गिरने लगता तो नाटक भी खेलते, कभी कोई खाना दे देता तो हँसकर खा लेते! मान्यमा मैडम की हत्या के आरोप में आशिष सर का जेल जाना आन्दोलन के आर्थिक अवलम्बों पर एक अप्रत्याशित कुठाराघात था। हमारी और कोई फंडिंग एजेन्सी तो थी नहीं—शेक्सपियर, ब्रेष्ट, कालिदास, भिखारी ठाकुर और उन लोकवृत्तों के सिवा जिनका अक्षय कोष हमें कभी विपन्न होने ही नहीं देता था।"

एक बार कुलपति ने राजीव को बुलाकर चुटकी ली—

"अब तो बच्चू, तुम गये! जेएनयू. में पढ़ने का ख्वाब तो गया चूल्हेभाड़ में। ...एक-एक को अलग छिटका दूँगा। अकेला चना कभी भाड़ नहीं फोड़ता।"

"लेकिन उड़कर वह भड़भूँजे की आँख जरूर फोड़ सकता है", राजीव आहिस्ते से बोला और इस तरह उठकर खड़ा हुआ कि कुलपति कचकचाकर रह गये।

आत्मवध : अर्जुनों की मुश्किल

सबसे बड़ी मुश्किल 'अपनों' पर प्रहार की होती है और सारी दुविधाओं की जड़ है यह आधारभूत तथ्य कि परमउद्धत व्यक्ति में भी अच्छाई के रेशे होते हैं और परम विनीत में बुराई के। प्रकृति दुनिया की सारी बुराइयाँ एक ही बोरे में नहीं कोंचती। उसकी वितरण व्यवस्था गुण-दोष के वितरण में तो बहुत ही सजग है। मान्यता मैडम और आशिष सर के लिखे पाठ पाठ्यक्रम-समिति ने नहीं पास किये तो नहीं सही, पर कुछ अच्छी योजनाएँ भी विश्वविद्यालय में चल रही थीं—दुनिया-भर के क्लासिकों पर अच्छी विडियो फिल्में बन रही थीं, तरह-तरह के ज्ञान-कोष बन रहे थे, साहित्यकारों के जीवन-जगत् से जुड़े आर्काइवल समली थी। आजीवन विद्या-बुद्धि को समर्पित रहने के बावजूद उन्हें बीवी-बच्चों के प्रति एक खास तरह के अपराध-बोध का एहसास होता था। संक्षेप में इसे हम द्रोणाचार्य की मनःस्थिति कह सकते हैं जो जीवन के उत्तरार्द्ध में थके हुए योद्धाओं को राज्याश्रय लेने पर विवश कर देती है। कृतघ्न वे होते नहीं, इसलिए पूरे जोर-शोर से राज-काज संचालन में लग जाते हैं। शायद कहीं यह भी उम्मीद रहती हो कि प्रतिकार के रास्ते जो बृहत्तर स्वप्न सध नहीं पाये, राज्याश्रय के रास्ते शायद सध जायें—आखिर यह भी तो एक रास्ता है।

आशिष सर का कहना था कि प्रतिपक्षी की मनःस्थिति पर भी सहानुभूति से विचार करना चाहिए, यदि वह पखठोसा अपराधी न हो जिसे 'हार्डेण्ड क्रिमिनल' कहते हैं। उसकी दुखती रग भाँपकर ही उससे मनोवैज्ञानिक युद्ध लड़ा जा सकता है और वे सारे 'चकत्ते' उजागर किये जा सकते हैं उसके आगे जिस पर शर्मसार होकर वह अपना रवैया बदल दे।...इसी गाँधीवादी तेवर पर पार्टी के उग्रतर मार्क्सवादी नेता उनसे चिढ़ते थे। और कोई खुलकर उन्हें जेल से छुड़ाने में हमारा साथ नहीं दे रहा था। साथ दे रहे थे तो कालिदास, शेक्सपियर, ब्रेष्ट, मोहन राकेश, तेंडुलकर...। साथ दे रहे तो बस कविता और नाटक और जीवन्त आख्यान।

खण्ड-3

‘वह हँसी बहुत कुछ कहती थी’

कहते हैं, वो ऐसी-वैसी थीं

कहते हैं, गन्दगी को भी सफेदी से अनुराग होता है। सफेद कपड़े ज्यादा मैले क्यों दीखते हैं? क्योंकि मैल के छींटे वहाँ अलग से झलकने लगते हैं और जल्दी उसका पिंड नहीं छोड़ते!

कहते तो यह भी है कि सफेदी जीवन के सातों रंग आत्मसात किए रहती है, पचे हुए होते हैं इसमें सातों रंग—तभी अलग से झलकते नहीं! योगी के चित्त की तरह होती है सफेदी। इन्द्रधनुष उसमें समाहित होता है। और इन्द्रधनुष की रंग-योजना में कालिमा से मिलती-जुलती श्यामलताएँ तो समाहित होती हैं, कठोर कालिमा समाहित नहीं होती! कालिमा जो सब को ठुकराकर-मिटाकर हँसती है, उस कालिमा को भी काली माँ कहते हैं दिकू और उस कालिमा में जीवन के सात रंग समाहित मानते हैं, पर कुछ इस तरह जिस तरह कबीर की काली कमली में जहाँ 'चढ़ै न दूजौ रंग!'

परिवार का घेरा अनन्त करने की जो प्यारी-सी जिद मान्यता मैडम ने ठानी, उस जिद का रंग कबीर की काली कमली वाला हो गया, उसपर दूसरा रंग चढ़ ही नहीं पाया, पर उनके वजूद का रंग तो सफेद ही था—सो उसपर छींटे खूब पड़े। तरह-तरह की रंगीन अफवाहें आँसू गैस की तरह उन्हें घेरे ही रहीं, जैसे ये कि डॉक्टर टंडन को नेक्सलाइटों ने शादी के कुछ ही महीने बाद अगवा कर लिया था। गाहे-बगाहे पुलिस की गोलियों से नक्सली घायल हो जाते थे, उपचार के लिए एक अच्छे डॉक्टर की जरूरत तो थी ही। कुछ लोगों का यह कहना था कि वे पत्नी के प्रभाव में नेक्सलाइटों से जा मिले। इस शक पर पुलिस उन्हें रह-रहकर तंग भी करती रही। एक अफवाह यह भी थी कि एक दफा थर्ड डिग्री टॉर्चर भी इनका हुआ। कोई स्पष्ट प्रमाण नहीं होने के कारण इन्हें पैरोल पर छोड़ तो दिया गया लेकिन चलते-चलते जलती हीटर पर दारोगा ने इनसे पेशाब करवाया जिसके चलते ये सर्वथा नपुंसक हो गये। दुनिया का इलाज करने वाला खुद अपना इलाज न कर पाया!...और उसके बाद मजबूरी में पत्नी से कहा कि अपने पूर्व प्रेमी से ही सन्तान पैदा करके उनको 'पितृत्व' का दर्जा दे... वगैरह-वगैरह!

इतनी अजीबोगरीब किंवदंतियों से घिरी यह औरत मरी तो कैसे और क्यों : यह सचमुच बड़ी पहेली थी। तहकीकात के लिए मैं जहाँ-जहाँ गया, जितने लोगों से मिला—उतनी तरह की रपटें मिलीं। हर रपट में उनके चरित्र का एक नया पन्ना उद्घाटित होता।

विडम्बना यह थी कि मान्यता मैडम के सगे भाई बस्तर जिले के पुलिस कमिश्नर थे। और दोनों के बीच सम्बन्ध ऐसा हो गया था जैसा 'पंचतंत्र' के लघुपतनक कौए ने स्वाभाविक बैरियों के बीच का बताया है : 'नेवले और साँप का बैर, पानी और आग का बैर, देवों और दैत्यों का बैर, चूहे और बिल्ली का बैर, अमीर और गरीब का बैर, वैदिक रीति मानने वाले और न मानने वालों के बीच का बैर, कौए और उल्लू का बैर, मूर्ख और विद्वान का बैर, पतिव्रताओं और कुलटाओं का बैर, सज्जनों और दुर्जनों का बैर।' दोनों अपने ढंग से विद्वान और सज्जन ही थे। मान्यता मैडम बताती थीं कि बचपन में भाई उनको गुरुओं के धैर्य से पढ़ाते थे, उनके लिए तरह-तरह की किताबें लाते थे, अपने सामान्य मित्रों को उनके पास फटकने नहीं देते थे और विशिष्ट मित्रों से बताते थे कि उनकी बहन कितनी अच्छी कविताएँ-कहानियाँ लिखती है, जब-जब परीक्षा होने वाली होती—उनका लम्बा-सा प्रेरक पत्र आता...पर धीरे-धीरे उनमें अजब ढंग का वर्ग-वैषम्य आ गया। बिहार में एक गाली चलती है—'बनच्चर'—'वनचर' का भदेस रूप है यह बनच्चर ...जो वन-वन घूमे, चाहे लाल झोला लादकर ही क्यों न घूमे, घर-गृहस्थी ठीक न सँभाल पाये, सार्वजनिक हो जाए जिसकी उपस्थिति और जिसके नाम से एक नक्सलवादी संगठन और एक गैर-पुरुष का नाम भी जुड़ा हो—ऐसी बहन भला किस राजा भैया की लाड़ली होने लगी!

सार्वजनिक जीवन में भाई से चाहे जितना विरोध हो, डॉक्टर साहब जब भाई को गालियाँ बकते, उन पर व्यंग्य-कटाक्ष करते, मान्यता मैडम भाई के पक्ष में तन जातीं : कहतीं, वह कितना ईमानदार है! फिर ससुराल के सब लोग लगते उनकी खाट खड़ी करने। और तो और, बच्चे भी बाज नहीं आते, कहते कि उनके (मान्यता मैडम के) 'सोशल स्किल्स' बिल्कुल अच्छे नहीं हैं, जिन्दगी-भर वे सबसे लड़ती ही रहीं, और मुगालता उनको यह रहा कि वे बहुत शान्तिप्रिय हैं; किसी से भी उन्होंने बना कर नहीं रखा; चाहतीं तो पेज थ्री वाले 'हाई सर्कल' में मूव कर सकती थीं, इससे उन्हें भी कुछ फायदा होता; आदिवासियों-जंगलियों के बीच रह-रहकर अपना स्टेटस तो गँवाया ही, घर को भी लगातार दंगल का मैदान बनाये रहीं; यदि शान्तिपूर्ण ढंग से सबको मिलाकर चलतीं; घर में सदाशयता का माहौल ला पातीं तो वे भी आज कहीं होते; पिता से भी लगातार उनको नफरत इसीलिए मिली कि वह उन्हें माँ का पक्षधर समझते रहे।

जिस सुबह झाड़ियों में फेंका हुआ उनका नीला शरीर पाया गया, उसके एक रात पहले डॉक्टर टंडन से और उसके बाद अपने बेटे से भी काफी खरी-खोटी सुनी थी।

ठीक तरह से देखा जाए तो मान्यता मैडम के पति-डॉक्टर टंडन, और उनके भाई, आशय मेहरा समदुखभोगी थे—घर की लड़की / स्त्री की 'बनचरई' से परेशान, 'घर' में टिक कर न रहने वाली उसकी अत्यधिक सार्वजनिक और (खासी) विवादास्पद उपस्थिति से परेशान! इस नाते दोनों को दोस्त होना चाहिए था। लेकिन वे दोस्त नहीं थे। दोनों को एक-दूसरे की उपस्थिति परेशान करती थी। डॉक्टर टंडन उन्हें परले दर्जे का स्वार्थी और खासा अहंकारी अफसर समझते थे और मेहरा साहब डॉक्टर टंडन को बात-बात में उबल पड़ने वाला असभ्य जंगली! इस विकट बस्तर जिले में सचमुच के जंगली क्या कम थे निबटने की खातिर कि घरेलू जंगलियों को भी वे तरजीह देते। यदि सम्बन्ध तोड़ने की ठान ही ली हो तो किसी को भी सम्बन्ध तोड़ लेने का बहाना ढूँढ़ लेने में कोई मुश्किल नहीं होती। एक दिन पत्नी ने कहा कि मैं तो उनके बीमार बच्चे को देखने गयी थी, डॉक्टर साहब बेवजह चीख पड़े कि क्या छोटी-छोटी बातों पर भीड़ लगा देते हैं आप लोग...और बस दोनों पक्षों का आना-जाना बन्द।...कुछ दिन तो मान्यता मैडम ने उपक्रम किया कि सम्बन्ध सहज हो जाएँ, डॉक्टर साहब थोड़ा झुके भी, पर भाई ने कोई घास नहीं डाली तो इधर बम-वर्षा अनन्त हुई और मान्यता मैडम की जिन्दगी के आखिरी दिन तक होती रही! किस्सा कोताह यह कि मान्यता मैडम के नन्हे उपक्रमों को कोई मान्यता कभी मिली ही नहीं और अब सामने उनका शव पड़ा था।

अबके बरस भेजो भैया को बाबुल

मान्यता मैडम के कागजों में भाई के नाम लिखी अधूरी चिट्ठी भी मिली, जो ऐलविस पुतुल से मैंने साझा भी की;

''प्रिय भैया,

जेएनयू के दिनों में मार्क्सवाद आपने ही मुझको पढ़ाया था, आपसे मैं क्या कहूँ। आप तो मेरे गुरु हैं! उत्पादन-प्रविधि बदलने से कुछ प्रमेय ढह गये हैं इस मार्क्सवाद के, पर इसके द्वारा प्रस्तावित संघशक्ति का महत्त्व तो स्वयंसिद्ध है न! और इस बात का भी कि आर्थिक संरचना सब संरचनाओं का मूल है! यह बात भी स्वयंसिद्ध है कि जब सोचो, समाज के सबसे परेशानहाल व्यक्ति की ओर से सोचो, तुम्हारे किसी कृत्य से उसका हित सधे तो ठीक अन्यथा पाँव पीछे हटा लो!

आप-जैसे ईमानदार अफसर के रहते-रहते वे अधिकारी जेल नहीं जाएँगे तो कब जाएँगे जो डिमार्केशन के नाम पर गाँव की शामलाट या गैरमजुहआ/जमीन कोड़कर उन्हें अपने कब्जे में लेते हैं?

एक बात और समझ में नहीं आती! विकास के नाम पर घटने वाले विस्थापनों के पहले ही सम्भावित विस्थापितों के लिए पुनर्वास कॉलोनी तैयार क्यों नहीं होती? क्यों रोजगार-गारंटी उन्हें लिखित रूप में नहीं आती? क्यों उनके बच्चों के लिए अच्छे आवासीय स्कूल नहीं बनते?

भैया, एक मिनट की खातिर आदिवासी बनकर सोचिए! गाँव में एक तरफ इजाफेदार, मुनाफाखोर, साहूकार, सामाजिक और राजनीतिक दलालों की—उसे फुसलाकर लूट लेने वालों की भरमार और दूसरी तरफ हथियारों से लैस एक जमात जो उन्हें रास्ता दिखाती है : "तुम खुद ही लड़ो अपनी लड़ाई और शान से, मारकर मरो!" वह जमात उनके सम्मान को वचन देकर उनका अहम् जगाती है और प्रताड़नाओं से त्रस्त व्यक्ति, जो रोटी ही नहीं, इज्जत का भी भूखा है, गौरव से मरने का रास्ता पाकर सहज उधर चल पड़ता है। सौदेबाजी उसे आती नहीं तो छह इंच छोटा कर देने का बर्बर नारा ही उसे मोक्ष-मंत्र लगने लगता है।

क्या देता है नक्सल साथी उन्हें? जोर-जुलुम के खिलाफ लड़ने का हौसला और बन्दूक चलाने का प्रशिक्षण। यह ठीक है कि नक्सलियों की जमात में अपराधी भी घुस आये हैं, सीमा से अधिक जमीनों और बन्दूकों की लाइसेंस बचाने का लालच छद्म नक्सलवादियों की भी पूरी फौज खड़ी कर गया है, वे दलालों और रंगदारों से साँठ-गाँठ कर लेते हैं, पर सही नक्सली तो जोगियों-सा त्यागमय जीवन जीते हैं : वे विश्व भर का ज्ञान-विज्ञान-चिंतन-आविष्कार आदिवासी...युवकों तक पहुँचाते हैं और उनका ऐसा उद्‌बोधन करते हैं कि अधिकार-चेतन, प्रबुद्ध शान्ति-सेनानियों की एक पूरी फौज अन्यायी सत्ता और देशी-विदेशी गिद्ध संगठनों के बर-अक्स खड़ी हो सके।" आगे अपील थी कि खडवा जुलूम के कार्यकर्त्ताओं को धर पकड़ने के नाम पर जंगलों की हेम्लेटिंग बन्द हो।

बन्दूक के जोर से बड़े बदलाव सम्भव नहीं, मानती हूँ। लेकिन यह बात भी कम गौरतलब नहीं कि जहाँ बन्दूक पहुँची है, वहाँ ग्रामीणों, सूदखोरों, दबंगों, सरकारी अफसरों, पटवारियों, थानेदारों का जुल्म कुछ तो कम हुआ है। आपके सरकारी अधिकारी भी शान्ति बनाये रखने के लिए नक्सलियों को लेवी देते हैं, पर जनता को राहत देने के लिए उन्हें घूस चाहिए।

आदिवासी सदलबल उमड़ते हैं—'घूस नहीं, हम घूँसा देंगे' तो आप-जैसा अफसर भी संवाद के लिए नहीं न्योतता, किसी-न-किसी एनकाउंटर में फँसाकर उन्हें जेल भेज देता है। क्या ईमानदारी की परिभाषा इतनी संकुचित है? यह ठीक है कि आप सरकारी पैसे में हेर-फेर नहीं करते, लेकिन सरकारी पैसे में हेर-फेर नहीं करना, निजी जीवन कलंकरहित रखना ही क्या पर्याप्त है, भैया? मैं बताऊँगी—किनसे मिलिए! एक बार मेरा फोन तो उठा लीजिए... (इतने पर ही चिट्ठी अधूरी रह गयी थी।)

× × ×

इतनी लम्बी पूछा-पेखी के बाद ऐलविस पुतुल ने मुझे एक बार सिर से पैर तक देखा, फिर एक सिगरेट सुलगाई, कान खुजाए और एक नाट्य-निर्देशक की मुद्रा में बोले—"केस तो मैं लड़ूँगा सो लड़ूँगा! तुम इस पूरे प्रसंग पर पूरे शहर में घूम-घूमकर एक नुक्कड़ नाटक भी खेलो। वे सब आदिवासी लड़के-लड़कियाँ जिन्हें तुम्हारी मान्यता मैडम और मुखर्जी सर ने ज्ञान-विज्ञान के देशी-विदेशी आख्यान सुनाए, आखिर किस दिन काम आएँगे। उनकी एक टोली बनाओ। आदिवासी स्वाभाविक नर्तक होते हैं। समूह-नृत्य करते हुए उनका प्राकृतिक आवेग उत्कर्ष पर होता है, और कृतज्ञता भी उनमें नैसर्गिक होती है। कोई उन्हें इतना मान दे तो वे उससे चौगुना उसको दें!...बाहर की दुनिया चाहे जो कहे, वे जानते हैं संस्थागत ढाँचों के बाहर के अच्छे सम्बन्धों का मर्म!...माओ के अनुयायियों ने हम आदिवासियों के चरित्रगत गुण परखे, दिकू समाज अभी पूरी तरह नहीं समझा है कि उसे एक पर्यावरण-रक्षक, सद्भावपूरित, मेहनतकश, मूल्यप्रवर, हँसमुख, सहयोगी, प्राकृतिक जीवन की ओर आदिवासी जीवन के मूल्य ही ले जाएँगे। आदिवासी, स्त्रियाँ, दलित, निर्धन-निर्बल लोगों में ही थोड़ा-बहुत कहीं आदर्शवाद बच गया है...दिकुओं का संग-साथ मैंने भी बहुत किया है। मेरी माँ आदिवासी नहीं थीं। उसके जीते-जी तो उसके मायके वालों ने मुझे नहीं अपनाया, पर उसके गुजरने के बाद उसके एक भाई मुझसे मिलने कभी-कभी आते थे। पास के जंगलों में फॉरेस्ट ऑफिसर थे वे! पत्नी बाहर शहर में बच्चों के साथ रहती थी। बोर्ड की परीक्षा के वक्त वे मुझे अपने बँगले ले गये, बाबा से कहा कि वहाँ ठीक से वह पढ़ लेगा...रात को उनके पाँव-हाथ टीपते हुए उनसे बहुतेरी बातें होतीं...लॉ कॉलेज में और अब कोर्ट में भी तरह-तरह के लोग मिलते हैं...जानता हूँ उनका दर्शन, उनकी भाषा...निकम्मा ऐश्वर्य उनका आदर्शवाद चाट गया है; कहने को तो वे कहते हैं कि कष्ट काटता हुआ व्यक्ति दरअसल तप कर रहा होता है, तपस्वी होता है वह, इसलिए उसको मान-सम्मान दो, वह ईश्वर के बहुत निकट है...किन्तु हाथी के दाँत खाने के और दिखाने के और!"

मैंने ध्यान से उनकी बातें सुनीं और मुस्कुराने लगा—कॉमिकल दीखने वाला ऐसा व्यक्ति भीतर से कितना गम्भीर हो सकता है—यह बात नये सिरे से समझ में आयी! नये सिरे से समझ में आया आभासी सत्य और वास्तविकता का यह मायावी अन्तर! शेक्सपियर समेत दुनिया के सब महान ग्रन्थकार इसी विडम्बना का रेखांकन तो करते हैं।

आज सभी अखबारों में मान्यता मैडम के भाई, आशय मेहरा, आई. पी. एस. की लम्बी अंतर्वीक्षा छपी है! अन्त के तीन-चार वर्षों में इन्होंने मान्यता मैडम से बातचीत बन्द कर दी थी! इनके घर आना-जाना भी छोड़ दिया था। रोने का मन हो तो आँख में तिनके पड़ ही जाते हैं, किसी से सम्बन्ध तोड़ने का निश्चय कर

ही लिया हो तो बहानों की कमी नहीं होती!

चाहे जैसा व्यवहार मिले वहाँ, मान्यता मैडम का मोह अपने भाई के लिए कम नहीं हुआ था! वे हमेशा दूसरों के पक्ष से सोचकर किसी घटना का सम्यक् मूल्यांकन करने की अभ्यासी थीं, ये तो उनके अपने बड़े भाई थे, वह भी परम योग्य और एकलौते। बचपन स्मृतियों का एक ऐसा फिक्स्ड डिपॉजिट, ऐसा साझा जमाखाता होता है जिससे भाई-बहन अक्षुण्ण रूप से जुड़े होते हैं। कितनी भी रूसा-फूली हो जाए, मन के तार नहीं टूटते क्योंकि स्वयं को अगले में परावर्तित देखने का चित्त का अभ्यास पड़ चुका होता है।

वे अक्सर भाई के किस्से सुनातीं, हमें यह समझाने की कोशिश करतीं कि वे ऐसे नहीं हैं जैसे दीखते हैं, शेक्सपियर की मूल थीम–'अपियरेंस' और 'रिऐलिटी' आभासी और वास्तविक सत्य का विकट द्वन्द्व यहाँ भी अपने तमाशे दिखा रहा है!

मान्यता मैडम की माँ को डॉक्टर टंडन के इलाज पर भरोसा था। जब भी उनकी पीठ का दर्द असह्य हो जाता (और मन की पीड़ा भी)–वे मान्यता मैडम को फोन करतीं कि आकर ले जाओ। व्यवहार तो डॉक्टर टंडन का भी काफी खुरदरा होता लेकिन वे उन प्राणियों में नहीं थे जो सम्बन्ध तोड़ देने में यकीन रखते हैं–डाँटते-हकरते-गालियाँ बकते, खूब खरी-खोटी सुनाते, कभी हाथ-पाँव भी चला देते पर रिश्ता तोड़ते नहीं। एक बार विनयपूर्वक उनके गुस्से का अन्धड़ झेल जाए कोई और उस 'बदसूरत' व्यवहार की कैफीयत भी नहीं माँगे तो फिर वे धीरे-धीरे सहज होकर कृपा करने के मूड में आ जाते थे–जैसे कि ज्यादातर सामन्त और पितृसत्ताक आ जाते हैं।

'दुधारू गाय की लताड़ भली' के तर्क पर डॉक्टरों का रोब-दाब चल ही निकलता है। मरता क्या न करता। जो दूसरी रोबदार श्रेणी है मध्यवर्गीय शिक्षितों की, उनमें दो तरह के लोग हैं–एक जिनके पेशे या संस्थान के नाम के साथ 'आई' जुड़ा–आई.एफ. एस., आई.ए.एस., आई.पी.एस., आई. आर. एस., आई. आई. टी. , आई. आई. एम. और बाकी वे जिनके आगे नहीं जुड़ा। जिनके आगे या आस-पास 'आई' जुड़ा है– उनका आई–तत्त्व या अहं-तत्त्व इतना रेखांकित हो जाता है कि वे अपना अलग ही देव-मंडल, सप्तर्षि मंडल बनाकर जीते हैं, 'हम दो हमारे दो' के आगे जो दुनिया उन्हें दीखती है–अमूर्त्त चेहरों या भेड़-बकरियों की दुनिया लगती है, उनकी चरवाही तो करनी है, उनके लिए 'कल्याण योजनाएँ' बनानी हैं, किताबें लिखनी हैं, प्रस्ताव भी पारित करवाने हैं पर उनके मुँह नहीं लगना, उन्हें सीधी आँख देखना भी नहीं, दूरी बनाये रखनी है, ऐसा मन में बिठालेते हैं वे।

दूसरी श्रेणी है उन लोगों की जिनकी बस छूट गयी है, लेकिन हौसला नहीं टूटा। बस छोड़कर वे सीधा हवाई जहाज पकड़ने के उद्यम में लगे हैं–'चलो दिल्ली,

चलो दिल्ली' वहाँ एक मंत्र है तो 'चल अमरीका, चल अमरीका, दूसरा! जो अधिक गैरतमन्द हैं, किसी के आगे हाथ नहीं फैलाते, किसी का कोई हक छीनते नहीं, सम्पन्न और सम्प्रभु रिश्तेदारों-पड़ोसियों-सहकर्मियों को 'जड़' व्यवस्था का विवश उत्पाद समझकर उनके ताने-तरानों का बुरा भी नहीं मानते, गर्वीली गरीबी के उन सैनिकों की आँखों में ही थोड़ा-थोड़ा-सा बचा है सामाजिक संरचना बदलने का धारदार सपना, लेकिन उनके मन में भी गहरे प्रश्न हैं—प्रजातंत्र से बेहतर कोई विकल्प नहीं दीखता और प्रजातांत्रिक ढाँचे में क्रान्तिकारी परिवर्तन के स्कोप ही कम हैं। उत्पादन के साधन बदल चुके हैं—इंटरनेटकीलित इस दुनिया में हवाई किले तो कॉल सेंटरों में खटने वाले कम्प्यूटर कुलियों के पास भी हैं ही, पर उन्हें वास्तविक बनाने का माध्यम सिर्फ पैसा रह गया है—किसी स्रोत से कमाया गया पैसा!

दिकुओं का संग-साथ मुझमें मध्यवर्गीय महत्त्वाकांक्षाओं की इतनी समझ तो विकसित कर ही गया था, पर उस शाम जब मान्यता मैडम के साथ उनकी माँ को लिवा लेने उनके मायके गया तो यह बात और अधिक स्पष्ट हुई कि एक परिवार के भीतर भी कितनी तरह की वर्ग-संरचनाएँ काम करती हैं, ठीक उसी तरह जैसे एक वर्ग के भीतर कई तरह की जाति और नस्ल संरचनाएँ।

एक धुआँदार चुप्पी हर ओर पसरी पड़ी थी! मुझे दरवाजे पर ही रोक दिया गया। सूटकेस हाथ में लिए मान्यता मैडम बाहर आयीं और पीछे-पीछे उनकी मिस्टीमुख माँ...घर में सब मौजूद थे पर कोई नीचे तक छोड़ने नहीं आया सिवा एक नन्ही गिलहरी के जो सीढ़ियों पर बैठी कुछ कुतर रही थी। गाड़ियाँ थीं पर माँ-बहन विदा हुईं ऑटो पर, और आते समय उन्हें चाय भी पूछी न गयी! ऑटो बुलाने भी मैं ही गया!

वैसे, मान्यता मैडम ही नहीं, लोग-बाग भी कहते थे कि उनके भाई, आई. जी. मेहरा अर्थशास्त्र के अगाध विद्वान, खासे कर्मठ और ईमानदार व्यक्ति हैं—कहीं-कोई लटपट नहीं, पर बीवी-बच्चों के प्रति उनका समर्पण ऐसा था कि 'जाके प्रिय न राम बैदेही तजिए ताको कोटि बैरी सम, जद्यपि परम सनेही!' मैडम कहती थी कि वैसे तो विनोद-वृत्ति उनकी इतनी प्रखर थी कि बात-बात पर चुटकी लेते थे, पर आदिवासियों से उनका मेलजोल उनको पसन्द नहीं था, न उनको, न उनकी मेमसाहब को, इस बात पर ही उनकी विनोदप्रियता-राशन की चीनी हो गयी हो शायद। इधर कुछ बीमार भी रहने लगे थे, ऊपर से काम का बोझ। यह भी हो सकता है कि नखरीली, अहमन्य पत्नी की परिपक्वता का धरातल उन्हें माँ-बहन की परिपक्वता के धरातल से कमतर लगता हो और वे उन्हीं से ज्यादा समझदार सहिष्णुता की उम्मीद करते हों!

प्रभुतासम्पन्न लोगों के साथ एक मजेदार बात यह भी होती है कि जहाँ कोई उनके सामने आया, एक अदृश्य भीख की कटोरी उसके हाथ में उन्हें दमकती हुई

दीखने लगती है और मन आकलन करने लगता है कि सामने वाला क्या जाने क्या कह दे, क्या माँग जाए! निःस्वार्थ मुलाकाती उनके भाग्य में कम ही लिखे होते हैं, इसलिए मानवमात्र के लिए उनके मन में तरह-तरह के पूर्वग्रह घुमड़ते रहते हैं। पूर्वग्रह काटने वाली संरचनाएँ साहित्य-संगीत-दर्शन वगैरह हवाई यात्राओं के मुफ्त 'पास' की तरह ही उपलब्ध होते हैं पर उन्हें, वहाँ भी थकी शिराओं में नींद पहले पसर जाती है! इस तरह से देखा जाए तो बुरा कोई भी नहीं होता, ज्यादातर लोग लाचार होते हैं, परिस्थिति-मनःस्थिति प्रेरित पूर्वग्रहों के बन्दी, उनके बन्धन ढीले किए जा सकते हैं, उनमें उनके भीतर ही ऊँघ गये आदर्श फिर से जगाए जा सकते हैं, कहती थीं मान्यता मैडम—"शेक्सपियर में 'लॉस्ट ऐंड फाउंड' का जो मोटिफ काम करता है, वह यही याद दिलाने के लिए कि स्मृतियों के गलियारे में अपना जो भोला-भाला स्वरूप पीछे छूट गया है, उस तक पहुँच कर 'हलो' कहना, फिर उससे गले-गले मिल जाना कितना जरूरी है।"

मान्यता मैडम बताती थीं कि आज जो भाई उनका फोन तक नहीं उठाते, सीधे मुँह बात नहीं करते, वे बचपन में कितने सदय और हँसमुख थे, "मौसाजी गुजरे तो उनके बच्चों को गले लगाकर मुझसे बोले कि अब हम दो भाई-बहन नहीं, चार भाई-बहन हैं।...बोर्ड के इम्तिहान के समय मुझे दस पन्नों की चिट्ठी लिखी कि उत्तर कैसे तैयार करूँ...मेरे या मेरे बच्चों के पास जितनी अच्छी किताबें हैं—उनकी ही दी हुई हैं...आन्दोलन में मेरी शिरकत के पहले हर छोटी-बड़ी समस्या में साथ खड़े हो जाते थे—तबादला रोकने और किराये का मकान लेने से लेकर बैंक का लोन लेने तक जितनी मध्यवर्गीय समस्याएँ होती हैं—उनमें उनकी उपस्थिति निर्णायक जरूर रही थी, फिर धीरे-धीरे वे कटते गये...भाई हो या पति, उसी हद तक सदय रह पाता है, जब तक स्त्री उसकी चाभी पर चलने वाली गुड़िया रहती है, स्वतन्त्रचेता स्त्री किसी को भी अच्छी नहीं लगती—"

उनकी यह बात मुझे विचलित जरूर कर गयी थी, उनका मुँह देखता रह गया था।

मान्यता मैडम की ये गुम चोटें मुझे गाँव में अकेले छूटे अपने भाई-बहनों की याद दिला गयी थीं! मैंने बाबा को गाँव के पते पर एक मोबाइल भेजा था और गाहे-बगाहे उनसे बातें करने लगा! मेरी एक बहन पढ़ने में बहुत तेज थी, उसकी पढ़ाई की जिम्मेदारी भी मैंने ली! बीच-बीच में घर भी हो आता। छोटानागपुर की स्थिति इतनी विषम तो नहीं थी, पर जनजीवन अशान्त तो था ही और स्थिति ऐसी एकांगी नहीं थी जैसी आशय मेहरा ने अपने साक्षात्कार में चित्रित की थी! साक्षात्कार हमारे ही साथी, आलोक पुतुल, ने किया था और पूरी बहादुरी से!

"आपको क्या लगता है, जंगलों में माओवादी उन्मेष के कारण क्या हैं?"

"सारा किस्सा शुरू होता है 1910 के फॉरेस्ट ऐक्ट से! राजा की मदद से

अंग्रेजों ने 1910 का विद्रोह कुचला, स्वाधीनता के बाद इस मसले पर गम्भीरता से विचार हुआ कि उनकी सांस्कृतिक विशिष्टताएँ आहत किए बिना उन्हें मुख्यधारा में कैसे शामिल किया जाए—आधुनिक शिक्षा, अन्तर्व्यवस्था की अन्य सुविधाएँ कैसे मुहय्या कराई जाएँ...विकास की अलग-अलग अवस्थाएँ होती हैं। किसी समय में तो हम सब आदिवासी थे, फिर कृषक-समाज बना, उसके बाद नागर समाज।''

''पर विकास के नाम पर उन्हें मिला क्या था? आदिवासियों का इतिहास 8,000-10,000 साल पुराना इतिहास है—उसमें अलगाववादी और संग्रथनवादी ताकतें हमेशा उनको मोहरा बनाए रहीं। ...विरियक एलविन नामक ब्रिटिश नृतत्त्वशास्त्री ने तो नेहरू को साफ ही परामर्श दिया था कि उन्हें 'सभ्य' बनाने की मुहिम उनको तकलीफ में डालेगी।''

''वैसी ही तकलीफ में जैसी सरकस में जंगल के जानवरों को होती है? पुलिस कमिश्नर साहब, वे पशु तो नहीं हैं...उन्हें अच्छे स्कूल और सजग स्वास्थ्य केन्द्र जंगल से उन्हें खदेड़े बिना भी उपलब्ध किए जा सकते थे...उनकी जमीनें, उनके वन्य संसाधन बहुराष्ट्रीय कम्पनियों को बेच देने के क्या तर्क हैं?''

''मगर माओवादी उन्मेष का कारण उनकी गरीबी या साधनहीनता नहीं है! उनकी गरीबी और साधनहीनता माओवादियों के यहाँ एक मोहरा है बस, उनका उद्देश्य है अराजकता! भोले आदिवासी यह समझते नहीं हैं और उनके बहकावे में आकर सरकार को ही बैरी लगते हैं समझने!

सरकार उनका विश्वास जीतने में सफल नहीं हो पाई तो इसलिए कि माओवादियों ने मौका ही नहीं दिया पर्यावरण की समस्याएँ समझा पाने का। 1980 दुनिया-भर में पर्यावरण का संकट रेखांकित होने लगा था, बस्तर का 10 प्रतिशत वनप्रांतर हैं— विकट द्वन्द्व वहाँ शुरू हुआ जब आदिवासियों के पेड़ काटने और शिकार खेलने पर अंकुश डालना पड़ा—उनका दैनिक जीवन इससे बाधित हुआ! मौके की ताक में माओवादी रहते ही हैं—इसके पहले कि सरकार आदिवासियों के लिए रोजगार के वैकल्पिक साधन जुटा पाती, जंगल पर उनका कब्जा हो गया और मिसाइलें चलने लगीं।''

''कमिश्नर साहब, क्या आपको ऐसा लगता है कि जंगल को लूट खाने में फॉरेस्ट ऑफिसरों की कोई भूमिका नहीं थी? नाकेदारों ने नाक में दम किया तभी तो माओवादी प्रतिरक्षा में सामने आये!...फॉरेस्ट ऑफिसर जमीनें छीन रहे थे, उन्हें तबाह कर रहे थे।''

''वे जमीनें उनकी नहीं थीं, वे सिर्फ कानून का पालन करा रहे थे।''

''कानून के पालन में मार-पीट शामिल है? भेड़ बकरियाँ खोल लेना? स्त्रियों पर ज्यादती?''

“स्त्रियों पर ज्यादती वाली बात माओवादियों की फैलाई हुई है। आदिवासी स्त्रियों की चेतना उन्नत है। वे हमारी स्त्रियों से ज्यादा आत्मचेतस् हैं—उन्हें वरण की स्वाधीनता है...”

“लेकिन यौन-हिंसा का कारक यह स्वाधीनता तो नहीं हो सकती?”

“यौन-हिंसा इतने बड़े आन्दोलन का कारक भी कभी नहीं हो सकती... ।”

“अन्य कारण हो सकते हैं?”

“मुझे नहीं लगता। कारक बनी यह मजबूरी कि हम उनको उनकी जमीन का पट्टा नहीं दे सकते थे, राष्ट्रीय उद्यान और वन-रक्षक कानूनों ने हमारे हाथ बाँध रखे थे...उन्हें और कहीं बसाने-लायक जमीन हमारे पास नहीं थी।”

“तीन मिलियन लोगों को विस्थापित करने के पहले ही सरकार को सोचना चाहिए था यह.... ।”

“असल द्वन्द्व यह था कि आदिवासियों को बचाएँ कि पृथ्वी को।”

“क्या आपको ऐसा लगता है कि पशु-पक्षियों-पेड़ों का संरक्षण एक पूरी कौम के संरक्षण से अधिक अहम है? क्या वे भारत के नागरिक नहीं थे? क्या भारत सरकार के लिए उनकी राय लेना जरूरी नहीं था?” और क्या उद्योग धन्धे पर्यावरण का संकट बढ़ाते नहीं?

“चुनावों में उनकी भागीदारी पूरी थी। उनके अपने लोग सांसद-विधायक बनकर कहीं आये क्या?”

“तो आपका कहना है कि मानवाधिकारों का हनन हुआ ही नहीं?”

“राष्ट्रीय मानवाधिकार आयोग में सब केस परखे गये और दोषी पाए जाने वालों को सजा दी गयी, पर कई केस फर्जी भी दाखिल हुए थे—माओवादियों ने भोले आदिवासियों को भरमाया था।...न्याय न्यायपालिका ही करेगी न, यह तो सिर्फ टोटैलिटेरियल रिजीम में सम्भव है कि पार्टी के सदस्य ही फैसले लिया करें। मैं यह नहीं कहता कि पुलिस के कर्मचारी आततायी नहीं हैं, उन्होंने हत्याएँ नहीं कीं और वे दूध के धुले हैं, पर जंगल में भी जंगलराज चलाना तो सम्भव नहीं है।”

“पुलिस सामान्य बसों में चलकर आतंक कायम करे। ‘जहाँ देखो—वहीं तुम हो—नजारा हो तो ऐसा हो’ की स्थिति भी तो प्रजातंत्र के लिए बहुत मुबारक स्थिति नहीं!”

“यह तो दुनिया-भर में होता है—हथियार इधर से उधर ले जाने हैं तो सार्वजनिक वाहन का उपयोग होगा ही...स्पेशल पुलिस अफसर भी भरती होते ही रहते हैं—लोग खुद आ मिलते हैं पुलिस में! सतत असुरक्षा और आतंक का जीवन कोई कितने दिन झेल सकता है? माओवादियों का आतंक क्या कम है? लोग जिनेवा कन्वेन्शन और यू एन चार्टर की बात करने लगते हैं, पर रिहाइशी इलाकों में खदान खोदने जाना कहाँ का कानून है...”

“और ‘हैम्लेटिंग’ अगर कानून है तो एक वाहियात कानून।”

“आप ‘हैम्लेटिंग’ का मतलब नहीं जानते। हैम्लेटिंग का अर्थ होता है अपराधी गाँवों को घेरकर उनका रसद-पानी बन्द करना, गाँव वालों को तब तक भूखे मारना जब तक वे हथियार न डाल दें।...यहाँ यह उपाय आजमाया नहीं जा सकता क्योंकि नक्सलवादी भोले गाँववालों के बीच ही छुपे रहते हैं। गाँव में रसद-पानी बन्द कर देने से भोले गाँववाले भी भूखे मरेंगे...हम ऐसा नहीं कर सकते...क्योंकि हमारे पास भी दिल है, दिल सिर्फ उन्हीं के पास नहीं होता जो हथेलियों में दिल लिए घूमते हैं और जेब में छुरी।”

“तो क्या भविष्य है माओवादियों का?”

“भोले ग्रामीण समझते हैं कि इलाहाबाद की तरह माओवाद भी कोई स्टेशन होगा—जाने कब आएगा माओवाद—एक बार वहाँ भी जाकर देख लें—अकुलाया हुआ आदमी हर तरफ भाग्य आजमाता है।”

“सारी जनता जब अकुला जाए तो दोष व्यवस्था का नहीं कैसे होगा?”

“देखिए, मैं भी जे एन यू का पढ़ा हुआ हूँ! रैडिकलिज्म मेरी समझ में भी आता है, अल्ट्रा लेफ्ट की भी प्रासंगिकता है—लेकिन बस कैटेलेटिक एजेंट के रूप में—आन्दोलन बार-बार कुचला जाएगा, उसका कुचला जाना भी इतना ही बड़ा सच है जितना उसका फिर से जग जाना। ‘द किंग इज़ डेड—लॉन्ग लिव द किंग’—जैसे एक साँस में कहकर सलाम ठोंकते थे लाल सिपाही, हम भी सलाम ठोंकते हुए एक साँस में कहते हैं—“लेफ्ट इज़ डेड—लॉन्ग लिव द लेफ्ट।” जीवन की कवायद ऐसे ही चलती है—न पूरी लेफ्ट, न पूरी राइट, एक पैर पीछे स्मृतियों में, दूसरा आगे सपनों में—यही है शाश्वत नियति मनुष्य की, और गति का विज्ञान।”

× × ×

पूरा साक्षात्कार पढ़ जाने के बाद ही मैं समझ पाया मान्यता मैडम का द्वन्द्व और उनका अवशिष्ट मोह अपने भाई के प्रति। कुछ लोग उलझा देने में सचमुच माहिर होते हैं—शायद इसीलिए आभासी और वास्तविक का द्वन्द्व एक शाश्वत द्वन्द्व है।

खैर, मैं तो ठहरा आदिवासी! मैं कहाँ इन पेंचदार बातों में फँसने वाला हूँ! मुझको तो केवल इतना पता है कि कुछ अन्याय हुआ है, और अगर अन्याय हुआ है तो उसका प्रतिकार भी होना चाहिए। मेरा अपना हक कोई छीने तो आपसी सम्बन्ध का लिहाज करके मैं उसे क्षमा भी कर दूँ पर अन्याय यदि पूरे समूह पर हो रहा हो तो क्षमा नहीं, प्रतिकार जरूरी है।

हम आदिवासियों के विषय में प्रसिद्ध है कि हमें रुकना नहीं, चलना आता है, ऐसा नहीं है कि हम विकास नहीं चाहते, शिक्षा, स्वास्थ्य, साधनों का बँटवारा!

हमारी पीढ़ी समुत्सुक है सबकी खातिर, तभी तो महाश्वेता देवी, अरुन्धती राय, मेधा पाटकेर, अमिता बाविस्कर, वंदना शिवा, मान्यता मैडम जैसे पर्यावरणविदों और स्वप्नदर्शियों को वनदेवियों की गरिमा दी है हमने कि उन्होंने हमें नये सपने दिखाए—'विकास' में 'विनाश' के मयदानव प्रतिबिम्बत नहीं हो, सम्बन्ध साफ-सुथरे हों, प्रतीति और वास्तविकता का अन्तर कम-से-कम हो, हँसी-खुशी, सुख-चैन पर स्वत्वाधिकार न हो किसी एक दर्शन, किसी एक कौम, एक वर्ग का! अहिंसा का दम भरने वाली सरकारें जिस तर्क पर परमाणु परीक्षण करके परमाण्विक हथियारों का कोष सुरक्षित करती हैं, हमने भी आपातकाल के लिए कुछ अस्त्र सुरक्षित कर लिए तो क्या? करेंगे हम उनका विवेकपूर्ण प्रयोग ही—प्रतिरक्षा की खातिर। यह तो गौतम बुद्ध ने भी अजगर से कहा था कि तुम्हें प्राणियों को लील लेने की मनाही थी, फुफकारने की मनाही नहीं थी—फुफकारना छोड़ा, तभी तो पत्थर मार-मारकर लोगों ने तुम्हारी यह गत कर दी। इस संदर्भ में सबसे माकूल पंक्ति नागार्जुन की है—'मेरी पूरी कविता ही प्रतिहिंसा है,

हिंसा, तुम्हारा मुंड मरोड़ दूँगा।।'

आशिष मुखर्जी : क्या कहूँ आज जो नहीं कही

तो आज छब्बीस जनवरी है। आज के ही दिन मैंने पन्द्रह वर्षों के लम्बे प्रवास के बाद देश की धरती पर कदम रखे थे। शेक्सपियर के प्रोस्पेरो वाली मनःस्थिति में :

"Now my charms are all overthrown and what strength I have is my own." सब आकाशी वैभव पीछे छूट चुके थे, जादुई मुलम्मा धुल चुका था, आरोपित चाकचिक्य क्लान्त लबादों की तरह कन्धों से उतर चुका था। मेरी से मेरे विवाह-विच्छेद के दो-तीन बरस बाद तक हमने मिलकर वह कम्पनी चलाई थी जिसे हम अपना पहला बच्चा कहते थे। वह कम्पनी तो अब फूल-फल रही थी, पर हमारी अपनी बच्ची, हमारी हाड़-माँस की गुड़िया, साइसा, हमारी अनवरत व्यस्तता का मुआवजा भोगती हुई इतनी ज्यादा गुमसुम रहने लगी थी, कि मेरा कई बार मन करता, महाव्यस्त मेरी की अनुमति से इसे लेकर वापस भारत चला जाऊँ और नये सिरे से अपनी जिन्दगी शुरू करूँ। तभी मान्यता की चिट्ठी भी मिली।

सोआस की मेरी नौकरी आवधिक नियुक्ति ही थी, उधर से खाली हुआ था तो धीरे-धीरे मेरी ने अपनी कॉरपोरेट दुनिया में 'ह्यूमन रिलेशन्स मैनेजर' के रूप में मुझे खींचा था, कहा था कि शेक्सपियर के शिक्षक से अधिक सक्षम मानव-मनोविज्ञान नियोजन में हो ही कौन सकता है। वैयक्तिक सम्बन्धों में वह कशिश, वह तबोताब नहीं रहता तो भी पारस्परिक सम्मान रह सकता है और उसी की ऊर्जा से व्यावसायिक रिश्ते तो चल ही सकते हैं–'पर्सनल' और 'प्रोफेशनल' तो वैसे भी अलग-अलग ही भले।

मेरी की बातें मैं हमेशा गौर से सुनता था। वह एक संजीदा औरत थी। मुझे 'आउटग्रो' करने के बावजूद कभी उसने मुझसे हिकारत से बात नहीं की। 'आउटग्रो' करने का क्या। दो पौधे साथ बोए गये। एक अधिक लम्बा हो गया। उसमें अधिक फूल लगे। तो लगातार झुक-झुककर अपने साथी पौधे से बतियाते उसकी गर्दन दुखेगी न। यह तो उसकी अच्छाई है कि उसने कभी गर्दन दुखने की शिकायत नहीं की। जो मेरी प्राकृतिक सम्पदाएँ थीं, उनका सर्जनात्मक उपयोग ही करना चाहा, पर

कॉरपोरेट की दुनिया मेरी दुनिया नहीं थी। मैं पढ़ाने के सिवा कुछ कर ही नहीं सकता था,...हाँ, अपनी बच्ची की देखभाल में भी मुझे अगाध तृप्ति मिली।...पर कुछ दिनों के लिए, प्रयोग के तौर पर, मैं उसकी कम्पनी में 'ह्यूमन रिलेशन्स एडवाइजर' रहा।

मेरी इतनी आभामयी थी और इतनी कर्मठ कि उसके चाहनेवाले अनेक थे। कम्पनी के दो-चार शेयरहोल्डर्स से उसकी इतनी अच्छी बनती थी कि यदि मैं रास्ते में नहीं होता तो वह आसानी से किसी के साथ अपना अधिक संदीप्त, अधिक आवेगमय जीवन शुरू कर सकती थी। हमारे रिश्ते में कुछ बचा नहीं था—हमारी रुचियाँ, हमारे भीतरी विनियोग इतने अलग थे कि शुरू में तो विपरीतध्रुवीय आकर्षण से हम विस्मयपूर्वक पास आ गये, पर फिर बैलून में कोई पिन-सा लग गया और जल्दी ही पिचककर निस्तेज हो गया हमारा रिश्ता। उसकी पार्टियाँ मुझे थका देतीं, उसके दोस्त मुझे दस मिनट से अधिक नहीं झेल पाते। ...हर दो धातुओं का अलॉय नहीं बन सकता, हम लाख चाहकर भी एक-दूसरे को स्पंदित नहीं रख सकते—यह तो हमने पहले ही कुछ वर्षों में जान लिया था, फिर भी ईमानदारी से एक-दूसरे के साथ बने रहे। साइसा मेरी ही जिद पर गर्भ में आयी, मुझे यह उम्मीद थी कि सन्तान हमें बाँध देगी, पर मेरी का जीवनक्रम ऐसा था कि बच्ची भी धीरे-धीरे इसे बोझ ही लगने लगी। ...फिर धीरे से मैंने ही आपसी सहमति से अलग हो जाने का प्रस्ताव रखा। तलाक के बाद भी कुछ दिन साथ बने रहे, शायद बने भी रहते यदि डेविड का हमारे घर आना-जाना बढ़ नहीं जाता और मान्यता की वह चिट्ठी मुझे नहीं मिलती जिसमें उसने 'छत्तीसगढ़' का यह 'कथासत्रम्' कुछ दिन सँभाल लेने का इसरार न किया होता।

मैनेजमेंट के प्रमेयों में शेक्सपियार को ढालते-ढालते मैं भी थक-सा गया था : उद्बोधन के लिए 'हेनरी V', शक्ति-समायोजन के लिए 'जूलियस सीज़र', पारिस्थितिक ठहराव के लिए 'ऐज़ यू लाइक इट', सांस्थानिक बदलाव के लिए 'द टेम्पेस्ट' और 'भितरघात' के लिए 'मैकबेद' की चुनी हुई पंक्तियाँ फहराते मेरे कन्धे थकने लगे थे। मान्यता की चिट्ठियाँ, उसके आदेश ताज़ा हवा का झोंका लगते। हालाँकि हम साथ-साथ बड़े हुए थे, मेरा उसके प्रति रूमानी झुकाव भी रहा था, पर आँख ओट, पहाड़ ओट। धीरे-धीरे वह अवचेतन में कहीं दूर बजती चाँदी की घंटी हो चली थी, पर जीवन के किस मोड़ पर मौन-सी दबी हुई चिंगारी फिर से दहक उठे, कौन कहे।

फिर भी हम लगातार संयत रहे। जिस उम्र में हम दुबारा मिले और जिन विकट परिस्थितियों में, बाढ़ तोड़कर बह निकलना असम्भव था। अगल-बगल बहती दो नदियों की तरह हम बस बहते ही रहे...एक ही धोखा उसने मुझसे किया। ये बताया ही नहीं कि वह इतनी बीमार है। बीच-बीच में थककर घर तो जाती थी वह, पर मुझे लगता, यह उम्र का असर है, या घरेलू जिम्मेदारियाँ ही वापस पुकार लेती हैं।...ऐसे में टुकुर-टुकुर देखने के सिवा कर भी क्या सकता था।...अब सोचता हूँ तो लगता

है, जिस दिन डॉक्टरों ने दो वॉल्ब खराब बताए थे, उसने मुझे पहली चिट्ठी लिखी थी कि आऊँ और काम सँभाल जाऊँ। ...एक बार इशारा भी किया होता किसी ने तो मैं खुद दवाइयों का खयाल रख लेता...बच्चों को तो धीरे-धीरे वैयक्तिक जीवन के झमेले घेर लेते हैं और डॉक्टर साहब की अपनी व्यस्तताएँ, व्यक्त-अव्यक्त नाराजगी का जमाखाता...पहले अटैक के बाद दवाएँ लिख दी थीं, यही क्या कम था। घर तो मैं जाता नहीं था न, और जब हम मिलते थे, करने को इतनी ढेर सारी बातें होती थीं कि निजी प्रसंगों की बारी कभी आती ही नहीं थी।

विश्वास का धागा कितना मंझा होता है। प्रेम की पतंग कट जाए, कटकर कहीं और अटक जाए तो भी, जो गले लगा था, वह हिस्सा आभासी धरातल पर गले-गले मिल झूलता ही रहता है—अनन्त में, अनन्त तक।

क्या मैं इस विश्वास का मान रख पाऊँगा? हाँ, 'कथासत्रम्' चलता रहेगा...जैसे कहानियाँ चलती ही रहती हैं, चलती ही रहती हैं...जब तक कोई जंगल न आ जाए ...किस्सा गेल बन में, सोच अपने मन में'...वन में भी कुछ भी बिलमता नहीं जैसे कि मन में। कभी-न-कभी कोई-न-कोई कहीं-न-कहीं से आता है और टूटा सूत्र उठाकर अपने ढंग से बढ़ाता है आगे...मेरे बाद विलियम...साइसा...उनके बाद उनके तैयार किये अन्य लोग...हर विचार-यात्रा एक मशाल-यात्रा ही तो है।

सृष्टि की कोई ऊर्जा कभी बुझ नहीं सकती, रूप बदल लेती है, पर बुझ नहीं सकती—प्राणिक ऊर्जा भी नहीं, प्रेम नहीं, भक्ति नहीं—क्रान्तिचेतना की तरह, प्रकाश, ऊष्मा, विद्युत, ध्वनि, चुम्बकत्व की तरह। कहते रहें लोग कि मान्या की हत्या हुई, वह परास्त हुई या उसने पलायन की राह चुनी और आत्महत्या कर ली—जब तक मैं हूँ, वह गयी कहाँ है, उसने तो अपने प्राण मुझमें रख छोड़े थे और अपने उन हजार छात्रों में जिनके चित्त-विस्तार और आत्मिक सम्बलन में वह लगातार लगी रही। सूफी साधकों के बीच एक शब्द चलता है—'सिलसिला'। साहित्य और कला से जुड़े बंदों के बीच भी यह वही वकत रखता है; क्या करता है साहित्य, क्या करती हैं कलाएँ—प्राण ही फूँकती रहती हैं जीवन-जगत् के विद्रूप, उसकी असंगतियों से कठुआए लोगों में, प्राणिक त्वरा ही बढ़ाती हैं ताकि सनद रहे कि संकीर्ण घेरों में कभी नहीं बँधना—न जाति के घेरों में, न धर्म के, न वर्ग के, न नस्ल के। सब चाकदीवारियाँ फाँद लेनी हैं—जैसे आकाश फाँदता है और मिट्टी, पानी, आग, और हवा—ये पाँचों तत्त्व कोई घेरा नहीं मानते, तभी बहते हैं, और अमरत्व को प्राप्त होते हैं, थोड़ी-थोड़ी आग-मिट्टी, आकाश-पानी-हवा हममें भी है ही—इनका ही सम्यक विस्तार है जीवन—और प्रेम है इसका पहला एहसास। इसलिए प्रेम भी अमर है कि वह उचुकन है—बुझती हुई आग की खातिर, एक अवगाहन है हमारे भीतर लगातार घटते जाते जल-तत्त्व का, आमन्त्रण उन्मुक्त हवाओं का, भुरभुरी मिट्टी, सतरंगे आकाश का।

सूर्य अभी तो डूब रहा है। पर कल फिर से उगेगा—उसी वैभव के साथ। जेल की यह ऊँची खिड़की सबसे पहले लपक लेगी जो किरण, उसमें मान्यता की उँगलियों का मूक आश्वासन होगा। वे ही उँगलियाँ मेरे ठिठुरे ललाट में वह संकल्प, वह विश्वास फिर से जगा देंगी। सनातन स्त्री-तत्त्व सनातन पौरुष को इसी तरह तो जगा देता है कि वह और भी सुन्दर कर दे दुनिया, सब विद्रूप मेटे जगत् का—उसके साथ मिलकर जैसे कि घर लीपा जाता है मिल-जुलकर कि वह रहने लायक हो पाये, खर-पतवार चुने जाते हैं खेतों से कि हर पौधा हुलसकर बढ़े—निर्बाध, निःशंक।

बिल्लू शेक्सपियर : और अन्त में जन-गण-मन

हम जब प्राइमरी स्कूल में थे, हॉल में दिखाई जाने वाली हर फिल्म के अन्त में 'जन-गण-मन' गाया जाता था। स्क्रीन पर तिरंगा पूरे आन-बान के साथ लहराता जाता और परमप्रसन्न भाव से वृंदगान के रूप में राष्ट्रगान का टेप बजता! कुछ लोग उसके सुर में ही सुर मिलाकर राष्ट्रगान गाते, कुछ धीरे-धीरे सरक जाते बाहर! देशप्रेम के इस क्रमिक अवसान के कई मनःसामाजिक कारण हो सकते हैं, पर कुल मिलाकर यह एक नस्ल के छीजते आत्मसम्मान की कहानी थी।

आत्मबल दुरूह चीज है! कभी यह विकट झटकों से भी नहीं टूटता और कभी हल्की-सी चोट पर भी दरक जाता है।

उपर्युक्त पत्र का पुलिन्दा इस बात का प्रमाण है कि लंतरानियाँ कितनी अटपटी होती हैं : खासकर स्त्री-विषयक लंतरानियाँ! सत्य स्वयं अपना प्रमाण है। सच्चाई अपनी मुहर जेब में लिए घूमती है, पर इसकी लेटलतीफी के क्या कहने! पहुँचती है मंजिल पर लेकिन टकदुम-टकदुम चलती हुई। लक्ष्य पर पहुँचने की जल्दी इसे नहीं होती—एक घुमंचन बालक की तरह इधर-उधर घूमती-टहलती स्कूल पहुँचती है सच्चाई।

पत्र ही इसका प्रमाण है कि आशिष सर और मान्यता मैडम का सम्बन्ध कैसा था—किसी से कुछ छीन-लूझ लेने की वृत्ति तो इनमें थी ही नहीं। फिर इनको दुनियावी निकषों पर क्या तोलना!

पर लोग तोलने से कब बाज आते हैं! हर रिश्ते के पीछे कोई-न-कोई स्थूल स्वार्थ जैसे कि पद-पैसा या यौन-तृप्ति की प्यास आँकने वाला यह सतहजीवी समाज यदि एक संवेदित दृष्टि पा जाए तो ही उसे वह दीखेगा जिसे वर्जिल "वस्तुओं के हृदय में अवस्थित आँसू की कनिका" कहते हैं—"टियर्स इन द हार्ट ऑफ थिंग्ज!"

यह कोई मर्डर मिस्ट्री नहीं है, इसलिए सनसनीखेज बनाकर, तरसा-तरसाकर धीरे-धीरे मैं मान्यता मैडम की मृत्यु का रहस्य नहीं खोलने वाला। क्राइम-रिपोर्टर की वस्तुनिष्ठता भी मैं कहाँ से लाऊँ, कलेजा ऐंठ रहा यह बताते कि वर्षों की अथक छान-बीन के बाद अन्ततः मैंने और शेफाली ने सुराग पा ही लिया मान्यता मैडम

की हत्या का और आप दंग रह जाएँगे सुनकर कि वे जूलियस सीजर नहीं थीं, पर उनके एक नहीं, कई हत्यारे थे। कई दृश्य-अदृश्य 'अपने' थे जिन्होंने उनकी पीठ पर छुरा भोंका था और इस हत्या को 'आत्महत्या' की शक्ल दी थी।

मैं और शेफाली यह तो नहीं जानते कि अपने अटपटे प्रमाणों से हम मुखर्जी सर को जेल से छुड़ा पाएँगे कि नहीं, पर मुकद्मा हम लड़ेंगे जरूर—पूरा दण्डकारण्य हमारे साथ हैं। एकजुट हैं वे तमाम आदिवासी युवक जो वहाँ के कहानी-स्कूल या 'पत्राचार विद्यालय' में मान्यता मैडम और मुखर्जी सर के छात्र रहे! हमने मिलकर एक स्किट-सी तैयार की है जो हम कोर्ट के ऐन सामने खेलेंगे! आखिर यह जनतंत्र है—देखते हैं, कौन रोकता है और कब तक और किस-किसको!

मान्यता मैडम और आशिष सर के जाने के बाद महीने-भर से जंगल के कहानी-स्कूल और पत्राचार विद्यालय—दोनों पर ताला पड़ा है। हम 'शेक्सपियर-बिरसा मंच' के साथियों का भी प्रवेश पुलिस ने ठप्प कर दिया है! हर जगह पुलिस वर्दी पसरी पड़ी है!...ऐसे में रिहर्सल हो तो कहाँ हो?

इस समस्या का समाधान ऐडवोकेट ऐलविस पुतुल के पास है। ऐलविस पुतुल के एक साथी ने कुछ दिन पहले ही पुलिस-मुठभेड़ में अपना तेजस्वी बेटा खोया है। अपने बेटे के नाम पर उन्होंने अपने मकान में ही एक पुस्तकालय खोला है जिसमें गली-मुहल्ले के सब कामगर बच्चे जिनके माता-पिता देहाड़ी के मजदूर हैं या रिक्शा-ठेला-इस्तिरी-फल-सब्जीवाले—दोपहर में पढ़ने आते हें। निजी जीवन के गम्भीरतम दुःख झेल जाने का सर्वाधिक गरिमामय उपाय यही तो है कि दूसरों के दुःख में अपना दुःख घोल दे आदमी। दोनों पति-पत्नी—श्री-श्रीमती राजाराम बड़जात्या यही कर रहे हैं। हमें और हमारी टोली को उन्होंने शिक्षक नियुक्त किया है। अब पूरा अहाता हमारा है।

शेफाली के पत्र आते रहते हैं। उसकी दीदी ने जिससे शादी की थी, वह लड़का इस्लामी शोध संस्थान में प्रोफेसर है। उसकी पहल से धर्मों के तुलनात्मक अध्ययन का एक प्रोजेक्ट शेफाली को मिल गया था। हिमालय में युगों से तप किये जा रहे सिद्ध सन्तों पर जिन गणितज्ञ चक्रवर्ती महाशय ने किताब लिखी थी, वे कभी-कभी उस योगाश्रम में आते थे जहाँ एम.एल.ए. बनने के पूर्व शेफाली ने डेरा डाला था। तरह-तरह के लोगों से, ग्रन्थों से उसका संवाद जारी है। वह भी कहीं पहुँचना चाहती है, मैं भी कहीं पहुँचना चाहता हूँ। दोनों के रास्ते अलग हैं, पर गणितज्ञ कहते हैं—समानान्तर रेखाएँ भी कहीं शून्य में मिल ही जाती हैं!

प्रतिभा बेशक मुझमें कुछ भी नहीं है, पर प्रयत्न भी एक चीज होती है और प्रयत्न मेरा यही है कि मैं शेक्सपियर की राह चलकर 'आभासी सत्य' और 'वास्तविकता' का फर्क उजागर करूँ! जिसे आत्मसात् कराने में मान्यता मैडम और मुखर्जी सर ने अपना जीवन होम किया—वह साहित्य ही मेरा गुरु है, मेरा देवता,

अलग-अलग भाषाओं में बिखरे विश्व के सभी मान्य ग्रन्थों का अपनी भाषा में भाष्यपरक अनुवाद मेरा धर्म।

शेफालिका से शब्द उधार लेकर कहूँ तो अनुभव 'प्रसाद' हैं और 'प्रसाद' अधिकाधिक लोगों में बँटने ही चाहिए ताकि एक के अनुभव का लाभ दूसरे को मिल सके! इतिहास क्या है? एक मशाल-यात्रा! आग एक साझा सम्पत्ति है, जैसे कि पानी और मिट्टी, हवा और आकाश! पाँचों तत्त्व साझा सम्पत्ति है। पर्यावरण इन्हीं से तो बनता है। पाँचों तत्त्वों की सहकारिता से शरीर बनता है और मन और उन्नत समाज। कोई कुछ छीने नहीं! कोई किसी का हिस्सा न मारे। ऐसा तभी होगा जब विज्ञान और तकनीक के समानान्तर साहित्य-समेत चौंसठों कलाओं का विकास हो! एकांगी विकास एक तरह की विकलांगता ही है।

मान्यता मैडम हमेशा कहती थीं—"शब्द ही बीज हैं। बीजों की पोटली लिये चलो...जहाँ जरा-सी भी कम मिट्टी मिले, वहाँ डालो। जीवन की हरियाली का सार ये ही है।...कुछ बीज पत्थर पर भी गिर गये तो क्या—चिड़िया-चुनमुन इनको खा जाएँगे। वह भी बीजों की सद्गति ही है। किसी के काम आ जाना ही सद्गति है!..."

मुखर्जी सर क्लासिकों से महत्त्वपूर्ण प्रसंग और उद्धरण छाँटते थे, उनका पुनर्रोपण करते थे नये राजनीतिक सन्दर्भों में। जैसे धान का पुनर्रोपण नयी जमीन पर होता है, क्लासकीय प्रसंगों चरित्रों-उद्धरणों का भी पुनर्रोपण राजनीतिक जमीन पर होना चाहिए। शेक्सपियर-डिकेन्स के अन्तःपाठीय संयोजन दोनों ने मिलकर किए, कालिदास-जयदेव-बाइबिल आदि का भी करना चाहते थे, मौका नहीं मिला।

मौका नहीं मिला पर छात्र तो मिले। हम हैं न—मैं, कमली, रवि, बबीता, सबीना, जॉनसन, डेविड, करतार, रियाज़, हमीदी और हमारी नाट्य मंडली के पचपन नये सदस्य। आलोक मांझी, ऐलविस पुतुल और भी कई पत्रकार-अध्यापक-वकील लेखक जो हमारे साथ हैं। सबके भीतर आग है और आग आग से संवाद का मौका ढूँढ़ ही लेती है।

मान्यता मैडम कहती थीं—"जामन कहीं से आता है, दही कहीं जम जाता है! जब दही का जमना भी एक सहकारी प्रक्रिया है तो बृहत्तर कार्य 'एकला चलो रे' से कैसे सध सकते हैं।"

फिर वे समझाती थीं—'एकला चलो रे' की मनःस्थिति भी विकास का एक पड़ाव है, लेकिन पड़ाव ही, मंजिल नहीं। सोचना-विचारना, चिन्तन-मनन करना, ग्रन्थ लिखना, प्रयोग करना एकान्त में ही सम्भव है। भीड़-भड़क्के में, आम टकराहटों में एकत्र अनुभव एकान्त में ही थिराते हैं, पात्र में बालू नीचे जम जाए तब ही कौशल से अनुभूति ढालनी होती है लेकिन किसके लिए? बृहत्तर लोक के लिए ही न! तो एकान्त लोक और बृहत्तर लोक के बीच की आवाजाही चलती ही रहती है—प्रायः उसी

छन्द में जिसमें साँसें चलती हैं या लोकगीत-लोकगाथाएँ चलती हैं। दुनिया की हर आदिम भाषा में अरबों-खरबों लोक-गीत 'मैकबेद' के बरनम-वन की तरह हाथ में टहनी उठाये चल रहे हैं—एक महायात्रा में निकले हैं सब आज : ग्रेस कुजूर, हरिराम मीणा, शंकरलाल मीणा, सरिता सिंह बडाईम, रामदयाल मुंडा, महादेव टोप्पो, लक्ष्मण सिंह मरवड़े, हजारी लाल मीणा 'राही', सहदेव सोरी, भुवनलाल सोरी, मोतीलाल, हाड़िबंधु मिर्जा, पीव्र फेर्रानडिस, चामूकाल राठवा, राघवन अन्तोलि, निर्मला पुतुल, सोनसिंह पुजारी, सुनील मिंज, बिज्जु टोप्पो, कोर्दुला कुजूर, जेवियर कुजूर, अजय टिर्की, प्यारे केरकेट्टा, वुअस केरकेट्टा, रोज केरकेट्टा, वाहरू सोनवणे, भुजंग मेश्राम, सत्यनारायण मुंडा, नारायण सोरेन 'तोड़े सुताम', कृष्णचंद डुड्डू, पीटरपाल एक्का, रागो नारायन, बोई सोम्ब्रा...सब के सब अफ्रीकी, लातिन अमरीकी और भारतीय लेखक हाथ में टहनी उठाये आ रहे हैं इधर, बरनम वन चलता हुआ आ रहा है। कुछ तो अब होगा ही। क्या होगा तरह-तरह के लोकगीत हाथ पकड़े बढ़े आते हैं—हर भाषा के शब्द एक साथ गूँज रहे हैं वन में—तरह-तरह की गाथाएँ, तरह-तरह के सन्दर्भ—

पिआक आ आक-आक
लोक के अदेलेय-आक-आक...
कहो कौए!
क्या हुआ तेरी टाँगों को?
नदी का किनारा था पत्थर-भरा
रिवी विदोल नाम की मछली ने
मेरी टाँग ली पकड़,
मैं पत्थर पर जा गिरा,
मछली की हँसी छूटी
जब मेरी टाँग टूटी :
पोक बोम तासुने आक-आक
पोक्तितर सुकान्तो आक-आक।

हम हथियार आयातित करते हैं, पण्य आयातित करते हैं, दूसरी भाषाओं से शब्द क्यों नहीं आयातित करते? साहित्य का, शब्दों का आयात-निर्यात समानुपातिक हो...तब जाकर विश्व-ग्राम की धारणा सार्थक होगी। अंग्रेजी सूत्रधार भाषा हो सकती है, नायक भाषा नहीं...नायक-नायिका की भूमिका में अब अन्य भाषाएँ हैं। जिसने जितना सहा, वह उतना ही कह सकने की स्थिति में है। मान्यता मैडम और आशिष सर के इन्हीं महास्वप्नों के इर्द-गिर्द, लोकगीतों-लोकगाथाओं के कई अन्तःपाठीय संस्करण हमने स्किटों की तरह उभारे—सामूहिक लेखन द्वारा।

इन स्किटों में कई स्किट मान्यता मैडम को निवेदित थे! हमने जो भी प्रमाण अपनी लम्बी, अन्तरंग, खुफिया तहकीकातों से इकट्ठा किये थे—उनके आधार पर

मान्यता मैडम का अन्तिम दिन पुनःसंयोजित भी किया ताकि सनद रहे—एक मान्यता गयी हैं, अभी कई मान्यताएँ कतार में खड़ी हैं...रक्तबीज फिर भी चुक जाते हैं, अमिय कुंड कभी नहीं सूखता। राकस किसी एक तोते में अपने प्राण छुपाते होंगे, महाप्राण लोगों के प्राण तो पत्ते-पत्ते, बूटे-बूटे में, लाखों हरियल तोतों में पड़े होते हैं, उन्हें भला कौन हरेगा? किस व्यवस्था की औकात है इतनी कि सार्वजनीन निजता के समक्ष टिक सके...। एक दिन की बात—अदालत के ऐन सामने हमने एक स्किट शुरू ही किया था कि हो-हल्ला शुरू हो गया।

हत्या बनाम आत्महत्या

सूत्रधार : ना मारा, ना खून किया,
लाखों का सर काट लिया।
बोलो बच्चो, क्या।

बच्चों की टोली : समझ में नहीं आया, टीचरजी।

सूत्रधार : सोचो-सोचो, जरा गौर करो।

निशा : क्या हो सकता है भला?

टोपो : मुझको पता है, लेकिन बताऊँगा नहीं।

दो-चार : अबे, क्यों? क्यों नहीं बताएगा?

टोपा : क्यों बताऊँ? बताने से क्या मिलेगा! पुलिस पकड़ लेगी! मार-पीट का मामला है।

सूत्रधार : डरो नहीं! जो डर गया, वह मर गया!
जानते हो तो बताओ! वैसे, मुझे लग नहीं रहा कि तुम जानते हो...।

टोपो : जानता क्यों नहीं? मैं सब जानता हूँ! नाखून...यह पहेली मैंने पहली दफा तो नहीं बूझी थी...आइयो ने बता रखा था! आइयो सब जानती है। जीने-मरने के सब रहस्य! जंगल के सब रहस्य! आइयो वनदेवी है। (पृष्ठभूमि में तरह-तरह की आवाजें, हिंस्र पशु, नन्हें पशु, पत्तों की सरसराहट, बिजली-बारिश और तूफान)

सूत्रधार : आइयो सब जानती है?

टोपो : सब माने सब?

सूत्रधार : हर हत्या का रहस्य?

टोपो : सब रहस्य उसके पिटारे में बन्द हैं।

सूत्रधार : तो हमको उनसे मिला दो, हम पूछेंगे कि उस रात क्या हुआ...जब एक औरत जो सबको जीने की प्रेरणा देती थी, पत्तों के बीच निष्प्राण लेटी पायी गयी,

		हम सबको शर्मसार करती कि हम उसे बचा नहीं पाये।
टोपो	:	तीर चले थे, तीर चले थे, अनदेखे-से तीर...तीर सब दिशाओं से...जहर-बुझे तीर....मौत कभी भी अचानक नहीं होती...हर मौत एक सिलसिला है।
सूत्रधार	:	और एक महीन मर्डर।
टोपो	:	हाथ हर किसीके रँगे हैं....

अभी यह स्किट आगे बढ़नी ही थी कि शुरू हुआ एक महानाट्य! पूरी आदिवासी-बस्ती ढोल पीटती अदालत के आगे नाचने लगी। कोई प्रतिहिंसा नहीं, प्रत्याघात नहीं, मात्र एक विराट-नृत्य, एक महानाट्य, एक तांडव...शुरू-शुरू में आस-पास के सब घरों की खिड़कियाँ बन्द हो गयीं, फिर धीरे-धीरे खुलीं, दरवाजे भी खुले, लोग सड़क पर आ गये, संस्थाएँ घिर गयीं; अचानक प्रकट हो गये बाबा आम्टे! उनका आधा चेहरा जीसस से मिलता था, आधा बुद्ध से! आवाज गाँधी से मिलती थी वे जो कह रहे थे, लोग उसे सुनने के लिए सहसा थमक जाते थे...क्या कह रहे थे वे, साफ सुनाई नहीं पड़ रहा था, भीड़ और कोलाहल से छानकर बस इतना जोड़ा जा सका—

हमारे वतन की नयी जिन्दगी हो
नयी जिन्दगी एक मुकम्मल खुशी हो
नया हो गुलिस्ताँ, नयी बुलबुलें हों
मुहब्बत की कोई नयी रागिनी हो
न हो कोई राजा, न हो रंक कोई
सभी हों बराबर, सभी आदमी हों
नहीं हथकड़ी कोई फसलों को डाले
हमारे दिलों की न सौदागरी हो।
जुबानों में पाबन्दियाँ हों न कोई
निगाहों में अपनी नयी रोशनी हो।

बस्तर के बिल्लू शेक्सपियर की टूटी-फूटी अंग्रेजी दूर तक गूँज रही थी : 'टेक फिजिकल पॉम्प, एक्सपोज दाइसेल्फ टु फील वॉट रेचेड्स फील/ दैट दाउ मे शेक द सुपरफ्लक्स टु देम / ऐंड शो द हेवेन्स फेस जस्ट/झाड़ो सब लम्प-लिफाफे / झेलो अपनी छाती पर वह सब जो अभागे झेलते हैं सड़क पर / उन पर उड़ेलो ये आरोपित जगर-मगर, अपने तईं करो साबित, ऊपर वाले के घर देर है, अन्धेर नहीं।'

× × ×

पिछले साल अचानक आज के दिन ही शेफालिका का वह विस्मयकारी ई-मेल

आया था, ''बहुत सोचकर देखा... अभी माँ को और जीना था!...उसका बचा हुआ जीवन अब मैं जीऊँगी—आदमी अपनों के लिए इतने काम करता है तो उसके बदले जी क्यों नहीं सकता...उसी की तरह का जीवन...माँ रोज सोते समय हमें निराला पढ़कर सुनाती थी—अच्छी कविता में ध्वनि लगातार सीढ़ियाँ चढ़ती जाती है जब तक आपका वजूद डमरू न हो जाए या बाँसुरी...चैन की बंसी आपात्काल में तो बजने से रही...तो फिर आती ही हूँ...माँ कहती थी—आना कविता की तरह चाहिए—एकदम अचानक—संदीप्त प्रतिरोध और सृजन साथ-साथ साधते हुए! तामसी क्रोध सात्विक रोष हो जाये तब ही बात बनती है—प्रतिरोध आवश्यक तो है पर उससे जो उग्रता पैदा होती है, उसके शमन के लिए यह जरूरी है कि एक हाथ प्रतिरोध में उठे तो दूसरा पौधे लगाये, भूखे बच्चों को तोता-मैना कौर उठाके खिलाये, वृद्धों का माथा सहलाये, उनसे दुःख-सुख बतियाये, उनसे गपाष्टक लगाये...विलियम, वृद्धाश्रम और अनाथाश्रम एक परिसर में हों तो कितना अच्छा हो न...ऐसे कम्प्यूननुमा घर हर शहर में हों जहाँ कुछ दिन बिताकर निजी घरों की घुटन से निजात पायी जा सके तो कितना अच्छा हो न...माँ के पास कोई ऐसा स्पेस होता तो वह कुछ और दिन जी लेती, हर नयी मान्यता को एक अतिरिक्त स्पेस चाहिए जहाँ खुलकर वह साँस ले सके—'एक कमरा अपना' और एक सार्वजनिक अँगनैया...एक खटिया, एक चटाई, और एक अनन्त किस्सा...।

किसी से नफरत किए बिना उसके अमानुषिक कृत्यों का निष्कम्प विरोध जो भी करता है, पहले गलतफहमियों का शिकार होता है, फिर किसी की गोली का! गोली का शिकार न भी हुआ तो ज़हर का प्याला पीता है, सूली या सलीब पर टाँग दिया जाता है या (माँ-जैसी औरतों के केस में) अनवरत कटूक्तियों की स्लो-प्वायजनिंग झेलता है...न्याय कठोर होता है और एकपक्षीय; 'पाप से नफरत करो, पापी से नहीं' की नैतिकता जिस नैसर्गिक काव्य-चेतना से फूटती है, उसके अनुसार हर मनुष्य अपनी परिस्थितियों या मनःस्थितियों का बन्दी है और बन्दी से सख्ती क्या—उससे तो संवाद ही किया जा सकता है कि जो हुआ, सो हुआ—अब आगे नहीं हो अन्याय, अत्याचार और नृशंसता। साहित्य यही संवाद तो करता है, इसलिए हर सूक्ष्म परिवर्तन का हथियार साहित्य है। माँ कहती थी कि पेड़ लगाने से कोई नाटकीय परिवर्तन नहीं होता, पर पेड़ लगाये चलिए तो फिजां बदलती जरूर है...बीजों की एक पोटली लेकर मैं भी आती हूँ...इन्तजार करना।''

इतिश्री रेवाखण्डे

डायरी खत्म करके जब वह अपनी बर्थ से नीचे उतरी तो जैसे सदियों के संघर्ष की गर्द उसके चेहरे पर थी। उसकी आँखों में मान्यता मैडम की चमक उतर आयी थी, मानो वह उनसे प्रेताविष्ट हो...झारखण्ड के जंगलों में उसने बहुतेरे भूत खेलाने वाले देखे थे। एक गहरी सांस भरकर वह ऐसे युक्तिपूर्वक लगी भूत खेलाने कि डिब्बे में सबका ध्यान उसी पर केन्द्रित हो गया।

अब तक अकेला बैठा वह फकीर और मौन साधे बैठे तीन बौद्ध भिक्षु भी पास चले आये। अपने-अपने ढंग से मांत्रिक उपचार में लगे चारों के चारों पर पढ़ाकू लड़का और वह मुस्लिम दूल्हा-दुल्हन समझ गये कि वह एक रणनीति है। चारों पुलसिया जवान जब सीट छोड़कर उठे और लगे तमाशा देखने तो मौका देखकर अपनी बीवी की नहरनी उसके पर्स से निकाल मुस्लिम लड़के ने बिल्लू की ओर बढ़ा दी। वह साहित्य का सामूहिक पारायण ही था जो उनमें इतना गहरा तादात्म्य जगा गया था कि बिन बोले ही सब जान गये थे, करना क्या है!

अभी थोड़ी देर पहले जो मीनाक्षी दी फकीर के आगे बैठी अपने बेटे की नौकरी की दुआ माँग रही थीं, बाथरूम से निकलीं तो कुछ देर लगी उन्हें भांपने में कि माजरा क्या है। इतनी जल्दी यह दृश्य परिवर्तन क्या हुआ और क्यों! अभी वे अकबकाई खड़ी ही थीं कि ट्रेन की बिजली गुल हुई, चेन खींचकर गाड़ी रोकी गयी और ये उड़ा, वो उड़ा बिल्लू! जैसे भूकम्प आने पर बच्चे कंधे पर लादे हुए माताएँ एकदम अंधाधुंध दौड़ जाती हैं, बिल्लू ने कॉमरेड शशिशेखर को गोदी में उठाया और कूद गया।

ललिता की बुद्धि पर उसको भरोसा था, फिर भी उसे इतने सारे परकालों के बीच अकेला छोड़ते अच्छा तो नहीं ही लगा। पहले ठिकाने पर रुककर एक फोन उसने किया मान्या मैडम के बेटे को, जो इस इलाके के माइनिंग विभाग में अभी-अभी किसी बड़े पद पर आया था, माँ की मृत्यु और उसकी अन्तिम चिट्ठी उसको दहला गयी थी और वह एक इशारे पर 'कथासत्रम्' के किसी भी सदस्य की मदद के लिए दौड़ा आता था। 'कथासत्रम्' अब उसकी बहन, शेफालिका ही चला रही थी और

उसकी फण्डिंग में भी उसकी बड़ी भूमिका थी।

ट्रेन अगले स्टेशन पहुँचती और पुलिस के गुर्गे ललिता को गिरफ्तार करके वहाँ जेल में ठूँसते, इसके पहले ही वह आसपास के आदिवासी दस्ते से घिरी पायी गयी।

आम की टहनियाँ थीं सबके हाथें में थी और मंद्रसप्रक में यह गीत सबकी जबान पर—

विर पोंडो पण्डों रोमो रोमों
कारेक पहचीं वाथकम सोगो।
मिथा वाय वाय पंचतोपक सांगो।
कारेक हाथ वायकम सांगो।
मिला वाय वाय तोरर सांगो।
हुर्री तासी वायकम सांगो।
गिरा वाय वाय हुरी
तस तोरम सांगो।
ना मुर नाना हो हो रे रे

(चिरपोंडो के जंगल में है रोमों की पहाड़ी / हम वहाँ पर झाड़ के डंगालें काटने आएंगे / काट लेंगे डंगालें सब तुम्हें खबर हो पाने तक / डंगालों से सारी बस्ती पाट डालेंगे / तुम्हें खबर हो पाने तक धरती पर आग उगेगी / और धमकती लपटें साथ हमारा देंगी।)

अप्रत्याशित था सब-कुछ। स्वतःस्फूर्त्त अग्नि थी यह। ज्यादातर महिलाएँ थीं घेराव में! गीत और टहनियाँ, प्रतिकार के अस्त्र इतने ही थे। बाकी सब कुछ पूर्ण शान्त और अहिंसक था! यह था क्रान्ति का स्त्री-चेहरा! इसके पहले कि वायरलेस पर आगे खबर जाती और प्रकाश-पर्व का उन्माद काटकर दिकू पुलिस इस नन्हे पहाड़ी स्टेशन पर प्रकट हो पाती, उन्माद के प्रकर्ष पर लिली एक्का उर्फ ललिता पता नहीं कहाँ से इतनी ताकत संचित कर पायी कि उसे आराम से पकड़े रह पाना असम्भव हो गया। बन्दूकें पुलसिया जवानों के पास थीं तो जरूर, पर उनमें से एक आदिवासी भी था, वही शायद उनका प्रभारी भी होगा, उसके मन में यह एकता देखकर बचपन की बहुतेरी स्मृतियाँ घुमड़ आयीं! जंगल के दोहन का पूरा इतिहास उसके सामने सुलग उठा और उन निहत्थों पर गोलीबारी की अनुमति उसने नहीं तो नहीं ही दी, ऊपर से ललिता एक्का पर अपनी पकड़ भी उसने ढीली कर दी! हिरणी के प्रवेग से छूट निकली लिली एक्का। यह शायद पहला अवसर था जब बिना रिश्वत खाये इस क्षेत्र में पुलिस ने जनता की तरफ से सोचा था और अपनी नौकरी पर खतरा उठाते हुए किसी भावांदोलन के साथ हुए थे। यह होता है स्मृतियों का धमाल और आरक्षण का औचित्य! स्मृतियों का साक्ष्य उसके बिना नहीं मिलता। पर्सनल पॉलिटल ऐसे बनता है।

साहित्य भी एक मूक आन्दोलन इसीलिए तो है कि वह स्मृतियाँ जगाता है! भीतर कहीं सोया सत्य का दरिया मचलकर बाहर आता है तो स्मृतियों के ही कुरेदे। ललिता एक्का स्मृतिदग्ध थी यानी इतिहासदग्ध और अतीतदग्ध! और अतीत का एक नाम भूत तो है ही, इस अर्थ में इसे प्रेताविशिष्ट मान भी सकते हैं।

सबसे मजे की बात यह कि पुलिस के नरमदिल जवानों की नौकरी बचाने की चिन्ता में तीन बौद्ध भिक्षु और वह फकीर गिरफ्तार होने पर राजी हो लिए! उन्होंने कैदी भगाने का अपराध अपने सर लिया और कोर्ट में अपने-अपने धर्मग्रन्थों की शपथ खाकर उन्होंने जो बयान दिए, काफी मज़ेदार थे, बयान क्या थे, वह पूरा ही प्रवचन था जिसे सुनकर मैजिस्ट्रेट भी लगा मुस्कुराने। मुस्लिम नवदम्पती और वह पढ़ाकू लड़का जिसे अगले दिन अंतर्वीक्षा देनी थी, अपने सारी योजनाएँ स्थागित कर पुलिस की हिरासत में खड़े मुस्कुराते रहे और गुमला थाने की वह पूछताछ लोकस्मृति का एक अमूल्य दस्तावेज बनकर वर्षों तक सुरक्षित रही।

यदि मान्यता मैडम और आशिष सर के 'कथासत्रम्' के आदर्शों पर उसकी नाट्यप्रस्तुति की जाये तो वह कुछ ऐसी होगी–

"दरवेश बनकर घूमते-फिरते हो और एक आतंकवादी नक्सल को भगाने की साजिश में शामिल थे? कैसे मानें कि दाऊद के आदमी नहीं हो?"

"दाऊद कौन है? जो भी हो, मैं उसका आदमी क्यों नहीं हूँ मैं सबका आदमी हूँ। अनलहक। यह पूरी कायनात मेरी है मैं पूरी कायनात का हूँ।"

"जेल में ठूँसे जाओगे तो किसी के, कहीं के न रह पाओगे। अकेले पड़े बाकी जिन्दगी सड़ते रहोगे।"

"हंस अकेला। अकेलापन एक फूल है–मेरे भीतर के पानियों में खिला एक ताजादम फूल, मेरी अपनी खुदी में जीने की खुशी, भीतरी रोशनी में जीने की खुशी। खुद में ही खो जाने की खुशी, खुशी जिसे कोई टेक नहीं चाहिए, किसी बाहरी टेक के बगैर भी वह है, तुम्हारे होने का घनेरा एहसास जीवन में जीवन के पार बस वही है। मखमली ख़ला में एक झीनी-सी बारिश, अपने ही होने न होने की बारिश, कुछ भी खोने न खोने की बारिश..."

"ठीक है तो चलो भीतर, पता चलेगा जब लगेगी..."

"भीतर? तुम मुझे भीतर ले जाने आये हो? मेरे अपने भीतर? आओ, मैं सारे पुल तोड़कर चलूँ भीतर। अब बाहर जी ही नहीं लगता। मुझे मेरी चुप में लिये चलो, बाहर बहुत शोर है। मुझे चुप चाहिए...सोना है, जागना है, जाना है, होना है, कुछ भी नहीं होने का होना..."

"ऐसे नहीं मानेगा ये, परले दरजे का शातिर मालूम होता है! उल्टा लटकायकर तलवे पर मारो इसे..."

"और तुम दोनों? दूध के दाँत नहीं टूटे और गैंग में शामिल हो लिए? और ये जो खूबसूरत मैना है, कौन लगाती मैं तुम्हारी?"

"जबान सँभालकर बात करो! बीवी है मेरी, अभी-अभी तो निकाह पढ़कर हम घूमने निकले थे...।"

"अच्छा तो जन्नत की सैर करा दें? आओ, खातून इधर आओ! अहा, यह तो बिल्कुल मलाला दीखती है, बला की खूबसूरत! बला तो इस पर टूटनी ही है इस लड़की को तो इस दरिंदे से अलग कर भीतर के कमरे में ले जाओ, इन सबसे निबटकर इसकी खिदमत में हम खुद ही हाजिर होते हैं। और तू तू बता, तेरे साथ क्या करें? वहीं बाँधकर तुझे अपने साथ तेरी बीबी का रास दिखा दें..."

लड़का तिलमिलाकर थानेदार को गालियाँ देने लगा। उस लोटन कबूतर की स्थिति उसकी थी जिसका गला आधा रेतकर छोड़ दिया गया हो। अपनी मजबूत बाँहों से जंजीरें झनझनाता हुआ वह बेबसी में इधर-उधर देख ही रहा था कि दूर उसे एक सूटबूटधारी ओहदेदार आदमी आता दिखाई दिया। यही आदमी मान्यता मैडम का वह लड़का था जिसे किशोरावस्था में माँ से हजार शिकायतें थी...बाद में जब माँ की चिट्ठियाँ पढ़ी, उनके तैयार किये हुए आदिवासी छात्रों से मिला, बेरोजगारी के दिन ढले, अपनी कुंठाओं से उबरा, बिल्लू से दोस्ती की उसने और 'कथासत्रम्' को वह आर्थिक और नैतिक सहयोग भी लगा देने जो पहले आशिष सर देते थे। इस तरह के आपातकाल में भी वह और उसकी बहन हमेशा माँ के इन आदिवासी छात्रों की मदद के लिए हाजिर रहते थे। फिलहाल वह उनकी बेल के लिए एक वकील के साथ बढ़ा आ रहा था। इस बीच तीन बौद्ध साधुओं और उस पढ़ाकू लड़के से पुलिसिया बहस यों जारी रही जब तक रह सकती थी...

"और तुम तीनों? बुद्ध का बाना पहनते हो ऐसे हिंसक दरिंदों का साथ देने के लिए?

"कौन कहता है कि हम हिंसा के साथ खड़े हैं, हम दाइशोनिन बुद्धिज्म के वाहक, अन्तराष्ट्रीय बौद्ध संगठन, सोकागाकाई के शान्ति सेनानी, इकेदा के अनुयायी हर उस मनुष्य के साथ खड़े हैं जो खुद को बदलने की कोशिश में जुटा हुआ है आत्मक्रान्ति का, जनक्रान्ति का बीज है। कुछ-न-कुछ हर व्यक्ति में ऐसा होता है जिसके आधार पर उसे दुलारा जा सके और कुछ ऐसा भी सबमें ही जो जगुप्साकारी हो, आत्मोन्नयन का बाधक। जो अपने तात्विक दोष पहचानता है, और उनसे उबरने की कोशिश में जुटा हुआ है, उसके बुद्धत्व के विकास की सम्भावना सबसे ज्यादा है। हम उनके साथ ही खड़े हैं।"

"तो तुम मानते हो कि इन नक्सलियों के साथ खड़े हो तुम।"

"हाँ, उन नक्सलियों के साथ जो आत्ममंथन में लगे हैं! इतना महान दर्शन

मार्क्सवाद यों चरमरा जो गया है तो क्योंकर? क्या इसके कार्यान्वयन में दिक्कतें आयीं, कैसे वे अब दूर हों—इस चिन्तन-मनन में जो भी जुटे हैं, हमारे लिए बुद्ध वे ही हैं। जो अपनी भूलों से सीखता है, बुद्ध वो ही है... हर सच्चा मार्क्सवादी भीतर से कहीं बुद्ध है क्योंकि उसके 'स्व' का घेरा अपरिमित है, क्षुद्र स्वार्थों में वह नहीं बँधा, संघशक्ति में उसकी आस्था है, हर संकीर्णता के प्रति उसका संघर्ष अनवरत है और वंचितों की तरफ से सोचने का उसका अभ्यास शुभत्व से भरा हुआ। उसका प्रेम भी पाने की लालसा नहीं है, मात्र एक जरूरत नहीं, वह एक सहभागिता है... भिखारी का प्रेम नहीं, एक सम्राट का प्रेम—बदले में उसे कुछ नहीं चाहिए, बस देने की खुशी के लिए वह देता है और देता ही जाता है।"

"यह प्रवचन का वक्त नहीं है, बोधि बाबा! प्वाएण्ट पर आओ! यह तुम्हारी मिलीभगत थी न कि तुम सब मिलकर पुलिस के जवानों का ध्यान बाँट दोगे, और बूढ़े नक्सल को ले भागोगे जिसके पेट में न जाने कहाँ-कहाँ के राज दफन है और जो पागल होने का नाटक लिए फिरता है?"

"नई शुरुआतों का वक्त आ गया है। जो बीता, उस पर कफन डालो, और आगे की सोचो। सच्चा गणतन्त्र वही जहाँ सबको नई शुरुआत का मौका मिले। विफल प्रयोगों में जिन्होंने अपना जीवन झोंक दिया वे, वैज्ञानिक, क्रान्तिकारी कलाकार और लेखक अपने अनुभवों से दुनिया का जितना भल कर सकते हैं, उतना शायद ही कोई और कर सकता है—किसी सरकार, किसी राष्ट्र-राज्य को यह अयां सी बात दिखाई क्यों नहीं देती।

व्यक्ति की तरह सरकारें भी प्रतिभावान हो सकती है यदि चूहे-बिल्ली का खेल छोड़कर कारयित्री परियोजनाओं में लगे।"

(बौद्ध भिक्षु अभी बोल ही रहे थे कि थानेदार उनकी ओर पीठ फेरकर पढ़ाकू लड़के की लगे धुरछक मरम्मत करने)—"और तू? तू... स्साला! झोले में मोटी-मोटी किताबें ले रखी है बड़े पढ़नियार बने हैं...ये बेरोजगार स्साले ही तो सब मुसीबतों की जड़ हैं।..."

"रोजगार मिलेगा कैसे जब सारी परियोजनाओं पर नाग बैठे हैं...। मैं खुद बस्तर का हूँ, आदिवासी नहीं हूँ तो क्या, वहाँ का हाल मुझसे छुपा नहीं है। दण्डकारण्य परियोजना भी कलकत्ता में बनी है और ऑडिट बताता है कि इसका बस 84% खर्च हुआ है—वह भी कारखाना और अण्ट-बण्ट प्रोजेक्टों पर। उमरकोट बाँध पर करोड़ों रुपये खर्च हो गये, कृषि-भूमि से सिर्फ सात किलोमीटर दूर है वह, पर स्थिति अब भी यही कि एक एकड़ जमीन भी सिंचाई के काबिल नहीं।... चित्रकोट पहाड़ियों के जलप्रपात से ही जलविद्युत परियोजना कायम हो जाती तो क्या से क्या हो जाता। पतले बाँस यहाँ के घरेलू उद्योगों की जान थे,

उसके बदले मोटे बाँस उगाये जा रहे हैं। रेशम-उद्योग के विकास की सम्भावनाएँ हैं, पर उस पर किसी का भी ध्यान नहीं। वैलाडिला के लौह-कारखानों की योजना दफ्तरी कमीशन का रेला गोवा की ओर मोड़ गया है...जबकि तुलसी डोंगरी और बैलाडिला पहाड़ियों की घाटी, उसके मैदानी इलाके इसके लिए आज तक निगाहें बिछाये बैठे हैं।

इस पर प्रतिरोध अगर होता है तो सरकार तक गोला-बारूद बरसाने से बाज आती है क्या?''

''चोप्प, बकवास बंद कर...जवानी में ऐसे ही सब कुछ गूलर बुझाता है, एक नौकरी करनी पड़े, एक गृहस्थी चलाने पड़े तो सारी भाषणबाजी घुसड़ जाती है... सरकार जो करती है, जनहित में करती है, आतंकी हमले से इसकी का बराबर... लॉ एण्ड ऑर्डर वाले मजबूरी में हिंसा पर आते हैं...''

''अण्डा पहले कि मुर्गी—इस विवाद का कोई अन्त नहीं, आपके 'लॉ' में कितना 'ऑर्डर' है, इसका प्रमाण हैं भारतीय जेलें जहाँ 788% से अधिक कैदी औरों के किये हुए जुल्म की सजा काट रहे, मासूम लोग हैं...'करे कोई, भरे कोई' का भास्वर उदाहरण हैं जेल...सर्वेक्षण बताते हैं...''

बात अभी पूरी भी नहीं हुई थी कि नजारा बदल गया। अपनी जिम्मेदारी पर बेल दिलाके इन्हें छुड़ा गया मान्यता मैडम का वही लड़का जो पहले माँ से इतना झगड़ता था कि उन्होंने एक साधारण घरेलू औरत की जिम्मेदारियाँ ठीक से निभायी नहीं, सार्वजनिक जीवन माँओं की खातिर नहीं होता...! आदमी जब खुद अपनी ओछी बातों का प्रतिपक्ष बनकर खड़ा होता है, आत्मग्लानि और प्रायश्चित की रोशनी उसे देवता बना देती है।

मीनाक्षी दी की पूछपेरवी की अभी बारी नहीं थी, वे वैसे भी कुछ बोलने की स्थिति में नहीं थी। लगातार उनकी आँखों से कसमसाता हुआ एक सोता बहा जा रहा था। इतने वर्षों बाद शशिशेखर से इस हाल में मुलाकात होगी, किसने सोचा था।

उत्तरायण : अनन्तिम

बरसात उतार पर थी और दण्डकारण्य से छनकर जो हवा हल्के पाँव, उड़ती हुई चल रही थी, उससे कॉमरेड शशिशेखर के मुल्तानी मिट्टी से धुले, मुलायम बाल मचलकर अँगड़ाई लेने की मुद्रा में आ गये थे! श्रमसिद्ध, कर्मठ व्यक्ति को आराम से बैठा देखना दुनिया का सुभगतम दृश्य है। सदियों बाद उन्हें यह आराम मिला था। वैसे तो जंगलों में भूखे-प्यासे भागते-दौड़ते, जेलों में निर्दोष पिटते हुए शरीर हड्डियों का ढाँचा भर बचा था, पर आँखों में वही चमक थी, दूसरों के हित में सर्वस्व न्योछावर करने वालों की आँखें ही जिसका स्वाद चखती है। गाँव-भर के लोग उन्हें घेरकर बैठे

थे। सबमें एक उत्साह था, अन्ततः आज मुखर्जी सर की भी रिहाई होने वाली थी। इस इलाके से इस बार शेफालिका ही चुनाव जीती थी और खुद अपने मामा को उसने आदेश दिया था कि बस्तर के जिन कैदियों को शक के बिला पर गिरफ्तार रखा गया है, सबकी रिहाई हो और नक्सल बुद्धिजीवियों की ही सलाह से इस इलाके के विकास की योजनाएँ बनें। कॉमरेड शशिशेखर और आशिष सर सरकार से संवाद के लिए प्रस्तुत थे।

''पाठक, अनुयायी, शिष्य, सहचर और दार्शनिक गुरु–यही इन शान्ति सेनानियों की चतुरंगिनी सेना हैं। बिल्लू ने उन बौद्ध भिक्षुओं, सूफी फकीरों और अध्यात्मप्रवण व्यक्तियों को भी इस प्रेशरग्रुप के मनीषी-मण्डल में शामिल किया है जो धर्मान्ध और साम्प्रदायिक नहीं और जिनमें आर्षग्रन्थों से 'थोथा' और 'रूढ़ियाँ' फटक निकालने का धैर्य और सहिष्णुता है। धैर्य और सहिष्णुता से विरत व्यक्ति का प्रज्ञा-पक्ष जागृत हो भी तो कैसे। दुनिया की बड़ी विडम्बनाओं में एक यह है कि जिसे अपनी ही वृत्तियों पर नियंत्रण नहीं, वह दुनिया पर कब्जा करने की सोचा करता है, क्रोध-काम-लोभ की आँधी से जिसकी सब इन्द्रियाँ चरमर होती रहती हैं, खुद जिसका अपना मन वश में नहीं रहता, सबको वशीभूत रखने के सपने पिरोता है। इस प्रेशरग्रुप की विशेषता यही है कि यह ऐसे चाणक्यों का शिष्टमण्डल है जिसे स्वयं सत्ता में आने की कोई आकांक्षा नहीं है। सही आलोचना-प्रत्यालोचना का अधिकारी वही होता है, लोकहित के सिवा जिसका हित नहीं और जिसका क्षुद्र 'मैं' तिरोहित है।''

एक बड़े अखबार का यह सम्पादकीय था। लोग उसी पर झुके थे। चाय-ढाबा दनदनाता-सा दीख रहा था। कॉमरेड शशिशेखर के हाथ में एक किताब थी–इकेदा का 'द ह्यूमन रेवोल्यूशन', उसके पहले ही अध्याय में दूसरे विश्वयुद्ध की भयानक बमबारी के बाद वाले जापान के कई बेधक प्रसंग हैं। इस प्रसंग है जहाँ ध्वंस के बाद का पुनर्निर्माण कुछ ऐसी व्यंजकता से चित्रित है :

''कुछ कहो, यांकी (अमरीकी) स्टील होता है बेहद टनकदार। बम का एक टुकड़ा मुझे मेरे खेत में पड़ा मिला। मैंने उसकी एक कुदाल बना ली। कितनी मजबूत, टनटनाक पूछिए मत।'' हाथ-पाँव फैलाता आदमी पूरे दमखम से बोला!

'बीच में ही बात काटकर तीसरा कहने लगा–''मैंने तो धारदार चाकू बनाया वैसी स्टील का...एक बम की स्टील में 10 चाकू तक बन जाते है।'

अब तक चुप बैठा एक तीसरी व्यक्ति बोल पड़ा, ''चलो-चलो, दस कहाँ! पाँच या अधिक से अधिक छः इससे ज्यादा तो नहीं!''

घरेलू चाकू का आदि निर्माता एकदम से अड़ गया,'' ये क्या बकवास है, कम-से-कम दस, इससे कम नहीं।''

जोसाइ तोडा मुस्कुराने लगे।

यह भी एक रीटेलिंग ही है, कॉमरेड शशिशेखर ने सोचा! देश-काल की सम्यक् छेड़-छाड़ के साथ पुनःपाठ-परम्परा एक मशाल यात्रा बनती है तो ऐसे ही, ऐसी शिक्षा का आधार रससिद्ध पुनर्प्रस्तुतियाँ ही हो सकती है जिनका उद्देश्य मनुष्य बनाना हो, मशीनें नहीं। थर्मामीटर के पारे जैसा ही किशोर मन होता हैं और ये पुनःपाठ आयें नए स्पंदन भरते हैं।

दर्शन वो ही जिसका ठोस उपयोग हो कोई! रोटी की तस्वीर से किसी भूखे का पेट भरेगा क्या? अन्न की गंध होनी चाहिए दर्शन में और साहित्य में तभी युवा मन उधर जाएगा।''

सोच ही रहे थे कि पीछे से कबूतरों का एक जोड़ा उड़ा! ऐसी ही तिर्यक हर यात्रा होनी चाहिए, तिर्थक और ऊर्ध्वमुखी! सामने निगाह कूड़े के ढेर पर गयी। हर तरफ पचखियाँ फूट रही थीं, चट्टान फाड़कर एक अँखुवा उगा था, धीरे-धीरे हवा में अपना माथा डुलाता।

कॉमरेड शशिशेखर के बालों से जुएँ चुनती हुई मीनाक्षी दी अचानक बोली : '' तुम्हें याद है, शशि, प्रेसिडेंसी कॉलेज का वह ढाबा जहाँ हम अन्तिम बार मिले थे—कभी नहीं मिलने की खातिर। दुनिया में कुछ भी न अन्तिम होता है, न अनन्तिम! आदि और अन्त यहाँ आदिवासी मिथकों में अपनी ही पूँछ मुँह में डाले एक सर्प की तरह रूपायित हैं। कोई भी प्रतिज्ञा अधूरी नहीं जाती और कुछ भी अकारण नहीं होता इस सृष्टि में! इतने वर्षों तक आदिवासी बस्तियों में हम अलग-अलग भटके, इतना तो इस आदि दर्शन ने हमको समझा ही दिया कि प्रकृति अराजक नहीं, एक सिलसिला है यहाँ, एक पहरा हैं, सुख-दुख, धरम और करम—दोनों भाई है आदि दर्शन में! धरम आलसी है, करम कर्मठ... पर दोनों साथ-साथ रहते हैं। धरम यानी दर्शन का साथ न हो तो करम भटकता ही रहता है—इस जंगल, उस जंगल, जब तक कि इसके छन्द-भंग का कारण हाथ न लगे।

उड़ीसा के जंगलों में हर कथा की समाप्ति पर एक गीत गाते हैं कि कथा कभी भी समाप्त नहीं होती, पर कहीं-न-कहीं उसे विराम देना ही होता है, तो आओ मिलकर गाते हैं :

मेरी कथा सम्पूर्ण हुई
हरियल पेड़ निष्प्राण हुआ।,
ओ हरियल पेड़, तुम निष्प्राण क्यों हुए?
काली गाय मुझे खा गई!
ओ काली गाय,
ऐसा क्यों किया?
ग्वाले ने मुझको चारा ही नहीं मिला।

ग्वाले, ऐसा क्यों किया?
बहू न नहीं डाला खाना मुझे!
ओ री बहू, ऐसा काहे?
मुन्ना मेरा रो रहा था।
ओ मुन्ने, रोए क्यों?
काली चींटी मुझको काट गयी।
ओ काली चींटी, ऐसा क्यों किया।
मैं धूल में रहने वाली,
जरा काटकर देखा—
यह इतना कोमल-कोमल क्या है।

❑❑